谨以此书

献给那些牵动了历史重大事件与重大进程而又在

历史尘埃中消弭得无踪无影的小人物

甑子场

成都凸凹／著

百花洲文艺出版社
BAIHUAZHOU LITERATURE AND ART PRESS

主要人物表

◎主要历史人物

扣儿　二十岁。原为龙潭寺乡大粮户女儿，家遭火灾后，成为寄人篱下的孤女。后嫁到龙洛镇甑子场。丈夫蛋死后，嫁与安。凤梧书院教员。生有一子。二十岁后开始守寡。

安　男，五十九岁。龙洛镇长，龙洛"一镇七乡"自卫大队总指挥。新中国成立前夕，送家小至马来西亚。解放军平定"三三叛乱"后，被人民政府镇压。

禾　公安侦察科长（成都市军事管制委员会公安处政治保卫室二科科长）。骟猪匠出身，参加革命后去延安抗大学习过。"三三叛乱"平定并治好枪伤后，到家乡万源县任公安局副局长。在犹豫中追求扣儿并对扣儿怀有一生的歉疚。

鱼儿　二十多岁。原为扣儿龙潭寺乡家中长工之子。因为穷，干过多种苦力。扣儿嫁到甑子场后，即跟随至甑子场，并迅速在当地袍哥码头出人头地。"龙洛暴乱"时任"川康人民反共救国军第六兵团"中校副司令，

"三三叛乱"时任"大陆人民反共救国军第一纵队"第二副司令。从小追求扣儿,至死不渝。用欺诈手段两度占有扣儿。自杀于人民政府监狱。

蛋 甑子场小财主,嗜麻将,生殖器残疾,扣儿首任丈夫。死于非命。

菜 真名李干才,男,军统人员,少将军衔,国民党成都警备司令部稽查处代理处长兼执法大队长。"龙洛惨案"、"三三叛乱"幕后指挥官。后被公安处处决。

乌 大少爷出身,曾任国民党孙连仲部旅长,回家乡甑子场后,成为龙洛"一镇七乡"哥老会袍哥总码头舵把子安的继任者。制造"龙洛惨案"期间,任"川康人民反共救国军第六兵团"上校司令。酒后欲奸污扣儿,未遂。死于平叛炮弹。

雪儿 女,四川大学学生,受训后被菜先后派往"川康人民反共救国军第六兵团"、"大陆人民反共救国军第一纵队"任报务员。乌姘头,喜欢鱼儿。后死于不明枪弹。

指导员 本名翔,男,二十岁,安徽当涂人,曾就读中国人民解放军第二野战军"军事政治大学"。牺牲时任职为简阳县龙洛片区新编区中队指导员。

珍 甑子场女财主、寡妇。蛋的阿妈,扣儿的婆婆。后疯,再后死于非命。

其他历史人物

俊 男，川西军区（解放军第十八兵团六十军）参谋长，平定"龙洛暴乱"、"三三叛乱"直接指挥官。

象 本名朱向璃，男，三十九岁，解放军一七八师政治部主任，早年为陈赓培养的情报人员。赴任某国大使馆武官途中，被叛匪残杀。他及护送他的十九名解放军的遇难，史称"龙洛惨案"。

"山西口音" 男，先后任解放军班长、排长。后牺牲。

连长 男，辽宁籍人，川西军区某连连长。曾因运粮被叛匪包围在龙洛曾家粉房，后驻扎甑子场。

马 真名刘苍林。男。原为国民党六十六军二十二师三十七团团长、二十三师副师长。投降后加入解放军。大面铺整训期间叛逃。以"大陆人民反共救国军第一纵队"第一副司令身份，参加"三三叛乱"。后逃去香港。

更夫 男，甑子场打更人。被安惩罚致残后，其子承其衣钵，成为新更夫。

郎中 男，甑子场"叶记药庄"掌柜。去世后，其子亦为掌柜兼郎中。

祥 安的妹夫，国民党中将军衔，菜的黄埔同学兼上司。居成都。后起义。

尚	男，俊部下，川西军区五四零团团长。
西	男，中年，蛋的牌友。出卖蛋。被安杀。
瞎眼算命人	男，长寿者，算命先生。后失踪。
香	安府女佣。
琼	珍家女佣。
盛	男，简阳县龙洛区区长。
富	男，简阳县龙洛区新编区中队队长，后为龙洛镇农协主席。
副县长	男，简阳县副县长。
教官	安女婿，四川陆军速成学堂毕业，龙洛"一镇七乡"自卫大队总教官。后被镇压。
男公安	禾助手。
女公安	禾助手。后牺牲。
师爷	男，龙洛镇公所师爷。后被镇压。
账房	男，龙洛镇公所账房先生。后被镇压。
周士第	男，解放军第十八兵团司令员。
蓝	男，甑子场袍哥老幺，鱼儿助手。死于平叛炮弹。
镇丁	男，龙洛镇公所公职人员。

当代人物

扣儿婆婆	老年扣儿。年逾八十尚能持家镇宅。
我	男，灵池人，到龙洛镇石碾村采访扣儿婆婆的北大青年教师。
陌生人	二十多岁，万源籍人，禾孙女，来自深圳的

"富二代"。

"一村一大"　女，湖北籍人，龙洛镇石碾村大学生自愿者。

　　　　支书　男，龙洛镇石碾村党支部书记。

目 录

2 》 甑子场

〉开 篇

扣儿婆婆

扣儿婆婆近来的心情阴晴不定。

因为扣儿婆婆居住的村子正在收拾整理土地的事，扣儿婆婆就被拆迁闹腾成了最后的"钉子户"。因为成了最后的"钉子户"，扣儿婆婆养成了老是在孤茕的旧宅里倒腾一些物什的新习惯。这样一来，扣儿婆婆再一次瞥见了那堆旧信。

旧信是一堆奇怪的信。

信是打印的，匿名，一年一封，除了第一封，每封信只有一个字。从一九五一年二月五日收到第一封信起，迄今，她已收到六十封了。

她一生中与三个带枪男人和一个不带枪男人有过情感纠葛，但这四个男人都死了，并且早在六十一年前就死了。

扣儿婆婆的爱情就是阴差阳错。

扣儿婆婆一直想自己的身体自己做主，可自己却从未做过主。面对第一个男人蛋，她想做主把身体交出去，可对方却避开了她的做主。面对第二个男人鱼儿，她想做主不准对方做自己的主，对方却偏偏做了她的主。后来当她下定决心要做对方的主时，对方却死了。当她想做主把自己交给第三个男人禾时，一场赌局的做主却把她交给了第四个男人安。当她正想着如何做主与安不离不弃厮守终生时，安已撒手人寰。而她已经做主永不见鱼儿时，鱼儿又厚着脸皮找上门来……扣儿婆婆爱情的阴差阳错，让她的爱情总在变天，一变再变。

旧信是一堆真正奇怪的信。

只信不名，谁呢？难道，这封信也是阴差阳错？

第一封信没有邮票和邮戳，其他信的邮戳地址飘忽不定，一会儿这儿一会儿那儿，她统计了一下，总共有七个地址。但这七个地址却随着时间的流逝越来越少，六个、五个、四个……从五年前开始，信就只是从一个地址来了。原先年轻时，她想过去找寄信人，但面对东南西北没个准儿的那些由寥寥几个汉字构成的地址，她该上哪儿去找呢？当地址变成一个后，她又想去找，但她的腿已老得迈不出一个镇子的界石了。她突然明白了，不光暗处的寄信人躲着她，明处的时间也躲着她。

她其实也可以令后人去找的，但她没有，当然，后人也没有主动提出帮她去找。她没有令后人去找，是她认为这事儿太重要，后人没有主动提出去找，是后人认为这事儿不太重要。

事实上，她或者她的后人就是到了信件邮戳所显示的那个城市，也是无从寻起的。这个，扣儿婆婆晓得，扣儿婆婆的后人晓得。所以，扣儿婆婆所有的想，也只是想想而已。

除了"文革"期间邮路不顺溜外，扣儿婆婆每年都会在二月中下旬收到那封一个字的信。所有的信都有一个烙铁般的落款日期：二月五日。

偶尔，收到信的同时或前后，她还会收到与信同时同址寄出的一小笔汇款。

写信、汇款是一个人，一个认识她的人，这个人是哪个呢？

一个不认识她的人，可以晓得她叫扣儿，但不可以弄这么大的动静给她写信，这没道理。因此，她断定她认识寄信人。如果她不认识寄信人，寄信人为啥这么做呢？如果她认识寄信人，寄信人又是谁——他（她）为啥不现身为啥像猫头鹰一样躲在黑雾里呢？

透过粗糙的松木窗棂，她抬头看了看窗外摇曳着竹影的天。她没有看见那令她抬头的鸟声源头所在，鸟儿应该是栖身在只漏了一根枝丫在窗缘的院坝边那棵粗大的风水树——红豆树上。她没有看见鸟儿，却从看不远的空气中看见了雾，从微动的树叶间看见了风。这是成都平原惯常的天气：没有太阳，没有雨，风小小的，烟雾杂糅，也是小小的，天就这样阴蒙蒙着，不急也不躁。人间四月芳菲尽，山寺桃花始盛开。她没有出门，她没有出门也知道，满山满坡的桃花正含苞待放。马上就跨进三月了，加之今年的天气大，后人说，山下的桃花瞅着瞅着就褪红了。

这几天是该来第六十一封信的日子，但这封信还没来。

最初，她怕来这封信，不知这封信会给自己带来什么，一棵有罂粟的树，还是一条长着人眼的蛇？后来，她是又怕又想。现在，她一方面有等信的温良、柔顺和曼妙，一方面又有等信的沮丧、暴戾和仇恨。现在，久等不至的第六十一封信就让她的心情变得像如今的气候和小说一样千奇百怪、如临魔城。

与往年一样，温习旧信已成为她农闲时节的日课。而这，与她的心情无关，治病，她需要温习；添病，也需要。她一生都处于病中，有病祛病，无病找病。但她如果因为生病而去了医院，大夫会认为自己受到了一个不大不小的戏弄。

她靠病活着。

信就是她的病。

她翻了翻信，并从捆扎、码放得很精致的信山最底层抽出了第一封信。

这是第一封信：

扣儿：

我会一年给你写一封信，共写八十封，一封一个字。你读完八十封，也就读完了所有的真相和秘密。以下是第一封：

爱……

一九五一年二月五日

扣儿婆婆必须承认，把她套住的，正是"真相"和"秘密"四字。"真相和秘密"……什么"真相和秘密"？哪个的"真相和秘密"？如果说是别人的"真相和秘密"，那么，一个正常的寄信人是断不会把它精准无误地寄给我的，但既然寄给了我，就说明信中所言"真相和秘密"一定是属于自己的或至少是与自己有关的。但我有"真相和秘密"吗？我认为自己的一生清清白白，何来"真相和秘密"？但寄信人已用超乎寻常、创意非凡、无以复加的精力、时间和智慧说我有了，那我应该是有吧。

现在，她想质问的是，关于自己的"真相和秘密"，自己不晓得，反而别人晓得，这似乎有些悖谬和荒唐？虽说人世间的很多真相和秘密往往都是无人不知无人不晓唯有当事人一人蒙在鼓里，但她还是觉得这只是哲学家和文学家玩的智力游戏。因此，她觉得，自己不管是不是这样的当事人，自己就算没有揭秘和知情的兴趣，也有把属于自己的"真相和秘密"的产权坚决收回的权益和义务。

为了这四个字，她一年一年像个笨拙而偏执的猎人，守着一棵气若游丝的蓥耄树身，等着一只白兔凌空飞来、惊鸿一瞥。

她开始在这个平常的、没有邮差的上午再次重复既往的工作，像猫抓刺脱不了爪爪、欲罢不能地把面前这堆旧信一封一封读下去。

这是第二封信：

扣儿：

　　你……

　　　　　　　　　　　　　　　　　　　一九五二年二月五日

这是第三封信：

扣儿：

　　但……

　　　　　　　　　　　　　　　　　　　一九五三年二月五日

把六十封信叠加起来连缀起来读就成了：

扣儿：

　　爱你，但不值得你爱。爱是自私的，我是不自私的，但我不是爱的反面。现在看来我错了，我毁了组织荣誉。该镇压的，是我。安或许冤枉，鱼儿后来说过安没……

二月五日

原信没有标点，上述标点是扣儿婆婆加上的。为加这些标点，她试验过各种可能的组合，排除不可能后，才让标点找到了自己的位置。

扣儿婆婆读不懂这些或这封奇怪而诡谲的信，或者说读到六十封时才开始似懂非懂。她知道，随着时间引线的吱吱燃烧，离"真相"与"秘密"爆开的距离越来越近了。

搬家的催促也越来越急了。其实，扣儿婆婆的后人是想搬家的，从山上多灾地搬到山下集中地，从农房搬入高档共建社区，莽子才不想！镇上搞城乡一体工作的同志和村上那位说话像鹁鸪的"一村一大"都来找过她，说了搬家的诸多好处和不搬的诸多坏处，末了，说，总之，搬与不搬，扣儿婆婆您自己做主，政府尊重每一位农民自己的意愿。

要搬你们自己搬！就让我死在这里好了！

后人把扣儿婆婆逼急了，扣儿婆婆就把手杖拄得老宅嘭嘭如炮响。扣儿婆婆不怕炮响，一九五零年桃花开放前夕的炮响她听过，罂粟花盛开时节的炮响她也听过。新中国成立后这两宗最响的炮响都听过了，还怕啥呢？但后人怕。后人一听到扣儿婆婆的炮响，自己就成哑炮了。

一九五零年，是龙洛频繁变天的一年，一会儿国民党，一会儿共产党，一会儿叛匪，天不停地变来变去。而如今"一村一大"扭着扣儿婆婆不放，与龙洛变地有关。倘若不是龙洛要变地，扣儿婆婆哪会惹上拆迁的闹心事、一遍一遍遭着"一村一大"带给她的罪受？

扣儿婆婆后来对我说，如果不是这一堆旧信，如果不是我带着《新中国平叛实录》选题从北京飞到成都对"龙洛惨案"进行实地考察走进她家院坝，以及几天后一位开着顶配宝马X6越野车的陌生人带着一把私信找上门来，她恐怕是很难再去整块回忆那六十多年前的血水、痛苦、仇怨与爱了。

她一回忆，就去了六十多年前。她一回忆，那三个带枪男人和一个不带枪男人就出现在了面前。她的过去，就是三个带枪男人和一个不带枪男人。她的一生，就是天与地，改天换地：变天与反变天，变地与反变地。

〉上半部

第一章 〉第一个带枪的男人：鱼儿

一

当扣儿的四肢以及身体所有具有对抗功能部分的全部对抗都在鱼儿铺天盖地的强大攻势下土崩瓦解时，扣儿知道，鱼儿狠狠地爱上她了。

鱼儿早就爱上她了。

因此，这狠狠的一天，鱼儿一直在梦寐，梦寐了很久。鱼儿之所以对扣儿下了狠手，是他隐隐约约感到了来自安的危险。如果不是安的因素，鱼儿想或许结果不是这样。鱼儿想了很多种或许，其中一种，是扣儿最终有一天会不会反过来对他下狠手？他把太多太多的东西一点一点一年一年推向了扣儿，扣儿总有扛不动的那一天吧，那一天到来时，那些东西当然会排山倒海反过来淹没他自己。

鱼儿渴望扣儿下狠手，渴望被淹没，但他又担心淹没只是自己的一个臆想，况且安又来了动静，安的气场又那么大，整个龙洛都在他的场中。对了，安不光是龙洛镇的镇长，也是甑子场气场的场长。他与安都想把扣儿从蛋那儿抢过来，按川人的说法，就是都想端蛋的甑子。可干这火中取栗的活儿，他哪是气场场长的对手？想到这一层，一直潜行在水中的鱼儿终于忍不住跳了出来跳到了岸上。鱼儿离开了水肯定会死的，为了扣儿，鱼儿愿意去死。

安什么都算到了，但还是没算到鱼儿这个下人居然为了一个昔日的女主子而完全没把自己轻言细语藏风匿雨的暗示当作雷霆万钧至高无上的警告！至于蛋对鱼儿使的手脚，以手脚见长的鱼儿连手脚都懒得动。

此刻，鱼儿不能明白的是，床单咋个不见红？不错，扣儿是少妇，但，是少妇了也该见红的。这屋子破，这扣儿的身子不该破。

扣儿从珍家走出来，跟着鱼儿来到鱼儿的破房里，长长的街巷，脑袋一片空白。她想哭，却怎么也哭不出声。甑子场有些模糊。那年开春得晚。这是暮冬，天依然黑得早。她身边走着一个鱼儿，心里却走着一个又一个蛋。几个小时前，她与鱼儿也从场上走过的，但心境却差了万里又万里。

扣儿，才下课哇，我都等你半天啦。罩着桃红棉袄的扣儿夹着备课本，刚一出凤梧书院院门，就听见鱼儿喊她。一看见又是他，她一边愠怒一边惊慌，扭了脸，只想择路逃开。她不想搭理他。但他跳前一步，拦了她的去路。鱼儿今天胆子如此冒大，让扣儿吃了一惊。周围都是场镇上的居民，她不希望他折腾出的动静大到引起他们注意的程度。

　　她压低声音：鱼儿，你想干啥！
　　鱼儿高声道：扣儿，今天太阳出来了，安逸，我想请你喝茶哩！
　　——没空！
　　——我还给你看样东西。
　　——没空！
　　——我还给你说件事儿。
　　——没空！
　　——天大的事！
　　——没空！
　　——那我去你家喊你男人吃酒去。到时喝高了，叫你男人喊你来，看你来不来！
　　——到哪里喝茶？
　　——这就对了嘛。走，跟我走就是。

扣儿自欺欺人地想，但愿街边的居民不认识我，因为我毕竟是外乡人嘛。是人，有时就需要掩耳盗铃。扣儿是两年前从龙洛镇北边三十公里处的龙潭寺乡嫁过来的。

记得出嫁那天，她的男人迎候在他家大门口，身上的大红花比他脸都大，而他的脸又比大红花还红。她则坐在一乘四人抬的大花轿里，颠簸的山丘土路，恰如她起伏不平的心跳。一路上，她想了太多。对了，她是一个对想其乐无穷、自取其趣的人。那一路上，她什么都想到了，甚至想到了百年后与甑子场镇甑子场那个叫蛋的男人咋个幸福地合葬在龙泉山上。

扣儿什么都想到了，就是没想到，他的男人不是男人。

因为想到了老街檐下的居民可能不认识她，或者说认识她，但认为她跟鱼儿的关系仅仅是老师与大龄学生的关系——她腋下夹着备课本呢——她紧张的心绪平和了许多。哎，都是这个鱼儿害的。路上偶有人跟她打招呼，喊她先生，她微微一笑，算是回答。

龙洛是个怪镇，甑子场是个怪场，之所以这样说，有两层含意，一层是发生在这片土地上的事很怪，一层是住在这片土地上这些建筑体里的人很怪。场镇上的人扣儿有很多不认识，但那些个身怀异禀的怪人却是认识的。这不，这一路上，她就瞟见了两个怪人，一个是雷人，一个是兽人。

雷人是因为三声雷一举得名和成名的。那天下午，他在大街上走着，第一个雷炸响，打了他一个匍爬，他爬起来就走。爬起来后，街人看见他匍爬的地方，有一团黑迹，是烧焦了的他匍爬在地上的形状。那天连续打了三个雷，他被打下地了三回，地上留下了三团黑迹，而他竟浑然不觉。

之前，镇上还出现过一位雷人，这位雷兄的情况与后来者正好相反。这位雷兄一天夜里与婆娘在被窝里做了那事睡得正酣，一团火球却从窗户眼飞了进来，在房间里绕了三匝后，飞在这位雷兄的身上炸了。这位雷兄搂着婆娘的那只右手臂竟似刀切一般离开了身体，伤口平整，并不见血，屁事莫得的婆娘叽妈日怪叫了一通后就把那只刚才还搂着自己的囵囹手条扛出去抛入了猪圈粪坑。这位雷兄活得上好八好，活成了独臂老人。据说这声雷，是婆娘前世男人的一声咳嗽。

再说兽人。兽人之所以叫兽人，是因为他吃东西不像人像兽，他可以把一条活蛇吃进肚里，也可以把一只活鸡装入胃袋。他吃动物，从动物头开始。把动物头放在嘴巴前，一伸脖子包入口中，动物头被嚼得嘎巴响，然后动物身体一节一节像火车一样没入黑咕隆咚的人肉隧道。吃的当口，动物身子和尾巴闹腾得越厉害，吃得越带劲。他吃鸡连毛都不吐，嗉囊子也一块儿吃。

甑子场顶怪顶怪的还数一百七十八岁的瞎眼算命人，也怪，平时都能在湖广会馆门边碰上他的，扣儿今儿却没碰见。

湖广会馆也有怪事，大雨就是大得淹了场镇，会馆里也是滴水不积，真不知那些水去了哪里。湖广会馆又名禹王宫，难道，这怪，与治水英雄禹王有关？

扣儿还经过了字库塔。字库塔也有意思，燃灯寺距塔三里三，塔高三丈三。还有，从二娥山燃灯寺处俯瞰甑子场，竟会发现一个图形。图形表明，甑子场居然是由一对牵手男女青年构成的；会馆街是男人街，八角井街是女人街；那根笔笔直直硬硬邦邦、矗立三丈三高的字库塔，那口鱼曳水浪曲径通幽、贯连东海的八角井，分别是阿哥子么妹子大腿间的那件神器。想着字库塔八角井的意思，扣儿脸微微红了一下。

二月间的天气，在阴柔、多雾的成都平原是微冷的，但蜀地难得的太阳加上少风的盆地季候，又为人们的体感揉进了微微的热。真是一个在户外喝茶的好天气！

凤梧书院其实离甑子场最大的两个茶馆很近，几乎就一墙之隔。两个茶馆，一个叫"六月茶园"，一个叫"女子茶社"，都在场镇公园内。凤梧书院紧邻公园西侧。

鱼儿没有把扣儿带进有两个茶馆的公园，而是走上了会馆街。甑子场上有两条主街，除了会馆街，还有八角井街。以八角井作街名，是因为八角井与甑子场关系非同一般。有个传说，说的是龙子刘禅刘阿斗，到甑子场玩耍八角井中红鲤时，不慎将玉锦腰带落入井中。阿斗急得令宫女快捞，却见红鲤衔着腰带游去了与八角井相通的东海。龙洛得名，即由"龙子落带"演变而来。

扣儿和鱼儿沿会馆街下街走着。鱼儿显得很怪异：得意中夹杂着雅致。而扣儿从脸相到步姿，则尽力透出不含诗意的朴白、简单与淡定。

这天是周五，书院下午休息。上午上完课，在书院吃完午饭，扣儿本来是该径直回婆家的，但偏偏遇到一个胆大妄为得让她倒霉透顶的家伙！

你也许跟我一样，会问，扣儿婆婆都七老八十的太婆了，咋会对这个出了点太阳的普通日子记得这么清白呢？扣儿婆婆看见我倏忽间微蹙了一下的眉头，看见了我的疑惑，于是跟我道了原委。她说，这个日子，给她的生活来了个异乎常规的陡转。

如果说这个关涉扣儿婆婆个人生活的陡转都不足以让人与事过了六十一年还能铭心刻骨，那么，这个日子的两天后，就必须不能遗忘了——两天后发生了一个大动静，大得连北京中南海连毛泽东都听见了它的响！当然，扣儿婆婆并不知道这事儿，她知道这事儿，还是我告诉的结果。

其实，人生的转折点也罢，国家的大事也罢，都挡不住个人记忆在时间沙漏中的迷失。每当扣儿婆婆都快忘掉那些具体时间时，那封奇怪的信就到了。信上的日期，像打砖的盒子，牢牢固定着记忆的稀泥，这就使得扣儿婆婆即使忘掉了自己的岁数，也忘不掉一九五零年二月五日及其附近的日子。

事实上，到了后来，扣儿婆婆关于自己岁数的肯定，也得益于那些打砖盒子的固定。打砖盒子一直提醒自己，一九五零年自己二十岁，要算自己哪一年出生哪一年多少岁，只消以此年份为基准加减一下就可以了。

明显不合时宜的两人在太阳光微斜的照拂下，偏快的步子终于走到了江西会馆门口。

扣儿装着不在意，但一路上都在想，这个鬼精鱼儿以晒太阳喝茶为借口，给她看啥东西、说啥事呢？但她已铁定主意，不管看啥、说啥，看完说完甚至不看完不说完，到时候撒腿就走。这个态度，也就决定了她跟他的关系程度：面子一定得抹起走，但过了，她一样会拿出态度马下脸来。她不怕他，她相信他不敢也不会对她动粗。作为一个女人，他的那点心思，七八年前她就懂了。

老子和扣儿先生有个要紧事谈，莫让人搅肇！鱼儿对守在会馆大门前的两个老幺说。

有我们兄弟在，你就宽心吧五爷！

两个老幺飞窥了扣儿一眼，又一个对视，其中一个叫蓝的意味深长地对鱼儿抛了一个声音。蓝把鱼儿跟得很紧，正像鱼儿把乌跟得很紧。但蓝万万没想到，三天后，他身体的关键部件会被禾与扣儿引来的解放军的炮弹分裂得很细碎，很飞扬。他更没有想到，他生前把鱼儿跟得很紧，死后跟得更紧。

鱼儿双手一合，向两位抱了抱拳。

扣儿说：如果有人找我，还劳烦二位吱一声啊！

鱼儿：听见没有？

二老幺：听见了，听见了！

门在会馆万年台旁边。入门，来到会馆敞坝上。敞坝上有几个袍哥躺在竹椅上打瞌睡扯呼噜，竹椅前的茶几上摆有盖碗茶。鱼儿找了一个靠边的没有树荫的位置，对扣儿说坐吧。扣儿没动，只用手抱住了双臂。

嫌冷？嗯，是有点。我本想晒会儿太阳再进去的，那这就进去吧。

嬉皮笑脸的鱼儿用两种方法强调了"进去"一词：一是用嘴巴加强了语气，二是用挂着邪气的眼睛瞟了扣儿一遍。为了避免回应，扣儿只好装着他说的"进去"仅指"进屋去"，没有别的意思。她如此处理，就让这坏小子的话落入了棉花。

这季节，虽然有太阳，成都平原的天气还是阴冷。虽阴冷，却少风，室外是坐得住人的，但她不想坐室外——不想与一拨袍哥人家同处一地。她男人蛋也是袍哥人家，但他只是挂挂名而已，并无那些一点不体面的实质性的德性。再说，面前的男人，不是她的男人。

他伸过手来，想拉着她的手走，她躲开了。二人穿过錾有"万寿宫"三字的石牌坊，进入馆舍建筑。跨过门槛后，过过厅、天井、中堂、屏风，之后曲径通幽，进入后院。鱼儿把她带入一间厢房内。馆舍里几乎空空如也。在冬日的成都平原，人们往往以太阳为屋。

厢房里很不错，藤椅、茶桌、壁画、木柜、烘笼，样样齐全，重要的是，这里也有太阳！原来这间厢房不光墙面有窗户，它的房顶也有太阳打进来。它的房顶是两重式的，两重之间有棚窗与外界光线相接。走进会馆进深最深的这间阴森森、诡崇崇的厢房前，她以为会撞上几个亡灵，几只灵兽，但没有，光线真好。

环境不错，现在就看环境里的人了。她想。

鱼儿，你不是要给我说啥吗？说吧。她憋了一口气，落落大方地说。

坐，先坐。既来之，则安之嘛。

上过训练班和研究班的鱼儿不仅会使文绉绉的说辞了，还绅士般扶了一下被太阳照映的那把椅子，待扣儿坐下后，又把一个烫热的烘笼放在了扣儿脚边。之后，就一边说话一边冲茶。蛋不会做这些事，或者说不是蛋不会做，而是家里不需要蛋做，家里养有女佣琼哩。

扣儿虽然觉得鱼儿今天"文"得很笨拙，很好笑，但她到底没从嘴角斜出几星讪笑来。她几乎没说一句话，她看他今儿要给她唱一出什么戏。

鱼儿也倚着烘笼坐下了。他那把椅子也有太阳照映。当然，他的椅子距她的椅子不远，在这个约二十平方米的木房子里，再远也不远。

茶还没呷一口，屁股还没坐热，就有敲门声传来。鱼儿应该是正等着这个敲门声——他直接就喊了进来。

来人推了门进来，将一大把梅花放在靠墙的平柜上，说了声五爷我走了，就走了。

很快，浓郁的花香塞满了冬日房间里的每一个空气缝隙，也塞满了扣儿的鼻孔、袖套和领口。梅花，是她喜欢的花，看起来舒坦，闻起来也舒坦。甑子场没有这么好的梅花，平原的梅花就数龙潭寺的最好。意外见到乡梓梅花，她喜，但没有将喜形于色。她知道，鱼儿正尖细地观察着她。她不是装假，她是不想让他顺着她的"形"往下想。她自己也不想往下想。

但是，她依然抵挡不了梅花随着窗外吹进的偶尔的轻风向她发起的一阵一阵的进攻。她深呼吸了一下，又一下。

她看见鱼儿露出了天真的微笑。拿花取悦她，是鱼儿，就一定是梅花，这个，她并不感到意外。原先，她娘家房前房后都栽满了梅花，后来，梅花谢了，家就凋敝了。

扣儿呵，梅花还好吧。但梅花再好，也没有你好。

鱼儿应该是不想让她接话，因此把话说得像自言自语，并且，他认为即使自言自语，也不能保证她不生气，于是便飞快地继续说道：扣儿，你看我还给你准备了啥？

他说话的当口，已从壁柜中取出了一套书，向她递去。

她看见书名，一怔，又惊又喜，不顾少奶奶应有的矜持，禁不住嗖地站了起来。

那是一套《红楼梦》！是王伯沆先生圈点批校本，七色套印，白纸线装，四函二十四厚册。这个版本，扣儿一直想求得一套。那时，成都书市流行的是巴金《家》《春》《秋》，茅盾《虹》《腐蚀》，但扣儿不看这些书，因为阿爸、舅妈和蛋都说这些书是坏书，看了让人不安分。扣儿不希望别人说自己不安份。

后来，鱼儿听见老幺在门外喊，就拉开门神神秘秘去了。他出去过两回。第一回去了十多二十分钟，这个时段里，她听见了一些嘈杂的人声，还听见了闷里闷气的一声鞭炮。第二回出去了两三分钟。送了《红楼梦》，神神秘秘的鱼儿向扣儿讲起了时局。扣儿从来没见过这个给她家当过下人的青年农民如此可笑地严肃过。那会儿，她看见他的耳朵冒出了青色的雾。

对了，鱼儿是一个耳朵冒青雾的男人。

扣儿的三个带枪的男人和一个不带枪的男人都会在一些非常状况下从不同器官冒出不同颜色的雾。

她自己的身体里也有雾，桃色的，但她不知道。

鱼儿说：要变天了！

扣儿说：啥？变天？

鱼儿说：就是世道又要变了。

扣儿说：这天不是已经变了么？民国都不在了，国民党的天变成了共产党的天。

鱼儿说：又要变了！

扣儿说：又要变？

鱼儿说：又要变！

扣儿说：唧格变？

鱼儿说：变回去！

扣儿说：变回去？

鱼儿说：变回去！

扣儿说：变回哪里去？

鱼儿说：民国。

扣儿说：民国？

鱼儿说：嗯。

扣儿说：嘟格可能？

鱼儿说：嘟格不可能？

这就是鱼儿所言的时局。鱼儿把扣儿从凤梧书院"挟持"到江西会馆，主要就是想告诉她这个。由于鱼儿把时局看得很重，因此，他谈得很仔细，很耐性，这样一来，就谈去了很多时间，而时间，又弄出了一件惊天动地的大事来。

所有突然爆发的大事件，往往都是因为一件微不足道的偶然的小事引发的，而这件小事，又往往与一个女人有关。古今中外，有很多案例，或者说很多女人，支持这个定律，比如妲己、貂蝉、杨玉环、海伦，比如扣儿。

扣儿当然是女人。从扣儿阿爸阿妈的精子、卵子极其激昂极其偶然碰到一起时扣儿就有了扣儿的生命——这个经历与大伙儿一样，别无二致。自从扣儿有了扣儿的雌性生命并记事起，你就是把扣儿倒挂在甑子场下场口那棵老黄桷树上，让她全身所有的东西倒灌进她的脑花里想，她也想不到她的这百把斤肉居然与一个惊天动地的大事件有关。

之所以说惊天动地，那是因为这个事件大到了与一个国家的改朝换代，以及坐稳江山有关。

二

烧坊桶槽流出的酒精和男人身体流出的体精像从没见过的大海一样把扣儿淹没得奄奄一息，身子骨全面铺开在鱼儿的破床上，薄得似一张每年清明为阿爸阿妈烧去的黄表纸。

扣儿死人般沉睡了一夜，直到窗外大天白亮得几近她全敞的肌体，才打了个滚儿，活了过来。

床上只有她一人。鱼儿何时走的，她不知道。她一下觉得很空，全世界都是空的，包括甑子场，她的家，包括她自己的身体。她生怕这时有人进来，那样，她的骨子，她的肺腑，她的邪恶与欲念，都一览无余了。

她记得昨夜的火焰填满了她的身体，火陷露着人形，又红烈又硬朗，后来她的身体飘起来，飘起来后身体就空了。这会儿，她感到了下体的不适，有一种还未烘干的黏糊糊的感觉扣在那儿，她用手摸了下，拿到鼻下一嗅，一股荤劲十足的气味令她惊骇不已，差点呕吐，平静了心情后，却从指尖上的荤味边缘嗅出了一种超乎寻常的陌生的异香。她没有舍得立即擦去。现在，她已变得异常清醒了，眼睛里满是巫婆的光。她把自己变清醒，是为了好好想想这一天来的变故，可是，待她把这一天来的变故想了又想后，她便复又沦入懵懂混沌的黑森林。自己的男人那么干燥，怎么倏忽间就汪汪洋洋成了涝地？自己的男人明明是蛋，怎么倏忽间就变成了鱼儿？

这会儿，她首先感到的是渴，之后是饿。她笼上桃红棉袄，下得床来。从石水缸里扣了一瓢凉水咕咕噜噜灌下，小腹就憋胀起来，她便打开破屋门去猪圈旁边蹲在石板洞上解决了问题。待她从室外的农耕气味中走回小屋时，才发觉在床上嗅到的那种异香实际上是塞满整个屋子的。再次感到了惊骇。把嘴唇抿得发乌时，眼睛就有些红了。

鱼儿这间破屋子是乌的。鱼儿是乌的袍哥兄弟。乌家大业大，鱼儿单身一人独处异乡，乌就扔了一间乌家名下的闲房给他栖身。乌对鱼儿称兄道弟，似比袍泽，鱼儿对乌巴心巴肠，死心塌地。

房间不大不小，除了一张会唱歌的床和一口残缺的水缸外，还有一节黑乎乎的柏木平柜、一个龇牙咧嘴的土灶台。房间正中搁着一只罅隙缤纷的木方桌，桌面残汤剩水、杯盘狼藉——看得出来，鱼儿走得很仓促，很潦草。

鱼儿把她抛在屋里不管，她有些生气，但鱼儿如果此时还赖在她身边不走，她会更加生气。她与鱼儿在一瞬间碰得太狠了，必须得像两块相碰的石头一样后退两步，才会落地，安静下来。现在，她需要安静，需要一处只有她一个人的冰雪空间。快过年了，书院会马上放寒假；这几天主要是给学员号试卷，招收补习班，少有课上，可去可不去；她决定不去书院。

简单拾掇了一下屋子，尔后径直向珍家走去。她想在打开家门时看见些什么，于是走得很快。又怕看见些什么，于是走得很慢。正是在这种矛盾的橐橐步态间，她遇到了她一生中第二个拿枪的男人禾。

当时，她正满腹心事、矛盾重重走在会馆街上，连已走到她身后的动静很大的一队人马都未察觉。这队人马，基本上是被她柔柔地、硬生生地，拦在了路中央。

见这队人马过来，街人已纷纷向两边街檐避让。扣儿是唯一没有避让的人。

这是十一位着军服、挎枪械、骑战马的男人。

一位皮带上别手枪的男人问扣儿，知道江西会馆在哪儿吗。

扣儿转身，不明就里，半天反应不过来，后来她抬臂，指了一个与他们的前进相反的方向。

这队人马掉转马头往扣儿手臂所指方向匆匆去了。去之前，扣儿感觉那个别短枪的男人认真地看了自己一眼。作为一个长得像扣儿一样舒服一样耐看的乡村少妇，被男人认真看一眼，是再平常不过的事了。因此，扣儿对这一眼，并没有引起足够的重视。事实上，不仅没引起足够的重视，基本上就是不重视甚至忽视，因为后来禾对她说起这一眼时，她几乎一点印象也没有。

这起小插曲，对于扣儿来说，就像大白天打了一个小盹，做了一场大梦。

扣儿不知道这些穿清一色军服的一个班的人马是共产党的公安部队。不知道队伍中还夹着一位女公安。

扣儿不知道那个向她问路、别手枪、将和自己产生联系的男人是公安科长禾。

扣儿更不知道禾从成都带来一个班的公安的基本任务和最低目标，是解救自由自在的自己，最高目标是抓捕乌和鱼儿。

扣儿终于被矛盾的步态驮着回到了珍家。与昨天下午回家看见的一样，家中空无一人。失望、平定、忧伤、仇恨，写满她此时的心纸。

她忍着冒雾泡的肚子，烧水洗了澡，之后弄了点吃的。仅仅一夜之间，她突然就对自己的身体产生了因罪恶感引起的厌恶感。女人自己的身体为什么总是不能由女人自己做主，偏偏要男人为它做主？撇开心理因素不谈，仅从生理布局、生殖器官结构看，女人去做男人的主，如果男人不想让女人做，女人怎么可能完成自己的做？而男人就不同了，男人只要下决心做，就一定做得了。龟儿造物主，真他妈不是东西！

骂完造物主，扣儿不想看见自己被人做过主的身体。但她在脱下最后一件贴身衣物和裤衩、翻身埋入热气弥漫的大黄桶时，还是看见了它。她痛苦地闭上眼睛，连头也埋进了水中。搓揉身体过程中，慢慢就感到了热，慢慢连感觉都变得热起来。她一下睁开了眼睛，那些满眼满目的白晃晃的山峦、沟壑、草泽、雪线，令她领略到了身体风景的神秘与美好，身体语汇的丰富与奇妙。她发觉把脑袋搭在黄桶沿口上，思维就会变成上山的健兔，嗖地一下射出去，射很远。

昨天傍晚，鱼儿从江西会馆一路赶到珍家，见她悲悲戚戚、傻傻痴痴，站在独凳上，正升天成为空气。陪了好一阵，待扣儿从空气回到了人身后，鱼儿终于忍不住小心翼翼问她吃饭不。

扣儿说：你是猪哇，吃饭？

鱼儿不解，进一步赔小心：那，那吃啥？

扣儿恶狠狠说：吃酒！

就这样，扣儿跟随鱼儿去了那座破屋。路上，鱼儿在街边铺子砍了一只烟熏鹅、切了一个卤猪拱嘴、拎了一罐包谷白干。扣儿知道街上的居民都拿眼望着她，只不过此时的眼光似乎已与下午有了不同，下午是偷窥，现在是明目张胆，但她居然挺了腰，无所谓的样子。她甚至自己都没想到，自己会突然对着他们大声武气起来：

看啥子看？我扣儿是不会被男人丢的！不会！看！鱼儿！鱼儿就是我的男人！蛋算什么东西？珍算什么东西？好了，这下解脱了，解脱了……好，自由，自由万岁……

扣儿一声高、一声矮，高矮走着，最后走成了自言自语嘀嘀咕咕。

望着突然疯了的扣儿，众街人莫名其妙、面浮恐惧。

大喊一通后，压抑得险些崩塌的扣儿里里外外的句子一下通顺了，释然了。她似乎喊出了所有话，直到走到鱼儿屋中，直到喝醉前，没再说一句话。望着不说话的扣儿，望着一颗不定时炸弹，鱼儿心惊胆战。

鱼儿把烟熏鹅、卤猪拱嘴摆上桌面，掺完两杯酒，刚想与扣儿碰杯，却见扣儿飞快喝了自己的一杯,又飞快喝了他那一杯。鱼儿又掺,她又喝。又掺,又喝。鱼儿不掺了,她就自己掺,自己喝。鱼儿傻傻站在桌边,像一个与这间屋子无关的人。又像一位奉酒的男伺。

鱼儿终于忍不住了,说,扣儿,别喝了,你已经醉了。鱼儿一边说一边去夺酒杯,并用她的手,把她整个身子拉进自己怀里。扣儿大惊,奋力一推,把鱼儿推了个趔趄。鱼儿讪讪道,扣儿,你刚才在街上说了,我是你的男人啊……鱼儿还没说完,扣儿一口酒水裹着唾沫就打在了他脸上:

呸!哪个是你男人?就是天下男人死光了,我扣儿的身子也轮不上你来沾边!我是你的主子,你是什么?奴才!狗!原先是我的狗,现在是乌的狗!

说完,扣儿大笑起来。大笑过后,感到胃部潴留得慌,开始呕吐,呕吐之后,又喝,又大笑。伴随着这一系列动作的,是她反反复复的唠叨:呸,哪个是你男人?就是天下男人死光了,我扣儿的身子也轮不上你……正是这些臭骂鱼儿的唠叨,让鱼儿越听越舒服,全身的欲火一浪接一浪往一个地方集结,终于,那地方成了高耸的火焰山。

鱼儿突然像一头豹子啊啊咆哮起来。鱼儿一咆哮,整个镇子都在抖动,扣儿的酒一下就醒了,酒一醒,扣儿就成了一只惶悚的小鹿。豹子大口一张,四蹄在空中乱弹不已的小鹿就被叼在了床上。

扣儿,你是,我的主子!我是,你的奴才,你的狗!扣儿,乖乖,我愿意你是,我的女主子!我愿意我是你的,男奴才!我愿意我是你的一条,野公狗!我愿意!我愿意!

鱼儿这样说着,像几分钟前扣儿一样,把同一句话颠来覆去说,一脸的邪气,无比的鸡血,直到后来,他把自己射上了龙泉山顶,射上了云端,还在有气无力喃喃自语,我愿意,我愿意。这会儿,他有一种癞蛤蟆就要吃上天鹅肉的壮丽与飞翔。扣儿被粗暴地掼在了床上。由于床板单薄,还由于铺在床单和破褥垫下边的稻草肥厚,被掼在床上的扣儿仰着身子弹蹦着弹成了皮球。还未等皮球自然停歇,鱼儿就纵身扑了上来,灭了面前的弹蹦。他用两手抓住女人手腕的同时,把两块膝盖骨压在女人脚上。

面对男人疯狂的进攻,女人进行了全面的抵御与对抗。这就像一片森林之于一辆坦克的进攻，森林永远赶不走坦克，但坦克也不能让没有尽头的森林屈服。女人明显感到自己的腹部被一件硬物顶着。女人更加惊恐。女人的胡乱挣扎终于取得效果，她那只脱离了桎梏的手在一阵抓抠中，抓到了枕边的一件硬物，她瞟了一眼，见抓住的居然是一把黑亮如眼球的手枪。

女人迅速拿枪对准男人。男人一怔，随后就龇牙笑了：开枪，开枪吧。女人抖索着爪子：滚！你给我滚！男人说：滚？我往哪里滚？今天，除了在你身上滚，我哪里也不去滚！女人怒吼：那我打死你！女人闭着眼猛一阵扣扳机，但什么动静也没有。男人又笑了，伸手拿了枪：喏，开关都没打开。说罢，男人反手把枪扔到了脚边床头。男人说：扣儿，这枪不好玩，我身上还有一把，你拿去吧。男人边说边把女人的手朝自己腹部拉去。女人的反动再次启爆。在双方勇顽的孜孜不倦的拉锯式博弈中，女人的哀求终于见了哭音了：

——求求你，鱼儿，别这样，你是主子，我是奴才，我是狗，好不好？都是我的不对，是我侮辱了你，我错了，好不好？

——不，你是主子，我是奴才，我是狗！我愿意！我愿意！

——不，你是我的男主子，我是你的女奴才，我是你的一条野母狗。只求你放过我，只求你不要毁了我……

——不不！我愿意！我愿意！

女人开始并不完全明白男人话中的意思，或者说她强迫自己不往那个方向想。她的努力只是在防止一种后果。后来见男人锲而不舍攻城略地的势头越来越凌厉，便什么都明白了。女人看见男人在控制自己手脚以及躲避头颅和牙齿进攻的同时拼命剥下双方衣裤，彻底愤怒了。女人决定下定决心不怕牺牲顽抗到底，只要一息尚存，绝不让敌人割让半寸土地。但是，当女人看见男人的身体下着大雨，看见男人的脸因堵塞、压抑、焦躁、渴望、痛苦而变得丑陋不堪时，女人的决定就被秒杀了。

蛋的那张脸始终那么白净、纤美，从来就没有丑陋过。对了，女人恨蛋，就是因为蛋从来不对女人这样丑陋过，而只是那样丑陋过！

男人丑陋的耳朵不仅像被俘的蝙蝠轰隆隆乱颤，还冒出了青雾。

后来，坦克面前的森林变成了油菜花。坦克驶来，一大片一大片黄金的油菜花就倒卷了过来，倒卷了过来。慢慢地，坦克被油菜花完全覆盖了缠住了。

这一夜，坦克发起过多次进攻，多次进攻多次覆盖后，坦克与油菜花双双美美地死去了。这一夜，男人的破床唱出了各种各样的歌，有的激越，有的舒卷，有的毫无章程，有的像鸡公车的轮毂，一圈一圈发出邈远的雪声。这一夜，一个已婚女人第一次握住了男人的钢枪。

扣儿洗完澡，百无聊赖，便在空空如也的房子里走来走去。她觉得她依然光着身子——她觉得她穿着房子在走。走着走着，心神不安起来。为平和心境，她拿起《红楼梦》，在一把宽大的藤椅上坐了下来。她一直在看书，甚至看了好些页码，但恍惚之后，才发觉一个字也没看进去，宝玉黛玉老是在那儿流泪，不走不动的。这样一来，她知道自己不是百无聊赖而是心事重重。

心神不安、心事重重的扣儿坐在空无一人的珍家老宅，想鱼儿，更多的却是想蛋，想珍，唯独没有想的是自己未来的命数。

依稀听到一阵枪声。由于对枪声的不重视，或者说由于对爱情的重视，她完全忽略了枪声的存在。晚上，鱼儿在床上向她讲起这阵枪声时，她都无法记清这阵枪声响起的具体时间。

事实上，这阵枪声是上午十一点左右响起的。第一枪是乌打的，第二枪是鱼儿打的，叛匪方面一阵乱枪后，禾打出了共产党方面的第一枪。严格说来，这是真真实实响在龙洛镇的第一枪，但由于这一枪的影响较之翌日那一枪的影响实在算不得什么，故志书以及革命军事史都不见记载。是啊，既然后世将一九五零年二月五日响起在龙洛镇的那一枪称之为第一枪，那么，其他的第一枪就不叫第一枪了。

扣儿同样不知道，这阵枪声与她在街头拦住的那队人马有关。

后来，她听见了甑子场大门小门乒乒乓乓响起，人流窜动，就跟着上了街。

后来，天黑了，她闭户关窗，觉得完全安全后，便倒床睡了。不知什么时候，一件硬物撞击木头的声音把她惊醒，她一睁眼，看见鱼儿正把手枪往桌面上搁。

鱼儿能够进入珍家这所关门闭户的宅子，却怎么能够出现在这个密不透风的房间，对扣儿来说，是宗谜。问鱼儿，鱼儿只狡黠一笑。

三

二月五日说到就到。天刚麻麻亮，鱼儿就被蓝从扣儿的热被窝中喊走。鱼儿至死也没想到，这是他一生中第一次、也是最后一次睡在扣儿的热被窝里。鱼儿第一次与扣儿睡觉，是睡在自己的破屋里，自己的那个漏风的破被窝，有一股呛鼻的尿骚味。后来还有一次，则是在黑魆魆冷冰冰的竹林里，天作被地当床。这三次是连续的，连续了三个晚上后，鱼儿就死了。为扣儿死，鱼儿愿意，他的生，就是为扣儿死。

在扣儿的热被窝里，鱼儿把自己一整天在外边忙碌的她还不明了的事，一五一十摆给扣儿听了，如此一来，鱼儿的行为就有点不显鬼魅了。同时，他告诉她，他多方打听过，蛋和他阿妈珍的确是把家产卖给乌家后跑去了香港。这座宅子，是乌暂借给他用的。扣儿幽幽地说，他们不该这样的，我也不该这样的，但这都这样了，那就这样吧。

扣儿的一声叹息红红白白传出，如蚊声，如狮吼。

蓝之所以急匆匆猴急急将鱼儿喊出去，是因为乌有重大事情有商鱼儿。鱼儿在床上继续眠了阵，骂了声日他妈，万般无奈起了床。凌晨的空气冷飕飕的，两个男人匆匆的脚步，牵出了远远近近几声犬吠。

灭了灯笼的打更人，拎着收拢一处的铜锣梆子，正从一位孤身盲妇屋里跑出，五分钟的哑声，没有人在意。偏偏有一回，他刚刚拎了松垮垮的裤子从一聋妇家出来，就被老婆蒲扇般的耳光凌厉地刮倒在地。刮倒在地后，好人更夫可可怜怜委委屈屈哭了，他说，你们都听得见梆声，我不进聋子的屋，她咋晓得啥时辰？因此，自那一回后，他知道自己一整夜里哪怕失声五分钟，也是有人在意的。从此，他变得在意起来，他一在意，老婆反而不在意，因为她不想因为一次又一次的无用功耽搁了自己呼噜的连续性和流畅感。更夫一边点灯笼，一边为躲避赖在床上的死婆娘等他回去交公粮而故意慢吞吞往家走时，鱼儿和蓝超过了他。

——灯笼咋熄了？

——不知咋的，刚才好一阵怪风哩！

——怪风？

——是啊，你们没见着？

——我们见着了还叫怪风？

——那是那是！

——那是个屁！老子看你才是怪风，老不收心的！

——不要参起嘴巴，乱毬逼说，你们……

更夫还准备继续说下去时，两个人形已不见人影。更夫揉了揉眼睛，点亮灯笼四照，难道见鬼了？

昨天，袍哥与公安交上火，禾的一名手下当场横尸街头。禾们惊惶逃走后，乌即与鱼儿商量对策。他们相信禾的逃脱，意味共产党很快就会组织人马杀回来。

凭一时性起，打了共产党的人，二人还是感到了后怕。但正因为打死了共产党的人，他们又不怕了。成都解放以来，不，应该从成都解放前夕算起，几个月来，他们一直在悄悄准备、动作，可谓秣马厉兵，磨刀霍霍。但他们还是怕，还是担心，顾虑重重，共产党的手段蒋介石都怕，他们能不怕吗？因此，他们的一切动作都是隐匿的，地下的，小心翼翼，借用共产党的说法是"红皮白心"。

但现在他们只能不怕了，他们的手上已经沾上了共产党的血，沾一次是沾，沾一千次是沾，怕与不怕都成了与共产党不共盖天的死对头。他们现在是开弓的箭、不回岸的头，需要的仅仅是前进、加力和对策。

乌一寻找对策，就会想到鱼儿，就会找来鱼儿，一次二次找鱼儿来。由此可见，在乌的心目中，鱼儿的脑花花是够烂的。其实乌不光喜欢鱼儿的脑花花，还欣赏鱼儿下手的狠劲。

记得半年前，龙洛哥老会袍哥总码头舵把子安撅下挑子不干了。安说你们随便哪个当都可以，以后码头上的事，我不管不问，你们别惹我井水，我也不犯你们河水，你们吃你们的码头饭，我扒我的镇长碗，大家相安无事最好。

安这样一说，龙洛地区一镇七乡十三个分社的大爷都跃跃欲试，尤其是甑子场人民堂分社的大爷，更是四方走动，八方鼓噪，公开叫嚷要接下安的权杖。副总舵把子兼乌家店分社大爷乌见有人拿坡坡坎坎让他爬，气得全身发乌，腮帮子起瓦楞，却拿不出更好的招让自己安安泰泰来个副转正。一个雷雨之夜，当信奉天道如信奉神灵的小镇一觉醒来发现人民堂分社大爷已被雷打死、烧得焦煳，乌就知道，这活儿也只有鱼儿才能干得这么漂亮。很快，当十几个头头脑脑再一次坐下议事，乌抓握总舵把子就变得顺理成章了。

正因为鱼儿脑瓜儿灵光、手脚利索，所以这个从北边龙潭寺跑来甑子场寻碗饭吃的大老粗兼穷光蛋，很快就被乌发现并吸收在乌家店码头，两年不到，从老幺升至五爷。

蓝对鱼儿说，被乌看上的一定是一个人物，因为乌本身就是一个人物：一个人物头。鱼儿一笑，说，老子看上的也是人物。乌曾在国民党孙连仲部当过一段时间旅长，后因与顶头上司、军部的一位参座争夺一个女伶，发生冲突被贬。乌一气之下，带了几名心腹到军部去暗杀参座。暗杀未遂，连夜从军队出逃，回到老家龙洛，接老爷子班当上了哥老会乌家店分社舵把子，没多久又爬上了龙洛副总舵把子的宝座。至于乌怎么爬上副总舵把子宝座的，一直是个谜，乌自己不愿说，安也三缄其口。

出珍家，不到二十分钟，鱼儿与蓝就走到了江西会馆。

前天下午在江西会馆，嬉皮笑脸的鱼儿明明白白告诉过扣儿，自己只身一人到甑子场，纯粹是为了扣儿：谁叫你嫁甑子场呢，你如果嫁灵池，我一样跟到灵池去！扣儿相信鱼儿说的是掏心窝子的话，但她却只能当耍话来听，当耍话来回：你跟我干啥，我家又不缺长工短工的。一听扣儿这样说，鱼儿就知道了自己的斤两，于是笑着说：所以我就没去你家杵那一鼻子灰了嘛，再说，我可不当长短工，要当就当城里人说的，说的，老公。

扣儿的感觉是正确的，鱼儿瞄上了缠上了自己，他的那点邪乎劲，至今未变。

自从扣儿一嫁到甑子场，鱼儿感到整个龙潭寺乡都空了。他不适应这种空，这种空让他失魂落魄，如丧考妣，于是他来到了甑子场。刚到甑子场时，因为时不时总能看见扣儿，他眼里就实了，心里就不再空。但是，一看见她与蛋在一起，一想起她与蛋在一起，他的心又空了。刚开始他还为自己的空感到羞涩和难为情，后来就感到了痛苦，再后来所有的感觉就被一种爱欲的毒汁泡得发黑，泡出了仇恨和杀心。

正当他思考好怎样杀蛋并开始跟踪蛋时，他却意外发现了一个秘密，又直到一年半载过去，扣儿的腰身还是像在龙潭寺那么好看，那么山清水秀，他心的中空部分又才开始长起瓢子来。这样一来，他便释然了，他再次坚信了自己到甑子场来的英明与正确——再次坚信了成都君平街那个神秘的操着南方口音的年轻算命先生给自己的算卦。他明白，扣儿，只能是他的，随便转几多圈，她都会转回来——抱着扣儿困觉，那是早晚的事。他需要的，只是时间与机会。

与扣儿困觉，他本来可以再等等，至少等到变天以后。变天以后，什么都好办了，当然，包括办蛋、办安、办扣儿。让鱼儿没想到的是，蛋和高云儿的一起小小冲动激发了乌的一出狂暴行动，乌的狂暴行动又让鱼儿捕捉到了窥盼已久的机会。事实证明这个机会正是机会，扣儿现在已经是他的人了，而安的诡计已成竹篮打水，安的力量已成搬石头砸天。

乌很聪明，但这不包括对别人内心情感的敏感。乌知道扣儿，甑子场所有惹眼的女人乌都知道。乌对女人的所有理解就是睡觉，睡了就完了。在这方面，乌是一个粗枝大叶大大咧咧的人。正因为如此，乌对鱼儿来甑子场的真实原因仅仅限于是出于对自己的无限景从，至于扣儿之于鱼儿的意义以及鱼儿为这种意义所做的一切，则一无所知。正是因为这种一无所知，所以，今儿这个晚上一高兴想起该找扣儿来睡一觉时，竟遭到了鱼儿的暗招。乌的想法是，你鱼儿睡得的女人，我当大爷的当然睡得。而此前，鱼儿向乌提出暂借几天珍家的房子用下时，满口答应的乌，并没想要把扣儿怎么了。乌处理女人，总是临时起意，兴之所至，率性而为。

鱼儿对扣儿的喜欢由来已久。那还是在扣儿九岁那年，当扣儿从私塾出来走在回家路上被三个坏小子拦住摸脸搜钱，而鱼儿突然出现搅了三个坏小子的好事而被打得一脸血污时，扣儿就知道鱼儿喜欢上了自己。在少不更事的年龄，扣儿为有鱼儿的保护和呵护式的喜欢而倍感甜蜜，倍感得意，但随着年龄的增长，渐渐的，扣儿感到了不自在，得意变成了自卑，自卑变成了愤怒。鱼儿是她家长工的儿子。鱼儿家的祖祖辈辈都是她家的长工。说白了，扣儿是公主，鱼儿是男仆——鱼儿连书僮都够不了份，虽然他目光如炬却目不识丁。

但鱼儿却是深深地爱上了扣儿。鱼儿不识字，但这并不影响他是一个好强而自信的人。他就是这样一个人，越是得不到的越想得到，百折不挠，百炼成钢。如此脾性，让他饱受责难，也让扣儿饱受责难，甚至让全世界饱受责难。他的脾性是把无柄的多刃剑。

鱼儿对自己女儿的执著觊觎，让扣儿家老爷恼羞成怒甚而暴跳如雷。但扣儿家老爷还是耐下性子与当事人作了两次长谈：第一次直奔主题，去谈了鱼儿；见不起成效，又去谈了鱼儿阿爸。有了两次失败的长谈后，老爷就让鱼儿一家卷铺盖走人了。

其实，让鱼儿一家卷铺盖走人，是鱼儿尚未犯事儿之前老爷就在心里作出的决定。扣儿祖上富甲百里，风光了得，但到了老爷这一代，就开始了败走麦城，家道每况愈下，日见式微。鱼儿一犯事，老爷因势利导，顺水推舟，非常体面地就把困扰家庭成本的难题给办了。鱼儿阿爸自责不已，拎了老爷额外赠他的一袋土豆，千恩万谢去了。前脚跨入街道，后脚还留在老爷院里，鱼儿阿爸的脸就阴云密布、电闪雷鸣，扣儿听见不听人话的鱼儿被他阿爸暴打得鬼哭狼嚎。

一年后，鱼儿一家穷途潦倒，几近逃荒过日的程度。之所以终究没有踏上逃荒之路，全仗于天府之国"水旱从人，不知饥馑"的天然富庶。

一个月黑风高之夜，家财所剩无几的扣儿家被一场神秘大火烧得片瓦不存，仅扣儿一人因在舅父家学习功课侥幸得生。扣儿至此成为舅父家不得不收留的孤女。

扣儿其实不是孤女，她上边还有两个阿哥，一个去当了国军，一个去投了八路。那都是抗战时期的事，以前还有通信，一年前就音讯全无了。

老爷之所以同意儿子在国共合作时期参加不同的政治军事集团，是因为他无法断定哪方是成者王、哪方是败者寇，为此，他决定以量求质，量变导致质变，让自己的家族血脉最终稳操东方不亮西方亮的胜券。从理论上讲，老爷的谋划是成立的，但一落实在操作层面就变成另一回事了。当然，这个怪不到老爷的智商，要怪只怪世事的无常、风云的变幻。

关于扣儿家突遭大火、华阳县衙门立案又撤案的事，传说多多，主要有三：一说是军统戴笠干的，原因是这个宅子出了一位共产党大官；一说是东山客家游击队干的，原因是这个宅子出了一个蒋介石走狗；还有一说是鱼儿干的，原因是这个宅子的老爷不愿意把自己的女儿嫁给他。对于三种传说，扣儿只能求证第三种。有一天，站在下场口，扣儿两臂一张，拦住了上龙泉山打猎的鱼儿的去路。

——是你放的火！

——不是！

——是你放的火！

——不是！

——就是！

——我那天在成都东门码头炭市卖炭来着！

——那是你说的。

——门板晓得，丁丁也晓得。

——那是哪个放的？

——天晓得！

扣儿后来问询过门板和丁丁，他们都说起火那天鱼儿在成都东门码头炭市卖炭来着。

一砍竹就遇节疤，鱼儿的运气要多坏有多坏。鱼儿犯事，本来是可以不事发的，偏偏在他犯事后出现了鼠，后来又出现了猫。鱼儿多年后还在想，要是没有猫和鼠，我犯了事也相当于没犯事，但又确实出现了猫和鼠，因此就真是犯事了。这给了他一个深刻教训：犯事但不能事发。因为把教训铭刻在心，所以后来他犯了很多事，但从不事发。最终，致命的那次犯事，也是因为自己主动向扣儿坦白而导致事发的结果。

少年鱼儿犯的是这样一件事：

鱼儿想小姐想得很恼火，于是偷偷摸进小姐房间，拿走了小姐的一件贴身内衫和一条花裤衩。夜里，他把小姐的物什捂在下边的枪上，让枪喷出黏稠的月华、雾珠和小神仙。他觉得这样的日子很爽，他没有影响任何人，没有影响世界。

爽了个把月后，有一天下午，鱼儿去黄家河捉鱼去了，一只老鼠把小姐的物什作为芬芳馥郁的美食从鱼儿床铺上的谷草里拖出，正准备拖向门边的墙洞时，一只过路的黑猫大吼一声扑杀了老鼠。这样一来，扣儿神秘消失、四寻不着的已变得脆硬如油炸锅盔的贴身物什就大白于天下了。

鱼儿身体的勃发，让老爷惊骇。那一年，扣儿十五岁，鱼儿十三岁。

四

乌在江西会馆等得有些不耐烦时，鱼儿和蓝到了。

副司令，嘟格姗姗来迟哦？乌阴煞煞说，还未待鱼儿开腔又爽朗一笑道：是那个女先生把我们的大英雄套住了吧？怎么样，滋味还爽性吧？对了，房子住起还安逸吧？鱼儿正不知咋开腔，乌又开腔了：好，副司令，说正事吧！

乌开始说起正事来。正事还没说伸抖说亮堂，天就睁了眼伸了腰叮叮当当大亮了起来。

鱼儿现在是副司令，任命是昨天下午宣布的。昨天中午打跑禾后，"滥滚龙"乌就在江西会馆旷坝里发出了财大气粗土鳖和凯旋将军兼有的肆虐之笑：

杀大猪，摆大碗，喝大酒！

兄弟们山呼万岁。但鱼儿却一脸严肃凑近乌说，总舵把子，现在还不是喝酒的时候。共产党很快就会来的。乌立即明白了鱼儿的意思，因为乌自己也明白这个意思。

兄弟们，你们只管喝！大爷有事，就不陪了！

乌抱拳吼了一通后，就拉着鱼儿进了会馆内小天井旁扣儿昨天去过的那间厢房。不到半个时辰，二人就走了出来。堂厅里，鱼儿一拍巴掌，蓝就到了面前，他吩咐蓝去把报务员喊来，然后弄点吃的来。

报务员跑步来了。报务员是个女的，叫雪儿。

一个多月前，专程秘密潜入甑子场视察工作的菜对乌说，你不是希望给你配部电台吗？乌说，光电台有毯用！菜说，我还给你物色了人，两个，一男一女。乌说，好，死一个，还有一个。菜说，你只能选一个。就这样，龙洛有史以来出现了报务员，且是一位女报务员。

但是，现在跑步进来的女报务员不是那个女报务员。那个女报务员到甑子场的当天晚上，就差点被乌那了。乌正要那个的时候，那个女报务员把一支乌黑的枪管抵在了乌的太阳穴上。这样一来，那个只在甑子场待了一天的女报务员就回到了来的地方。只过了两天，现在的女报务员来了。

现在的女报务员是一个不带枪的报务员——乌在她来的当天晚上就从她的床上获知了这个信息。那天晚上，乌还在酝酿状态，就成了女报务员手中的一台发报机。乌自个儿也纳闷，自己嘴巴鼻子一长一短一高一低发出的人声，咋就成了发报机的机声了呢？他一下有了尝鲜的感觉，哪怕是尝自个儿的鲜。

乌哪里知道，长得干干净净、冰雪人儿一样的冰雪聪明的雪儿的放纵与浪，竟是一种赌气与恨。菜真是一只老狗，不是有血有肉的老狗，而是那种无情无义的政治机器的老狗！床翻天覆地飞速旋转，雪儿发泄着爱发泄着恨。

雪儿来了，又走了。雪儿再来的时候，乌和鱼儿刚好放下碗筷。雪儿手中的两封电报带来了两则信息，或者说多则信息。

两封电报有相同点，也有不同点。相同点是，同意龙洛成立反共武装，乌任司令，鱼儿任副司令。不同点是，两封电报在反共武装组织的称谓上产生了分歧，第一封电报的命名为"川康人民反共救国军游击纵队龙洛支队"，第二封电报的命名为"川康人民反共救国军第六兵团"。

乌决定使用第二封电报的文字。第二封电报是毛人凤回的。

乌和鱼儿起先只想给菜拍一封电报，因为他们知道毛局长忙，未必会重视一个乡镇级的武装建立，但又一想，龙洛这个乡镇可不是一般乡镇，它的辖区是一镇七乡，它的战略口岸更是重中之重，还是发发试试吧，于是就发了第二封。还有一个想法是，万一菜正好不在电台旁不能及时回电报呢？没想到菜正好在电台旁，更没想到毛局长他老人家隔山隔海在百忙之中回复了他们的请示。

乌是操过官场的，鱼儿虽没操过，但混在码头林立的哥老会中间，不懂也懂了——其个体存在与组织机理的利害关系自然同理于官场，况且，鱼儿还受过训。因此，他们不是不明白同一件事向两位上司请示可能会令两位上司都不高兴也令自己难于取舍的道理，但他们不想顾及这些通常的鸡肠小肚筋筋绊绊，他们只想用最短的时间揽取最大的利益最高的目标。

司令、副司令，转瞬之间就到手了——这令他们狂喜不已！

虽则狂喜，但二人还是有程度的高下之分。乌看出来了，鱼儿的狂喜远远胜过自己，两年前还是一个穷得缩在废庙里过夜的农民小伙子，现在都够着月亮了。至于自己，且不说大少爷的身阶，连正儿八经的国军旅长都干过，一个只有一张空头支票的破司令算个鸟哇。乌的心气很高，却不料心比天高、命如纸薄，他这个司令只当了两天就随着一声炮响灰飞烟灭了。当然，鱼儿更没想到，司令死的时候，他这个副司令竟充当了陪葬角色。

司令副司令现在还活着，活着就要做活着的事。他们吩咐了蓝，又吩咐了雪儿。只几袋烟工夫，蓝回来报告说，一切准备就绪，该来的也都来了，都候在坝子里呢。蓝所谓该来的，包括镇长安、哥老会甑子场六个分社五排以上袍哥、龙洛镇国民党党部成员、乡绅、国民党溃败散兵、国民党起义又反水军人、国民党特务、绿林惯匪，以及不安分、不明真相、各有目的的本土群众。他们全都大摇大摆鬼头鬼脑不知从哪些凼湾哪些旯旯旮旮冒了出来。

只有镇长安没来。蓝又添了一句。

乌好像没听见，出厢房，直接朝旷坝走去，走上万年台。鱼儿等尾随。雪儿步态优良，又因一身国军军装的威风而把胸脯挺成了珠穆朗玛峰。

莫球闹了！酒，一会儿接着整！各位掌事的，各位朋友、好汉、英雄，兄弟们，弟兄们，现在，总舵把子有大事要事宣布！鱼儿拍了几下掌，扯开嗓子大吼，尔后退在一边：总舵把子，请！

江西会馆旷坝一下静下来。屁首先讲话——人群中不知是哪个混蛋打了个赭黄色豌豆屁，格外生动，格外昂。

万年台衬出了乌的伟仪与丑小，他的讲话跟喊山一模样：龙洛的天变了，变得我们不舒坦了。嘟格舅子办呢？我们不舒坦，老天爷都不答应！今天，我们杀了共产党公安，杀出了我们的胆气，杀出了我们的颜色，我们让龙洛出大事了——出大好事了！哪个给我们带来的好事？毛局长，毛人凤局长！下面，请军统成都方面特派员宣读毛局长从台湾发来的国防部颁发的《委任状》！

雪儿上前一步，冷冷扫了一眼台下的乌烟瘴气乌合之众，字正腔圆宣布：任命乌为川康人民反共救国军第六兵团上校司令。任命鱼儿为川康人民反共救国军第六兵团中校副司令。

不用说，把电报改为任命并上升为《委任状》，把菜派来的报务员变为菜的特派员，正是两个野心家阴谋家的杰作。仅当电报读，他们觉得欠重大，匮乏仪式感，由他俩中的一位即当事人来读，又觉得不是那么一回事。此刻，爆响在甑子场上空的盛大掌声，对二人的智商给予了隆重的接纳与肯定。

换装！随着特派员雪儿一声喊，两个老幺捧了两件国军军服上装来给司令和副司令笼上。两件衣服的不同在领章和肩章上，一件肩袢上缀上校金属徽标，一件缀中校徽标。两人都喜欢穿这身绿黄皮皮，穿上了就没脱下过，直到死也没有。

挂牌！

蓝与另一个老幺变戏法般在会馆大门边挂上了红绸包裹的"川康人民反共救国军第六兵团"吊牌。

让我们以热烈的掌声有请司令揭牌！

乌上前揭牌。

之后，雪儿嘴巴子一抿，让乌和鱼儿分别发表就职演讲。二人于是粗话连天把子连篇地吼了一通。

二人讲的中心意思基本就是一个表决心式的姿态，说，不把龙洛这支队伍拉成三个军拉成名副其实的集团军拿下成都城杀到北京去让在场的兄弟伙们弄个军长师长旅长团长至少是营长干干就把本司令本副司令的鸡巴咬了卵子锤了！

之后，乌宣布救国军下设八个大队、一个直属支队，并宣布人事任命和为九个队长发放国军服装。之后，乌委托鱼儿部署近期任务。

鱼儿说，拉人手，弄刀枪，杀共党，打大仗，就是任务！至于嘟格要杀共党，为啥要打大仗，你们清楚！当务之急是，割电线，断交通，守口子，让龙洛镇永远都是孤岛，是我们反共的天堂！

说到杀共党，乌和鱼儿几乎同时想起一个人来。这个人就是指导员。他们本想待任命仪式结束后亲自去抓指导员，考虑到指导员住在广东会馆，而广东会馆又是镇公所所在地，便作了罢，只立即派了包括蓝在内的几个救国军队员带着家伙绳索去把指导员绑了来。

对安，他们还是有点惧怕，至少，现在还不是拉下脸的时候。前几天，鱼儿在街上碰到过一次安，他看见安没有微笑，而是黑着脸，鼻子喷着黛色的雾。他无意识地怕了，现在更怕了。安一定会因为我拿下了扣儿要想鬼点子办我的，他想。

鱼儿怕安，但为了扣儿，又不怕安。乌更不怕安，乌怕的是菜。菜在乎安的妹夫祥，那个在四川军界当了多年中将军长的家伙。按说，这家伙后来摇身一变站在共党一边就可以不在乎了，可偏偏菜又在拉这家伙反水，菜因此还时不时告诫乌动不得安。这样，乌就有些怕安了。

回来！还要把镇公所的牌子摘了！龙洛的天底下哪能摆两把龙椅？

领了乌的指令，几个老幺望广东会馆扑去。干啥？安问。老幺说，绑人。绑我？安问。不，绑指导员，老幺说。绑吧，安说。几个老幺找遍了广东会馆都未找到绑的对象，最后就要摘镇公所的牌子。安说，摘牌，可以，但你们几个还没这个资格！老幺说，镇长老爷，您老就不要为难我们几个老幺了吧。安说，我可以不为难，是牌子为难，更是我自卫队的枪为难，滚！

后来乌就来了，跟在乌后面的，还有鱼儿等一大群救国军队员。安用枪指着鱼儿，人不请鬼鬼自来，信不信老子一枪打死你，滚！

见总指挥安发怒，龙洛一镇七乡自卫大队教官与安的两名保镖率二三十名紫衣自卫队员端枪挡在安的身前。双方对峙着。

鱼儿立即抽出枪指着安，你以为还是昨天，你以为你还是大爷呀，别人怕你，我鱼儿不怕你！

安拉动安全栓：奴才，敢用枪指着我！狗日的活腻了！

安一扣扳机，枪响，但子弹却打在了对街房子瓦楞上。扣儿不知从哪儿钻出，母豹一样扑上，伸手抬高了安的手腕。

扣儿：干爹，您老何必动这么大的肝火，都快过年了，何必见血呢？看在扣儿的面上，干爹饶了这个不晓事的下人吧。

安乱了阵脚，但很快稳住了。腮帮子抽搐了几下，像蚯蚓在薄土中蠕动，想说什么，但什么也没说。

乌对鱼儿怒喝：大爷喊你滚了你还不滚？滚！

鱼儿收枪，拉了扣儿，忿忿然离去，傲傲然离去——刚拐过墙角，鱼儿就被匆匆寻来的雪儿喊走了。安视而不见，目不斜顾，只顾压着心中上窜的戾气。安想走，乌又说话了。

——大爷……

——我不是大爷。

——镇长，您知道，一个镇不能有两个天的。

——你那也是天？

——我可是国民党的天。

——你那牌子可能挂不安稳的。

——共产党的就能挂安稳？

——你准备挂几天？

——挂几天是几天吧。

——还算有自知之明。

——镇长同意了？

——天无二日，朝无二主。一个镇是不能有两重天。摘吧。

——谢谢镇长。

——不过，别把牌碰坏了，免得劳我神重做。

安边说边走，径直入了会馆。师爷吱嘎一声闭了大门。乌怔了怔，然后哼一声把一团痰从深喉里提出来啐在了吊牌上。

鱼儿不知道，他在江西会馆的高调出场，出色表现，扣儿知道。扣儿待在家里胡思乱想，到下午时，就有些待不住了。她本来可以不去书院，但还是决定去一下。这个时候，她听见了嘈杂的人声。出门，看见人流拥向江西会馆，心里不想去，脚还是去了。在会馆大门边，她从人缝中看见了鱼儿，看见他嘹亮地站在戏台上，手挥舞得很大声，嘴翕张得很红色。鱼儿没演戏，她却觉得他比演员都演得好。众声喧哗，在她这里，只是两个人的剧场：一个人的戏，一个人的观众。

鱼儿演的啥，她一句也没看进去听进去，她的眼光把他的衣裳一件一件褪了下来，她看到了男人昨天晚上的床。事实上，她就是不去看床，她也听不进他的那些屁话。她是一个对政治毫无兴趣的小学教员。但是，她还是为自己的眼光和想法感到了不安。下流、无耻、骚货、贱女人，她一边咒骂自己一边悄悄离开人群。

她很庆幸，今天，没人注意女人的存在。今天，甑子场在过男人节。所以，她刚才在广东会馆的突兀表现，惊吓了她干爹，惊吓了甑子场。

晚上，扣儿想躲开鱼儿甚至一辈子不见他。但他却在她睡熟时鬼鬼祟祟站在了她床边。她知道无法让他滚出房间，就背了他，拿被子作铠甲和盾牌裹紧了身子。鱼儿既然已在她那儿踩出了一条没有路的路，这次的前进，自然就成了轻车熟路的散步。最后，铠甲和盾牌也作了柔软的铺路石。

鱼儿要死了，扣儿居然没有预感。副司令今天兴致高亢，十八般武艺尽数使出，使得精彩绝伦、五色缤纷，扣儿一次又一次鲜花怒放，一次又一次发出母兽的吼叫，把结婚两年来的郁结一口一口吐出像吐出蜈蚣、蟾蜍、粉笔、磨盘、坏天气。必须承认，这是扣儿有生以来最快活的床事。扣儿就想这样死去，死在床上，永不出门。还有比床塌更好的墓地吗，没有了，扣儿严肃地想。

这天后半夜，鱼儿的那个破屋被一场莫名大火烧成了灰烬。两人听说这件事后出了一身冷汗。多年后甑子场茶馆里还在争吵，有说是安干的，有说是教官干的，有说是蛋干的，有说是扣儿家那阴间的老爷干的，也有说是天干的。

扣儿问鱼儿是哪个干的，鱼儿说不晓得。其实鱼儿晓得。

五

陌生人的确神秘，一出场就表现了出来，掖都掖不住。她的神秘不仅表现在见扣儿婆婆不用《介绍信》、两人一见面就亲热得像婆孙关系，还表现在扣儿婆婆搬家态度一百八十度的转变上。

扣儿婆婆见过陌生人后的第二天，就对后人说，你们不是想下山想搬家吗？好，我同意，你们去把"一村一大"喊来吧。

后人简直不敢相信自己的耳朵，当然，"一村一大"更是不能相信自己的耳朵。要知道，为动员扣儿婆婆搬出老宅，"一村一大"无数次往返于村委会与扣儿婆婆老宅之间，道理讲了一担，好话说了一筐，弄得扣儿婆婆见了她就上撅嘴巴下撅屁股转身躲开，实在躲不开就马下脸不说话，说也只说两个字：不搬！

女人处理急难问题的"一哭二闹三上吊"三大绝招，"一村一大"已用出了"一哭"这招，后两招她倒是想用，可哪里敢用？"一村一大"虽说属自愿者，可毕竟也是吃公饭的半个政府工作人员，一言一行得用公务员的标准来要求。

哭招用下倒没啥，说不定还更显女人身份和弱势特质，并藉此在博得对方同情的基础上取得意外效果。可闹招一用，恐怕把自己的淑女形象、政府的端庄形象，也闹成了泼妇形象，如此，动静就闹大了，非闹出问题不可。至于上吊之招，恐怕自己未上吊，扣儿婆婆就先上吊了。扣儿婆婆上吊，也就意味自己下调，至于下调到何处，她也有过考虑，最好的可能是一个更为偏僻的小山村，最坏的可能就是局子里，不好不坏的可能是打回原形，回到家里那个成天听父母上课的岗位上。所有的可能不管有没有可能，人生档案里添一份处分是雷都打不动的。

她不允许这些可能中的任何一种出现。

她之所以对扣儿婆婆百般柔顺万般勤勉，有两层考虑，除了在二十一世纪第二个十年这最初两年白热化的就业竞争中杀出一条血路，就是在同类人群中争得一张光鲜的脸面。

"一村一大"没想到，自己的紧张努力，换来了"钉子户"的意志松动。这天上午，她刚向镇统筹办打完村上"四大基础工程"中土地、林地等产权确权方面的电话，正要抬腿朝扣儿婆婆老宅走去，就见扣儿婆婆后人出现在了对面山路上。

她跟在扣儿婆婆后人后面走，走着走着就到了前边，弄得扣儿婆婆后人屁颠屁颠跟在她屁股后差点累昏死。

她左右两片脸颊热成了两朵桃花。她不抹汗不喝水不理我和陌生人直接就奔了扣儿婆婆这个主题去。

六

乌与鱼儿把正事基本上快说完时，在江西会馆睡了回笼觉的雪儿披头散发、袅袅娜娜、白狐般逸了出来，小嘴一撅，瞅了鱼儿一眼，一屁股挨到了乌身边。蓝赶紧冲了盖碗茶，与乌的盖碗茶放在一张茶几上。

对于雪儿的瞅，鱼儿没有任何回应。整个甑子场的男人，只有鱼儿不待见她的瞅，也不瞅她。

昨天晚上，乌想起女特派员白天在主持任职仪式上的出色表现便决定犒劳雪儿，但雪儿不需要这种犒劳。乌说，雪儿，犒劳你的不是乌，是司令了，司令犒劳的也不是女报务员，而是女特派员，你想想，多新鲜，多刺激！但雪儿不需要。乌越说越兴奋，便开始了强行犒劳。雪儿的反抗，竟让他有了童男对处女的感觉，性趣陡增，干得特别欢喜，从头至尾都充满无穷无尽的新鲜感。他边干边说，民间总舵把子第一次干国民政府女特派员，你想，救国军基层报务员第一次干高层司令，多值当呐，雪儿，上来吧！

这样干了一夜，二人都睡成了死人，直到后半夜菜飞马派来的通信员闯进江西会馆，雪儿才发现电台一直在十万火急呼叫着她的尖耳与柔指。

通信员星夜飞马四十里来报，只说了三个字：看电台！

面对睡眼惺忪、衣衫露春的雪儿，通信委实还想多说几个字，可是，憋了半天，还是没憋出一个字。因为他的确是除了三个字，什么也不知道，即使被共产党抓获，百般拷问，他也只会回答：就这三个字，其他我什么也不知道，毙了我也不知道哇，我的亲爹！

这就是把鱼儿从扣儿的热被窝中整起来的正事。电报是马从石板滩火急火燎发给成都菜的，菜火急火燎发给龙洛乌的。

电报说：一解放军大官，二月五日晨从石板滩出发来成都，令你部截杀之。菜。

从石板滩出发去成都，龙洛是必由之路。乌与鱼儿在天亮前后殚精竭虑、脑花用尽制订的作战方案，是在离镇子下场口四华里远的龙泉山脉之二娥山燃灯寺设置伏击区。

这次行动，川康人民反共救国军第六兵团旗开得胜，圆满完成了菜下达的指令，杀了解放军大官及护卫人员一行共二十人。

随着乌的口谕，和雪儿的指尖，这条消息到了菜那里。通过菜，又到了台湾，到了全国各地，到了国外。

乌和鱼儿做梦也没想到，这次行动，居然会成为震惊中南海、震惊中国的大事件。对此，中共方面，史称"龙洛惨案"，又称"二五暴乱"，台湾方面，史称"龙洛大捷"，又称"二五暴动"。

乌和鱼儿不做梦也没想到，杀解放军大官及护卫人员二十人，居然被研究新中国平叛剿匪史的专家称为叛匪向新中国打响的第一枪。因为这一枪打响之后，全国各地叛匪向新中国的反扑从地下走到了地上，且变得丧心病狂、胆大妄为、不可一世，规模越来越大，手段越来越残忍。

兰州南北两股叛匪近万人夹攻兰州；新疆一个国民党降师杀害解放军分配到该师的几十名部队政工干部后，携带解放军发放的军饷、物资叛逃为匪；贵阳几千叛匪包围贵州大学，抓去学生数十名，几天后上万名叛匪再次包围花溪；江苏安丰、兴化一带十几个乡被叛匪洗劫，攻打乡公所，杀光乡公所人员……

这些都是"龙洛惨案"发生后当月间的事。

在国家档案馆，我从《全国剿匪大事记》中看到了如下资料：

从一九五零年二月六日到十三日，据不完全统计，八天时间里，全国各地被叛匪包围并受到破坏的地、市包括省城共有二十多个……在全国广大农村，被叛匪洗劫和捣毁的区、乡政权几乎占全国总数的三分之一，被叛匪杀害的我各级地方干部、工作人员、征粮工作队员、解放军干部战士达一万余人。全国各地共有三十四座县城，包括当时西南军区所属的崇庆、温江、郫县、简阳、金堂、邛崃；西北军区所属的平凉、大通、门源、临夏、康县；中南军区所属的灌县、兴县、南县；华东军区所属的屏南、永安、三元、古田、金寨等，皆因叛匪大规模围攻，我驻军和地方武装政权最后被迫撤出。

毛主席都晓得这事儿？

我说是的，二月五号，发生在龙洛的事。扣儿婆婆本来有些疑惑，见我一脸的真诚与严肃，就信了。扣儿婆婆却尴尬而忧伤地笑了，这一笑，我看见那些往年落地的老桃花又一瓣一瓣褪去泥色，红着脸爬上了树桠。

刚来那天，我站在院坝喊扣儿婆婆时，扣儿婆婆还在屋头躲着后人悄悄读信。她以为邮差来了，就飞叉叉尖颠着小脚跑了出来。那是她的跑，我看着很快，但她的物理速度很慢。扣儿婆婆见我两手空空，就自觉有些失态，不禁拿两手掌搓来搓去，一时不知自己为何从屋头到了院坝。

——你是扣儿婆婆？

——不像？

——像像！

——像啥？

——像扣儿婆婆。

——你认得到她？

——认不到。

——那咋个就像呢？

——就是像嘛！

见一个从京城来又说着地道四川话的陌生小伙子横竖不讲理得有些可爱，扣儿婆婆就没来由地笑了。后来，扣儿婆婆就明白了我的来历。后来，当我向扣儿婆婆了解"龙洛惨案"真相以及围绕"龙洛惨案"前前后后发生的故事时，扣儿婆婆就闭了瘪得软塌塌的嘴，撅了屁股，径直回了堂屋，把我一个人撂在不甚春天的院坝里。

再后来，当我拿着区委宣传部开具的《证明》和《介绍信》并由那位说话像鹧鸪的"一村一大"领着去见扣儿婆婆时，扣儿婆婆就像个公家人似的公事公办地说，这就对了，这就对了。

经过六十年的历练，一点不体制的扣儿婆婆如今在方方面面都非常规矩非常体制了。所以，她成为"钉子户"，令体制外的人万万没想到，更令体制内的人万万没想到。作为"钉子户"的扣儿婆婆后来悄悄对我说过，她啥都听毛主席的，听党的，就是这个不能听！这个，指的是拆迁。我说，为啥。扣儿婆婆说，说了你也不懂，再说，毛主席啥时说过拆迁。

因此，在扣儿婆婆对我说这就对了之前，还是一脸不高兴，她说，妹子，你又来干啥？不搬，不搬！"一村一大"忙不迭鹘鸰起来，扣儿婆婆，我今天不是来说搬家的，是这位北大的青年教授、大作家要见你！

"一村一大"接待我，是因为龙洛镇文化站钟站长给石碾村支书打了电话。支书就对"一村一大"说，我在龙洛期间的工作，由她负责接洽与接待。她对我说，你就住甑子场吧，"东山别院"客栈，我给老板打了电话的，那里条件不错，离车站也近，到我们村坐"一元通"班车，场上村上两头采访，两头跑，还是蛮方便的。

即或有了体制的保障，扣儿婆婆对于六十多年前的往事，还是讲得疙疙瘩瘩，语焉不详。扣儿婆婆在心里，在自己讲给自己时，已经很熟稔了，但她从没有把她的故事搬放在身体之外，让一个外人听过。这让她很惊慌。还有，我当时并不知道，扣儿婆婆的心事，还在等信这件事上打着漩涡，没有出来。这样的情况持续了三天，直到陌生人出现，才完全改观。

毛主席真晓得这事儿？

我说是的。我告诉扣儿婆婆，"龙洛惨案"发生后，西南局领导邓小平、刘伯承、贺龙立即上报了中央军委，毛泽东主席十分震怒：匪患这么严重，我们不能任其泛滥下去！并指示西南局：迅速组织力量，剿灭匪患！

面对全国各地越来越猖獗的匪患，一九五零年三月，毛泽东主席签发了《全国剿匪令》，中共中央、中央军委发布了《剿灭土匪，建立革命新秩序》文件。文件指出："剿灭土匪，是当前全国革命斗争不可超越的一个重要阶段，是建立和恢复我各级地方人民政权，以及开展其他一切工作的必要前提，是彻底消灭蒋介石和国民党在大陆的残余武装，迅速恢复革命新秩序的保证。不剿灭土匪，各地人民政权就不能建立，土改无法完成，广大的贫苦农民就不能真正翻身，各地的救灾和其他一切工作都将根本无法进行。"

自此，一场空前的、长达三年多的平叛剿匪斗争，在全国各地铺天盖地、山摇地动展开了。

枪声。血。中国。时间弹痕累累，胸佩大红花。

我发觉扣儿婆婆听得入了神，或者说听得似是而非，如闻天书，又或者说她根本就没听进去——她顺着声音的草原，骑马去了远方。怎么可能呢？她在一无所知的状况下一手引发的"龙洛惨案"怎么可能大得惊动了中南海、惊动了毛主席呢？怎么可能呢？扣儿婆婆应该在想这个问题。

"一村一大"本来是想如果碰巧碰到扣儿婆婆与我谈得高兴，就适时抛出她的搬家话题，但这会儿，她完全忘记了自己的使命，她开始痴迷于扣儿婆婆的传奇人生。她傻坐着，一下午的鹌鹑没有发声。

但从后来的情况看，我把她看简单了。

而陌生人更是对她刮目相看。她年轻而老成的风范，热情而世故的作态，让陌生人觉得跟她怎么熟都是陌生的——她每天都给你带来陌生的东西。同是八零后，差别要多大有多大！难道，这个差别，就是体制内与体制外的差别？她让陌生人犯了糊涂。

二月五日这一天的农历是腊月十九，因是周日，扣儿就一直躺在床上，不想起来——不想出门。鱼儿被蓝叫走后，她一直处于半睡半醒状态。后来，迷迷糊糊的，就听见了梆声，她想，这是几更呀，刚才不是都天亮了的吗？她滚了一下赤条条的身子，梆声就变成了铜锣声。她听见更夫打几下锣，喊几句话，平时蔫不巴叽的更夫，此时倒是因紧张而显得声嘶力竭。

当当！乌司令命令，川康人民反共救国军第六兵团，码头袍哥，全部到江西会馆集合！当当！

当当！乌司令命令，全镇所有青壮，拿上家伙，全部到湖广会馆集中！当当！

当当！凡不听乌司令号令者，杀无赦！当当！

扣儿不懂更夫在喊什么，但她知道，更夫喊的事，与鱼儿有关。现在，自己是鱼儿的人了，鱼儿的事，就是她的事。想到这一层，她就不想睡了。下床洗漱完毕，就去开门，一开门就缩了回来。缩回来后又隔着门缝看。她没有看见鱼儿，看见的是满街满巷的人都往会馆街走着，好些人手里抓着家伙，除了男人，她还看见甑子场几个著名的悍妇也甩着大手大脚，摆着大屁股片子、荡着大奶奶垛子，夹杂其间。也有些人，老的少的都有，空了两手走着，嘻嘻哈哈，像是去赶集赶庙会看热闹。甑子场的城隍会、童子会、火龙节就有这个阵仗。

后来，扣儿听见江西会馆方向传来了几记枪声。枪响不久，举着刀枪的人群从她家门前经过，往下场口方向拥去。人群中，有几个大嗓门的人在举着拳头喊口号，喊过之后，人群举着拳头跟着喊，整个架势就像群情激奋浩浩荡荡的革命者在示威游行。

拥护蒋总裁！

繁殖游击战争，坚持到第三次世界大战！

打穿旧军衣、戴八一帽徽的，不打穿新军衣、不戴八一帽徽的！

打倒解放军，三年不纳粮！

保粮保命保枪！

扣儿不知道口号中"穿旧军衣、戴八一帽徽的"指的是解放军，"穿新军衣、不戴八一帽徽的"指的是国民党起义、投诚部队。扣儿更不知道刚才的枪声是乌和他新男人鱼儿扣响的，随着他俩枪声的响起，两男一女三个群众倒在血泊中。

很多人涌向会馆，本是看热闹，哪知到了之后，就回不去了。

他们一到会馆门口，空手者就被发了一把砍刀。一些人觉得砍刀烫手，不要。另一些持家伙者，集合之后才知是乌让他们杀共产党去，于是纷纷回车，准备家去。不料，乌和鱼儿大喊，来了就来了，来了就不准走了，哪个敢走，打死哪个！他们以为乌和鱼儿吓唬他们，都乡里乡亲熟人熟事的，哪能说打死就打死呢？他们不听，继续走，这时，枪响了，内中三个人倒了下去。撤退者大骇，捡起扔了的家伙，定了定神，开始随大流起哄呼口号。

一时间，甑子场几乎成了口号的天下。口号喊着喊着，就喊来了雨，雨下着下着就下成了绵绵阴雨。

天真是一个怪东西，说变就变，前天阳光灿烂，昨天阴阳不定，今天，就阴雨绵绵了。明天、后天呢，明后天又会是一个什么样的天呢？瞎眼算命先生说过，来龙洛前，他只瞎了一只眼，后来，有人找他算龙洛的天气，他就算了，他一算，就成了双眼瞎。龙洛的天气莫名其妙，匪夷所思。

喧嚣的人群像蓬散的草木和不歇气的雨水，堆满了二娥山。

救国军指挥所设在二娥山上离燃灯寺约一两里远、东大路北支路边上的白家大院里。乌伏击解放军大官并残杀解放军大官首战告捷后，回到指挥所里大快朵颐。刚喝了两碗酒，忽闻一支解放军落宿在了不远处的曾家粉房，于是把酒碗一摔，舞着两只枪就大英雄般冲了出去。

曾家粉房比起乌的救国军来说很小，因此，不到一个时辰，就被救国军山呼海啸欢天喜地地围了。乌想，围了就是瓮中捉鳖的事。

围着，天亮就捉！

乌对喽啰们下令后，又令雪儿发报，诚邀菜在百忙中前来指导围歼粉房解放军之战。这份电报有两层意思，一是示谦虚、通信息，实则你菜来不来都无所谓；二是让菜来见证自己的战果，再加学习与嘉赏——他还需要银子、更高的军衔和台湾空运武器。

之后，乌就继续与鱼儿、雪儿续上了大快朵颐的狂欢！

狂欢过程中，不时有过路共军、"侦探"和人民政府干部被他们打死的消息传来，这令乌更加不知天高地厚、更加不知自己几斤几两：共产党有啥了不起？解放军有啥了不起！屁眼翘天上去了！狗屁，尻，撞在老子枪口上，来一杀一，来俩杀双！

乌一时有了当皇帝的兴致：去，把奶子撅得山高、屁股鼓得溜圆的那个女先生吼来！你龟儿也用安逸了，就不能让老子用一盘？

狗日的乌，他还记得这事！妈的！鱼儿把冒出耳孔的青雾收回去，站起身来，笑了笑：司令笑话了，我的就是您的，兄弟嘛，没得说，我这就去喊。走时，鱼儿特别对雪儿交代说，陪司令喝酒，就交给你了哦！

雪儿盯了乌又盯鱼儿，一声冷笑，一声热笑。鱼儿没理会，径直去了。但去之前，还是真诚、热切地看了她一眼。她被看得有些热了。你鱼儿终于也有重视我的时候。

去吧，去吧，别一去不回就好，司令和我等着的哈。雪儿冲鱼儿背影喊。

实际上，雪儿不高兴了。两个男人，自己喜的不喜的，都喜了凤梧书院教书匠扣儿去了，自己算个啥呢。稍一想，她就怪诞地摇头苦笑了。来吧，人生，游戏的人生！一醉解千愁的月夜！

乌端着酒碗，来，美人，陪老子喝酒！美人拿眼一挑，一句话就揉了过去，你不是去喊人陪了吗，还要本姑娘陪个屁呀？乌哈哈大笑，你小娘们懂个铲铲，人家皇帝老儿都兴后宫佳丽三千，我他妈不说佳丽，也来个三千滥竽充数的娘们总可以嘛！美女拿碗一碰，喝喝喝，喝死了我这个滥竽才高兴呢！美脖一仰，一碗酒咕咕就下了喉井。乌赶紧喝了，吁，美人，今儿咋啦，酒量看涨呀。美人嗔斥，涨个屁！乌接过话头，好好，老子就喜欢看女人为老子争风吃醋的样子，爽！咦，龟儿子鱼儿咋还没把女先生带来呢？美人嘲讽道，这才多会儿，那骚婆娘来见你这个大司令，那还不拾掇拾掇？

乌一把搂过美人，拿一副油腻腻的嘴巴抵在美人双唇上，直到美人差点憋死才松开。两只搂背的手在收回的途中，又把美人的两只好乳捏了一把。两人一边调情，一边喝酒，终于等来了扣儿。

扣儿跟在鱼儿后面，脸上有明显的泪痕。乌突然起身一把拨开鱼儿，鱼儿没留神，竟一个趔趄险些摔倒。乌醉眼蒙胧盯着扣儿看了一回，嗯，好看，好看，先生就是先生，文化，品位，味道，我喜欢，来，坐下，陪本司令整酒！

——我不会喝。——不会？不会还不能学，哪个天生就会的，来，本司令教你喝！——我改天学嘛，司令，今天……——今天？老子晓得，不就是死了男人嘛，男人嘛，死了还有嘛，女人死了就不好办啦……再说，你现在住的宅子还是我的哩！——我知道，是蛋他妈卖给你的，谢谢了司令，借房给我住！——卖？啊啊，卖卖……不谢不谢……喜欢你就住……一直住……但是今天，女先生，还有……还有女特派员，一定陪……陪我双飞燕……哈哈双飞燕……喝喝……

雪儿见乌扭着扣儿不放，越说越下流，又见鱼儿拿眼求自己，便玉唇一张，高声叫道：司令，人家不会喝酒都说了改天陪你，多够意思呀。再说，人家刚刚死了男人，正伤着心哩。你一个大老爷们，一个堂堂国军上校司令员，肯定会更够意思的！我们知道，司令今儿高兴，无酒岂能尽兴？因此，小女子斗胆来建个议，司令喝一碗，女先生喝三碗。女先生的三碗，由副司令代劳。副司令，你不至于不乐意吧?

雪儿毕竟是城里大学生,小嘴一张,一套一套的,滴水不漏,既让乌体体面面下了台阶,又温温柔柔让乌在完全可能的烂醉如泥中,自然化解盘桓在鱼儿面前的大难题,帮鱼儿一个大忙。

鱼儿忙不迭答道:乐意,当然乐意!

雪儿一仰头,表情娇憨:司令,您呢?

乌粗犷且豪放地说:好!本司令……本司令就听女特派员……的……再说,女先生……女先生不能……不能醉……

鱼儿给扣儿挤了个眼:还愣着干啥?赶快按特派员的吩咐,给司令敬酒呀!

雪儿自从在司令任职大典上被呼为特派员后,人们再喊她,就不喊报务员,而喊特派员了。在龙洛地盘一天,她就特派员一天。

扣儿当然明白男人的意思,就站了起来说:司令,扣儿敬您一碗酒!

鱼儿喝到第七碗时,乌倒下了。乌幸好倒下了,乌不倒下,鱼儿将用枪让他倒下。不过,鱼儿也可以不用枪,因为再过一两天,解放军的炮弹就让乌倒下了,乌倒下的同时,鱼儿也倒下了。

鱼儿死得血肉模糊。

鱼儿在死的头一天,为扣儿的丈夫蛋砌了一座明坟。鱼儿死后,扣儿为他砌了一座暗墓、一座明墓。

但此刻,鱼儿需要乌立即倒下。乌倒下,扣儿才能不倒下。

乌醉倒后,就分不出面前的人儿哪个是哪个了。鱼儿满含深意地对雪儿说,司令醉了,麻烦你扶他歇息去吧。鱼儿接受了雪儿一个嗔怪、怨艾的眼神后,就和扣儿离开了这间臭气熏天的屋子。

二人择了一条小路至一片竹林后,停下来。鱼儿抱着扣儿像一只温良的名犬伸出一条猩红卷曲的舌头轻轻舔舐扣儿的眼睛,先左眼,再右眼。又认认真真、冷冷静静亲了嘴。哪知亲着亲着就被对面孔洞伸出的一条舌头卷进了漩涡,他就认真不起来、冷静不下来了。他开始了胡乱而凶猛的亲,然后把扣儿一把拖进竹林摁在铺满枯黄竹叶的地上,扒了半拉裤子,用潦草得像没有章法的风中竹林一样的动作把扣儿透透彻彻收拾了一遍。

完事后，鱼儿看看四周，一拍扣儿后背，扣儿就夜猫一样没入了西去的竹林。

大约就在鱼儿和扣儿在竹林中风生水起、云来雨去时，酒疯子乌抱着雪儿在地上打滚。雪儿猛力的挣扎，像一只小鸟，哪里飞得出乌的囚笼。乌把雪儿搞得形销骨立、全身散架，折腾了大半宿还是没熄到火。乌不知道，他把怀里的女人当成奶子撅得山高、屁股鼓得溜圆的女先生了。

即或这样，怀里的女人也没把他满肚子的酒完全解掉。他喝得太多了。妈的，一个月前本姑娘把这狗日的当发报机，今天，这狗日的把本姑娘当解酒器了！雪儿一边痛苦呻吟一边恶狠狠骂娘。

第二天，乌在床上酣睡至中午才醒来。一睁眼，看见了扣儿，揉揉眼，扣儿就变成了解放军，再揉眼，解放军就变成了菜。严格说来，乌醒来与时间无关，正是菜大踏步闯入他的房间，才惊醒了他。

趁乌睡死，雪儿令蓝将乌抬上床后就闪到自己的房间睡清静觉去了。乌到死都不知道自己睡的女先生不是女先生。

菜是化装成解放军飞马赶来的。菜赶到龙洛战场实地指导，对乌和鱼儿就怎样对付共产党提出的重要思想是，要像当年共产党创建苏维埃政权和共产党在敌后建立抗日武装根据地一样，做到全民动员，全民皆兵，来之能战，战之能胜。对于菜从敌人那里学来的这一重要思想，乌和鱼儿深以为然。

指导之前，菜充分肯定了面前三人前阶段的辉煌战果，把他们狠狠表扬了一通。

雪儿不无嘲谑地对菜说，对付共产党，您是专家。菜说，美女的意思是，其他方面，乌司令才是专家了哦，哈哈！乌和雪儿面浮尴尬。乌淫了雪儿一眼。

但菜却不能对消灭曾家粉房里的解放军提出实战性指导意见。

菜赶来后，和救国军一道，一直被曾家粉房里的共军折磨着直至疲惫不堪，这让他反生出一种被包围的不是共军而是自己的感觉。天早黑了，到了考虑怎样入睡怎样消解疲乏的时候，又听闻有小股共军像瞎猫一样闯了进来，似有为曾家粉房解围之企图。面对前来向他装模作样假惺惺请求指导的乌和鱼儿，菜说，走，出去看看再说。三人走出白家大院，雪儿、蓝等尾随其后。

兄弟们操家伙，点火把，准备战斗！

乌发出了命令。

他们发觉这一小股约三十余人的共军，来势汹汹，但救国军一射杀，他们就傻了眼，丢下十几具尸体，很快躲进了附近的一座碉楼，作负隅顽抗。没多久，又一小股共军开始闯阵，救国军才把机枪扫了一回，没死的共军就没了影儿。到了后半夜，乌说走，老子困得要死，回去睡到天亮再来收拾这些个龟儿子！

菜、乌、雪儿分别走向自己的房间。雪儿跨入门槛时把一束乳灰色的深情平均分配给了菜与乌。菜、乌在一瞬间略有反应，之后打着夸张的哈欠走进了各自房间。其实，雪儿哪是看他俩，雪儿是透过他俩脑球中间地带，看他俩后边的鱼儿。蓝先给他们三人房间点了桐油灯，之后给鱼儿点了。蓝正要出门，鱼儿说，就睡这儿吧，有事好叫你。

零星的枪声像摇篮曲，这伙人睡得很香很婴儿。

不知什么时候，蓝听到了一阵相对剧烈的枪声，之后，又听到了远处飘来的若隐若现的一个女人的声音，他点亮桐油灯正待推醒鱼儿，鱼儿眼不睁身不动，说，莫管，翻不了天，睡吧。

很快，炮声响起。一发炮弹落在了白家大院大坝上。瓦房里的人全都噌地一下冲了出来。鱼儿还没明白怎么回事半边脑袋的碎片就鲜鲜艳艳挂满了院坝边的大槐树。

乌比鱼儿多跑了一段时间，他蹿出去百把米后，一块弹片就穿山甲一样穿过了他的心脏。

紧随鱼儿冲出屋子的蓝，保护着菜和雪儿从炮弹的夹缝中跑过，丢了他们的战友，只顾逃命。

不远处，白居易的一群五六十世孙，望着中炮的白家大院，哭得如丧考妣。

第二章 〉第二个带枪的男人：禾

一

禾后来一直在回想，自己到底是何时爱上扣儿的，是甑子场街头的急切问路、是星夜马背上的贴身触动，又或者是无数偷窥中那不经意的一瞬？回想的结果是，这些都不是，爱上扣儿，其实是在那个类似于审讯的职业公干中。

那次审讯，禾居高临下，一双眼睛生出了鹰爪，瘦瘦的爪骨直接伸进了扣儿的心脏，并通过爪骨，一下一下感知着被审者的木梳、流水、《红楼梦》和天气。

重要的是，他居然看见被审者浑身上下散发着桃红的雾！

如果不是蛋他阿妈、扣儿的婆婆珍找上门来，禾相信自己一辈子也不会认识扣儿，更别说与之产生非同一般的、甚至超出了政治识别系统的深度联系。

按照安告诉的地址，珍很精准地找到了禾所在的机构"成都市军事管制委员会公安处"。成都军管会公安处是川西公安厅与成都市公安局的合称，禾所在的该处政治保卫室具体负责肃特、侦察和审讯等工作。禾是政治保卫室二科科长。

禾记得那天白天是个太阳天，晚上他在办公室加班。大约十一点多钟，女公安把一位五十来岁、长得还算富丽的妇女领到了他面前。这位妇女就是珍。珍说自己是甑子场来的，是镇长叫她来的，是来报一个案子的，都走了大半宿了。禾招呼她吃点饭，她说事情急，吃不下，禾再次招呼时她就吃了。

女公安考虑到禾加班会饿，就去食堂端了两个人的饭菜来，哪知珍以为都是她的，一口气全给吃了，吃过之后，她突然就不好意思起来。她一边噎着饭一边吐着话，她说，今天下午，黄么娘给我说，她看见扣儿被扣了，我们去要人，他们不放，还把高云儿打死了。

禾问：扣儿是谁？

珍答：扣儿是蛋的婆娘，我儿媳妇。

禾又问：他们是谁？

珍又答：乌、鱼儿，那些有家伙的袍哥人家。

这是禾第一次听见扣儿的名字，当时并没有什么感觉，只是觉得这名字既乡土，又清爽，不像后来，一听见这名字，禾就会紧张，甚至警觉，还甚至腼腆。

禾当即往甄子场打电话，不通。

天还没亮透，禾就出发了。禾带了一个班的公安去，十男一女。考虑到武装搭救对象是一位女老乡，就派了女公安去。十一个人荷枪实弹，打马往甄子场疾驰。禾出发时，珍还在梦中。禾让珍在成都休息休息，待公安把凶手抓住、把她儿媳妇解救后，再回甄子场去，这样安全。

天气阴冷的蜀地，像断气了一天一夜的热血动物。上午九时许，禾就赶到了甄子场上场口。见李阿三正从街场走来，禾手下一名说四川话的公安就上前问道，老乡，你认得乌和鱼儿吗？李阿三说认得认得。那你知道他们现在在哪里吗？是不是在江西会馆？李阿三说他们本来在江西会馆，可他早上看见他们到广东会馆去了。

禾一行人在得得的马蹄声中去了广东会馆。街上的行人见了马队，纷纷向两边避让。到了广东会馆门口，禾就看见了镇公所的牌子。

安迎上来打招呼，并说敝人是此地的镇长，请问解放军首长有何公干？禾说，我们是公安，不是解放军。安说，请问公安首长有啥事？禾心里发急，直接就问，乌和鱼儿在你这里吗？安说，不在，他们在江西会馆，啥事？说到江西会馆时，安抬了一下手臂，指了一个方位。禾鼻子一哼，啥事？不是你老人家遣我们来的吗？一个小小的治安问题都拿不下，还镇长！走！

禾说完出会馆大门左拐，上马，按安指的方向跑去。安愣在那儿，比呆鸟更呆。

安对教官说：去把指导员找来。

小街不宽，但尚能允许两匹马儿并列着小跑。马儿几乎把会馆街跑出了头，都没见着江西会馆。禾正疑惑间，见前方一个女人旁若无人断了魂似的走着。阴阳不定的天气里，她罩着一件桃红色薄棉袄，新潮，鲜亮，背影却像一个朴素、安静的女鬼。

禾勒马问路。禾不勒马不行，因为面前这个朴素、安静的女鬼毫无知觉地拦住了这支一大早闯入小镇的武装队伍的去路。天气的灰暗、小镇的灰暗以及周遭人马的灰暗，让女鬼的桃红棉袄像一团巨大的坟头磷火。

老乡。

老乡。

老乡！

禾喊了三遍后，女鬼吓得肩胛一崩。女鬼转过身来。女鬼不明所以。

老乡，你挡了路了。

女鬼终于明白咋回事儿。女鬼缓过神来，退在一边，魂还阳，变成了扣儿。

禾正准备打马继续走时，却不知怎么走了。

老乡，请问，江西会馆在哪儿？

扣儿抬臂一指。禾转过身朝扣儿指的方向看了下，才知道自己跑冒了。禾折身返回，右入小巷，终于到了江西会馆门口。禾们下马，径直往会馆里闯，这时，一个小伙子正从里面走出，禾上前问，乌在哪儿？鱼儿在哪儿？小伙子说，乌不在，又往会馆里一指，鱼儿在里面哩！小伙子说完，不慌不忙走了。小伙子就是鱼儿。

鱼儿对禾说的话，有一半还真是真的，乌确实不在会馆里。不慌不忙的鱼儿一离开禾们的视线，就飞叉叉跑起来，一口气跑到了一家烟馆。乌正在烟馆吞云吐雾、与天上的神仙打得火热。

禾令一名公安横一杆长枪控制大门时，突然想起什么，拿眼去寻那个刚从会馆里不慌不忙走出的小伙子，却不见了身影。禾暗叫一声糟了，遂拔出短枪，率领九名战士扑进会馆。

果然没抓着乌和鱼儿，果然那个说鱼儿在里面的人正是鱼儿！不仅没抓着凶手，连解救的对象扣儿也不在会馆里——禾哪里知道街头拦路的女鬼正是他前来解救的本案关键人物、珍的儿媳扣儿。

禾气不打一处来，正准备撤兵出馆去找镇公所配合抓乌和鱼儿时，却发现那个把自己引入歧途并向鱼儿通风报信的李阿三正在一群人中露出幸灾乐祸和胜利者的笑。李阿三至死也没闹明白，自己的一个笑再加上先前的一句话就会惹出一大片枪声来！李阿三被两个公安绑了后就再也笑不出来了，但他并不十分害怕，他想他不会绑得太久。

公安正押着李阿三从江西会馆走向广东会馆时，突然就起了喊声，先是几个人，后来就是一片、一大片。整个场镇就不再是场镇，就是喊声。显然，喊的人并不知道解放军与公安的区别。

解放军抓错人了！

共产党解放军乱抓人哟！

杀了解放军，抢回甑子场的人！

走到广东会馆门口时，喊声还没停歇，而乌和鱼儿就领着二三十名举枪舞刀的青壮追了过来。禾不知怎么出现了这种情况，但毕竟是战火中冲杀过来的人，很快就稳住了阵脚。

禾停下脚步，大声喊道，你们是什么人，再不站住我们就开枪了！但没人理会他的话，他正准备朝天开枪以示警告时，乌手臂一抬，一枪就打过来了。紧接着，对方一阵乱枪打来，当场就有一名公安倒在地上。禾喊了一声打，就扣动了扳机。公安立即开枪还击。对方倒下了两人后，一下就退后几十米，纷纷躲进街道两侧的巷子。

女公安告诉禾，说倒地的那位战士已断了呼吸。战士们把死者横担在了马背上。禾正考虑是撤退还是继续抓获凶手、解救老乡时，被一只从广东会馆大门里伸出的手一把拉了进去。拉禾的人是安，安的身边还站着一个捏着手枪、穿着解放军旧军装而没有领章帽徽的人。被一个人莫名其妙拉离战场，禾脸上有些挂不住。

安冷冷地对禾说，你们赶快走吧，再不走就走不了啦！你们来的人太少了，多派点人来吧！安又对他身边那人说，指导员，你也跟他们走吧！

禾不想被人支配，更不想承认这个怕事的老家伙对敌我力量对比的判断，于是眼光就与老家伙的眼光绞杀在了一起，两条龙一方上压一方下拉，一方前冲一方后劈，一方左斩一方右刺。双龙大战一时呈胶着状。

这时，大门外又响起了枪声，禾一闪神，败下阵来，两条龙摇身一变，黛色的雾入了安的鼻洞，银色的雾入了禾的眼睛。禾感到势态确实不容乐观了。禾对指导员说：你会骑马吗？

指导员出门，飞身就上了那匹横担着一具尸体的马上，动作矫健之极。禾随之冲了出去。

这时，乌和鱼儿率领的举枪舞刀的人群越来越近，双方开始对射。但是，对方一点没有后退的迹象，人却越涌越多，把一条街巷都塞满了，与此同时，黑压压的人群像一艘大吨位坚船正慢慢向公安驶过来。还有人正往街边房上爬，抢占制高点。

禾立即令两个战士以李阿三为人质，把李阿三推在最前沿，希望以此阻挡一下对方的火力。但对方的火力一点不减，无奈，禾令放了这个作了导火绳后变得百无一用的李阿三。李阿三撒腿就跑。这一跑不打紧，却正好用自己硕大的脑袋挡了鱼儿射向禾的一粒子弹。李阿三就此丢命。

禾向战士们吼道：上马！撤！

弟兄们！共军要逃！追！乌向人群吼道。

这场枪战的结果说明，禾一大早跑到甑子场来，既没有完成解救女老乡扣儿这个基本任务，更没有达到抓捕凶手乌和鱼儿这个最高目标，不仅如此，还丢了一位公安的命。耀武扬威而来，抱头鼠窜而去，禾认为自己不仅失败了，还失败得很丢脸。

他觉得他在所有人面前都丢了脸，包括那个连面都没见着的盼着他解救如解民倒悬的女老乡扣儿。尤其包括安。

此次行动还是取得了两个成果，一是转移了指导员，二是侦得了敌情。

骑在马上逃窜，禾羞愧不已的同时，觉得自己一下就从稚弱的童子变成了成熟的男人。

乌和鱼儿把禾穷追猛打得没了踪影儿才慢吞吞折回镇子。

此前，见共军上马逃窜，鱼儿便顺手抢了身边一位过路客的马追了上去。

正当他腿夹马肚舞着双枪展开他大英雄的身姿开始成为人物头时，斜刺里响了三枪，他一个歪扭就栽在了地上。神秘的三枪一枪打飞，一枪擦破了鱼儿肩膀，一枪射向马腚穿过马尾让马屁眼灿烂如一树桃花。

二

禾在审问扣儿的过程中，知道了自己再次与扣儿相遇的前因后果。

他开始是把来自叛匪窝的扣儿当作犯人来审的，可审着审着自己倒像是一个犯人了。首先他看了一眼扣儿后就觉得似曾相识，再看一眼时他就想起了甑子场街头拦路的那个朴素、安静的女鬼。

带着鱼儿的体温没入竹林后，扣儿很走了一阵，走得喘粗气儿时，慢了下来。已是后半夜，夜晚的天色本身就黑，加上竹林的笼罩和异响，就更黑了。

左边不远处不知什么动物闪着红眼睛，右边不知什么动物闪着绿眼睛。还有一只动物，只有一团纯白的独眼。它们是什么动物呢？狼、狐狸、猞猁、豹子，还是传说中的狴犴？背后响起蛋那双大头皮鞋的橐橐之声，她吓了一跳，转身，果然是蛋，她更吓了一跳。蛋焦急地向她说着什么，可她一句也没听懂。蛋见她听不懂，就垮下裤子掏出那玩意儿向她说明，她瘆得紧闭了双目，胳肢窝、腿胴窝黏腻腻起来。后来，她看见蛋橐橐地走了，不是越走越小，而是越走越大，渐渐地，大成了竹林，又大成了黑暗。

她觉得她到了黑暗的上方，在空中飞。

扣儿越来越害怕起来。她在想，为什么自己总是害怕？怕鱼儿骚扰，怕家里出事，怕蛋哇哇怪叫，怕枪炮，怕鸟，这会儿，又怕黑和黑的叫声。从小到大，为什么自己总在怕中。别人也怕吗？鱼儿怕吗？鱼儿好像什么都不怕，但仔细想来，他也有怕的地方，怕饥饿，怕被人欺负，而自己与鱼儿相比又是多么的不同！鱼儿现在不仅自己不饥饿还可以饥饿别人了，鱼儿现在不仅自己不被人欺负还可以欺负欺负他的和不欺负他的人了。鱼儿是害怕什么强大什么，自己呢，自己是害怕什么就更害怕什么。自己是在害怕害怕中长大，鱼儿是在不害怕害怕中长大，害怕不害怕都可以让人长大。这叫什么理儿呢？还有，长大该成人的，自己咋就长大成鬼了呢？——自己真是鬼吗？

这时，身边的一块古精古怪的大石头说话了：怕啥呢？你把自己当作怕，就怕了，你把自己当作怕不怕、不怕怕，就不怕了。

听古精古怪的石头一说，扣儿就更怕了，似乎完全成了怕的化身与转世。这会儿，她发觉，怕都是自己脚下慢出来的，脚下一快，思想就慢了甚或停了。于是她钻出竹林，踏上去成都的大道——东大路。

一出竹林，头上就广大起来，就有了熹微如针脚的星子。远处传来了公鸡打鸣的声音。她刚加快脚步，脚步就被另一片竹林中的一个声音吓得钉了钉子。她本想开跑，但她知道，在这样的声音面前跑不仅徒劳，还会更快地给自己带来危险。

扣儿对禾说，当然，我当时可能啥都没想，只是吓坏了，吓得不知迈动脚步了。不过，真的，我为啥停下，我也不晓得。禾望着扣儿傻乎乎的认真劲儿，自己就傻傻地笑了。

老乡！

竹林里的声音移到路上就变成了一个人形。扣儿转身借着微亮的天光一看，离她七八米远处站着一个两手空空的男农民。令她奇怪的是这个穿着与当地男农民一样衣裳的男农民怎么说一口外省鸟语呢？

扣儿突然就觉得站着的危险远远大于跑的危险，于是一转身就撒脚丫跑了起来。哪知她刚跑出去十多二十米，那人就像鬼一样站在了她前面，封了她的逃路。

你，你是谁？你想干啥？扣儿抖索着嘴唇说话时，先生变成了紧张的学生。那人说，别怕，老乡，我是中国人民解放军。扣儿说，你是解放军？那人说，不像？扣儿说，不晓得像不像。那人说，我真是解放军。扣儿说，你是解放军关我啥事？那人说，我需要你带我去成都。扣儿说，凭啥？那人说，凭我是共产党解放军，凭现在的天下是共产党在坐。扣儿说，你沿着这条大路走，边走边问就拢了。那人说，天就要亮了，万一我问到土匪了呢？我的山西口音会坏了大事的。扣儿说，我不去成都，帮不了你。"山西口音"说，我们解放军是为人民服务的，你是人民的话，就该帮我！扣儿说，我不是人民我是啥，再说，解放军与我没有关系。"山西口音"说，老乡，你是成心不想帮我吧。扣儿说，你走吧，我不会与你同路的！"山西口音"笑着说，你必须与我同路。

这时，天基本亮了。扣儿看见"山西口音"手上突然就有了手枪，而枪管正对着自己。扣儿当然知道枪的厉害，于是只能就范于枪，成为枪的同谋。

气场强势的"山西口音"一路上就成了屁颠屁颠跟在扣儿身后的一个哑巴男佣。路上遇到货郎、小贩兜售东西，哑巴只能躲在扣儿屁股后边憋憋地笑。

扣儿从甄子场上路后一路上本来是怕这怕那怕很多很多的，后来除了"山西口音"，她什么也不怕了。是怕让她不怕了。

路上没人的时候，"山西口音"就亲切地与扣儿聊天，他甚至还有意无意给扣儿讲革命道理，只不过他讲的革命道理扣儿一点也听不进去，不像后来的禾，总能把革命道理说得透透彻彻，让人就算一二回听不明白，第三回一准明白。

扣儿问"山西口音"啥叫革命，"山西口音"说革命就是杀人，要人的命。扣儿就说，革命不好，我不干革命。而禾对革命的解释是，革命就是推翻少数人的过分的幸福，让大多数人幸福，最终让每个人都一样幸福。扣儿就说，革命好。

扣儿问"山西口音"，你不是说解放军是为人民服务的吗？啥叫人民？"山西口音"说，靠劳动吃饭的人是人民。扣儿说，我是先生，靠教书吃饭，我是人民，可你不但不为我服务反而持枪挟持我，这算啥？"山西口音"就开始嗫嚅了，一张年轻的脸涨得通红，争辩说，谁知道你是不是教书的呢？扣儿一笑，回了一句，你是不是解放军还两说呢。禾对此的回答是，"山西口音"持枪挟持你，不是因为你不是人民，而正因为你是人民，所以你这个个体必须作出小小的牺牲去配合解放军为大多数人民服务。

"山西口音"想了想，又说，你是人民，但你这个教书的人民没有那些挖地的人民好。扣儿问为啥。他说，教书好要，不流汗，还挣钱，挖地累死人，还穷得叮当响。扣儿听不懂他说的啥。他又说，同样是两块稻田，一块净产谷子，一块除了谷子还有稗子。扣儿说，这就是你说的人民与人民为啥不同？原来我这人民有稗子哇。

两人虽然嘴上松松垮垮，脚上却绷得紧紧巴巴的——更多的时候都是疾走。毕竟几十里山丘道，扣儿气喘吁吁，脸蛋热汗泚泚，内衣溻得精湿，好几次都一屁股坐在路边石头或草丛不走了，但"山西口音"发急，伸手要拉她走，她一看伸来的脏兮兮的手，就噌地站了起来。有人的时候，二人立即慢成正常的速度。

二人都能感觉到，聊天可以稀释累的冲袭。聊的过程中，"山西口音"知道了象等二十名解放军被残杀的信息。看得出来，这个信息令他很紧张，但他很快装作若无其事了。

"山西口音"说共产主义就是没有阶级，按需分配，平均分配。扣儿说，那爱情怎么分配，你看起了她，他也看起了她，两人互不相让，而她又对他们二人有同等的好感，你说，咋按需，咋平均？"山西口音"说，这不是一码事嘛。

"山西口音"说共产就是让财产多的人把财产拿出来给没有财产和财产少的人。扣儿说，我要是财产多我才不愿拿出来呢，凭啥。"山西口音"说，枪会让你拿出来的。扣儿说，这不是暴力吗？"山西口音"说，革命是暴力，是一个阶级推翻另一个阶级的暴力的行动，这是毛主席说的。扣儿说，那共产以后呢，共产以后又出现谁谁谁财产多谁谁谁财产少岂不是又要共产、又要暴力？现如今不是都已解放了、都已是你们共产党的天了吗？"山西口音"说，既然共产了，怎么可能又出现财富不均呢？扣儿说，是吗？"山西口音"说，是！

扣儿说，你们解放军是共别人产的人，你们自己应该是已经共产了吧？"山西口音"说，当然。扣儿说，那为啥有人别短枪、骑大马、携老婆、津贴高、穿得好，有人扛大枪、甩火腿、打光棍、津贴低、穿得孬呢？"山西口音"想了下，低下声音说，革命工作分工不同，活儿不一样呗，再说当兵的哪能和当官儿的比？扣儿说，你不是说共产了大家都一样了吗？"山西口音"厉声说，看你细皮嫩肉的，肯定不是贫苦人家出身！

这些问题，禾都能说得伸伸抖抖。扣儿所有的疑问到了禾那儿，都不是疑问。

扣儿后来才从禾嘴中得知，"山西口音"当时只是解放军的一名班长。班长哪能回答得了一个先生的问题？

二人一路走一路聊，虽然谁也不能说服谁。二人看上去挺热乎的样子，让扣儿都认为两人可以做朋友了。到了成都城里，扣儿说，到了，该说再见了。说罢，扣儿准备向东大街走去。不料，"山西口音"说，你不能走。扣儿一下傻了。你必须跟我走，到组织那里去说清楚！"山西口音"一下又变回了拿枪指着他的样子。

扣儿哪里知道，自己在与"山西口音"和珍的闲聊中透露的自己来自叛匪窝和地主家的信息，让"山西口音"再次限制了她的人身自由。她以为聊可以为自己带来安全，不料却带来了危险。

扣儿和"山西口音"在路上走着，迎面碰上了埋头走路的珍。

珍一心一意想解救的儿媳妇怎么在这里怎么和一个陌生的哑巴男人在一起？扣儿一心一意认为伙同儿子抛弃自己去了香港的婆婆怎么在这儿？

婆媳相见，大吃一惊。不同的是，婆婆主要是惊喜，主要是探问儿子蛋的信息，扣儿主要是仇恨和疑惑。

珍听说禾回来了高兴得手舞足蹈，听说禾驮回来了一具尸体时，又吓得险些昏厥过去。珍从招待所跑到公安处院坝，见地上有副担架，担架上覆盖着一张饱满的白布，她不知道白布下是蛋还是扣儿。

珍悲戚万分、抖抖索索去揭那张苫布的一角时，在场的所有公安干警无不为她对革命同志的牺牲流露出的真情感动着。她看见的是蛋的脸，在她差点疯掉时，她看见的又是一张陌生的长得很不受看的脸。她完全愣住了。

他只有十八岁，大娘，请节哀，他是人民的好儿子，我们共同的骄傲，禾说。

珍悄悄吐了口气。接下来，禾以十分诚恳和沉痛的心情向报案人通报了十一位公安干警今天一早去甑子场救人抓凶、出师不利的情况，并告诉珍，你的家乡已有重大匪情，你暂时不能回去，首长们会很快制订出新的平定龙洛叛匪的方案。珍得知情况后，既为公安的无能而怨怼，又为公安付出了一位年轻人的生命而歉疚。因此，面对禾诚恳的道歉，这个报案人兼利益人埋着头，一言不发。

一夜无事。第二天，也就是乌和鱼儿率救国军浩浩荡荡设伏燃灯寺并大获全胜的时候，珍正在成都军管会公安处附近逛街。

街上，到处是一派刚解放的、喜气洋洋的新气象。一些留着齐耳短发、穿着校服的学生在高呼口号，一些妇女秧歌队在"唱解放区的天是明朗的天"，一些解放军在巡逻，一些地方干部在糊标语。偶有草绿色敞篷吉普车开过，车上的四个兜儿的人在看手表。所有这一切，所有这些新鲜玩意儿，咋个甄子场就没有呢？

成都军管会公安处位于华兴东街四十一号，一个宽约五六米，长三十余米的胡同里。华兴街的老名字叫皇华馆街。所谓"皇华馆"，乃清朝时的高级宾馆，是地方官为接待来川出差的京官而特设的下榻之所。民国时期，警察局所在地就在皇华馆内。华兴街的特色，是爬望火楼、看红汽车。街上有上规模上档次的四家金融机构——川盐银行、美丰银行、中央信托局、聚兴诚银行。陪嫁必备的"行嫁"朱漆马桶和脚盆也数这条街的最有名。还有一处照相的，叫有容相馆。珍在有容相馆照了相后，就去了春熙路和东大街。

照相时，珍把街对面的两块机构牌子望了望，照相师傅告诉她，左侧原是国民党九十五军军部，新中国成立后成了解放军的成都警备司令部，右侧原是四川省会警察局，新中国成立后成了成都军管会公安处。

相馆女老板插话说，那个王乐昌就是从对面高深莫测的院子里押出去，在东门莲花池行刑枪毙的。王乐昌是哪个都不晓得？大姐，看你穿金戴银的，莫不是乡坝头来的吧？告诉你吧，王乐昌胸前挂的纸牌上写的是违法贩卖枪支的反革命分子！为啥在东门莲花池行刑？历朝历代不都在那儿执行死刑吗？那天看行刑的人人山人海，把华兴街到东大街的路都挤断了！那天，王乐昌脚上的铁镣叮当作响，龟儿子的一点不怕死，气氛十分恐怖又十分兴奋。这可是解放军入城后干的第一个大动作！

六十一年后，我采访扣儿婆婆时扣儿婆婆也说过，在老百姓、老成都人眼里，枪毙"名震全城"的王乐昌是解放军进入成都城后干的第一个大动作，出兵龙洛镇压叛乱是第二个大动作。其实，解放初期，成都发生的大事多如牛毛，但不知为什么，老百姓知道的，或者说老百姓感兴趣并能够上脑上口的，却只有这么两件。扣儿婆婆说，这两件大事，禾都有参加，还立了功的。

珍应该说逛得很欢喜，成都小吃很多，赖汤圆、龙抄手、夫妻肺片，要啥有啥，加之她兜里又有银元，因此，还没把春熙路、东大街逛完，肚皮就成了天鹅蛋了。珍不知道，这次逛街，是她一生中最后的爽惬，因为土改一开始，她就会成为兜里没有银元脆响的女农民了——因为她是粮户，是地主婆。真实的情况是，她还没有等到土改到来，自己的神经就被儿子的死亡事实给土改了。

珍肚皮凸鼓成天鹅蛋后，就慵懒了，一慵懒就东想西想想到了儿子儿媳。当她隔空想不下去时，就把几十里的空间抠去，让脚步和眼睛去侦得一个落地的结果。她的预感指导着她的行动。第二天一早，她就离开公安处招待所，南穿劝业场、科甲巷，沿东大街出东门，踏上青石板铺就的东大路，望甑子场疾走。她带起的风，向成都吹去。禾是大忙人，哪里顾得上她。没人知道她的走。不料，扣儿知道了。

——扣儿，你啷格在这里？蛋呢？

——你儿子死了！

——别瞎说，到底咋啦？

——你不是跑香港了吗？咋又回来了？

——哪个砍瓜儿的岔嘴巴说我跑香港了？看老娘吐叭口水淹死他！

——你没跑香港？你不是说过要跑香港的吗？

——跑香港还能丢下你？丢下蛋？我是想跑香港来着，一家人都跑。可还没等我们跑，人家就上门把我打跑了。

——哪个把你打跑了？

——还有哪个？乌！

——你说哪个？

——乌！还有鱼儿！江西会馆门口打死高云儿的时候，那个早晚都得挨黑枪的鱼儿也在！

珍说出的原委，在扣儿听来，不啻晴天霹雳、雨天大旱。珍和鱼儿，谁在说谎？从珍的神情看，鱼儿说谎的可能更大。

现在她恨死了鱼儿，恨死了乌，恨死了反共救国军！现在，她也恨死了自己！

珍又问扣儿，你咋出来了，没出事儿吧？扣儿说，什么事儿也没得，我那天回家，一进家门，只见了蛋，没见着你，我们不知你到哪儿去了，又不知上哪儿找去。珍看了一眼"山西口音"，问，那你这是……扣儿说，镇子在打仗哩，这位解放军要到成都去，找我带路来着。这会儿没其他人，哑巴"山西口音"开口说，是的是的，这一路上多亏了您的这位好儿媳的帮忙。珍问，蛋没事吧？扣儿说，他有什么事？"山西口音"说，走，大娘，我们一块去成都吧。珍说，我不回成都，我要去甑子场见蛋。"山西口音"说，甑子场叛乱了，我们就是去搬救兵平叛的，救兵不到，谁也去不了甑子场！

扣儿与"山西口音"走在一块儿总让珍感到不是那么一回事儿，咋看咋不对，看哪儿哪儿不是。这让她焦躁与痛苦。

她抬头发现迎面走来的是扣儿和一个男人时，她就看见这个男人是蛋，直到这个男人已经确凿无疑不是蛋时，她还在期望是蛋。现在她才知道，天底下，如果佛主要令一个婆婆心如刀绞，就让跟她儿媳在一起的男子不是她儿子。她不明白，一向老实巴交、中规中矩、严遵妇道的儿媳咋个愿意被一个土里巴叽的外省农民牵着鼻子走。

她沉下脸，悄悄问扣儿，你能不能不跟他走？扣儿说，不能，他兜里有枪。珍不作声了。珍还是想回甑子场，但儿媳的处境和儿媳带给蛋也是带给自己的危局，不允许她稍离须臾。跟在二人后边，珍很快感到了体力透支，她一屁股坐在石梯上，喘着气说，解放军同志，歇一下吧，我走不动了。"山西口音"说，大娘，您老歇着，慢慢走，不急，我们有急事儿，先走一步啊。

珍看见他俩真走了，连说话也带着走，急忙站起身子，提一口真气，紧跟过去。一路上健步如飞，恍若青壮。

三

一到成都，"山西口音"就把扣儿带去了北校场人民解放军第十八兵团司令部值班室。值班参谋刚刚写好一天的值班简报，忽见一位身着凌乱、泥尘满面的年轻老乡，跌跌撞撞一头闯进值班室来，上气不接下气说话，其状堪称狼狈。但他一说话，值班参谋就知他不是老乡，而是战友同志。

快，我们一个连在龙洛，被叛匪包围了，快去解救！还有，昨天，叛匪袭击了我们的一位首长！

有多少叛匪？值班参谋一边记一边问"山西口音"。

黑压压的，整个山头山沟都是，恐怕有几千上万吧！

值班参谋一惊，笔都差点掉在地下。门边的婆媳二人见到这一幕，知道家乡出了大事，但这事儿究竟有多大，扣儿一知半解，珍一无所知。"山西口音"一直在说，值班参谋一直在记，她们一直在听又一句也听不懂。

值班参谋开始飞快摇电话，一共摇了五个，他知道他的五个电话出去后，至少会变成二十五个。之后，他令一位女战士安排三人先去招待所休息，等待相关同志的进一步问询。太多的信息尤其蛋与鱼儿的信息让扣儿的神经绷得梆紧，但她太困，还是睡着了，还是被唤醒了。

禾对扣儿的所谓审讯其实就是这次安排的一个常规问讯。禾刚到一会儿，警备司令部的人也到了。值班参谋摇完电话、安排好值班工作后，火速去了兵团司令员周士第办公室。

值班参谋忙完这一切，已快中午了，二月六日中午。

兵团司令部综合公安处、警备司令部等各方信息后果断决定，派川西军区参谋长俊带领驻成都市内的五四零团及一个警卫连火速赶往龙洛，迅速解救被叛匪重重包围、情况万分危急的一个连队的运粮解放军，迅速镇压袭击、残杀我一七八师政治部主任及十九名护卫人员的叛乱土匪。公安派员配合野战部队行动。

川西军区也就是人民解放军第十八兵团所属的六十军。一九四九年五月，六十军随十八兵团进军西北，参加了扶眉、秦岭等战役，年底，又参加解放大西南战斗。成都和平解放后，六十军兼了川西军区，两块牌子一支人马，担负着成都及川西、川西北等地的警备、政权建立、剿匪除霸任务。

送来成都的信息十万火急，一刻不容耽搁，必须第一时间行动！当晚七时，俊就率领部队出发了。禾与"山西口音"随队前往。

与"山西口音"理解的不完全一样，禾对扣儿的问讯不是因为扣儿是小地主婆，是来自叛匪窝的可疑分子。禾的理解是：扣儿是一位来自叛匪窝的年轻而单纯的女人，她知道叛匪的情况。

不像东北等地区，成都那时还没土改，地主还没有被伤筋动骨，对地主婆动心思确无必要。但从后面进一步的问询情况看，禾恰恰对地主婆动了心思。刚开始时，他按照自己的理解问讯面前的女人，可当他发现坐在对面床上的女人是那个在甑子场街头拦马的朴素、安静的女鬼时，他发觉自己竟理解了"山西口音"的理解。

扣儿对禾的记忆印象远没有禾那么深刻。她记得当时十来个人全都是清一色的，马、军服、青春、表情、普遍的外省口音，样样都是，连那位漂亮的女公安也与男公安们清一色在了一起，以致自己压根就不知道她的存在。唯一能让扣儿想起禾的，仅仅是禾别在皮带上的那支短枪，因为其他人基本都是长枪。所以，当禾说认识她时，她傻了不一会儿，就笑了，一笑，白白的牙齿、浅浅的酒窝、全身上下的桃红色雾气，就出来了。

于是，扣儿终于知道，这个禾就是接到她婆婆报案后去甑子场搭救她，遇到她后又失之交臂的那个傻公安。两人不约而同笑了。于是，他们从问询与被问询的关系，变成了愉悦的摆谈。摆谈中，禾知道了扣儿的一切而扣儿对他一无所知，所以，晚上，他们在部队中出现，有人喊禾为科长时，她才知道，禾是科长。

她向禾摆谈了自己知道的、和鱼儿告诉的、而禾感兴趣的一切，包括救国军、乌、雪儿、解放军大官象、安、自卫队、枪声、粉房，以及甑子场的街巷格局。

禾问是什么枪声，扣儿说就是枪声。关于声音，"山西口音"就说得很对路：从声音上听，除了炮，各种各样的枪声都有，重机枪有好几挺，有的手里拿着大刀、鸟铳，有的拿着菜刀、锄头、扁担。四周五、六里内，到处都是喊杀声，男男女女都有。

不仅对声音不能辨识，对镇上国民党特务情况，扣儿也是一无所知。禾发现，面前这位只会教小学生识文断字的女先生，在政治上连小学生都不如。他突然就有一种冲动：他想培训这位女学生，身体力行地培训。他并不为自己的这个冲动汗颜，他想，作为一位青年革命者，面对政治文盲，允许有这个冲动。

禾详细询问了象及护送者先被伏击再被残杀的全过程。扣儿除了亲眼目睹的信息，还知道很多没有目睹的信息——鱼儿就是她的信息。禾一走出招待所，象一行二十人被残杀的信息就很快传遍并震惊了中共高层。其实，这个消息，共产党情报部门昨天傍晚就从破译敌人电波中有所获悉，只是不明就里——不能从文字暗号中坐实。现在，通过扣儿的口述，一切都清楚无疑了。

扣儿带来的信息，最终传到了毛主席那里，让毛主席对全国平叛剿匪问题，有了不二决断。

禾与扣儿继续摆谈。他说，鱼儿那么喜欢你你还恨他？扣儿说，恨，他欺骗了我，他害得蛋一家子家毁人亡，我怀疑从头到尾都是他设的套，从把我喊到江西会馆开始，到蛋莫名其妙被杀，我怀疑都是他干的！禾说，你有这个认识很好，进步很快嘛，老乡，你是说你的丈夫蛋已经死了？

这是禾最后一次称呼扣儿为老乡，之后就把扣儿喊扣儿了。

扣儿说的所有信息，禾都在意，但最在意的是蛋是不是已死的信息，这点，连禾自己也觉得奇怪。蛋如果只是蛋，而非扣儿的法定丈夫，自己还会如此吗？他为自己想歪了、心思太邪门感到可耻。他心里一下冷得发烧。

扣儿说，蛋已死了，婆婆现在还不知道。

禾说，好，我们暂时对她老人家保下密吧。死独生儿子，这打击也太大了。

禾与扣儿聊的同时，警备司令部的人在与"山西口音"聊。那位漂亮的女解放军在招待所给扣儿、珍和"山西口音"一人安排了一个小房间。珍疲倦，但并不瞌睡，她只在房间坐了一会儿就开门到了走廊，她听见"山西口音"鼾声不仅如雷，雷声中还带着山西口音的响——警备司令部的人早走了。侧耳窗户，儿媳的房间没有动静，她希望有点动静——她希望扣儿说点梦话什么的。

她不是很清楚儿媳明明被扣江西会馆了为啥又没被扣，她不是很清楚为什么不是蛋和扣儿在一起而是"山西口音"与扣儿在一起。扣儿什么都说了，但她还不是很清楚。她站在走廊没有想清楚，又回到房间继续想。她都快把脑袋想炸裂了。正在继续想的时候，听见了隔壁房门的响。拉门一看，见一身公安制服的男人再次走进了儿媳的房间。她急忙跟过去，门却被男人反手关闭了。她从男人的身形上，一点没看出蛋的影子。

蛋咋这么笨这么傻蛋你个龟儿子你这会儿在哪儿挺尸呢？她骂完了蛋又开始骂扣儿：骚婆娘，狐狸精，夹不住大腿束不紧奶子的婊子！后来，珍实在不堪忍受年轻儿媳带给自己的烦恼就去敲门了。

禾打开门，大娘，是你？珍一指扣儿，她是我儿媳妇。禾一抠脑袋，对对对，刚才扣儿说了，没想到这么巧，你们一个来成都，一个去甑子场，说碰到就碰到了。

珍听一个陌生男直接把儿媳喊扣儿，有一种自己男人在外边包女人的不舒服，她说，我想跟我儿媳妇说点事。禾说，大娘，我们很快就谈完了，谈完了我就把扣儿还给你，现在，大娘，你先回避下。禾一边说话一边温柔加妥帖地把珍强制性扶出了门外，随后，关了门。

扣儿望着二人的表现，觉得好笑，于是抿嘴一笑。

禾在房间里"审讯"扣儿，可审着审着，他发现自己倒像是做贼心虚的犯人了。尤其珍的介意与敏感，更是加剧和增添了自己的介意与敏感。

开始，他为自己信心百倍去救扣儿却因自己粗枝大叶竟致落荒而逃而惭愧，后来，又因自己一双眼睛不消停地犯人甚至看见了扣儿浑身冒出桃红色的雾而心虚。而在他的对面，坐在床头的扣儿坐怀不乱，镇定自若，娓娓谈叙，怎么着都像一位朴素、安静的女鬼。后来，他离开了，可他还没走出招待所大门，又折身转了回来。

禾意犹未尽的问询最终成了冬日下午的绵绵关切，最终被急匆匆闯入房间的兵团司令部一位通信员打断。寒风中，禾坐上三轮摩托去了兵团司令部作战室。

后来禾也想过，他之所以在见到扣儿第二回时就多出一些额外的想法，大概是问讯室里多了一张没有叠被子的床。如果没有这张没有叠被子的床，他可能将在第三回要不第四回见面时，才会多出一些额外的想法。

禾与扣儿的第三回见面和第二回见面，就时间而言，相差几个小时，就空间而言，基本上为零。之所以说基本上，是因为禾来招待所房间接扣儿时，扣儿正在隔壁的房间与婆婆灯下唠嗑。

四

具体来说，兵团司令部、警备司令部和公安处综合的、先后来自龙洛的各种信息是：珍的、禾的、"山西口音"的、扣儿的，以及其他的。

综合的第一个结果是，警备司令部立即取消了因为珍和禾的信息安排一个连去摆平龙洛的行动。高云儿的死、一位公安战士的死，还有扣儿的被扣，一个连的力量足以处理到位。

综合的过程中，各方领导都对别人的情报工作作出了批评，批评之后又变成了争辩，后来，一位首长率先作出了自我批评和检讨，别的首长于是开始自我批评和检讨。

领导们检讨的中心内容是，他们的情报资源共享不足，沟通不够，中枢系统运转欠佳，比如龙洛的信息，为什么只有你知道他不知道呢，如果禾的信息在成都获知的同时让石板滩和简阳县获知，象怎么会遇难、送粮连队怎么会被围？

检讨之后，他们又开始对通讯维护工作提出了批评，最后大家认为，匪不平，通讯永远不会顺畅。说一千道一万，平匪才是当前急于解决的大事。

平叛救援部队出发前，周士第向俊强调了三点意见：一、不到万不得已不轻易使用武力；二、全力以赴，救出我被围人员；三、暂不继续追击被我击溃之暴乱分子；四、惩办杀害象及护送人员元凶。

五四零团及一个警卫连以急行军的速度前进。"山西口音"作为向导，一身戎装，走在最前边。禾紧紧跟在俊身后。过石灵寺、西河场、西平场，三个小时后，队伍来到了临近甑子场十多里的一匹叫大梁山的山丘上。

星辉月色中，一浪一浪的砣砣雾把视线搅肇得时远时近。俊命令部队停止前进，原地待命。

为摸清匪情，俊令兵团司令部侦察参谋带领一个侦察排前去侦察情况，力争抓个舌头回来，并让"山西口音"随队前往。

参谋率队出发半个多小时后，远远的甑子场方向竟突然升起了无数美丽的星星，升起星星的同时，还隐隐约约传来了各种嘈杂的黑乎乎的枪声以及黄乎乎的嗡嗡人声。官兵们再看那满天星星时，它们竟成了漫山遍野的火把，在稀薄的风海和雾国摇曳。火把也是美丽的，但一想到火把的底座应该是反动与暴力时，美丽也就发生了变异，至于变成了什么，红虎，红兔，还是红魔的红眼球，姑娘的红肚兜，每个官兵有每个官兵的自由想象权。

俊是一位戎马了二十年的老战士，从瑞金到延安，从延安到抗日前线，从抗日前线到强渡长江解放大西南，亲历大小战斗不下百宗，可从来没见过眼前这样色彩瑰丽、气氛吊诡、感觉恐怖的场面。一个多小时过去了，参谋带去的人一个都没回来。

面对异常情况，俊当即派出了第二支侦察队伍。第二支侦察队伍也是一个排，由一位副连长带队。禾命令副连长，一方面侦察匪情，一方面与失去消息的参谋尽快衔接上。

副连长走了不到半小时，前面就响起一阵激烈的枪声，但，很快，枪声平息，就像什么也没发生一样。

砣砣雾还在飘着，前面的火把一会儿出现，一会儿不出现。

先后派出去两支侦察排后，作为成熟的指挥员，俊没有坐等。他采取了进入龙洛地区后的第三个动作——令人去找几个当地土著来问问情况。不料，战士们找来的几个人既听不懂俊的话，俊也听不懂他们的话。他们是一个村子里的，男女老少都有，他们叽里呱啦的声音，像越南话。俊一下懵了，不知自己闯入了怎样一个地区。

几位老乡似乎比俊更懵，他们傻呵呵站在大兵森林中，不知发生了什么。因恐惧，内中一人尿了裤子，尿骚味在砣砣雾中飘扬。

俊看了看表，第一个排早过了该回来的时间，第二个排也该回来了但并没有回来的任何征兆。

两个排的莫名消失和怪异的语言环境，让俊有一种石牛入海和遇鬼的感觉。这时寒霜渐生，冬雾愈浓，战事还未开始，战局已云遮雾拦。他知道前方是敌人，是水、棉花和吸附器，他更想知道怎样撕开水的堤坝，怎样点燃棉花的死穴，怎样壅塞吸附器的秘道。

这时，禾上前建言道，参谋长，我想借您警卫员的马用一下，我去接个人来，她懂这几位老乡的话。俊说，骑我的马，快去快回！禾大鹏展翅，飞马而去。俊让那几位老乡暂时不要走，在这儿休息一下，并让警卫员给他们拿了吃的来。几位土著想走走不了，不禁更加害怕起来。

俊不让几位土著走，表面的意思是等禾带来的人问他们一些情况，了解一下龙洛的匪情，内里的意思是，他怕这几位土著说鸟语是故意的统一口径，而他们之中指不定有叛匪也难说，如果轻易放了他们，自己没有刺探到叛匪的情报，叛匪倒是有可能刺探到解放军的情报。

俊有这样的想法实属正常。当时，全国各地虽然还没有大规模的叛匪暴乱，但零星不断的匪情却是出现在了全国大部分地区，尤以西南为甚。叛匪袭击征粮队，杀几个人，已成司空见惯。因此，那个时候，但凡行走乡野，要么成群结队，要么武装护送，总之，要随时想到路边突然扑出的狰狞、血与厄运。

在扣儿婆婆院坝附近的金龙湖边，我与陌生人也探讨过这个问题。以后来的视角看，也许，即或在共产党高层眼里，亦只把这些小打小闹的叛乱匪情视作小蟊贼的为稻粮谋所为，并未引起足够重视，予以重拳出击，直到"龙洛惨案"惊现，才发觉叛乱已不可小视，叛匪正蚕食着新生红色政权的根基——叛匪已生发了变天的野心。

我们已经夺得了天下，天下是我们的了，不是你们的了，你们吃点我们牙齿缝里剔出的残渣剩羹我们可以睁只眼闭只眼；但别以为老虎不发威就是病猫，要夺我碗里的，我就用碗砸死你；当然，叛匪既想夺饭碗又不想被砸死，于是叛匪弄出了枪声炮声，但他们那点枪声炮声跟我们的动静比又算得什么？英国生物学家赫胥黎早在十八世纪发表的《天演论》中就说了，物竞天择，适者生存，这个世界是强者的世界，叛匪的自取灭亡从一开始就注定了——陌生人抛出了自己的观点。

面对陌生人的政治高论，我莫测高深欸乃一声，叛匪就那么傻，傻到连双方力量对比的基本评估都不做就拿鸡蛋碰石头了？陌生人淡淡一笑，我知道你是在反考我了，说说你的高论吧，小女子洗耳恭听。见陌生人现出了一副谦卑的学生样，我就有了几分臭知识分子的满足感。又虚情假意谦逊了几回，在显得终于磨不过陌生人的求知好学精神后，我开始慢条斯理侃侃而谈。我说，看事物运行不能孤立看、片面看，我说到了那时的台岛，继而说到了彼时的美国。

龙泉山上时不时传来的金龙寺的有节奏有韵律的钟声，把我俩的湖边对话，谱成了歌儿一般了。湖边周遭的樱桃花正在凋零，飘在水上，陌生人身上，有一种忧伤美。

陌生人是一个神秘人物。陌生人的神秘是多方面的，女的，开宝马，与扣儿婆婆的关系，何处来，哪儿去，来干啥。

她一来到镇上，一走进扣儿婆婆家，一下子就跟扣儿婆婆热乎上了，真个是后来居上。我与她像两条在扣儿婆婆膝下争宠的哈巴狗，我拼着狗命往前冲，她只顾在一边看着我笑，可主人偏偏宠上的是她。这让我十分气馁，又不甘心。她一定是我上辈子的冤家对头——不为"龙洛惨案"选题不为写出惊天动地的小说大作大老远跑到这个小镇上见一个老得路都走不稳妥的太婆干吗？

我看见陌生人的第一眼就觉得她神秘万端。她是我见到扣儿婆婆后的第三天下午走进石碾村扣儿婆婆院坝的。我一看见她的模样和行头就猜测她是我的同行，只不过，她比我有钱——她应该是做时尚杂志的，我想。

我说，你可能还得出去办件事。她说，啥？我说，见扣儿婆婆，得有《介绍信》。她一愣，笑了，《介绍信》？有，有，扣儿婆婆，你看，这个《介绍信》可以吧？陌生人边说边从挎包中抽出一封信来，递给扣儿婆婆。

扣儿婆婆一看牛皮纸信封，眼睛就定了。陌生人扶了扣儿婆婆，扣儿婆婆抖瑟着枯槁如桃树干的手撕开了信封。之后，扣儿婆婆把信塞进了怀里。再之后，扣儿婆婆把陌生人喊进了自己的卧室。我看见扣儿婆婆冲进卧室的身形，竟像一粒能量饱满的年轻的动词。

我独自一人站在院坝，不知发生了什么。嫩嫩的桃花壋在坡上，山上的倾圮下来，山下的潲漫上来，我被桃花捯腾着，拱上了龙泉山上空，弹着四蹄，久久不能落地。

禾打马飞奔，在冬日的成都平原刮起了一股人畜的劲风。泥尘、枯草、天空、河流乱飞，一些来不及撤退的小动物和昆虫葬身在蹄铁之下。马匹冲进大门，险些把招待所刮倒。

扣儿不在扣儿的房间。

见珍的房间亮着灯光，禾猛敲了一阵门后就闯了进去。当时，婆媳二人正煨煲在铺盖里唠嗑，扣儿没脱衣裤，珍上身棉袄，下身短裤。门一响，扣儿就惊呼着下了床。禾一把拉了扣儿就往门外走，扣儿不明就里，却又无力挣脱。禾一边说走，到龙洛去，一边就把扣儿拉上走廊拉过走廊。见扣儿下木梯太慢，又扛了扣儿在肩上疯跑。

最倒霉的是粮户遗孀珍，一天之内见了两次儿媳被不是儿子的男人裹挟着，而自己又不得不撒着老腿、喘着老气追赶。追"山西口音"还算体面，追禾她简直就……——她的节俭吝啬得缀了补疤的裤衩在寒冷的夜晚呼啸得声嘶力竭。禾当然没有理会一条裤衩的呼啸，他把扣儿举上马背，再弓身一蹿，就骑了马一头扎进夜窟窿里。

珍还是发现并认识到了自己下半身的不雅、不适如灾荒年景象，就返身扑向招待所房间。

从拉扣儿、扛扣儿、举扣儿，禾的整套动作连贯无镈，潇洒无比。这会儿，面对自己怀里的一只惊慌的小鸟，他自己反倒失去了先前的勇顽与潇洒，变得惊慌、丑拙起来。

马儿制造的夜风把女人的体香一颠一簸往他鼻子里灌，还把女人的长发一绺一绺往他嘴里拂。他是去营救被围战友的，自己却处在了一个女人的十面埋伏里。

马力加上山路的弯曲与凸凹，反应在女人身上是身体像擂杵一样不由自主没个准地捣击着后边的男人，反应在男人那里就是裤衩的布料被节俭得实在不成体统。男人把女人往前搡，并借助后冲力把大腿往后挪，男人的这一举动很明显，一是做了，二是告诉了。女人明白了男人的惊慌，这样一来，女人就不惊慌了。他既然怕我，我干吗还怕他？

嘟格这样？你带我去哪儿？扣儿气定若闲。见扣儿气定若闲，禾不由自主就冷静下来。他一边打马，一边告诉了接扣儿去前线的原委。

扣儿向几个穿本乡本土服装的人打了招呼后，对俊说，他们是厥家村的，说的话是"土广东话"，他们祖祖辈辈都说这种话，整个成都东山地区，绝大部分人是"土广东人","土广东人"中,绝大部分只会说"土广东话",并且,也只能听"土广东话"。只有经常与外界交往的人才能说四川话,能听懂北方话的人就更少了。

扣儿的说法,是六十一年前四川客家世界的语言状况。现在,四川客家人绝大部分都会说四川话,不少人还会普通话。地域的封闭地域自己不会自行打开。时间打破了地域的封闭。

扣儿充当了俊的翻译,但俊并未从几位客家土著的口中问出有价值的情报,虽然间接的信息量不小。

土著说,这一两天,甑子场的老幺老在我们村上喊人,叫大伙有枪拿枪有刀拿刀,说凡是到甑子场集合的,银元谷子人人有份,我们正要去时,在省城念书的阿高子回来了,他说去不得,都解放了,不是民国了,变天了,拿枪拿刀的,不是跟共产党作对是啥?跟共产党作对,是要见血的,蒋光头的八百万军队都拉稀摆带了,它一个场镇、一个舵把子,还能翻天不成?阿高子在省城,见多识广,他一说,我们就白天躲竹林,晚上才回家睡觉,不料,今儿觉也没睡安稳,躲了老幺,却又没能躲了解放军。

俊对土著说了对不起,耽搁你们睡觉,请你们这就回去,明天放心睡到日上三竿,因为老幺再也不会出现在你们厥家村了。土著听了这一说后,一边应承那就好那就好,一边脚板抹油耂地溜之大吉。

月更大了,却有大而不当之感。

五

俊让扣儿说说她所知道的龙洛叛匪的情况,扣儿着急了,一脸绯红。

——那些人不是叛匪,是场子上的居民、村子里的农民。
——那你就说说场子上居民、村子里农民的情况。
——我已经给科长说了。

——我想亲耳听你说说。

禾插话说，说吧扣儿，他是参谋长，我的首长。

不说不行吗？

禾说，不行。扣儿看了禾，又看了俊。扣儿以为自己很熟悉禾了，现在觉得不是那么一回事。她甚至突然发现，在自己的首长面前，精明强悍的禾有点像她娘家当年养的那条一见到她就把尾巴摇个不停的老花狗。

本来，看见象等被残杀的惨状，看见成千上万救国军向曾家粉房解放军打枪，扣儿觉得解放军向仇人采取行动甚至严重报复都属情有可原、顺理成章、一点不为过的动物本能反应——这其中还不含有清算骗子和凶手鱼儿的打击行为。鉴于这一切，面对禾，扣儿把该说的说了，不该说的，也说了。

但是，到了现在，到了看见自己身边突然出现拿着长枪短枪，扛着炮弹的一千多号人马时，扣儿是真正的不想说了。乌该死。可鱼儿千错万错，坏得头生疮脚流脓，她又不想让他挨枪子儿。不是说让自己来当翻译吗？我都翻译完了，干吗还要把鱼儿他们一个不剩通通翻译出来呢？扣儿不想说，可又不得不说，这一方面是因为首长和禾的枪，另一方面就是他们没有枪，扣儿也得说，因为下午已经对禾说过一遍，再多说一遍与不多说一遍，又有什么区别呢？

——那些拿刀抓枪的人不在场镇里，场镇里的人大多躲在屋里不出来，只有那些胆子大的天棒槌儿在街上看热闹、听热闹。

——对，你就说那些拿刀抓枪的。

——那些拿刀抓枪的人都在甑子场外边，开始在燃灯寺所在的二娥山上，后来又去了旁边的曾家粉房。他们围住了曾家粉房，拿枪对着房子乱打，不让里边的人出来。

——叛匪的指挥系统设在哪儿？

——叛匪？指挥系统？

就是反共救国军的窝子，就是司令、副司令和电台所在的地方。禾插嘴说。

——他们原先在江西会馆，围曾家粉房时，搬到山边边的白家大院里去了。

——老乡，来，站在这里，拿着，望远镜，你给我指指，曾家粉房在哪儿，白家大院在哪儿？

禾扶着扣儿走了几步，站在了山丘最高处。扣儿知道望远镜，但没见过，更没用过。接过望远镜，她竟有一种孩童接过大人送的过年礼品的兴奋，而透过玻璃片的目光则让她更加兴奋。她边说边指，啊，咋个这么近、这么大？好安逸哦！曾家粉房，那儿，山梁子下东大路边；白家大院，那儿，那片红豆林中；那是甑子场，啊，我看见广东会馆了，还有我的家……

兴奋不已的扣儿正回头准备让禾分享她的兴奋时，突然发觉有个戴眼镜的解放军在把她的声音一笔一笔快速画在一张地图上。他画得真好，真不好。她似乎明白了什么，她不再说话了，并把望远镜递向俊。她下午向禾说了曾家粉房和白家大院的位置，只是没有也无法用手指给禾看。

扣儿一噤声，现场出现了短暂的沉默。短暂沉默之后，俊大声说，叫炮连连长！通信员叫来了炮连连长。俊下令：对准曾家粉房周边，对准白家大院，给我打它几炮，打破僵局，听听动静！

扣儿听说过打炮的厉害，一个金属砣砣出去，轰，人群就飞上了天，天空就红成了桃花。因此，当她听到禾的首长下令打炮后，仿佛一下被炮打中，打得自己魂飞魄散，她大声吼道，不能打炮，不能打炮，打炮要死人的！

俊没想到面前这个长得蛮好看的女老乡胆子大到竟敢对他的命令下命令，他本能地生气了，本能地笑了，他像老人像女人对小孩说话，纤声又细腻：老乡，我知道要死人的，但若不死几个坏人，好人会死得更多啊。

扣儿顶撞道，炮弹也认得好人坏人？再说了，你就是不考虑我的乡人，我们客家宗亲，也该考虑你们那一群解放军吧，他们不是也在里面吗？

俊没有被呛住，但他犹豫了，司令员也说过最好不动武啊。

被围人员现在到底还在不在粉房也难说，参谋长，要不我进去侦察下，带上步话机，随时与您保持联系？还有……禾没有直接支持扣儿的言论，但他用具体的行动方案让扣儿的言论得到了起码尊重与部分采纳。

这时天已麻麻亮，第二个排也早过了该回来的时间。俊粗暴地打断了禾的建言：

来不及了，不打炮可以，但必须立即强行推进！再拖下去，我们不仅失去了打夜仗的优势，也会把我们被围了一昼两夜的同志拖垮！

话毕，脸蛋、嘴唇肌肉扭曲如电，额头、脖子青筋暴跳如雷的俊作出了断然部署：团长尚亲率第二营和警卫连立即出发，强行推进，突破敌人阻拦，尽快找到被围同志，判明情况后，再里外一起动手，彻底摧毁叛匪。俊自己率部压阵并随后稳步推进。当然，俊没有忘记让通信班铺设电话线。

俊明白禾很想立马随队前往，协助尚建功立业，他没有满足禾的愿望，不是因为别的，仅仅因为禾是公安序列，而他是野战序列。

尚率领二营二连在前，另外三个连紧随其后，强行往火把与人声最密集的叛匪心脏地带扑去。

俊从步话机里听到了尚的报告：我二营二连刚刚到达甑子场北侧山脚，就遇到了强大的阻击，四周的竹林、田埂、房舍、碉楼全都有人向我们打枪、射箭、投飞刀。

俊大喊：你的机枪是烧火棍吗？尚回答：我下过命令了，可机枪射手扫射了一阵就歇了，他们不仅分不清对方火力点的具体位置，也不知该打不该打。俊说：你不是下过命令吗？尚说：我也犹豫了。俊说：犹豫个屁！打！尚说：可对方绝大多数人都是群众呀，有少数穿国民党军服的人就混在群众中，敌我不分，而兵团又命令不能伤害群众，这个仗太难打了！

俊低下声音说：二营伤亡怎么样？尚说：已牺牲二十多人了。俊问：看见进去的两个排了吗？尚说：没有。俊说：在避免冲突和减少伤亡的前提下，你们立即分兵寻找失踪的那两个排和我被围同志，随时向我报告情况，并等候我的命令！

尚的报告基本上印证了扣儿的说法，所谓叛匪主要就是一些当地的日出而作、日没而息的土著群众。机枪手出身、身经百战的俊二十年来突突过穿国军服装的、穿日军服装的，哪曾突突过身着老百姓补丁衣裳的群众？突突的命令要下，可他又岂能贸然地下？

俊后来才知道，"龙洛惨案"是叛匪向新中国打响的第一枪，而平定龙洛叛乱，也是新中国向叛匪打响的第一枪！

原来这么难打，是因为我打的是第一枪哇，俊后来恍然大悟，这下好了，老子蹚了路，后面兄弟部队的杂种们平起叛来就占便宜了。

禾喊来报务员，把自己的请示发给了司令部。他后来才知道，周士第司令员立即把他的请示转发了上去，最后到了西南军区贺龙司令员手里。

在等待回电的时间里，俊率领两个营向前推进了五六里地后，候在了宝胜村山丘上。这段时间，尚来了三个电话，向俊报告有关情况：被围同志还在曾家粉房；两个侦察排，一个在大梁子下猫着，另一个在一座碉楼里死守，他们因不敢向群众正常开枪而被群众围攻，现在两个排只剩下不到一个排的人了，我已救下了他们。

终于，俊接收到了司令部回电：

今后凡是拿枪打解放军的，都是敌人，一律消灭。但是对经过喊话，放下武器的，就不要打他们了；对被土匪裹胁的群众，也不能打。

这份回电口语十足，很像贺司令员的口气——禾想，但他不能肯定。

俊对这份电报用于目前战局的理解是，可以用步枪精准点射，不能用机枪大面积扫射，最好是用喊话和炮弹来威慑对方，驱散对方。俊把自己的意见告知了尚，让尚避开炮火，俊决定打炮了。

在扣儿婆婆院坝里，我和陌生人就俊对这场复杂战役的处理艺术达成了虚拟状态下的共识：打炮，是用最短的时间解围自己的同志，同时击溃敌人而给敌人带去最小伤亡的最有效措施。我们认为，俊是摸准了一群毫无军事素养、只知道趋利避害、从多向众的人不惧子弹惧炮弹的求生心理，一人跑十人跑，十人跑百人跑。但俊打炮的真实原因真是这样吗？我们却不能肯定。对于六十一年前那场实验性质的战争，我们更多的是想当然。并且，我们是带着良善的情愫想当然。

扣儿婆婆说她记得很清白，可她毕竟八旬了，八旬人的记忆真的很清白？

这样的打法真是死人最少的打法吗？我在甑子场采访七八十岁以上的老人，向他（她）们求证这场战争的死亡人数，居然各说不一，有说三千的，有说三百的，还有说三十的，误差百倍。不仅死亡人数是个谜，参加暴乱的群众人数也是一个谜，一本志书说一千多，一本志书说几千，另一本志书说一万多，各种老战士回忆录上的数字更是五花八门。之所以出现这个情况，应该是匪、民的分界不明，以及信息不畅。

时间远去，雾霭重重，但我还是不希望在我笔下出现所有历史都是当代史的故伎与窠臼。我知道我写这部非虚构小说会面临诸如此类的许多无法选择的选择，但不管官方资料多么振振有辞或语焉不详，不管民间口实多么生动具体或天马行空，我只采信亲历者、历史老人扣儿婆婆的记忆——尽管她的记忆依然疑窦丛生、矛盾重重。

对了，仅仅几天时间，我就改变了来甑子场的初衷。我放弃了那个考察史实的选题，操起了我的比专业更专业的业余本领：写小说。

通过与扣儿婆婆的深谈，对龙洛、龙潭寺、灵池、简阳十几个世纪老人的采访，和阅读傅全章著、中共成都市龙泉驿区委编印的《龙泉剿匪记》，我发觉，对于六十多年前那些迷雾深处的史实，除了长篇小说，没有其他形式可以表达，换一个说法是，只有长篇小说更适合表达。

换成小说，陌生人支持，没想到扣儿婆婆也支持。扣儿婆婆早已不是当年看红楼的文青小姐、地主少奶奶，但小说的手段和妙处，她是心知肚明的。

打炮前，必须走完喊话程序。

喊话开始了，是扣儿那像唱歌一样的声音，但没有哪位解放军知道扣儿喊的什么歌。

当俊决定喊话后，部队宣传队就上场了。喊话员是个声部被明显训练过的女战士，大喇叭把她的声音传得空远而清晰。但喊过之后，前方没有出现任何动静。这时，天边已有鱼肚白，但火把依然还在摇曳、吐词。

禾突然有了反应。他对俊说，这个喊话，对方听不懂，得用"土广东话"喊。俊恍然大悟，同意请那个差点被他忘了的女老乡喊。扣儿见喊话是可以不死人的好事，也就乐意喊话。她对着大喇叭，禾说一句，她喊一句，禾说的是川东话，她喊出的是顺了禾的大致意思、被自己处理过的客家话——

宗亲们好！我是扣儿！解放军是好人！你们被国民党特务蒙蔽挑唆了！解放军首长说了，你们放下刀枪，回家耕地与家人团聚去！如果与解放军为敌，解放军就要打炮了！打炮，就得见血，就得死人！解放军不希望见血，不希望死人。宗亲们，回去吧——

扣儿的声音是一棵大桃树，枝桠向对面伸去，桃花向对面开去。还像三千亩红草莓，离地飞起，飞向二娥山。

扣儿喊了一遍，二遍还没喊完，就听见对面响起了砰砰砰的枪声，显然，那是对扣儿的声音的反动。俊对身边的人说，打炮吧，打了炮喊才会有效果的。

扣儿听说要打炮，急嚷不能打不能打，让我再喊，让我再喊，要不，让我当面去跟他们说，让我去求他们……

俊自然不会听一个女老乡的天真幼稚。扣儿急得哭了，并非常突然地跽地而跪。俊还没有把扣儿拉起来，扣儿身边又多了一位下跪者。这位下跪者是不放心儿媳被一个男人抱上马而回房穿好长裤惊慌失措赶来的珍。珍全身汗透了。

珍喘着粗气说：千万别伤了我的蛋，千万别毁了我的桃林，我的宅子、牲口啊！

禾说：大娘，我们是帮你打仇家、救儿子的。

珍似乎明白了，立即起身：好，打仇家、救儿子，扣儿，还跪着干啥，起来呀，起来呀！说着，就去拉扣儿，但扣儿跪在那儿就是不起来。

俊对身边的炮连连长下令：去，六零炮，朝着白家大院，曾家粉房周边和火把密集的地方，轰他狗日的几炮！

待一轮炮轰结束、还没喊话和开始第二轮炮轰，叛匪就堰塞湖般崩盘了。俊命令道：司号员，冲锋号！

司号员向甑子场方向吹响了激越嘹亮的金属的冲锋。

俊：一营，三营，警卫连，全部给我冲！

所有的人都冲出去了，只有两个人留在原地，一个是跪着的扣儿，一个是站着的珍。

起来！

扣儿跪着。

起来！回家去！

扣儿跪着。

起来！回家看你男人去！

扣儿跪着。

珍喊不起来儿媳，就抛下儿媳跌跌撞撞向场上跑去。这个粮户这个地主婆从成都城一路跑来，这会儿的势头，依然贼大，猛虎下山一般。这个可怜的几天之内就把一生的路跑完了的婆婆哪里知道，扣儿怎么会回家去，扣儿怎么敢回家去。家里没有蛋，家里只有珍狠命伸向自己脖子的正义加仇恨的鬼爪。当然，后来，扣儿还是回家去了，只不过珍已不知道了。珍已经疯了。

俊冲锋的同时，尚和曾家粉房被围连长也开始冲锋了。在三路人马严重夹击下，一群乌合之众弃枪丢刀，夺路狂奔。竹篙松明火把在地上东倒西歪、横七竖八。解放军看见夺路狂奔的百姓装束的赤手空拳者就不管不问，看见拿枪抓刀的或身穿国军衣服的，就抬手像打麻雀一样打上一枪。

火把一熄在地上，天空就完全亮了。天一亮，打扫战场的战士就看见了被枪炮打烂的遍地尸体，有解放军的，有身着国军衣服的，更多的是百姓装束的不明身份者。

扣儿为炮声与血腥跪着：不安着，痛苦着，祈祷着。

扣儿一个人跪到太阳照上她脸上的泪珠时，就看见面前伸过来了一只手，她顺着手往上看，就看见了一身硝烟、左手捏着手枪的禾。

扣儿长跪这段时间，禾在做四件事：缉拿匪首、找安、挂牌、辨尸。

六

禾和扣儿向已经打扫结束的战场走去。两人都有这个愿望。

扣儿想去那儿，是想去看看鱼儿是活着还是死了。禾想去那儿，是想让扣儿去辨认一下乌和鱼儿的尸体。但禾没有对扣儿说出自己的用意。乌和鱼儿的尸体安已经辨认过了，但禾还需要扣儿不受任何干扰地辨认一下。

走向战场，得经过一片竹林。

竹林。扣儿想起前晚她与鱼儿跑出白家大院，在跑向这片竹林的路上，鱼儿把几块银元塞在她手里，她不要，说有。鱼儿说自己以后会很多很多的，还是塞给了她。鱼儿说，你到了成都，就住在东大街旅店，刘裕丰店，老板我认识，他会照顾你的，千万别回甑子场，到时我会去找你的。乌是个王八蛋，早晚老子要把他骗了喂狗！

鱼儿叫我不回来的，可才一两天，我就回来了。一切都变了，鱼儿你已不是昨天的鱼儿，我扣儿也不是昨天的扣儿。

扣儿，你在嘀咕啥？禾问。

扣儿一直走着，想着，两耳锁闭、飘雪，双目定格、结冰。

乌死了，鱼儿也死了。乌的胸脯被炮弹打了洞，很大，地上的枯蒿乱草穿过洞口伸到了他的前胸上，红艳艳的。鱼儿半边脸都炸没了，另半边脸耷拉在肩胛窝里，像半拉子烂掉的西瓜。他那件国军衣服还算有形，中校领章鲜活如初。扣儿见了鱼儿，憋了一阵眼泪，胸口胀得不行，转身跑了几步就一阵狂吐，把那秽物一射三尺。

冲在前边危险地带的"山西口音"没有成为尸体，虽然两个侦察排半数以上的人成为了尸体。右臂绑着血红绷带的他一边整理着地上的尸体，一边朝扣儿尴尬地笑了笑。现在"山西口音"已从班长升为了排长。"山西口音"的工作，是协助连长，指挥安组织来的老乡，把解放军尸体抬到一百米远处的一个坡坎上挖坑掩埋。这个坡坎，成了后来的平叛剿匪烈士陵园，每年清明，成都中小学校都会组织红小兵、红卫兵、少先队员、共青团员前来扫墓、宣誓、献花圈、写作文。这样的平叛剿匪烈士陵园，成都平原还有不少，新都、温江、双流、龙潭寺等，都有。一到清明，不光学生，当地党政机关也会加入扫墓行列。

解放军的炮弹在取得辉煌战果的同时，也误伤了自己的同志。由于几个被炸死的同志缺脖子少腿，"山西口音"就与一些战士在叛匪的尸体部首中耐心寻找，找出疑似部件后，再加以甄别、比对与组装。解放军伤员已被转移至龙洛公园临时救护站。现场武器已全部打扫完毕，目下的工作就是对敌我双方尸体和哎哟连天、痛苦不堪的叛匪伤员的处理。

整个场面很乱，叛匪伤员闹得"山西口音"心里很烦，他挥舞着手枪大吼一声：别吵了！谁再吵我就打死谁！"山西口音"是吓唬叛匪的，但叛匪伤员不这样理解，炮火已让他们完全相信解放军怎么说就会怎么做，说一不二，决无诳言。想到这一层，叛匪伤员顿时安静下来。叛匪伤员现在思考的，是解放军如何处理他们，他们甚至想到了被机枪突突、被推下大坑活埋甚至大卸十八块挂满漫山遍野的桃树。自己发明了杀害象的瓮，现在是到了请君入瓮的时候了。

处理解放军伤员和尸体是第一轮工作。第一轮工作全部清场后，第二轮工作就开场了。第二轮工作的开场是由山下甑子场更夫的那只铜锣敲响的。

各家各户，开门开窗，耳朵不清，莫怪镇长！——当！枪炮无眼，有伤有亡，相关亲属，自负伤亡！——当！伤者治伤，亡者自葬，立马上山，过时不商！——当！

更夫还特别提醒，不准窝藏匪首、特务，不准为匪首、特务收尸！

后来我想，不准为匪首、特务收尸，应该是解放军为象报仇的一个具体的针对性动作。

其实，更夫本来是可以不打锣的。战火一停，龙洛的叛匪家属群众东一个西一个就往曾家粉房方向去，胆子大点的竟走到伤亡者中间开始寻找、哭泣、背人。后面的人见前面的人无事，也加入了寻找亲属的行列。这样一来，场面就更加乱了起来，非常影响解放军完成第一轮工作的正常秩序。解放军就把叛匪家属群众赶了出去，并用绳索拉起了警戒线。当叛匪家属群众集体伏在警戒线上观望、哭号时，不知谁说了一句你们胆也太大了解放军正要抓叛匪家属哩你们竟敢来领走叛匪为叛匪收尸，大家就一窝蜂闪得没了人影。这样一来，更夫就只好打锣招呼了。

待扣儿辨认了鱼儿后，禾就去配合俊寻找象的遗骸。禾让扣儿一起去，扣儿没动弹，她太忙，忙着呕吐。

按照扣儿告诉的大致方位，解放军在南边麦田里找了半天却什么也没找到。俊这次率部到龙洛，除了救围和严惩杀害象的元凶为象报仇外，还有一个任务，就是找到象的遗骸。

现在，围解了，元凶乌和鱼儿杀了，就差遗骸一项了。俊有些急。打散叛匪后，他在第一时间率警卫连赶去甑子场寻找象的踪迹，却一点影子没有，好像象压根与这个镇子无关。不是说象惨死的动静很大吗，咋会一点印证线索都没有呢？他这才开始相信那个女老乡所言，一定是被叛匪毁尸灭迹埋掉了。于是，他到了南边麦田。在南边麦田，他自己颗粒无收，禾来后也毫无斩获。

俊说，你去把那个女老乡叫来。

禾说，她也是听说的。

俊说，还是去叫来吧。

禾找遍了曾家粉房、白家大院附近山坡，都没见着扣儿。安说，先前见过的，不知她多时走的。"山西口音"还在现场负责守卫工作，他也说了安同样的话。被更夫吆喝来的叛匪家属们正忙碌着。

安已指挥几十上百个劳动力挖好了坑，正在将乌和穿国军衣服的尸体往坑里扔。乌的姨太太等家属在远处悄悄观望、抹泪。禾看坑，大惊：鱼儿的尸体呢？

安说，鱼儿的尸体不见了。

禾说，我不问，你就不说吗？

安说，我正要说，你就问了，这位排长知道的。

怎么回事？禾恶狠狠问了"山西口音"，又恶狠狠问了安，前者惶惶说不知道，后者摇摇头说不晓得。

大白天，匪首鱼儿的尸体不翼而飞。怪镇又见鬼了。

连长走过来，见自己的手下"山西口音"被公安训了，很不舒服：一具尸体，不在了就不在了，有啥大不了的！

扣儿去了石碾村蛋的坟上。回龙洛，她哪儿都可以不去，但必须去看丈夫蛋。她想抱着蛋大哭几天几夜，说一千遍一万遍对不起。在蛋的坟上，扣儿遇见了一个女疯子，这个女疯子是她的婆婆珍。

禾找扣儿来到了蛋的坟上。禾吩咐男公安女公安两人在珍家看护女疯子后，就带着扣儿来到了南边麦田。俊和俊的兵站满了南边麦田。南边麦田被抄了个底朝天。扣儿一看，就说，我说的是南边麦田边的水田。

麦田边有一块水田，在下午的灰色阳光下，任黑亮的乌鸦叫着大风，纹丝不动。

原来她说的不是麦田是水田。水田也能埋尸？俊将信将疑，还是令工兵立即查找。

工兵挖埂放水后，开刨稀泥。没多久，众人面前出现了一个三米见方、两米多深的泥坑。

泥坑中，象和十九名护送人员的遗骸惨不忍睹，有的剜了眼睛，有的割了舌头，有的缺鼻少耳，有的被剖了腹腔掏了心，有的砍了手脚，有的身体被砍成了几节。俊认识象：象身中二十四枪，双眼被剜，皮肤全被开水烫裂。

众人一懔。俊取下帽子，抬臂把手枪对准天空，他身后所有的战士都做着同样的动作。密密匝匝的枪声惊飞了乌鸦，扣儿在一边，耳朵被两肘夹得梆紧。这时，安不声不响来到了水田边。

俊走的时候紧握了扣儿的手：老乡，你叫扣儿吧。翻译，情报，喊话，你是为革命作出过贡献的，扣儿同志！

这句话的意义很大，但扣儿一点也不知道，就像扣儿一点不知道禾已偷偷爱上她。但这句话还是有意义，不是对扣儿，而是对禾——没有这句话，年轻革命者禾那偷偷摸摸鬼鬼祟祟的爱，会那么纤纤细细茧丝一样结实绵长吗？

鱼儿的死，婆婆的疯，加之尸骨的惨景与气味，令扣儿开始再度呕吐，但她什么也吐不出了。在她险些吐出苦胆时，昏死了过去。

第三章 〉第三个带枪的男人：安

一

镇压安的枪管已抵在了安的后脑勺上，但安还是在想他与扣儿的凄迷往事，五花大绑也没能绑住他的松松垮垮地崩山裂的想。

他在想，他与扣儿的关系可分为三个阶段，第一个阶段是身体对身体的焦虑与培育，第二个阶段是心理对心理的赌博与逆反，第三个阶段是身心与身心的互偶与消融。

安知道在第三个阶段时，自己的身已成了未封盖的棺，而扣儿还有姣好的身，更姣好的心。此刻，安知道自己永远也不可能继续第三阶段了，但他却不能阻止自己不想第三阶段。从这个意义看，他的想仅仅是总结，不意展望。

但他还是没想透彻，自己与扣儿的关系到底是不是爱情，或者说属不属于爱情的范畴。可是，不是爱情又是什么？不属于爱情的范畴又属于什么范畴？第一个阶段乃低级动物之雌雄公母本性使然及高级动物之冷智力游戏，第二个阶段又源于一宗理想的幻灭及一场复仇的博弈，第三个阶段根本就是不能同步续存的乌托邦中的乌托邦。这是爱情怎么可能？再者，自己岁届六旬，妻妾成群，采花无数，腐朽败坏如安者也配有爱情？

但是，但是自己还是幽深如矿井细微如桃绒地爱上了扣儿。

婚后，扣儿经常会向老男人安请教一些让她困惑的问题，而老男人总能像干爹多时期那样对她耐心讲解，直到她满意为止。比如，扣儿问，共产党为啥把鱼儿他们一会儿称土匪，一会儿称暴匪，一会儿称叛匪呢？安就会讲解说：

你看，不管称土匪、称暴匪、称叛匪，共产党都称鱼儿他们为匪。何为匪呢？匪就是拥有杀人武器并且有所行动的老百姓，这样的人是不受以前的朝廷现在的政府待见的，因为他们虽然是军，却不是朝廷军或政府军，一句话，是当政者所谓的非法的武装，所以，当政者就把他们称为匪。

匪是可以转变的。解放前，国民党称共产党军队为红匪、共匪，当然，共产党也称国民党军队为白匪、蒋匪。现在解放了，共产党当仁不让，自然把一切未经自己同意就形成的武装力量统统称为匪。成者为王、败者为寇，讲的就是这个理儿。

匪，也可是土匪的简称。如果把土匪细化，我认为可划为三类：一是啸聚绿林靠打家劫舍为生的职业惯匪，二是有着明确的政治主张企图建立独立王国或推翻当政者的反政府军，三是归顺当政者后又反叛的武装力量。按照这种分类，鱼儿他们救国军自然可称为土匪，因为这三类人他们的队伍中都有。但为啥又称叛匪呢？这是因为他们的队伍中绝大部分属于我说的第三类。你看，他们队伍中的第一类人，就东山地区而言，国民党剿，我也剿，解放后共产党也在剿，能有多少了？第二类人绝大部分都消灭了、逃台了和起义了，剩下的就只有几个潜伏下来的特务。第三类人就多了，起义变成解放军后又反叛的国民党军队，被共产党全盘接管过来后又武装反对共产党的乡镇长等各级政府工作人员，不适应变天而武力抗争的富人、帮会人员等，白天扛锄晚上扛枪的农民。总之，第三类人就是被新朝视为顺民、良民，后又成为反民、暴民的群体。

扣儿插话说，如此说，共产党把他们叫土匪，称叛匪都可以，不过，我认为还是称叛匪准确些。

安说：嗯，我支持你的观点。

扣儿说：安，禾好像一直怀疑你是叛匪，你是吗？

安笑说：你说呢？

扣儿说：你有自卫队武装，可那是政府允许的。再说，你没有对抗当政者的武装行动啊。

安笑说：可禾说我有，只是我还没暴露，他还没发现。

扣儿说：这算什么呀天！

举事、暴动、揭竿而起，古今中外大大小小的农民起义，都是叛乱。安说。

安不想死，但他知道自己又不能不死。他这一辈子如果怕死早死了，因为不怕死才活到了现在。但是，他与扣儿的爱情生活步入到他的第三阶段时，他怕死了——他哪舍得弃扣儿而去哪怕离开须臾？怕死了，就快死了。真快呀这一九五零年的春夏之交！现在是刑场，他必须去死。刑场设在安府外南侧的塘坎上，塘面上正燃起翠绿的火，那是新荷。他一生都在体面地活着，最后这几分钟他也不能例外。

但是，他看见了扣儿。远远地他看见扣儿正站在桃花凋敝的坡坎上在拥挤不堪的观刑人群中眼泪汪汪看着他。人群被解放军驻军拦着。他似乎听见扣儿在奋力发出他听不见的声音。看见了扣儿，他一瞬间就改变了一生中自己对体面一词的个人化理解。他突然像一条病狗一样变得可怜起来，他把扭曲得不像脸的脸对准监刑官禾，努力吐着口中的布团。禾知道他有话要说，就冒着犯错误的危险，上前抬手扯去了他口中的布团。站在安身后随时准备行刑的两位解放军以为安会大喊打倒什么万岁什么的极反动口号，紧张得把枪柄都捏出了汗。安喊了，真喊了，喊出了阎罗王的令人毛骨悚然的声音：

扣儿！扣儿！扣——

安脖子上的一股绳索把安喉咙勒变了形，这就使安的声部变了形，变形的结果是，安没有把那个扣儿的儿音发完全。如此一来，两位行刑人中的一位就像是听见了现场执行官即甑子场驻军连长发布了"扣"枪的命令，于是飞起一脚蹬向安脚肘，安扑地跪下的同时枪砰地响了。另一位行刑人还没反应过来自己的同事为何这般反应就被安后背上喷出的一块心脏啪的一声覆盖了整个脸蛋。

在宝胜村游览桃花寺时，陌生人问我，为什么社会变革总会以一大批乡镇长的死为代价呢？辛亥革命、大革命、抗战开始、内战爆发、土改、文革，各时期莫不如此。仅仅是乡镇长人数众多，分布最广，离农民最近？我说，我对此没有研究，不过，国家行动需要农民的汗水和支持时，总是首先针对乡镇长的。农民的生存发展需要国家的体恤和甘露时，也是首先针对乡镇长的。乡镇长什么时候都夹在麦芒的中间。陌生人说，我明白你的意思，你是说土地的所有矛盾，都集中在了乡镇长身上。

看见自己的爱情在不远处的坡坎上流泪，安就终止了对更远处爱情的怀想。他本来还要想那已被自己想过一千遍的自己到底是何时何地因何爱上扣儿的这一古老追问，并让这一千零一遍的想埋葬在最后的枪声里，让枪声把他最后的想带向千山万水，带向扣儿的左耳和右耳，左梦和右梦。扣儿希望他想，却又不希望他想得那么辛苦，于是直接就来了，直接把他的想变成了自己的身形。

安倒了下去。扣儿看不见安了。扣儿看见人群上方突然喷出了一团黛色的雾。雾向西边飞去，又突然掉头，向东边飞来：向扣儿飞来。

安刚一倒地，就又有一阵枪声毫无准备、慌里慌张响起。枪声响过，师爷、教官等八人乱七八糟倒了下去。

安两年前曾在扣儿与蛋的婚礼上担任过证婚人。婚礼上，他看了扣儿一眼，之后就不敢再看。

不敢再看，不是扣儿不好看，而是太好看，太好看也是可以看的，可他又怕把她看坏了，看得不好看了。扣儿是青山绿水，自己是老气横秋，他怕自己把扣儿看秋了。

安不怕把女人看坏看秋，他只怕把扣儿看坏看秋。应该这样说，安认为所有的女人都看不坏看不秋，而扣儿一看就坏就秋。

安完全是一个超级采花大盗，凡被她看了一眼又看第二眼的女人，都会在她被看第二眼的当天晚上成为他床上的小猫咪。他从不让他的第二眼成为隔夜茶。他认为所有的女人都是桃子，脆桃、青桃、红桃、早桃、晚桃、酸桃、小桃、铁桃、野桃、洋桃、病桃、鬼桃……五花八门，什么桃都有。而扣儿什么桃也不是，她只是水蜜桃，一碰就流水的水蜜桃，一下树就坏掉的水蜜桃。对于扣儿的形态与质地，他相信自己的预感与判断——虽然他的预感从来都是没个准地满天跑而他的判断又生来就是为他的预感做着银匠般的矫正工作。

安想让扣儿一直养在甑子场这只花瓶里，养扣儿的花瓶大不得小不得，甑子场正好，大了他护不住，小了他不想护。

甑子场作花瓶，他就是这只花瓶唯一的主人——谁叫他是镇长、总指挥、总舵把子呢？当了瓶的主人，自然就当了花的主人，花离开瓶是没有活路的。当然，这只是安作为老花痴的浪漫想法，只是为自己欣赏和感知花儿的存在找到的一个唯心美学与自欺哲学。他希望一直这样，可他又受不了一直这样。

他在思考一种方式，既能占有她，又不毁坏她。

安之所以这样思考，是因为有太多太多的实例不得不让他这样思考。他在进入每个女人前，都为女人的美而感动，而一旦进入后，又后悔不迭——每个女人都是那么丑陋那么令人厌恶。大老婆他一开始就不觉得咋样，他甚至都不想进去，后来证明她确实不咋样，但他拿她一点办法也没有，因为她是他父母为答谢他们家族的一位恩人而用八抬大轿抬上他的花板床的。

二姨太在成为二姨太之前是省城的激进派大学生兼《觉醒报》先锋女性专栏记者。安是在二姨太对大老婆作保密性的性生活调查时认识二姨太的，认识二姨太后安就有了调查二姨太的冲动。当调查二姨太正在兴头上、他当作玩似的在二姨太准备好的文书上签上大名后，这份主体内容为《结婚启事》的文书第三天清晨就出现在了《觉醒报》报眼上。他完全有能力让文书失效甚至让二姨太消失，但他却没有能力把传媒出去的影响一点一点像捯回一只风筝一样捯回来，最后他只能让疑似革命的二姨太成为相父教子的二姨太。

三姨太是安在成都红布帘街逛窑子时认识的一位雏妓。一来二去后觉得这位雏妓有点意思，有点意思后他就多去了几回，多去了又嫌麻烦，于是他在甑子场福建会馆里找了个屋子打算用一两个月就把她送回红布帘街去。一两个月很快到了，哪知这位雏妓把安给她的一根金条掖在枕头下、上了回去的路却没有回去，她直接跳进了洛水河里。跳进洛水河里故事本该结束了，可偏偏一位好心的过路者救起她并认出她是安的相好，这样，人事不省的雏妓就被送回了福建会馆。再后来郎中给病榻上的雏妓摸脉却摸到了她腹中的婴儿。雏妓醒来后吓得不行，连说我不是不听老爷话故意回来煮老爷生气的，说完转身就走。但老爷却不放她走了，不仅不放她走，还在翌日把她变成了三姨太。变成三姨太后他还想调整心弦继续宠她一回，可一想到她腹中血脉的安妥，就打消了念头。打消念头后，他就再无念头了。

从此以后，安就立了规矩，哪个女人再在他面前提姨太二字，就一枪崩了她。

他没想到还是有两个自以为跟他黏糊得生生死死在一起的女人不信邪。当这两个不信邪的女人尝到了这个男人射出的另一种更加灼热的子弹后，后来的女人就个个信邪了。对于安来说，所有的女人都在用自己的身体、心眼和行动印证着他对之前女人和之后女人作出的判断和下的结论。

有时，他觉得是自己把所有的女人都弄坏了。有时，他认为所有女人的变坏与自己无关，都是时间搞的鬼。有时，他认为自己的坏，都是女人的使坏。更多的时候，他觉得自己一生都在跟女人与时间开战，而从双方开战的结果看，自己总是站在失败者一方。

在龙洛一镇七乡，甚至在"东山五场"的广大地区，安作为成功典范和成熟男人的公信力是有目共睹和不容置疑的，但安自己明白，他一遇到女人智商就大打折扣，并且智商越低的女人会把他的智商下拉得更低——为了阅美的亲切感和通顺感，他必须在各方面与女人的基本面保持一致。

但是，即使浪费了时间折损了智商安也没稍停对女人的兴趣和猎捕。这锻炼了他的情商。也养护了他的活力。

再换一个角度来总结性地阐述一下安的思想切片与行为艺术。安其实是想好好爱一个女人的，可没有哪个女人经受住了他好好的爱，换言之，能够经得住他好好爱的女人至今没出现。于是，他为了一个压根就不存在的人的成功，去成全了无数如花女人的失败。他以为这就是他的一生。

可是，扣儿出现在了他的视野。

他看出扣儿不是一般的女人。他希望用扣儿作一个实验，在实验中证明一种时间的美学——证明扣儿与其他女人不一样。

后来的事实证明，他的实验成功了，扣儿的确跟其他女人不一样：扣儿要了他的命。

就在安一遍又一遍认真思考既能占有扣儿、又不毁坏扣儿的这段时间里，甑子场发生了很多事，这些事打断了安的思考。这样一来，安的思考就失去了连贯性、系统性进而是鬼神难料的深入性。这样一来，鱼儿就以潜水的隐蔽与扑岸的疯狂打破了这只花瓶并实现了一个下人的野心与企图。令安痛苦不堪和仇恨满腔的是，那朵高贵的花儿似乎也默认了下人的嫁接与浇灌。

安的预感与判断遭受到了平生首次的双双败北。安终于明白了一个真理，水蜜桃再好也是桃，况乎扣儿还没有被他培育成真正的水蜜桃。安到底就是一个不会为一棵树就丧失一片森林的浪荡子。就在安对扣儿弃之如敝屣的时候，禾的出现又再次挑起了他作为龙洛镇著名男人的永不停歇激荡如大海的挑战欲征服欲。如此一来，他又把扣儿纳入了自己的美学与哲学研究范畴，又续接了关于花与瓶、桃花与罂粟花的深入思考。

从后来的结果看，应该说安的思考是成功的，他在扣儿的身心上实现了自己的美学与哲学命题。可是，从更后来的结果看，他在扣儿身心上成功实现了自己的美学与哲学命题后，竟然不能成功返回，他那坚实精密如洋机器的退出机制完全瘫痪失效，最终导致自己以一个点位的成功去获得了满盘皆输的失败。但从更更后来也就是临刑前他那声抢天呼地近乎夸张的呼喊来看，他完全把满盘皆输的失败当作了举世欢腾的成功，或者说当成了一种美丽的舒服极了的失败。

弄得安对扣儿的精心谋划不能正常运行的大事很多，但天字第一号的事是，龙洛的解放。

二

龙洛解放了，其实是龙洛人解放了。扣儿是龙洛人，因此扣儿也解放了。扣儿解放了，就是解放了的人。作为解放了的人，扣儿也在想，龙洛解放了，仅仅是人解放了吗？龙洛的土地、建筑、物具、牲畜、风俗、行为，还有天空，都解放了吗？如果说都解放了，她怎么看不出来呢？她甚至连人解没解放也没看出来，因为她连自己解没解放都不知道。扣儿直到迁居石碾村才知道，真正意义的解放是以土改为标志的，土地被改变被解放的同时，土地上的人、风物，都被改变被解放了，天摇地动地被改变被解放了。——扣儿是一个不知道的人，她甚至不知道安对她的精心谋划与秘密构想。

中华人民共和国是公元一九四九年十月一日宣布成立的，成立的时候，这个国家还有很多地方还民国着、黑暗着——还没有解放。成都平原就属于这样的地方。成都平原是北京响起那个宏大的湖南口音两个多月后扑入中华人民共和国光明怀抱的，具体说来，成都是当年十二月二十七日解放的。

龙洛镇甑子场西距成都城区约四十里路，现属成都市，那时属简阳县。按说，成都解放日未必就是龙洛解放日，这是两桩不搭界的事，但恰恰在十二月二十七日那天，驻扎在离甏子场十里远处大面铺一带的国民政府军第十八兵团司令李振通电起义，这样一来，龙洛与成都的解放日就不谋而合了。

龙洛人对解放的感觉和体认是从公元一九五零年二月四日开始的，这一天因为禾来甏子场解救扣儿和抓捕枪杀高云儿的凶手而响起了枪声，枪声又让镇上的居民们知道了枪声正是冲着解放扣动的扳机。居民们这才恍悟龙洛原来是解放了的，而有些人不想被解放，于是不想被解放的人就想用枪声把自己送回到解放前去。

按说，没有人不希望被解放，除非他是一个非正常人或良心大大的好的传染病人，因为就解放一词而言，它是把套在身心上的绳索解开，把人放开的意思。谁想被绳索绑缚？显然，在龙洛对公安打枪的人来讲，现在的解放不是解放，反而是一条把他们五花大绑的绳索。解放是共产党的词，那么打枪反解放的人一定是反共产党的人。

二月三日那天下午，在江西会馆，鱼儿向扣儿严肃地谈到了时局，而时局就与解放和反解放、变天与反变天有关。那天扣儿一点不在意，后来在意了，因为活着，就无法不在意，不能不在意。后来，扣儿觉得解放不再是虚词、隐词和可有可无的词，而是实词、大词和险词。

距那天下午，虽说龙洛都解放一个多月了，准确地说，是三十七天，但扣儿还是看不出它与没解放时有啥区别。扣儿虽然只上过几年私塾，好歹也算得上是识文断字的人，连扣儿都看不出解放不解放的区别，更别说本土本乡的大部分居民和农民了。大伙儿不仅看不出解放前后的区别，甚至连解放这个词也闹不明白，更有甚者，连解放两字都没听说过。现在想来，一点不奇怪。

自从共产革命进入中国后，成都平原既没有成为土地革命时期穷乡僻壤的红色苏区，又没有成为抗战时期的敌后革命根据地，更没有成为解放战争时期的东北式解放区——他们对解放区的天是蓝蓝的天一点感觉没有。至于龙洛镇，虽然解放了，却是连解放军的影子都没见过。此外，还由于包括龙洛在内的成都地区是没放一枪一弹和平解放的，加上解放日那天甏子场又没有像当年抗战胜利时舞狮子、耍龙灯、放鞭炮大搞欢庆活动——刘家龙更是舞得山呼海啸，舞成了四百里龙泉山脉。因此，这种情况下，不知解放是咋回事就像不知一只突然飞起的鸟是公鸟还是母鸟一样正常。

正因为十二月二十七日这一天没有如想象中的利刀一样把新与旧、黑与白一刀划断，所以，解放前的一些东西除穿军装拿武器的国民党军队外，几乎都小心翼翼其或肆无忌惮涌过了这条共产党为龙洛划定的日期的大河。准确地讲，穿军装的国民党军队也是过河来了的，只不过被缴了械，正等候着或换上崭新的解放军军装或换上自由的百姓服装的处理。

扣儿婆婆告诉我和陌生人说，现在想来，估摸着把成都解放日定在十二月二十七日也不是唯一的选择，它还可以定在十二月二十八、二十九、三十。二十七日，胡宗南精锐部队国民党第五兵团司令李文以下五万余人投降，中国人民解放军南北两线在成都地区胜利会师。二十八日，成都一百二十三个单位代表四川各界举行庆祝解放大会，欢迎解放大军胜利进入成都。三十日，解放军第一野战军司令员贺龙率解放大军胜利进入成都城，各界举行隆重盛大的入城式，再次欢庆成都解放。

扣儿婆婆认为，不用二十七日，而是延后三天用举行了盛大的解放军入城仪式的三十日作为成都解放日也是合情合理的。但再延后两天就不行。再延后两天就翻年了。翻年就意味着延迟了一个年度解放。让成都这个西南大都市在一九四九年解放或一九五零年解放，简直是两个概念：对老百姓的切身利益而言，共产党说，解放前的近义词是"水深火热"，解放后的同义词是"当家做主"。两个不同的饰词，指代着阴阳两重天。人家哈尔滨一九四六年就解放了，成都已经晚了四个年头，哪能晚到五个年头去？不用说了，无论对国家政治的统计表达，还是对人民利益的文学描述，又还是对城镇历史的荣辱计算，解放日都是顶顶重要的。什么叫不可同"日"而语，这就叫。没有什么"日"比"解放日"更厉害——它有变天的劲力，它是至高无上、无以绕开的历史刻标。

当然，这一切都是理论上讲的，同时也是为口头语言与纸面书写所习惯与体认的。

事物从高处落地后，就不完全是这样了，准确地说，完全就不是这样了。在天上的太阳与在地上的太阳就是两个概念，前者是拳头那么大一个火球，后者是十万八千里的地球锅盖。

实际上的"解放日"不是"日"，而是"周"、"月"甚或"年"。到底是什么，每个地域都有不同的情势。但不管什么情势，总之亲身蹚过那个"日"的扣儿婆婆告诉我的是，龙洛的"解放日"比广播中的"解放日"宽，它不是一根线，而是一条带，它有自己的宽度。即便锋利、尖锐的土改也是有宽度的。是的，线性的时间也有空间的属性。至于这条带的边界在何处，却没人能说清，就像一条河，从中心开始向两岸扩身，由深至浅，不知不觉就变成了沙滩，而前一分钟的沙滩与后一分钟的沙滩又是不同的。

本书的故事，扣儿、安、鱼儿、禾、蛋、乌、珍、象、俊、菜、马、祥、盛、尚、富、酉、香、琼、教官、师爷、更夫、郎中、指导员、男公安、女公安、"山西口音"、连长、雪儿、瞎眼算命人……还有甑子场，就发生在这样的一条河里。

按望文生义原则，扣儿婆婆对"解放"一词的理解是，解开旧社会的绳子，把人放到新社会来。当然，扣儿婆婆当时是不能理解到这一层的，当时扣儿婆婆的政治觉悟很低甚至没有政治觉悟。扣儿婆婆能理解到这一层，多亏后来有口号有标语有高音喇叭有报纸为她补功课。

扣儿婆婆首先是理解了"解手"一词后才理解了"解放"的。在始于清朝初年的那个牵涉十五个省的"湖广填四川"移民运动中，包括扣儿婆婆家族入川始祖在内的迁川客家先祖，好些都是被清兵强行捆押上路的。路上，客家人因内急就会向押解清兵大呼"解手"，清兵听见后就会解开呼者身上的绳索，允其方便。这就是川人后来把大小便称为"解手"的由来。你看，理解了"解手"，再来理解"解放"，是不是方便了许多？扣儿婆婆很聪明。

我之所以唠唠叨叨、不厌其烦地坐在桃花簇拥的院坝与扣儿婆婆和陌生人探讨解放、解放日、解放前、解放后，不仅因为它们是显词，绕不过，更功利的是，不把它们探讨抻抖，就不能把下面的故事说抻抖——你就永远不能理解，都解放了，为什么还这样？

那天下午，龙洛不光发生着扣儿与鱼儿走在大街上，解放前发生在这里的一切都照常在扣儿看得见和看不见的地方发生着。当然，扣儿不知道，她与鱼儿的发生，却是与解不解放有涉的。这个，鱼儿心里有数。

甑子场自古以来就是商埠要津，吃穿住行，吹拉弹唱，该有的都有。"汉安长，蜀郡青衣陈君，省去根阁，令就土著邮亭。"从《简阳县志》《灵池区志》所载来看，此地汉代即已成为蜀郡通往巴郡的道路，并立有驿馆。其繁华程度从"每岁车运至省络绎不绝，养活贫民亦甚多"即可看出。

这一天，在已解放了三十七天的甑子场，镇民们与解放前一样，该干啥干啥。赌博的照样赌博，哑巴鸦片的照样哑巴鸦片，嫖妓的照样嫖妓，算命的照样算命，掏耳的照样掏耳，妻妾成群的照样妻妾成群，失眠的照样失眠，嗜睡的照样嗜睡，干活儿忙碌生计的照样干活儿忙碌生计，晒太阳喝烧酒的照样晒太阳喝烧酒，能够开口说人话的怪石牲口照样开口说人话……每个生物与非生物命数的生物钟依然沿着既往的轨迹运行。

扣儿随鱼儿走在去江西会馆的路上，看见了雷人、兽人，没有看见瞎眼算命人。那时瞎眼算命人正在广东会馆为安算命。头天，安去省城成都见了妹夫祥，妹夫跟三个月前比，甚至跟三十天前比，判若两人。

一个多月前，安去见妹夫时，妹夫说，蒋介石刚刚从成都飞走，去了台湾。妹夫那时已与地下党取得了联系。地下党指示他，你先别急于起义，你要努力利用自己的人脉关系和在军界的影响，去做国民党军队的起义工作，让他们弃暗投明。妹夫那时夜以继日奔走在惊慌失措、无所适从的国民党上层之间，信心百倍，劲头十足，甚至还有点高瞻远瞩带来的洋洋得意。听安说他气色很好哇，他的气色就更好了。他还向安暗示了自己在共产党政治舞台上的某种预期。

于是安就说，早知道你不去台湾留大陆，那我又何必脱了裤子打屁，让家人迁往马来半岛呢？你可是我乘凉的大树呵！妹夫就说，时局无常，人生无常，我那时哪知共产党的态度呢？

妹夫所说的那时，是去年秋天。毛泽东刚刚在北京宣布中华人民共和国成立，安就把自己的一家老小送去了马来西亚。

安的祖籍在广东惠安，清乾隆年间，安的先祖在渐渐感到当地发展空间不能接受本族人口的发展势头时，就按朝廷有关移民的优惠政策，把阖家大族一分为三，一部分留当地，一部分外移，一部分内迁。先祖相信天无绝人之路，东方不亮西方亮，血脉不断血脉红——这种景象，正是无数客家先祖的信心、决心与行动使然。安他们家族外移远播的几经漂洋过海最终定居在了马来西亚，内迁的数载跋山涉水最终落担在了成都东山。

落担成都东山也算是无奈的选择，因为安这一脉的入川始祖到达成都平原时，以成都城区为中心的各个方位上的肥沃田坝都已被明末清初更先一步到来的湖广人抢占，剩下的，就只有东边的丘地与龙泉山可资选用。

安的家族外移的一脉与内迁的一脉一度失去联系，后来交通发达起来，又有祖地惠安的祠堂香火与本族谱牒相衔，终在家族杰出人物安的行动中重起飞鸿。所以，一想到离开大陆，安瞬间就想到了马来西亚。或许，正是因为马来西亚的存在，安才想到要继承血脉秉性，再次踏上迁徙之旅。安把他一手策划的迁徙行动分为两批，第一批浩浩荡荡负荷前行，第二批精精练练压轴断后。第二批只有两个人，一个是教官，一个是安自己。

教官是安的女婿。

安把自己留下断后有多层意思，安从来不会只因为一层意思就一意孤行，放弃决策智慧与平衡艺术所带来的成功保障与无穷乐趣。

第一层意思是安还没有完全参透时势的风云变幻，虽然共产党与国民党旷日持久的博弈似乎已见分晓，但这并不能作为留与走的唯一依据——天晓得哪个党对自己好呢？没有依据就不能把定去留，为了不因自己必须在非此即彼二选一一边倒的决策中给家人带去毁灭性的摧残，他决定走一批留一批，如果大陆安好，走那批就回来，如果大陆不妙，留这批拔腿就走，走不脱，牺牲的也是少数，不致断了血脉。基于这层意思，安把自己和教官作为了留下来的一批。第二层意思，是祖坟还在甑子场后山上，得有人留下来陪老祖宗，寒食送衣，清明敬酒，隔三岔五把钱捎。第三层意思，是必须有人留下来守住老祖宗传下来的这份家业，盘出去易，收回来难，再说，这兵荒马乱的，有哪个傻瓜肯把足额的银子利利索索掏出来一步给到位？

第四层意思就是那方面的意思了，是不能晾在舌尖上的——他还有许多桃色资源没有开掘，还有许多艳事还没了结，重要的是，扣儿的桃花蝴蝶和罂粟蝴蝶还在他的耐心而审慎的实验过程中：还在飞来的路上。

到了后来，安又开始质疑起这些复杂意思的真实性来。难道，自己设置这座堂而皇之的迷宫，仅仅是一种托词，本底的意思只是为了让一只蝴蝶的翅膀隐秘而自由地扇出熏风？

在家人去了马来半岛而他随后也觉得应该去马来半岛并且可以去马来半岛时，他却迟迟不走——他觉得自己这只大风筝正被一只小小的蝴蝶攥在手里，升与降，飞与不飞，都是蝴蝶说了算。到了后来，也就是他在广东会馆把那个镇丁的眼球分解成眼与球、一分钟也不想在甑子场待时，他又失去了飞往马来半岛的自由。

对于扣儿，安一直在做功课。

安第一眼看见的扣儿是一片红盖头，是蛋用秤杆把红盖头撩去之后他才看见了那个比红盖头好看一万倍的红脸蛋。扣儿第一眼看见的安是一种苍茫的声音，紧接着看见的是安下半身的装束，待她近距离仰头看全安的身形相貌并与之正常交谈时，她嫁到甑子场都已过了一个夏天了。扣儿是为任教凤梧书院去的广东会馆。她最终在安府找到了安。她去求安，从头至尾，倒像是翻了个面儿，调了个个儿。

——扣儿来了哇，坐、坐。

——不敢。我就站着说吧。

——坐、坐。这就对了嘛。来，喝茶。扣儿，想去我的书院？

——是的，镇长。

——今天我不是镇长，是院董。

——是，院董。

——都先生了，还这么怕生？

——先生？您答应了？

——这就对了，从进来到现在，你终于抬头说话了。告诉我，我很可怕吗？

——有点。

——怕啥？

——这个。

——怕枪？正常正常。共党毛泽东就说过，枪杆子里面出政权，政权都怕枪，你一个幺妹还能不怕？

——还幺妹，您晓得，我是嫁人了的。

——嫁人了也是幺妹，还没生娃嘛。

——院董，我啥时可去书院啊？

——随时都可以嘛。

——那我明天一早就去哈。

——何必明天一早呢？

——那几时去？

——现在就去。

——现在？太好了！那我去了哈。再见院董！

——你就一个人去？

——咋啦？

——想要我陪送你去吗？

——院董您亲自送我去？

——不欢迎？不高兴？

——太欢迎、太高兴！

——那还不快走？

——院董，我觉得您去书院不该别枪。

——对对。我今天是院董，不是总指挥，不该带枪的。这下不怕我了吧？走吧。

——不怕了，您别着枪也不怕了。

——为啥？

——不为啥。不怕就不怕嘛。

——哈哈……走吧。

扣儿，今天本院董就不提要求啦，明天可不行。你看你穿的，一看就是少奶奶，还留了大辫子。现在是先生了，先生不光知书达礼，还要洋气，新派。教化乡民；育化良才，开吾乡新风嘛。明天，别忘了剪个齐耳短发，穿鲜亮点，换个行头。学生喜欢，校董也喜欢……

出安府，两个保镖远远跟在安与扣儿的后面。更后边，是鱼儿。

扣儿婚后待在家里无事可做，百无聊赖，丈夫蛋又老在茶馆搓麻，于是就想找个理由到宅子外边透透气。也不是无事可做，只是做的那些家务与农活，让她烦腻要死，完全不对自己的脾性。她想到自己虽然还没有被武装上新文化、灌输进新潮流，但到底是在私塾发过蒙，识得几个字，而甑子场上又正好有一个识字人的去处——凤梧书院。加之还听人说兵荒马乱书院教员流动性大，总雇人的，就把想法与蛋说了，并让蛋去找书院管事的说说。

蛋说恐怕不行，人家书院的先生连大学生都有的，前段时间听说还放了两个先生哩，这世道，人心惶惶，大户人家都在想着出国，几个家长把细娃送去念书？再说，你那点私塾底子有几斤几两我没数你自己还没数？扣儿说，书院的低级班总需要人打打杂什么的吧。蛋说，我又不是养不起婆娘，在家有事做事，无事要还不安逸？扣儿不高兴了，说，你去不去吧，成天瞅着我就不怕烦心？不怕难受？不去我去！

听婆娘这样说，蛋就觉得婆娘的想法还是成立并可以接受的，就说，我总得跟老妈子说说吧。珍说，我认为不妥，但扣儿是你的婆娘，你当男人的都宽得下心，我还说啥呢？蛋说，书院先生超员，应该不会要扣儿的。珍说，这他妈的也不知是哪个该死的向扣儿鼓捣出来的事儿！

书院院长对蛋说，现在是学生少先生多，恐怕不行，再说这是教员人事问题，我作不了主的，你去找院董试试吧。安说，蛋，你回去，让扣儿自己来说，当先生得面试的，不管啥人，规矩还得要，不懂？蛋连说懂懂懂。

令蛋没想到的是，自己的婆娘不仅分秒间通过面试、成功聘为先生，还由德高望重一言九鼎的院董亲自陪送到书院报了到。他知道婆娘的脸倒是长了，他不知道自己的脸是长了还是丢了。他渐渐有了一种感觉，那只在背后黑暗处鼓捣婆娘的黑手，是鱼儿，更是安。这种感觉，在安要求当婆娘干爹后，就完全明朗化了。

毕竟同处一个场镇，从春到秋，一个夏天里，扣儿也是见过镇长几回的，主要是在街巷，安那边前呼后拥，扣儿这边低了头，匆匆而过。有两次见安，是珍家出了麻烦，珍家人支扣儿去的，扣儿这边埋着头还没把事说圆，安那边已经笑眯眯把头点圆应允了。当了先生后见到镇长或院长就多了，原先不愿抛头露面的活动，现在也去了，因此凡遇重大节庆日，总能看见安站在书院或五凤楼广场的最高处把那种苍茫的声音从云端泼下来，让龙洛几天都潮湿着，不能晒干。

　　一次一次在甑子场街巷逗留、出入，观围龙屋、艺库、四方塔、客家博物馆，游洛水湿地公园，吃伤心凉粉、艾蒿馍馍、天鹅蛋、烟熏鹅，以及听扣儿婆婆讲安的故事后，我一时诗兴大发，呆在东山别园客栈房间，在手机上写下了《在甑子场，或客家课》一诗：

> 在江南水镇，我寻找一个
> 反光的大广场。在甑子场，这座川西旱镇，我
> 找寻一艘顺风的乌篷船。交替的失落
> 让街心的字库塔，升得更高——高过了
> 一根檐桷的雨襟、一篇汉赋的宫诵
> 和一只麻雀的低飞？——不，远不是这样！
> 如果，把八千里路云和月的远迁立起来，把
> 客家做成一盏迎风的马灯，地球的脸
> 不正是海水的蓝、中原的黄？在甑子场
> 客家住在会馆中，就像三百年前
> 住在闽粤赣的群山里；从一个会馆到另一个
> 会馆，就像从一个省踱步去另一个省；
> 你就是不动，坐在红豆树下喝茶，也在外省。
> 在甑子场，邻家的姑娘就是外省的姑娘；
> 那个死去的镇长在吸氧、放屁、复活——
> 寸金买下的寸光阴，把古镇身体里的子弹
> 刨找：一粒一粒的记忆，一寸一寸拔出。
> 在甑子场，洛水进入体内，玉带拽来东海：一切
> 都在虚构、腾位、置换——看，众客返身

八角井，借一面水月，乘上原乡的诺亚方舟

三

妹夫祥朝令夕改的政治态度，让安一时还不能适应。妹夫就笑了笑，大哥，来，咱兄弟俩喝点酒，边喝边聊。大哥，您就别给自己添烦找堵了，咱们得看天犁田、与时俱进嘛，天变了，人呀地呀什么的也得跟着变，跟着共产党混就跟着共产党混呗，傅作义、程潜都跟了，咱们兄弟干吗不能？

回甑子场后，安做了一个让人百思不得其解的动作，让出了龙洛一镇七乡袍哥码头总舵把子位子，一心一意当起镇长和自卫大队总指挥来。谁都知道，没有袍哥力量的支撑，镇长和总指挥的位置是坐不安稳的，正因为如此，三十年来，安握着镇上印把子的同时紧紧攥着舵把子。

三个月来，安去了六次成都，见了妹夫四次。每一次见妹夫都处于一个重大的时间节点上，它不是自然时间，而是人文因素十分浓郁的政治时间。每一次见妹夫后安随之就有一个动作。第一次（国家变天）见后把一家老小迁去了马来西亚，第二次（蒋介石飞台）见后辞了舵把子，第三次（甑子场解放）见后开始向指导员缴枪交粮。这一次是第四次。

这一次，安预感到刚刚成立的共和国有大事要发生，因为甑子场有大事要发生。在安的既往预感里，国家有大事发生，甑子场不一定有，但甑子场有大事发生，国家一定有。但这件大事到底何时发生、怎样发生、自己又该如何面对这个发生，他没有底。他以为祥有底，结果祥也没有。虽然没有底，安预感的大事到底是发生了，很快，第二天就发生了。

第四次见过妹夫后，安犹豫不决，表情凝重——妹夫的天色比上次更加恶劣了。

安在红布帘街透透彻彻玩了一把双飞燕后就赶回甑子场安府蒙头大睡，眼睛一睁，便嚷着要见瞎眼算命人。

扣儿经过湖广会馆门前时没看见瞎眼算命人。瞎眼算命人是师爷请走的。

师爷说，先生，镇长请你哩。瞎眼算命人没问安请他做什么，因为不管请他做什么，他都得去，在龙洛，这就是法度，虽然瞎眼算命人可以例外。再说，请一个算命人，除了算命，还能干什么，因此当即说了：好的，师爷。

师爷虽然被称作爷，其实他的年纪并不大，他在家里就没有人把他叫爷，因为他的儿女还没有为他生下一群绕膝叫爷的小崽子，他还不到四十岁。但这会儿尊尊敬敬把他叫爷的瞎眼算命人可老了去了，按瞎眼算命人自己的说法，过了清明，他就该吃一百七十八岁的饭了。而他到底还要吃多少年的饭才能长大成人，瞎眼算命人说，算命算命，算的是别人的命，哪有算自己命的。瞎眼算命人一直在长，也许，对于他而言，一百七十八岁，还只是弱冠哩。

关于身着青城山道家服饰的瞎眼算命人的年纪，甑子场无人不信，"东山五场"无人不信。在这片土地上，每一个人都听他们老祖宗说过老祖宗在穿开裆裤时就见过瞎眼算命人，那时瞎眼算命人看上去就是六十来岁的样子，可老祖宗都老得快要入土的时候，瞎眼算命人还是六十岁的样子；他那一头青幽的头发，更是直如青壮。瞎眼算命人的年纪，安也信。安信的东西，甑子场人无一不信。

瞎眼算命人虽然说一口"土广东话"和一口四川话，但他却是一个外乡人，至于他到底从哪里来、为什么来就是一个谜了。不过，安说过，他是从海边来的，因为他的十根指头有着海的咸湿。瞎眼算命人听了别人转去传来的安的说法后，不置可否，只无限惆怅地吐了一口真气。从这以后，瞎眼算命人破了永不上门为上帝服务的例——他把这个全世界唯一的特权赐给了安。

后来，乌坐上安让出来的总舵把子位置后，也去请瞎眼算命人到江西会馆为他占一卦；瞎眼算命人就说，那你一枪打死老夫吧，但打死老夫后，老夫的血就是你的命；并且，老夫的血没成清泉，你的命已变成飞铁。乌很生气，但乌既没选择打瞎眼算命人一枪，也没选择转身就走，而是在转身之前，蹬了瞎眼算命人一脚。瞎眼算命人没稳住，板凳一翘左手倒拐子就在路沿石上硌出了血。那血攀住倒拐子不掉下来，一秒钟赤一秒钟橙一秒钟黄一秒钟绿一秒钟青一秒钟蓝一秒钟紫，煞是好看。乌回去后，七周之内周周失眠——瞎眼算命人一秒钟的颜色，在他那里是一周里永远的颜色。

瞎眼算命人不属于睁眼瞎，他的整张脸上似乎压根就没有过眼睛，因为连接上下眼皮的那条缝压根就不存在，那里只有一条皱纹。如果不是那两弯硬眉地标般的昭示，你会连他眼睛的遗址都无从寻起。

瞎眼算命人背上签筒站起来就走，拐杖在被时间磨得跟当天的太阳一样明亮的青石板上发出骨头的脆响，年轻的师爷跟在瞎眼算命人屁股后一路小跑。一进广东会馆，镇丁吱嘎一声闭了大门。

等瞎眼算命人的时段时，安百看不厌地看着广东会馆。

在广东会馆旷坝中央，安与瞎眼算命人一边品客家米酒一边晒太阳，整个旷坝，除了两块灰色的男人，只有一粒红色的小幺妹在冲茶掺酒。小幺妹叫大香，简称香。安从签筒中抽了一枝薯草递给瞎眼算命人，瞎眼算命人把这枝薯草嗅了舔了听了摸了，之后，开始说话。

瞎眼算命人卜筮有个特点，一对一，只说给当事人，就是围了再多人听，也听不懂他说的啥。其他算命人也只说给当事人，但却不是一对一的，不当事的人也能听懂他说的啥。

就算当事人，也不能说自己就一定听懂了瞎眼算命人的话，悟性高的当事人一下就懂了，悟性不高的当事人当时不懂，但事情一发生就懂了，因为当事人突然想起了瞎眼算命人当时说到了这次发生。因此，瞎眼算命人从没失算过，所有的问题只是当事人自己懂与不懂的问题。考虑到广大劳动人民不识得小小的汉字却识得大地天空河流的特殊性和普遍性，瞎眼算命人的唇齿间常常游出鹞、黄辣丁、蚯蚓、车前子、鱼腥草、洋芋、番茄、海椒、拌桶、稗子和药引子。

为了说明瞎眼算命人的博大精深，打个比喻。瞎眼算命人嘴缝不经意漏出一个鹞字，当事人第一层就应当想到飞翔与突然，第二层就是鹞子翻身，第三层就是鹞是自己、敌人或第三方，再依次下去就深不可测了——它包含了时间、地点、人物、事件、起因、结果等一揽子信息。这只是一个字的信息，而瞎眼算命人总是要说九十九个字的，一个不多，一个不少。九十九个字又要瞎子摸象，随机媾交，生出子子孙孙。

瞎眼算命人说，不管什么人，哪怕走一层都是管用的，最厉害的人能走到第九层，安是龙洛镇走得最远的人，走到了第八层。

瞎眼算命人还有一个本事，是天气对路、血脉对路的时候，能够听见对方在想什么。

关于瞎眼算命人的本事，安在祥那里正好遇到四川大学的一位国学教授，就说了。国学教授说，这人应该是有点《周易》基础的，哪天我去会会。结果教授去甑子场是肩窝里搁着脑袋去的，回成都却是脑袋夹在了裤裆里。教授本想玩似的就把瞎眼算命人的场子踢了，然后去安府或新民饭店喝老窖酒，然后去场镇上最好的花楼尝尝乡村鸡，但结果是玩得脱不了爪爪玩成了一场大战。据说教授与瞎眼算命人的大战是背对背距离三丈进行的，本来大战一开始就结束了，但教授被一股苍老的吸力抓了后颈经脉，怎么拽也拽不开，怎么跑也跑不了，一身的国学修为与斯文全撒在甑子场地面上成为了见风就跑的糠皮。

后来，安对教授说，甑子场的人物头多了去了，插秧的、杀猪的、下棋的、念咒的、弄巫的、造炮的、筑屋的、写字的、算术的、观星的……什么样的人物头都有。比如国学大师岷，一部《史记斠证》，一部《庄子校诠》，让海内外几多学人几摘冠几折腰。安与岷当然有渊源，安的镇长宝座，正是岷的爷爷抬屁股腾出来的。

比如观星的华，他早在一九三九年就运用易学八卦原理在全世界率先推测出太阳系第十颗行星的存在。在甑子场，除了安，没人知道华整天闷在屋里干什么，但在西方，华却是与哥白尼齐名的人物头。

比如书家仲，他喝下一坛连东海的八角井水酿制的樱桃酒随随便便挥毫舞墨一幅楹联就与蒋介石冯玉祥于右任徐悲鸿等书写的青城山楹联并驾齐驱平起平坐。仲书写的楹联是：福地证因缘萍水相逢谁是主人谁是客，名山推管领蒲团静坐半成隐士半成仙。

还是说了吧，说出三人的囫囵名儿，岷是王叔岷，华是刘子华，仲是雷仲伟。

这天下午，在广东会馆旷坝中央，安为啥请瞎眼算命人给他算命，瞎眼算命人给他算出了啥，自然是永远的谜了。师爷送走瞎眼算命人后，安纹丝不动，依然在旷坝中央拨云撩雾。香看见老爷把手中的云雾一丝丝理着，一缕缕析着，在闽粤赣交界处崇山峻岭中找着河流的方向，就跟她在家中堂屋柴火边帮眼睛昏瞀的阿妈捋毛线打毛衣一模样。

安还没有把手中的云雾与河流理析到第八层时，珍、蛋及蛋的麻友高云儿就闯进了广东会馆。严格说来，是刚从层峦叠嶂的天气里理出扣儿这个名字时，三人就到了面前。他刚想发作，镇丁吓得刚想解释，待看清来人是与扣儿有关的人时就豁嘴笑了，他一下就明白了自己在太阳下的风云变幻中为什么理出扣儿来了。看来，自己不需要做任何事，一切该来的都得来，一切云雾都会自然生成、运行，最后散去。使甑子场场域生态得以运行下去的能量，依然只能是安，既往的安。

因此，当珍告诉安，他的干女儿、自己的儿媳妇扣儿被鱼儿绑架并叙述了经过原委后，因为感到好笑，安就再一次笑了。安说，怎么可能呢，谁看见了，证据呢，我如果去抢人而没人，你让我的脸往胯下搁？如果全镇所有没有按时回家的人的家里人都来向我报绑架案、而我又都当绑架案处理，岂不荒唐？重要的核心问题是，如果没事，而乌因此借事生事闹事、闹成不可收拾的大事怎么办？

但在珍和蛋的执意要求下，安最终还是支了一个镇丁随三人去了江西会馆。

安虽然这样说话，但心里想的是，扣儿应该是在江西会馆，只不过那个见了扣儿就像狗儿见了主子一样摇头摆尾的鱼儿，无论如何也不可能绑架扣儿——这个有关奴才与主人关系的秘密，全龙洛知道的人极少，但安知道。有一次，扣儿见鱼儿迎面笑嘻嘻走来，就垮下脸，折入一条侧巷避开了。那会儿，鱼儿望着扣儿的背影，谦卑极了。在街边二楼听小曲儿的安碰巧从窗户看见这个场面。安随后让师爷去找过鱼儿，但没人知道这个动作的内容。安后来才知道，不光自己，乌最终也从一把钥匙与一把锁的关系中知道了扣儿之于鱼儿的秘密。但后者的知道与不知道有什么区别呢，也就二三天，后者就由知道变成了不知道，且是永远的不知道。

安事实上还真希望扣儿被绑架，这样一来，安就成了临危救美的老英雄。庶几正是因了这个念头，安才抱着亿万分之一的可能概率支了一个镇丁去打探消息，倘没有这个念头，安才不致于以自己的弱智行动让人尤其是乌和鱼儿看自己的笑话呢。当然，这只是作为老花痴的安在刀锋上展开的一个幼稚而浪漫的心理活动。

最让安想得多的，他疑心这是磨刀霍霍的乌向他布下的一个仿若"卢沟桥事变"的陷阱。

果然，镇丁很快就回报说，他的一个兄弟在江西会馆做事，告诉他扣儿啥事也莫得，正与鱼儿摆龙门阵哩。镇丁又说，本来啥事也莫得的，结果这一去就去出了事，刚才乌打死了蛋的麻友高云儿。

安说，我说不去吧，还下好了。又说，乌的事烫手，能不沾就不沾，反正又没人报案子，去，再去看看我干女儿扣儿的情况。

镇丁出去后不久，珍再次闯进了广东会馆。衣衫变得大为不整的珍说，天嘞，出人命了，龟儿乌还抢了我的家财把我撵了出来，镇长，您老人家得给我做主呀！

安知道这是乌一不做二不休顺势使出的打财劫物杀鸡儆猴的小儿伎俩，同时也是其公开发布的打压镇公所、欲与自己争天下的信号与宣战书。安觉得珍的话语中不乏夸张成分。安很快有了应对。他对珍说，死者高云儿无亲无故，一人来一人去。现在你只有一条路可走，去成都华兴街，以原告身份找公安处递状子报案吧。立即出发，越快越好，千万别让乌他们看见你！

安想，我给你共产党守场子，你共产党总得给我捡摊子吧。又想，你指导员早不走迟不走，今天有事你却去了长安村。

珍说，镇长，你就不能直接为我出头吗？安说，那都是些袍哥人家，我从前的兄弟，手心手背都是肉，哪好对他们撕破脸、下狠手？珍说，能不能借镇公所的电话报案？安说，可以，但线路不通啊。

师爷帮珍拟了状子。安看了杀人、绑架、夺财三大罪状，连说好好。

珍走后不久，镇丁就回来报告说，我看见您干女儿走出江西会馆，已经回到家里歇息去了。安问，她一人？镇丁答：一个人。安问：她家房子没事吧，她没事吧？镇丁说，啥事没有。安吩咐：好，下去吧。

安以为就没事了，以为完全应和了瞎眼算命人的密码以及自己的预感与研判，以为全世界所有的拳头都打在了棉花上。

但实际情况是，不是没有事，恰恰相反，是有事，有大事，这事大得几乎要了安的命！

这天夜里，狗日的鱼儿，鱼儿这狗日的，居然把扣儿睡了！

第二天，当镇丁把扣儿回家了但又去了鱼儿那间破屋的消息报告给安还没报告伸展时，两粒没用的眼睛就被安一记老拳打得吊了出来。眼球像红玛瑙项链坠子，隔着眼眶三寸，不断晃悠。

安之前所有的预感与判断都对了，进行到关键一步时却错了。难道是一次对了二次对了，自己一得意就忘形，就大意失荆州、错得全盘皆输？

事后细细一想，他就开始怪罪起珍、蛋和高云儿来。如果不是这三人打断了他正理析着的云丝雾缕和河流，如果自己走到了第八层、第九层，怎么会出现预感和判断出来的运行线路，突然断裂完全反向呢？

安精心营造的宫殿还未竣工投入使用，就在一夜之间倾圮了。安的鼻孔喷着黛色的雾。他看见蛋的那个破屋在冒火，奸夫淫妇在火中变成厉鬼与花灰。他痛得气得只差咬碎自己的牙齿。他运着气，让一口恶气，一丝一缕顺着气口，移出了身子。

扣儿这朵桃花与罂粟花揉成的花一直是安心口的魔。现在这个魔去了，安也空了。安竟感到了一种如释重负的轻松。正是这个轻松，把安欲干掉鱼儿解恨的念头都干掉了。皮之不存，毛将焉附啊。安一下变得万念俱灰，懒心无肠。此种状况，一直保持到了禾的出现，再出现。

四

事实上，禾出现之前安就有了扣儿的信息，但他认为这些信息已不再重要。不仅扣儿，所有女人的信息都不重要了——现在，变天的信息在他的血管里左冲右突，寻找回天的出路。

因为禾的出现伴随着一阵得得的非民用马的蹄声，所以禾还没出现时安就知道了禾的出现。其实，当他把珍支向成都华兴街时，他就一直掐着点计算着禾的出现，虽然那时他并不认识禾。

让他无限意外和失望的是，禾见他的第一眼就充满了深深的敌意。他无法理解这种敌意的缘起——

是自己长得太不共产？是自己一挖嘴明知故问的成都平原习惯性虚假？是自己一抬臂指向江西会馆、从而肆意妄为篡改了禾闯入广东会馆的初衷？是自己企图利用共党力量一举剪除尚在萌芽状态、但很快就会带来威胁的敌人的险恶用心，被禾以侦查员的锐利目光瞬间洞穿？还是自己隐瞒扣儿并未被绑架的真相，刺伤了禾的智商？再还是后来，当禾在广东会馆大门外打退乌和鱼儿的进攻、自以为基本胜利、而自己却催促他赶快逃逸，挫伤了禾的尊严与脸面？再再是对眼睛大战的不服与反动？此外，如果在逃逸的过程中，禾猜到了那三枪是自己女婿教官打的，但打枪的目的又被他仅仅理解为救他，他是否会为这份强行施加给他的怜悯性质的礼物，感到羞臊、痛苦和愤怒？——他哪里知道，真实的情况是，教官这三枪最大的目的，是欲置强占了扣儿的鱼儿于死地！为了泰山大人的威仪与荣誉，教官没什么不能做。甭管从哪方面论，泰山都是泰山。

再次见到禾已经是两天以后第三天上了。俊率领一个团加一个连的解放军轰隆隆几炮击溃乌合之众的救国军后，所有的人都在忙着追匪、救人，只有禾一人带着男女两公安直奔甑子场广东会馆而来。

安迎着禾的眼睛看去，他看见了威严、慌乱、尊敬、客气等诸多复杂信息，就在他不再看时，他还是在一瞥间惊讶地看见了对方藏得很深很紧不经意泄出来的一丝敌意。安的目光开始收兵，他不准备再次挑战，燃起战火。老奸巨猾、成熟圆润、纵横江湖几十年的安可以随时迁就年轻人的那点张狂。

——那天谢谢镇长了。

——客气了。该做的，谢啥。要谢也该谢你才是，你可是为我们甑子场的安宁来的。

禾不再接话。看上去禾什么都没想就开始向安下达指示了。禾下的第一道指示和蔼可亲、百般温软，他一指大门边风火墙说，镇长，可以把牌子挂上了。

安的脸立马就红了。安慢了一秒钟，或者说禾快了一秒钟。

师爷、教官一边挂牌一边听禾轻言细语说话：不能只有镇长没有镇牌呀，再说，不挂牌，老百姓上哪儿找镇公所办事？安的脸更红了。

禾下的第二道指令是，走，镇长，我们去江西会馆把那个狗屁救国军的牌给摘了！

乌的指挥部前移到了白家大院，但牌却没动。也不该动，白家大院只是临时的前线指挥部。禾知道江西会馆挂有救国军的牌，对于安来说，是一个谜。直到一个多月后，这个谜才由扣儿给他说破——扣儿说，是她在成都告诉禾的。安走到大门外，停下，说，科长，等我会儿，我解个手就出来。禾笑了：怎么？不敢？怕报复？别怕别怕，我又不是让您一个人去摘，我还陪着，枪还陪着嘛，怕他个屌！

很快，安出来了。两名保镖跟在他身后。一路上，安一言未发，听禾上课：摘牌挂牌不是小事，是天大的事，一块牌就是一片天，牌在天在，牌不在天不在。共产党把牌交给你，就是把龙洛交给你，这是对你的信任，千万别辜负这种信任呵……

在龙洛，安从来都是给人上课，何曾被人上课？但这一个多月来，已经有两人给他上过课了，一是指导员，二是禾。他不知道未来的有生之年日子里，自己这个老家伙、老院董，还要当多久的学生、还有多少老师为他上课，令他背书。现在，他似乎开始理解妹夫的迟疑、善变与惊惶了。

禾一路说着就到了江西会馆，禾正要请安摘牌，却见大门侧空着，除了一颗孤单的钉子，哪里有牌？

——你摘了？

——知道还问。

——那你不说。

——你不是一直在说吗？

——摘了就好。

——说吧，还有啥指示？

——为解放军备饭。

——备了。

——为解放军安排住地。

——安排了。

——喊人挖坑埋尸。

——喊了。

——准备担架抬伤员。

——准备了。

——备了多少人的饭？

——一千人。

——不行，备一千二百人的！

——好的，科长。

随后，禾对安的回答进行了速查，结果证明安不是人，是神——他完全预先料定了共产党要叫他做的一切。禾无话可说，就说，做得不错，镇长辛苦了。安谦卑地回答：共产党的镇公所为共产党服务，职责所在，职责所在。禾说：你个人也有功劳嘛。安说：绵薄之力，不值一提。

禾提到个人，是因为他在速查中发现安在救国军统治甑子场的那几天里为堵上无法摊征粮食的窟窿，以及这次为解放军架锅做饭，打开过自家的粮仓。

最后，禾说，还要准备《叛匪自首登记册》。安说，好的，科长。

禾说，马上安排人带路，去找象的尸首。

禾说，好的，已经有安排了。

仇富心理人人都有，但骟猪匠世家出身的禾尤甚。很多人很赤贫，但他们没有鲜明的持续不断的贫富对比度，禾有这种对比度，并且很强烈。

因为职业的原因，禾常常被大户人家的管家喊去一些高墙深院内，一面摘睾丸，一面沐浴地主阶级财富的光辉，这样他就有了贫富的对比，有了仇富的冲动。这种仇富冲动让他加入了八路军并有幸抽去延安参加抗大学习，从此，他就有了仇富的力量与能力。他不仅仇富，还把为富理解成了不仁不义的代名词。这就是安发现禾的眼睛中藏有敌意的本源。也就是说，禾不是对安有敌意，而是对安蜚声成都"东山五场"的富，有敌意，以及对这种富反弹到他身上的东西有敌意。

虽然安身上透射出的一切都令他不舒服，但到了现在，他又不得不从内心承认，安，他是佩服的。后来当他在山坡上看见安勤勤勉勉指挥老乡挖坑、抬尸、救人时，他不仅佩服，还为自己对安的态度和心理产生了不多不少的一点纠正与自责。再后来，当他突然发现鱼儿的尸体不翼而飞，就又把目光生出敌意，让敌意指向安。他知道，偷尸的行动，要么爱，要么恨，安与鱼儿的关系符合这个条件。

当然，他还发现安看见扣儿在山坡上时，目光很异样，很复杂，甚至带了一点恨铁不成钢的仇恨。既然是干爹，何来这样的目光？这样的目光，让他警惕，不舒服。此前，在水井坝黄桷树象的受刑现场，安也用这样的目光看过扣儿，只是禾不知道而已。安的变化，令禾不再变化。

与解放前相媲，甑子场的茶馆也没有变化，喝花茶的还是喝花茶，喝毛峰的还是喝毛峰，听戏的还是听戏——唯一变化的是茶馆里的嘴唇。嘴唇比以前更勤快、更生动了，因为现在的谈资较以前更丰富、更新鲜也更扣人心弦。茶客们谈到了变天，以及有关变天的一切。

有的说国民党该垮台，蒋介石独裁，通货膨胀，民不聊生，不垮台才怪。有的说共产党共产党，就是共分财产的党，相当于历朝历代农民起义军的"均贫富"和"有福共享，有难共当"主张，这下财主遭殃了，穷人得便宜了。有的说，国民党的好坏我们见过了，共产党嘛，好没见过，坏也没见过，一切都还两说哩。有的说，共产党是穷人的队伍，所以今后的好事，都会落在穷人身上……

事实上，不是每个茶客都能参与到有关变天的话题来。更多的茶客是听客，听那些戴眼镜的、见过世面的不俗之客神吹瞎侃。一些忙于打麻将的人，甚至对共产党的天或国民党的天一点兴趣都没有。他们不知道党是什么，他们只知道你党你的，我麻我的。

甑子场不仅内容没有变化，连用以说明变化的基本形式也没有。它不是说解放就解放了，它是没说解放就解放了。十二月二十七日那天，不仅没有仪式、庆典、标语，甚至连一个大会、一个小会、一个宣布都没有。正因为这样，几乎整个中国都变了天，但甑子场还是生活在没有变天的时间长夜里。

如果非要说解放日那天甑子场屁事都没发生，那也是与事实相悖的。那一天，指导员骑一匹花马从简阳县来到了龙洛镇。一到甑子场，他就四处找安，急着向安宣布龙洛的解放。

指导员是当天中午从县城出发的，一路打马西行，到得甑子场已是晚上，且过十点。指导员希望在当天宣布龙洛的解放，结果在差几分就到十二点才找到一户地主家，把安从地主小妾怀里拉起来。这样一来，整个龙洛只有安一个人当天知道了龙洛的解放，其他人则是第二天上午知道的。

五

"一村一大"直奔主题。

　　——扣儿婆婆，您真好！
　　——好啥呢！
　　——扣儿婆婆，您同意搬家了？
　　——同意，同意！
　　——那我们这就把拆迁协议签了，下一步就在图纸上抓阄选房了！
　　——姑娘，我找你来就是想问问你，我可不可以不选你们那些房子？
　　——不选？扣儿婆婆，我们村只建了那个石碾住宅小区啊！
　　——如果这样，我还是就住这龙泉山上吧！
　　——扣儿婆婆，您别先做决定。这事儿太大，我马上去请示支书。我会很快给您回信的。咦，扣儿婆婆，您不搬石碾小区搬哪儿呢？
　　——你们先回答我可不可以不搬石碾小区！如果不准换一个地儿另外选房，我说出来又有啥用？

　　"一村一大"一走出扣儿婆婆家，我和陌生人就躲在一边讨论扣儿婆婆想搬哪儿去。陌生人猜了一个地方，我猜了一个地方，争执不下，就去问扣儿婆婆。扣儿婆婆自然不说，陌生人就说她知道，扣儿婆婆就说你小娃娃，晓得啥哦。陌生人说，是搬到甑子场珍家的房子里去。扣儿婆婆一愣，然后说不是不是。陌生人与扣儿婆婆一直都默契的，默契得都达到了背着我说话的程度，这一次怎么了？挣表现的时刻到了，我跳梁小丑样赶紧说，是搬到安府的房子里去！扣儿婆婆像遇到知音般高兴起来，你哪格晓得的呢？我说，我就晓得。扣儿婆婆就说，你这个细娃儿，有板眼，鬼精！

"一村一大"给支书说到一半时，支书高兴得一蹦八丈高，说到尽头时，支书就只坐着高兴了。支书首先把"一村一大"狠狠表扬了一通，然后谈了他的看法。支书认为，不管怎么说，"钉子户"松了口，就是好兆头。下面，要尽快摸清"钉子户"想迁往何处，为什么不愿迁农民集中居住区，动机何在，还有什么要求。掌握到这些情况后，他才主动，才好把这件事往镇上报。不过，他说农房拆迁的事儿与变地与民生有关，政策性太强，估计镇上还得请示区上的统筹委以及规划、国土、建设、房产、民政等部门。

一个村支书能认为到这个份儿上，说明够上了城乡一体的政策，说明对大是大非问题是敏感的，对政治问题是拿捏得住的。这一点，连心高气傲的"一村一大"也不得不服。"一村一大"来村上也一年又半了，一来就干城乡一体，按说，对这项工作也该怎么怎么样了。可说实在的，用她自己的话讲，也就知道个皮毛，连大概齐都谈不上。她说天很深奥，但土地的深奥一点不输给天！

我和陌生人很快就见识了她的政策水平。我们的结论是，她的水平高低不论，但她一定是个讲政治的人，也就是说，一定是个听"一把手"话、跟"一把手"走的人。她以她小小年纪的成熟，吓了我们一大跳。

按照村支书的指令，"一村一大"又去找扣儿婆婆了。扣儿婆婆当然打死不开口，开口也只说一句：行不行吧？"一村一大"为帮支书了解更多的信息，就嬉皮笑脸胡诌道：那要看搬哪里了，扣儿婆婆，你说搬北京能行吗？

我和陌生人见"一村一大"老是缠着扣儿婆婆不放，鼓捣着她搬家，心里也没好气，就把"一村一大"拉在一边说：你为什么非要逼着她搬家呢，她不搬不行吗？

——谁逼她了，搬家是自愿的，我们村委会只是在动员、争取、帮助和盼望。

——真让人纳闷，你们村委会为什么要让这么多农民搬出他们世世辈辈居住的农村祖地呢？

——你们真想听?

——说吧,别卖关子了。

——我先从城乡一体说起吧。城乡一体就是把城市和农村的生存发展捆绑在一起考虑,动城市的时候,也要动农村,动农村的时候,也要动城市,不能分开搞承包,不能搞单干,拉大城乡差距,造成社会资源不均等,重要的是,还会带来不稳定因素。

——明白了你的意思。穷要穷在一起,富要富在一起,好要好在一起,孬要孬在一起,总之,就是城市农村要在一起吃"大锅饭"。

——不能这样理解。以前,农村用农民的穷,实现了城市的富,现在,要用城市的富,去反哺农民的穷。我们是要奔富走,奔好走。

——也就是说跑得快的要等走得慢的哟?

——不是等,是拉。

看来基层真是历练人,政府真是历练人,我和陌生人东一句西一句故意找茬为难一个"一村一大",都有力不从心之感。

扣儿婆婆见我们三个年轻人在院坝头聊得欢,就悄悄搬了个小板凳在旁边一边掐草辫,一边尖起耳朵听。"一村一大"似乎知道扣儿婆婆在听,就把她半是聒噪半是鹁鸪的声音弄得更响了。

现在,我和陌生人交换了一下眼色,决定帮帮"一村一大",把扣儿婆婆劝下山去。扣儿婆婆早已不是扣儿,早已是行动不便、不宜单家独户居山上的扣儿婆婆了。

我们于是把"一村一大"拉到一边,神秘兮兮说,我们知道扣儿婆婆想搬哪儿去,为什么想搬那儿去。"一村一大"惊喜万分,连说哥、姐,妹妹求你们了,告诉我吧!我们就说,你可知为这两个信息我们花了多大的成本?这么说吧,我们来到龙洛到现在为止所付出的一切,都与获得这个信息有关。

"一村一大"何等冰雪聪明,瞬间就懂起了我们俩人合伙敲她的歹毒心肠,但她又只能认了。她立马说,好,今晚六点,甑子场最高档的馆子——供销社饭店见!

六

安以为自己作为镇上最高行政长官知道他所管辖的地方解放了就行了，没想到指导员说不行，还得让全镇人都知道。安就请指导员帮忙拟了告示，师爷一看，气沉丹田，一气誊录五份。张贴告示的同时，哈欠连天的更夫又本着加班捞银的快慰、解放喉咙穿街过巷扯上了几嗓子——

——解放了！
——龙洛昨天解放了！

刚刚起床的居民看着更夫，以为发生了什么事，但看了半天，才明白什么也没发生，于是索然无味，纷纷散去。没有了看客，更夫倍感孤独，想想，又创意无限地喊了几嗓子——

——变天了！
——龙洛昨天变天了，变成了今天的天了！

散去的居民听见喊声，望了望天气，望了望更夫，丢一句：神经病，你才变天了哩，黑白颠倒，睁眼梦话，大白天打夜更！

除了安与乌，还有一门心思惦着扣儿的鱼儿，龙洛没人把解放、变天当回事，所以告示贴了也当没贴，更夫喊了也如没喊。

安当然知道变天的厉害，所以，他知道变天的次日晚上，就出下场口去了安家坟山，把这个消息通冥给了先祖们。每遇大事，安都会去坟山，因此，龙洛这块地皮上不管发生什么，安族堂号里地上地下的人都知道。

宣告后，安说，指导员，该做的我做了，接下来还做啥呢？

还做你的镇长。

还做你的一镇七乡自卫大队总指挥。

指导员向安部署接管工作时惊异发现,安早就做好了一切,似乎一直在等着这一天的到来。指导员发觉安有些不似常人。龙洛人人都知道安不似常人,习以为常,反而不觉得安不似常人。倒是指导员,让人怎么看怎么都不似常人。

指导员是一个人到的甑子场。安问他你是哪个时,他就把一张上面有红疤疤的纸递给了安。地主小妾也伸个脖子来瞅,安就瞅了她一眼,她就知趣地闪在一边给指导员倒水。直到离开这间脂粉气溲漫的屋子,一口焦渴的指导员也没碰下水杯。直到指导员死,安也没搞明白,有洁癖的指导员难道对女人也洁癖?他就没见指导员对女人感兴趣过。

安与指导员离开这座宅子时,地主抖擞精神,一脸灿烂,送二人出了大门,还想送,被安制止,于是荣耀万分地高喊完镇长慢走哦,就哼唧一首小夜曲入了家门。二人经过珍家房子时,有团黑影跟在他们身后,安似有感觉,回头望了下,什么也没有,眨巴眨巴眼,却见更夫举着灯笼从一条侧巷闪了出来。但先前那团黑影是更夫吗?

乌问过师爷,那张戳有红疤疤的纸是啥,师爷说是县上开的《介绍信》。乌问《介绍信》的内容是啥,师爷说不知,又问其他,师爷还是不知。

由于指导员只与安接洽过,所以指导员之于龙洛的关系,就只是之于安的关系。所以,人们知道指导员的名字,也是从安那里知道的——安呼他指导员,人们就跟着呼指导员。指导员听见有人呼指导员,就知道是呼自己,于是立即应着,笑眯眯的。

甑子场人知道指导员是一个呼得答应的名儿,却不知道指导员是个么子东西。只有当过国军旅长的乌知道指导员是共军连队里的一个官职,职权级别与连长相同,军事权重略低于连长而党内权重远高于连长。但指导员应该不是军队里的指导员,理由是,他没穿解放军军装没带解放军战士。没带解放军战士不对,没穿解放军军装就更不对了。准确地讲,指导员是穿了解放军军装的,只是军装上没佩戴相应的领章帽徽罢了。指导员来的时候正值隆冬,他头上的军帽端端正正腰上的皮带紧紧扎扎让人羡妒不已。最后,乌对指导员的身份给出了自己的一个评估:他应该是在军队里混过并从军队指导员岗位上转业到地方的一名共党干部。

乌是见过世面见过共产党解放军阵仗的主，他对指导员作出的基本评估应该是具有公信力的，可让人不甚了然、顿生疑窦的地方不也很多吗，为什么乌一说到这些地方就喉骨卡刺结结巴巴了呢？

首先是指导员腰间皮带盒套里的那把美式手枪，都转业不吃军饭了，还佩枪干啥？还有，到地方县府应该有县府的名儿，咋还叫吃军饭时的名儿呢？如果说他在县府里的公差与吃军饭时的公差不谋而合碰巧也叫指导员，那么这个指导员的公差内容具体是什么呢？如果说他的公差在县府他跑到镇上来干吗？如果说他的公差在镇上，那么他在镇上是个啥官呢？该不会直接就是镇上的指导员吧？吃军饭时都挣了个指导员级别，到镇上来岂不低就了？历朝历代镇长都是龙洛的皇帝，他这个指导员的官儿必须是小于镇长的，可镇长为什么总是在听指导员的自己好像傀儡一个呢？

所有的漫无边际五花八门的猜议，肇始于茶馆，又在茶馆形成一个主流意见：指导员是共产党县府里派来的钦差大臣，那张上面有一块红疤疤的纸和他皮带上的带响的美式家伙，是他手里的尚方宝剑，他不叫巡视员、监察员，他叫指导员；他是带着共产党的秘密差事来的，他干的差事就是共产党的差事；他没来，龙洛不算变天，他来了，龙洛就变天了；一句话，在龙洛，指导员就是共产党，就是天。

与主流意见争锋相对的是平均年岁高于主流人群十岁、平均文化低于主流人群五百个字、女性性别远远多于主流人群的小份额人群。

他们抛出了与主流人群相左的意见，其实也不是意见，只是一些声色俱厉的质问：共产党也放闷葫芦臭屁、豌豆响屁，也打饿鬼酸嗝、苞谷酒嗝？这样的凡夫俗子蒋介石能打不赢？既然是钦差大臣，咋不见有随员有跟班跟着呢？钦差大臣动静几天就该打道回府的，他咋还赖在龙洛不走呢？他是天，镇长是啥，我们是啥？他一个共产党就可以镇住安、镇住龙洛？——真是奇了怪了！

对于非主流人群的若干质问，主流人群觉得一些不值得回答，一些值得回答；不值得回答的，他们不予回答，值得回答的，他们又回答不了。主流人群在非主流人群发难中的集体哑默，让后者更加明了一句箴言的不容撼动的权威性：真理总是掌握在少数人手中。

　　全镇人民对于指导员的猜议和评议，安、乌这两个人物头没作任何反应，只笑了笑，内容多而不外溢。扣儿也没作反应，她也笑了笑，但她的笑仅仅是笑，谈不上内容不内容。

　　总之指导员是一个神秘人物。

　　人们知道笑眯眯的指导员的厉害是从粮枪开始的。之前，对于指导员的到来，除了镇公所那些吃公饭的人外，只有乌一人感冒，现在指导员却成了众人议论的中心人物。

　　指导员站在广东会馆大门外看，安心想一定与"龙洛镇镇公所"这块实木雕刻吊牌有关，就说话了。

　　——要换牌吗？

　　——不。

　　——我明白了。

　　——不。

　　——我没有明白？

　　——你没有明白。

　　——请予指导。

　　——花非花，此牌非彼牌。

　　——你是想说同样是这块牌，但牌的东家变了？

　　——有这层意思。但不叫东家，叫执政党。

　　——还有别的意思？

　　——管理经营这块牌的代理人也变了。

　　——又不要我当镇长了？

　　——还是你。

　　——你是说此我非彼我，我已从国民党的人变成了共产党的人。

　　——你加入过国民党？

　　——加入过，但没参加他们的活动，他们说我已自然脱党了。

　　——你也不是共产党的人。

　　——我不是贵党党员？

　　——你可以算作给我党干事的人。

　　——只给贵党干事？

　　——你还想继续为国民党干事？

　　——我是说不给镇民干事？

　　——给镇民，不，给镇民中的穷苦人民干事，就是给共产党干事。

　　——不给富人干事？

　　——你想给富人干事？

　　——我不知道。

　　——你会知道的！

　　关于给不给富人干事，其实安朦朦胧胧也知道一些，不过至死也没完全知道——安在农村土改来临前就死了。所以，这样看来，指导员的意思不是给富人干事，而是给富人干死，至少也是给富人的富干死，让富人变成穷人甚至死人。但安自己就是富人，他怎么去干富人？指导员在给安下蹩脚棋。

　　这么说，共产党就是嫌富爱贫？有一次，扣儿这样问禾。禾说，你是说我有仇富心理？扣儿说，总觉得共产党一听到富就恨得咬牙切齿，一看到穷就喜欢得宝贝疙瘩似的。禾说，共产党是穷人的队伍嘛。扣儿说，这么说，在共产党眼里，穷就是好，富就是坏？禾说，正相反，共产党就是为富而诞生而奋斗的，不过，共产党追求的富，不是少数人的富，而是全社会的富，全人类的富。扣儿说，那不就是历朝历代的杀富济贫、均贫富的思想吗？并不新鲜嘛。禾说，不可否认，有这样的成分存在，不同的是，共产党还要改造社会、改造世界、消灭阶级、创造物质财富和精神财富，并把实现全人类的人人幸福作为自己的毕生追求与信仰。扣儿说，那啥时能实现呢？禾说，也许很快，也许很慢，也许我这一辈子也只是在奋斗中。扣儿说，那还是没准儿的不怎么靠谱的事。禾说，不，一定有准的，德国的马克思恩格斯都写书说了，理论一套一套的。实践也有，列宁领导的俄国早已经进入到了社会主义阶段了。

　　这场对话发生在珍家院坝。那时已开春了，什么都开春了，禾与男女两公安借住在珍家。

扣儿说，那要是有些国家有些人不想进入社会主义和共产主义呢？禾说，谁会这么傻呢？扣儿说，我是说万一，假如就有这种傻子呢？禾拍了拍腰间的枪。扣儿惊问，用暴力？禾说，什么是革命？革命就是一个阶级推翻另一个阶级的暴力的行动。扣儿说，你是忠实的革命者？禾说，当然。扣儿说，我怎么并不觉得你可怕呢？禾说，对穷人而言，革命者是可亲的，况且，你知道，我喜欢你。扣儿说，你该不会革我的命吧。禾说，那要看你是不是富人。扣儿说，如果是富人呢？禾说，那就革去你的富给穷人，留下你的人给我。扣儿的脸蛋一下红了，才不哩，想得安逸！

安不仅与指导员，还与禾有过多次对话，对过之后，他不禁暗暗吃惊。在甑子场，对话就是过招。在甑子场，能够翻动嘴唇与安过上十招的人仅瞎眼算命人一人而已。

而安与指导员和禾的对话，就是到了五十招也难见端倪。而五十招以上，他们的对话就抬高了三寸，完全用眼睛了——传说，安与指导员站在"龙洛镇镇公所"实木雕刻吊牌前的那场对话自始至终都是用眼睛对的。

五十招以上，虽各有胜负，但到底是指导员与禾胜的多，安负的多。安不明白，指导员、禾不过就是泥腿子、土八路出身——指导员应该连土八路都未当过，纯是一个红苕屎都没屙干净的农村娃——要说识文断字，恐怕连只念过几年私塾的扣儿也比不了，要说学养，估计连启蒙孺子的区区《三字经》也搞不通透。可他们不仅胆大心细，行动能力强，还能说话，并且说起话来词儿一个跟一个总有来的，里面很有些让人不得不服的道道，很危险、很刺激、很新鲜、很洋盘、很邪乎、很兴奋也很吓人。

安心里也豆油灯似的明白，自己输给指导员和禾，不是输给了这两个人，而是输给了组织，输给了党。不明白的是，这两人说的话，到底是自己的话还是组织的话。同样一句话，由于时间、地点、听众、语气、心情等的不同，有时听起来像他们自己的话，有时听起来像他们组织的话。安直到死也没见过组织的样子，党的样子。当然，如果党和组织就是指导员的样子、禾的样子，以及俊、富、盛、连长、副县长、学习班领导的样子，甚或枪口的样子，他就算见过了。

见过了，还是稀里糊涂的；他们一人一个样，长相、语气，各有不同；甚至对政策、原则的理解与把定，也各有尺寸；他应该以哪个为准呢？

到目前为止安虽然没见过比禾、指导员更高级的共党干部，倒也听妹夫说过。妹夫说共党里也有不少博学多才的俊杰，否则仅靠泥腿子是打不掉蒋介石的。安于是明白指导员与禾偶有的词穷句绝、强词夺理、词不达意，不是组织造成的，而是他们个人的豌豆屁还没打完，才学还没达到火候。

指导员一身没有帽徽领章的旧军装、匹马单枪来甑子场，带来了很多天上飞的东西，也带来了很多地上跑的东西。天上飞的东西大伙儿闹不明白，社会主义、共产主义、组织、政党、革命、信仰、信念、斗争、奋斗、献身、牺牲什么的，通通闹不明白。地上跑的却能够知道个大概齐，这其中，最知道的就是粮和枪这两样要命的东西了。

对了，如此说来，指导员最应该是龙洛镇征粮工作队和缉枪工作队队长，可他为什么不叫队长叫指导员呢？

七

现在想来，"山西口音"乔装打扮、挟持年轻女老乡扣儿夜奔成都报信，就是一宗与粮有关的事件。

象一行二十人被残杀后，救国军全体官兵在甑子场下场口外二娥山燃灯寺和白家大院狂欢，庆贺胜利，直到晚上听说一支解放军运粮队宿在了曾家粉房才告罢。

那天晚上，安正躺在安府堂屋靠椅上，一边抽大烟一边享受香的按摩，还一边想着那对奸夫淫妇与破屋火海没有扯上联系、鱼儿也没有与三枪扯上联系，说明了什么预兆了什么时，师爷急匆匆闯进府中来了。

安问：都啥时了，还没动身？安得知象一行二十人出事后就让师爷赶快去成都给解放军报信。师爷说，昨天上午共党一名公安被乌他们打死，指导员与那位公安科长都晓得，解放军应该来了，哪需要再去报信。安说，该报还是要报，不能被动啊。师爷立即就要动身，安却让他天黑下来才走，免得被乌截道。安问的就是这事。

师爷禀告说，见天黑透正要动身时，账房先生又找来让我帮他对对粮账，说就耽搁我一会儿。安一摆手，你来见我是另有其事吧？别磨蹭了，说吧。

师爷说，出大事了，随后道出了原委。他晚上正在广东会馆与账房先生加班整理粮食征收台账时，两位解放军走了进来。解放军说，他们一个连从简阳县城运送粮食到成都六十军，需在甄子场住宿一夜再走，请镇公所予以安排。镇长，你看⋯⋯

安说，一定不能住场镇里，更不能住广东会馆。否则，出了状况，镇公所吃不了兜着走，并且一定会出状况。

于是，师爷抠着脑门想了会儿就进言，推荐夜宿点位为曾家粉房。师爷在来见安的路上就想到了曾家粉房。师爷曾在心里狠狠对曾家粉房主人说过，千万别犯在老子手里！

指导员进驻甄子场后，师爷根据曾家粉房主人的土地规模与质量，生意大小，家庭人口总数与劳动力人数，精准计算了曾家粉房主人应纳粮数量。哪知账房先生向曾家粉房主人宣布镇公所的决定时，曾家粉房主人分秒之间就把恶毒的咒骂直接对准了师爷。曾家粉房主人虽然最终也没能把师爷的精准决定给粉了，但师爷还是认为自己的权威受到了挑战，脸面受到了损伤。而解放军的入住，一定会给曾家粉房带去更大的乃至打击性的毁灭性的损伤。师爷没想到一报还一报来得如此顺溜，水到渠成，仿若天成。

安说：如果指导员还在，这事儿让他定，我们就屁事没有了。好吧，就按你说的办。你把解放军带到曾家粉房安顿好后，就赶快去成都报信。

安只知道指导员去了成都，不知道指导员到成都后又绕道回到简阳县城，向他的上级组织汇报龙洛情况去了。这是指导员理解的安对他的知道，指导员也是这样跟县委书记汇报的。事实是，安不仅知道指导员去了简阳，还知道他是南出成都绕道柏合寺去的。至于安是如何知道的，就没人知道了。指导员拢简阳时，运粮队早出发了。

解放军用驴、马两类牲口从简阳驮粮经甄子场到成都的这个连，正是"山西口音"所在的那个武装运粮队。因为乌的救国军营盘扎设在了从石板滩南来甄子场的大路边，故暂时没有发觉从东边路上走向甑子场的解放军运粮队。

师爷随着为衔接镇公所先一步到来的两位解放军，在甑子场外路上迎面与运粮队相遇后，就向连长介绍了镇情，以及拟将运粮队安排在曾家粉房夜宿的思路。连长听说甑子场起了匪情，且曾家粉房是个交通方便、场地宽裕、牲口草料丰富、灶膛够大、易守难攻的既安全又舒适的所在，就用辽宁老家的风趣说，好，我们就把这个美好的夜晚交给镇公所安排罗。

具有保长身份的曾家粉房主人，见师爷带了一队举着火把的人马到了院坝上，黑压压一片，暗叫一声倒霉，知道烫手的山芋来了。还没等自己开腔，师爷就扯开嗓子打了招呼，并说，解放军运粮队经过本镇，需借住一宿。镇长说了，接待解放军，是本镇的幸事，光荣事，是全镇的脸面，平日里求都求不来的，所以，一定要安排好。镇长说，全镇最好的地儿就数你曾家粉房，所以，本师爷就把这一百多号解放军同志带来了，本师爷也给镇长建了议，下次征粮，少摊派你们五百斤！还愣着干啥？快，烧火做饭、铡草喂马、腾屋铺床！

曾家粉房主人见这群不请自来的客人都是带家伙的，哪里敢发作，心里叫苦不迭，却也只得挤几声干笑出来：好，好，欢迎，欢迎！连长上前一步，一双东北大手握得他生痛：打扰了！谢谢！又转身对战士们吼道：站着干吗？还让老乡服侍你们这帮大老爷们呀？赶快动手！

在曾家粉房，师爷应该不叫师爷，叫翻译才对。他被客家话和非客家汉话，忙得团团转，折磨了一天两夜。

连长说完，就把大家丢在一边，自顾自围着曾家粉房转悠，查看地形。夜风轻轻吹动，星月稀薄，虫鸣的音乐又清洁又万籁。诗意的连长很满意，认为师爷所言不假，这粉房地势的确易守难攻，且环境宜人。连长一泡长尿还没屙净就觉得出了情况——他看见粉房四周两三百米远的地方有人影晃动，且越来越多。

在大家各自忙开后，粉房主人把师爷拉在一边压低声音恶狠狠臭骂了一通，每当他忍不住自己的激愤、抬高音量时，师爷就伸出食指在嘴前嘘一声，别惹毛了这伙大兵，他们啥事都干得出来的！粉房主人说：乌也是啥事都干得出来的！解放军大官他都敢剁！你龟儿子是想把老子的粉房当战场！师爷笑道：你老人家就担待一夜吧，明儿天一放亮，打发他们上路后不就没事了。粉房主人说：只怕他们还没被我打发上路，乌就把我打发上路了。你看这多大的动静，乌能是瞎子聋子？师爷安慰了几句就想脱身去成都报信，哪知粉房主人却一把抓住他不准离开：你脚板抹油溜了，乌来找我算账，我找哪个算账？

说着，粉房主人让儿女们拿绳子把师爷捆了。儿女们拿来绳子正待捆师爷时，不知何时出现在身后的连长说：不用捆了，他想走也走不了啦。之后连长大喊一声：同志们，修筑工事，准备战斗！

连长发现曾家粉房已被师爷介绍镇情时所说的救国军团团围住了。凭连长的经验，他估计四周的叛匪有数千人之众。

四周开始有零星的枪声向粉房射来。连长说：大家睁大眼睛，寻找目标，瞄准了就点射，杀他狗日的几个，我们就可回屋睡觉了。果然，解放军在这边打枪，那边就有人惊呼又死毬了一个，狗日的解放军都是神枪手！解放军打了几枪后，四周的枪声就愈发稀疏了。

连长对师爷和粉房的人说：你们就待在这里，千万别乱跑，子弹可没长眼睛！

师爷和粉房的人听了连长的话，不知连长所言子弹是指乌的，还是解放军的，又不敢多言，便缩在一些旮旯角落，哆嗦得阳尘扑扑下落，哪里还敢动弹。后来，连长找曾家儿子借了一身衣裤。后来，师爷参着胆子问连长：镇长让我去成都报信，你们有位首长被乌杀了，我却被套在这里，咋办呢？连长说：我已派人去报信了，我们的大部队很快就来了，叛匪一个也跑不脱，更没有好下场，你就宽心吧。连长的大嗓门，让粉房所有的人都吃了一颗定心汤圆。

被连长派去成都报信的正是该连班长"山西口音"。

这一夜，连长只在粉房四周各布置了一个明哨一个暗哨，用八个人的眼睛与耳朵换来了大家或深或浅的睡眠。

这一夜，无论对哪方而言都是敌情不明，不必贸然行动。故而，乌采取的战术是投石问路、围而不攻、天亮全歼，连长采取的战术是小试牛刀、搬调援兵、拒敌待援。双方指挥员的心态，让成都平原与龙泉山相交割的这块地方出现了一个相安无事的长夜。

第二天一早连长叫解放军再次修筑、加固工事。所谓工事，是指粉房外围断断续续的一圈约一米高、半米厚的土垣墙，以及粉房旁边的一座石砌碉楼。吃了定心汤圆而又无事可做的曾家人开始指导解放军为自己维修祖上房产。师爷开始更详细地为连长介绍以人枪为主要内容的匪情。

叛匪的进攻开始了。他们呐喊着吆喝着，像过狂欢节抢奖品一样，向粉房拥挤不堪地跑来，边跑边向粉房打枪。

连长看了叛匪的进攻，一声冷笑：不准开枪，靠近了再打！

临时拼凑、没有一点军事训练的叛匪哪里是身经百战的正规野战部队的对手。几个回合下来，一大群牙都没长全的小羊羔就在一小股恶狼的饕餮下尸横遍野。

叛匪害怕了，很长一段时间只围了又围，并不进攻。尤其是那些穿国民党军服，或穿着长相一点不农民的人，更是萎萎缩缩藏于人后——他们发觉共军的子弹仿佛长了眼睛，穿过密密匝匝的人肉缝、绕来绕去也要把死亡之吻献给他们这类人。

到了下午，一声震天动地的炮响打破了战场的僵局。炮弹落在粉房院坝上，溅起的火苗点燃了旁边一间小茅屋，战士一死二伤。粉房里的军民吓了一跳，还没缓过神来，就听连长大喊：扑火！救人！连长问师爷：怎么回事？师爷说：一定是乌把钟大炮请来了。

连长随即抓了一杆长枪跑上碉楼，用望远镜找到大炮位置后，当即撂翻了一个正要拉绳放炮的人，另一个装弹的人也未能跑过连长的子弹。茅屋的火很快扑灭了。大炮最后被叛匪系了几条大绳索拉到连长的射程之外后又开始喷火，但它的射程连粉房外围的土垣墙也够不着了。

师爷告诉连长，钟大炮的造炮打炮技术是他们钟家祖上传下来的。他的迁川始祖两三百年前还未入川时，就是福建永定围龙屋中威震四方的土炮专家了。

粉房主人故意把自言自语说给老祖宗的话，说到了连长刚好能听见的程度：老祖宗，嘟格办哟，茅屋烧了，祖屋打成了蜂窝，我要磨好多粉子才能恢复原样啊。老祖宗哟，裔孙不肖哇！连长于是对粉房主人说，老板，没事的，你损失的东西我们解放军会照价赔付你的，你为革命作了贡献，革命是不会忘记你的！

连长转身告诫师爷：出去后别忘了告诉你们镇长，一定要把粉房的损失赔够赔足，赔到老板笑！师爷连连应诺。曾家粉房主人连说谢谢谢谢。

枪也使了，炮也打了，几千叛匪望着眼前的鸡肋吃也不是扔也不是，不知如何是好。这样一来，解放军就用四死七伤的低成本赚取了一昼两夜等来援兵的宝贵时间。连长岂是一个永远坐等待救的人，俊的炮声一响，他就率领他的兵如猛虎下山扑了出去。叛匪在解放军里应外合的夹击下顷刻瓦解。

安见到嘴唇四周突然冒出长长短短胡茬的师爷时，觉得师爷成熟了三成。待师爷向安讲了粉房经历，安就明白了师爷成熟三成的究竟。安说，去把我们镇公所的牌子拿来挂上吧。师爷正待去拿，就见禾带着男女两公安向广东会馆大踏步走来。

第四章 〉第四个带枪的男人：蛋

一

蛋爱上扣儿是从一张照片开始的，因为他说有了照片才有了后面的一切。按说，六十三年前的乡村，照片不是人人都能享受的，扣儿舅妈的家境虽说比不了蛋家殷实，一张两张照片还是照得起。并且，扣儿舅妈认为，把扣儿嫁出去，照片这个成本，怎么着都该发生。

珍对媒婆说，说个外乡的，屁股肥不肥，奶子大不大都莫关系，只要脸蛋俊、身段有形、脾性不怪就好。按照顾主的要求，这个把生意做出了镇界做大做强到覆盖整个"东山五场"的知名媒婆就上了扣儿舅妈家的门。扣儿舅妈说，说个外乡的，彩礼足，不要陪嫁就行。

婚俗程式进行得差不多可以总体评价的时候，令男方女方两家都没想到的是，媒婆把这条红线牵得极好。对男方这边而言，龙潭寺人扣儿，不仅脸蛋俊、身段有形、脾性温良，且屁股不肥不瘦，奶子不大不小。对女方这边而言，"东山五场"首场甑子场人蛋，不仅家境体面，彩礼富足，不要陪嫁，而且蛋本人长相清奇，年轻力壮，并无婚史，且是独苗。

重要的是，八字也合。珍要了扣儿的八字，扣儿舅妈要了蛋的八字，两个妇人各自找了算命先生合八字，见并不相冲相克，就各自写了庚帖置于自家祠堂香案之上，而三天之内并无不祥之兆。也是直到这时，婚事才算正式敲定下来。

从后来的结果看，这是一宗看上去所有方都满意的美事。事实上也是这样的，除了扣儿，所有方都满意——都非常满意。同样，扣儿不是不满意，而是非常不满意——其不满意的程度达到了上过一次吊，跳过一回河，喝过一盘药的崩溃、疯狂与觖望。

而扣儿先前不是这样的，一直到蛋脱掉最后的裤衩前，她都对自己的新郎倌满心欢喜，充满想象，甚至也可以说爱上了这个有几分清奇有几分忧郁的文质彬彬的优秀男人。但想象是不可靠的。想象破灭之后就是漫长的另外的想象，和仇恨。再之后，当扣儿又一次爱上蛋时，蛋已经死了。

客家人的婚俗繁复而琐碎，这种繁复与琐碎带来了季节的漫长。扣儿后来一直在想，这种漫长是给自己带来了更多的甜蜜，还是更多的痛苦——如果没有前面漫长的堆积，还会有后面瞬间的坍塌吗？

对汉族古中原文化的保存、续延，恐怕没有哪个民系有客家做得到位。客家习俗中，有许多都固持着唐宋遗风，譬如婚俗。客家原有的婚娶过程从媒婆首次提亲到最后完婚，均需严格照搬古代汉族婚礼中的"六礼"进行，即：纳彩、问名、纳吉、纳征、请期、亲迎，之后才能拜堂成亲。客家迁入蜀地后，多少浸染了一些川味俚俗。

说媒、写庚帖后，珍开始"编红单"，与媒婆一起到扣儿舅妈家将要送给她的财礼开具出来。定亲的那天，珍率家人让一队脚力把礼单上的东西浩浩荡荡抬送到扣儿舅妈家。之后，还要"送日子"、送嫁女酒席、嫁女沐浴"冠笄"、"揽腰红"、"上花夜"。

经过一环扣一环的密不透风的折腾，扣儿舅妈家中那间不大不小的闺房完全做到了腾人换物、而珍累得不亦乐乎后，迎娶这一天终于到来了。那是春天，整个大地铺着桃花的红地毯和油菜花的黄金。

清早，男家那边请来八音吹鼓手，租赁一顶大花轿，由四人抬着，一路吹吹打打，前往女家接亲。临近龙潭寺场镇时，接亲队伍跨过一堆烟火，以示"避邪"。接亲人到女家后，先吃点心，然后由女家二人带着到祠堂烧香敬祖。接亲人吃完男方带去、女方做出的晚宴后，开始静候子时的到来。扣儿在闺房中一边"开脸"一边哭唱《骂媒歌》。其中一首《骂媒歌》是这样唱的：

> 金叶扇子两边花，媒人进屋两边夸。
>
> 左夸男子有官做，右夸女子会绣花。
>
> 枇杷结子圆又圆，要你媒人包得圆。
>
> 包我三日不上锅，包我六天不做饭。
>
> 若还定要我上锅，灶前灶后铺红毡。
>
> 我家当门梨儿树，梨儿树上挂犁辕。
>
> 把你媒人变根牛，把你牵来去犁田。

扣儿本来是哭不出来的，但竹夹扯去脸上、脖颈上汗毛的"开脸"，把她痛得不行，就哭了，还啊啊啊哭出了声。

子时起轿，代表越走天越亮，越走新娘的前途越光明。良辰一到，扣儿唱着《哭嫁歌》，拜辞舅父舅母，登轿而去。一路上花轿颤悠、笙歌不绝、鞭炮不息，惹得乡狗汪汪乱叫。本来，每隔百十步，或遇岔道口，女方伴者会撒下一根红绒绳，以作婚后扣儿回娘家"返面"的"路引"，但扣儿舅妈之前就说过省了这根红绒绳吧，干净利落点，留它个拖泥带水的尾巴干啥？可最终的事实是，有个女伴娘因为内急，就慢下步子躲在队伍后边解决问题，之后她就看见了路上的红绒线。女伴娘以为遇到了鬼，跑到花轿旁闷头走路，屁都没放个。扣儿后来知道，这些红绒线，是鱼儿放的。

男方接亲人把新娘扣儿迎到男方家大门前时，是上午八九点钟的样子。到了入门时辰，扣儿就踢开了轿门。在自家门口守得心慌的蛋，移步上前，用木柴轻敲一下轿把，以此期冀日后镇得住婆娘。顶着红盖头的扣儿由男方的伴娘牵出轿，在大门口"过火堆"后，才进入大门，到洞房独自小憩"坐性"。此前，洞房喜床上早已撒了花生、果仔之类，让街坊男女小童抢吃，用"抢果仔"寓出"早生贵子"来。

扣儿偷偷撩了一下红盖头，看见喜床，不由得就东想西想起来、就耳红面臊起来。她在鼓乐声中被带入堂屋"踩席角"后，随着主持人脆生生的喊叫，拜堂仪式就开始了。堂屋内摆设有香案，东边站双方父辈、长辈，西边站外戚，北边站房亲，南边站小辈。

当蛋用秤杆撩开扣儿的红盖头时，鼓锣齐鸣，整个婚庆达到高潮。这时，着一袭长衫的证婚人安出场了，他把一双老眼放在扣儿的脸蛋上没大没小地亲着，喉骨挤出两声干咳，苍苍茫茫的声音，就权威无比醋意无比地响彻整个大堂——

甑子场男蛋，龙潭寺女扣儿，依媒妁之言，尊父辈之命，在此结缘，有乡人睹，有酂人证，鸳鸯双栖，同喜共贺！

安的话音一落，鼓锣又起。当扣儿的表兄把一块五尺长的红布披在新郎身上后，主持人即宣布新郎新娘拜堂。

一拜天地！

二拜祖宗！

三拜父母！

夫妻相拜！

礼毕，婚礼正宴开始。新郎新娘在礼生的引导下，敬请嘉宾对号入席。一时觥筹交错，推杯换盏，场面嘈杂，不醉不散。新郎新娘想给他们的证婚人、本地最高行政长官安敬杯酒，散两支烟，却不知安何时不辞而别了。

老花痴安，原本以为只是一场需要他出场当证婚人打打台面的、平平常常的婚礼，没想到红盖头下的小脸蛋却是不平常的，更没想到那小脸蛋亲起来又是更加不平常的。为此，他一反常态，悄悄离开了别人高兴自己却怎么也无法跟着高兴的婚宴现场。

一场闹洞房下来，一位长得很福泽的妇人，一边替新人挂蚊帐，一边念念有词：蚊帐挂得四四方，夫妻好合百年长；蚊帐挂得四四正，儿孙满堂多吉庆。夜深，当洞房内只剩下一对新人后，他们饮了"合卺酒"。再后，琼把扣儿喊去水房洗澡更衣。在水房回洞房的走廊上，扣儿遇见了婆婆珍。珍珍尴尴尬尬一笑，就蝙蝠一样消失了。回到洞房，扣儿发现房内空无一人。那一夜，扣儿躺在阔大的花板床上，疲惫不堪却又无法入睡，想象从哪条路走都不通顺，眼泪把枕巾打湿得可以拧出一片海一山盐。

第二天，蛋对扣儿说，我这几天太疲累了，不好意思啊。第三天第四天还是如此。蛋不好意思到第五天时，珍备了厚礼、红包，请媒婆率二位新人"回门"去了一趟龙潭寺，对扣儿舅妈家表示了再三的感谢。

在"回门"的过程中，扣儿舅妈看见蛋和扣儿总在躲避自己的目光，以为二人还害着羞，也没当回事儿；而媒婆发觉扣儿射来的目光有质问、怨恨甚至绝望。媒过无数女人的媒婆，对面前这个十八岁女人的目光分析不透，剪不断理还乱，百思不解。

"回门"之后的一个雨夜，蛋拎着一壶草莓酒闯入洞房，把睡梦中的扣儿撕扯得赤条条的，摁在床上就是一阵狂风暴雨般的胡亲乱摸。焦躁难抑的蛋一边动作一边把自己的上衣抹了，露出白晃晃的胸背。扣儿等待这一时刻已经几万年了，因此一面惊恐不已，一面还是把身体全盘托出，任由自己的男人在上面纵马放任。就在扣儿渐有状况渐入佳境、准备为出征凯旋的皇帝举办一场盛大的庆典时，赤裸着上身的皇帝却站在床上弃妃一样嘤嘤哭泣起来。

——蛋，来呀。

——我来不了。

——咋了？

——我不行。

——咋了？

——我不是男人？

——咋了？

——被马咬了。

——啥？

——小时候被马咬了。

——你脱了我看看。

——我不。

——脱！

——不。

当扣儿抓着蛋的腰带哗啦一声像剐一只青蛙、一把抹下蛋的长短裤套后，大禁大叫一声天呀！之后就昏了过去。

珍一直在等着这声叫喊的出现，所以这声叫喊就是惊动了甑子场的所有人，也不能把她惊动。当珍想到除她以外的其他人，应该是把这声叫喊，听成新婚夫妇叫床才有的另一种含意时，就幽幽地笑了。

准确地讲，珍还是这声叫喊的始肇者、策划人和执行官。如果不生个蛋出来不会有这声叫喊，如果生出蛋不把蛋放在院坝玩不会有这声叫喊，如果把蛋放在院坝而不把蛋养大让其自然夭折不会有这声叫喊，如果后来不找媒婆非要为蛋娶个女人回来不可不会有这声叫喊，如果找的不是扣儿而是一个石女也不会有这声叫喊。所以说珍是这声叫喊的肇始者、策划人和执行官。

二

蛋也叫喊过。那声叫喊，改变了蛋一生的命运。

蛋四岁那年夏天的一个午后，珍为他笼上一件简易得只有几根布条、小雀雀完全敞放在布条外边的衣饰，撂在院坝中玩耍。在追击一只屎壳郎的战斗中，蛋深入敌境，一直追到了院坝边角的那棵老槐树下。

那年夏天出奇地热。老槐树下拴着的那匹枣红色老公马，正在树阴中歇凉，虽然是歇着凉，它还是热得不行——连肚皮下那根打杵一般的肉棒，都伸缩着散发出骚烘烘的热气。蛋对自己闯入马的国界一无所知、对矗立在面前的庞然大物熟视无睹，他只专注于一只小小的屎壳郎，以及一场盛大的追击之战。

没有任何征兆，马突然就狂暴起来，一低脖子，吧唧一声脆响，把蛋的小雀雀叼离了身子，又一甩马头，小雀雀就如彩虹飞上了蓝天。蛋的小雀雀自此人间蒸发，珍找遍了甑子场的每一寸土地都没有找到——郎中告诉珍，她只要不过夜找来小雀雀，他就能把它接上。后来有位长工说，小雀雀飞向蓝天后，老槐树上立即扑棱棱扇起了一只硕大的乌鸦，冲着小雀雀飞去。

蛋的惊天哭喊带来了蛋一家人的惊天哭喊。

正在午休中腾云驾雾、做着怪梦的蛋他阿爸，穿着肥大的裤衩首先冲了出来。他一看见儿子的小雀雀不翼而飞，而老公马乌绿的嘴唇，还在舔着蛋的小雀雀桩头和再下面的一对兄亲般的蛋蛋时，怒不可遏，一拳就向马头飞去。老公马一下变得比主人更加怒不可遏，更加生气，一伸蹄子，主人的胸脯就传来一声闷雷。主人摇晃了几下，重重倒地，倒在四蹄乱弹、大哭大叫的儿子身边。

珍和女儿以及琼、几个长短工冲了出来。他们怕老公马再次伤害到蛋他阿爸和小少爷，首先就把二人拖出了险境。

珍看见儿子胯裆血乎乎的，怕看错了，凑近了再看后，就嚎啕不止起来，儿呐，你的小雀雀哪去了，我们家的命根子哪去了啊！

蛋他阿爸在地上喘着气：是狗日的马……马咬了……杀，杀死马……狗日的马。

于是长短工们抓了扁担、锄头就向老公马冲去。老公马挨了一扁担后，一个长嘶，挣断绳索，跃上碌碡，化马为虎，绝尘而去，瞬间没入在了莽莽苍苍的龙泉山中。这匹老公马在蛋还没出生的许多年前就在蛋家了，一直不开腔不出气，老老实实，乖戾无比，任谁都可以呼来使去的，谁也想不到它会突然发作，揭竿而起，把主人家弄出改天换地的动静。

老公马化虎绝尘而去的瞬间回头望了蛋他阿爸一眼，蛋他阿爸看见马脸变虎脸变人脸，他一下就想起这正是几十年来不间断出现在他梦中的上辈子那个仇家的脸。而老公马回头望他一眼时还酣畅无比挑衅式地说出了自己的名字：记住，我是猸！

蛋他阿爸知道，猸，正是他上辈仇家的名字。

马化虎飞去，怎么可能？陌生人满脸疑惑地望着扣儿婆婆。扣儿婆婆什么也没有的，被陌生人一望，反给望出了疑惑。扣儿婆婆一副无辜的表情，我反正没编，甑子场人都这么说好，不信，你问问他们。

扣儿婆婆说的他们，是甑子场街檐下，那些有事无事耗光阴的老人。我和陌生人，把扣儿婆婆接出石碾村，陪她在甑子场街街巷巷瞎转悠。转悠累了，在洛水湿地公园里歇了小半天。经过安府门前时，她故意别着头，不看。我和陌生人相视一笑，又相视一叹。

我说，猸的故事，我信。我说，我给你们讲个故事，说的是唐末龙洛乡下村民郝二。郝二逢人就说，其祖父以医卜为业，老年后则放弃本业，喜欢看人画虎，自己亦迷上画虎，画得满屋都是。听人说，成都一药店养有一活虎，他于是每月进城观活虎数次，儿孙若不允，他则举杖打儿孙。自此，还嗜好上了食生肉。一天夜里，开庄门出去，杳无踪迹。有行人说：当夜有一老虎跳入成都羊马城内，城门为此半闭了半日，是军士爬上城墙将虎射杀，并分而食之。后人认为，其祖父不归，化为了那只老虎。于是找到那些吃虎肉的人，获虎骨数块，葬在了龙洛。

陌生人说，又一个编故事的，作家嘛，小菜。

我说，我是编故事的家伙，但这个讲郝二祖父的故事可不是编的。它出现在宋人黄休复《茅亭客话》卷八"好画虎"中。你去图书馆翻翻，或上网搜搜，就知道我没诳你了。

陌生人故作倒竖柳眉状，你敢，诳我的人还没生出来！

我嬉皮笑脸，你还不是我老婆呢，就对我这么凶，不怕我得气管炎？

陌生人撒娇：扣儿婆婆，你看这人欺负我！

甄子场最好的郎中很快就来了。蛋他阿爸在床上躺了不到一个月，就进入坟山向他祖宗报告那个仇家的情况去了。蛋躺了一个多月桩头就干疤脱痂了。

郎中说，蛋他阿爸不是被老公马踢死的，而是被活活气死的。他给蛋他阿爸接气；他用东气，蛋他阿爸变西气；他用火气，蛋他阿爸变水气；结果南辕北辙，总也接不上。

蛋他阿爸的一生，不仅是经营土地、让土地多产粮食的一生，也是经营婆娘身体、让婆娘生出带枪带蛋的公崽的一生。经营土地虽说辛苦却也种瓜得瓜、种豆得豆小有所获，可经营婆娘身体却是费力不讨好，广种薄收，事与愿违，婆娘要么多年不来气，要么连续产下几个女崽儿，气得蛋他阿爸常常做一些休了婆娘或再娶几房作小、却永远不敢说出的不切实际的空想。几个女崽儿要么远嫁他乡成为泼出去的水，要么得怪病一命呜呼，身边这两个还没长出胸脯来的女崽儿恐怕也终是难逃姐姐们的既定命运。

好在苍天有眼，老来得子。可一家人正把这个独苗苗当金蛋蛋伺候、好容易盘到四岁时，上辈仇家托身的老公马又叼去了独苗苗的小雀雀，叼去了自己这脉家族的命根子。而让自己拼了吃奶的力，再鼓干劲，也是万不能在婆娘身上再立新功的，其难度无异于把皇帝拉下马。

摩挲着儿子胯裆里那小半拉子肉桩头想到这里，甑子场粮户蛋他阿爸觉得自己的宿命如儿子桩头一般到头了，一辈子的眼光纷纷上路回走，分秒之间全部回到了他的眼眶。被眼光挟裹着回到眼眶的，还有祖宗、蛋、女儿、婆娘、土地、房屋、牲口、粮食、银票，以及整夜整夜为广种薄收而白白流失的乳白色稠黏金子，以及一切不合时宜的空想——蛋他阿爸拾掇起这一切，高高兴兴上路了。

珍把一个女儿送到外乡、一个女儿送到坟山后，蛋就长大了。蛋长大了，而桩头还是那么小，这就让珍坐不住了。珍一直盼望着那截桩头能奇迹般地发新芽、添新桠，枯木逢春，铁树开花，并一直锲而不舍地为这种奇迹寻找着奇医、奇方和奇药的支撑。蛋成人后，为安慰阿妈那万分之一的希望，又把阿妈锲而不舍的传统继承了下来。

但这一切，都是在一种极其隐秘的状态下进行的。

还是在蛋他阿爸临死前的混混沌沌状态时，蛋他阿爸就万分慎重异常清醒地对珍一遍又一遍说出了自己不是遗嘱的遗嘱，他要求把蛋小雀雀飞走一事作为家族重大秘密处理，绝不能让外人知道半点风声。

珍明白男人的意思，也认同男人留下这条伟大遗嘱的英明性和正确性。这个小雀雀是家族人丁兴旺、后继有人的有力表征，是老天因上辈子没做过恶事而对这辈子施与的根脉性血脉性奖掖，是蛋他阿爸作为男人、蛋他阿妈作为女人二者结合的完美结晶与最佳凭证，是家族傲立于龙洛地主之林的强大支撑和信誉保证，是家人说得起话放得响屁的光鲜脸面……

后来，当蛋有了喉结疙瘩和胡须脚脚，完全长大成人，珍又立时发觉男人的伟大遗嘱还应落实在蛋的婚配上，否则，二十来年劳心费力积重难返修筑的城堡，就会在顷刻之间四门大开，让里面的一切见光变：蚊帐变成蛇皮，羊变成癞蛤蟆，人变成四只脚，金条变成木砖，声音变成狗屎……

按照男人的遗嘱，珍立即用银元、谷子和雇佣关系作为筹码承诺，把知道小雀雀事件的人数控制在了最小范围、并又在这个最小范围内予以了快速有效地封口。

按照男人遗嘱的延伸理论，蛋一到年龄就必须结婚，先大搞，一两年后就必须搞大，然后生子崽，生孙崽，二代孙，三代孙，一窝一窝生下去。

饭要一口一口吃，事须一件一件做，到了蛋开年就将吃上二十四岁饭这个阶段，珍就开始着手这个阶段的事了。基于方方面面的种种考虑，珍请了媒婆，并对媒婆说出了儿子择偶的条件与标准。对于雇主的奇怪条件与标准，媒婆本想抛个建设性的意见，但一看见雇主深思熟虑、敌军围困万千重我自岿然不动的样子，和一份颇为厚实的酬金，就闭了自己一张臭嘴。

蛋一开始是不想娶亲的，但老妈子把他一顿臭骂后他就不说不了。那是一个夜晚，珍摸进儿子睡房，开始是和风细雨晓之以理动之以情，说着说着就激动得老泪起来：儿呐，不娶个焐脚的，你冬天咋个上床呀？你一个吃二十四岁饭的男人，走在大街上，别人问你咋不说个亲，你咋个回呀，脸面咋个搁呀？我们啥都有了，只需要你一个门面一张脸，你婆娘就是你的门面，你的脸！你龟儿子只想你自己，你不想想你死鬼老阿爸最后说的那番言子？我们家断子绝孙了，你狗日的就不怕别人骑上我们脖子拉屎，把我们的家产霸了去？不肖，不肖哇……

珍这边一心想为儿子娶亲时，扣儿舅妈那边一心想把扣儿嫁出去。

扣儿家被一场神秘大火烧得精光后，扣儿就被舅妈收留了。舅父想收留，但舅父无权收留。舅妈不想收留，但终是受不了男人婆娘嘴一般没日没夜的唠叨和搅肇，只好同意收留。如此勉强的收留意见，决定了扣儿在这个家庭中的生存境况——在亲女儿都觉得是给别人养的家庭，一个收养的外甥女算啥呢？

在父母家里娇生惯养来着的扣儿，本想在舅父家也延续着这种习惯，只读点闲书，做点女红，无奈舅妈却不依。舅妈说，吃我家的，穿我家的，用我家的，住我家的，哪有这种好事，你有手有脚就不能做点我家的事？由于舅妈强调了那个我字，扣儿就知道舅妈已把自己这个外甥女当外人了。扣儿本来是个饭来张口衣来伸手的大小姐，被舅妈一整，连女佣活儿也会干了。到这时，扣儿已成了真正的孤女。即便这样，舅妈也不舒坦，女佣她是可以随便打骂的，对扣儿也可以打骂，却不能随便，因为随便了的话，家中那个婆娘嘴一般的男人就会在晚上与她唱对台戏——你想我不想，你不要我偏要！

待终于等到扣儿的下边见了红，上边起了山，舅妈就开始打起了如何泼一盆水出去换一桶金回来的算盘。并且，她不允许泼出去的水再回来，她知道回来的水已不新鲜，不新鲜的水别说金连铜连铁也换不回来，甚至白送或者倒贴也没人要。

因为男女双方家庭都有这样那样一些小九九，故当他们双方都从各自请的算命人那里得知"合八字"并不成功时，立马偷偷改写了庚帖。前者改写是因为明知山有虎偏向虎山行，后者改写是因为即使不可为也要为——幸不幸福是扣儿的事，水换金才是自己的事。总之双方对八字的强硬态度，是合也得合，不合也得合。

扣儿半夜里大喊一声天呀后，就蒙了双眼，冲出家门，像逃出魔窟的死囚，没命地跑出了甑子场。她沿着弯腰曲背的山丘小路跑着，并不知道跑向哪里。后来发觉，自己竟然跑在了回阿爸阿妈家的方向。明白前边只是一所废墟后，又跑向回舅妈家的路上。不想回舅妈家去，可不去舅妈家又去哪里呢？对着头顶上的星空母狼一样嗷嗷嗷嚎叫了一阵后，就向洛水河跑去。到了河边，她几乎没作任何犹豫就跳了下去。

她是在洞房花板床上醒来的。醒来后一睁眼就看见郎中、珍、蛋。郎中的眼光是职业的，里面透出一种医术的骄傲与自足。珍与蛋的眼光很复杂，羞愧、责备、安慰、苦的、甜的，什么都有。不用说，扣儿是被尾随而至的蛋救上岸的。高贵的安和不高贵的鱼儿，从不同的方向赶来，但来晚了一步。

扣儿后来还上吊过一次、毒药过一次。由于婆家母子对扣儿的这些行动精打细算，未雨绸缪，早有准备，故每一次发生都做到了水来土掩、兵来将挡。第一次是跳水后才处理的，母子觉得不妥，还是应该把处理的时间提前，以此加大安全系数和减少成本支出。因此，当扣儿把一条锦带套上脖子，脖子刚刚产生洗脸帕擦拭的感觉时，锦带就被雾一样出现的蛋解了下来。而那几粒吞下去怎么也死不了的毒药原来是珍用狸猫换太子的宫廷手法把毒药变成了麸皮疙瘩。就像挽救革命挽救党一样，他们一次又一次出手，总算挽救了扣儿的生命。

矢志不渝百折不挠忠实于一个二十年前遗嘱的婆家母子，除了对一心向死的扣儿做了挽救性的见骨见肉的硬性处理外，还做了诸多见情见义的软性处理。母子二人像哄小孩儿一样开导、服侍着扣儿，让她又回到了娇生惯养、饭来张口衣来伸手、不劳而获的少小生活，并把他们为何骗她的真实而无奈的心境向她作了坦白交代。

——你们为啥不换个人去骗呀?

——换哪个也得有一个呀。

——为啥偏偏是我呀。

——这就是缘分。

——瞎扯!无耻!我不要这个缘分!

——缘分是上辈子注定的,不变的。

——天呐我的命咋个这么苦哇!

——相信吧我们会对你好的。

——我不要你们对我好!

——我们会对你好的。

——好不了的……永远也好不了的……呜呜……

死过、闹过、哭过、气过之后,时间渐行渐远之后,扣儿终于勉强认可了婆婆所说的好死不如赖活的道理,渐渐平静下来。现在母子俩与扣儿都有了生米煮成熟饭的强烈感觉,前者是生米煮成熟饭的快慰,后者是生米煮成熟饭的无奈。无奈,是扣儿十八岁那年唯一的路。

依照小雀雀事件的善后处理经验,扣儿在婆家闹出的动静也被婆家处理在了严格的保密范畴之内。

如果说当初在办理婚事的过程中珍与蛋都过足了面子瘾,那么现在则比当初更胜一筹了,因为当初还有一种后怕的担忧,而现在除了面子,更有自足、安宁和万般和睦的兴旺之象。对母子来说,预知的洪峰已经过去。

过去了啊。

扣儿在婆家母子的服侍下身体开始胖起来,而郁闷的心情又使她的身体开始瘦下去,两两相抵,扣儿婚前婚后的斤两不增不减。

搁平了自己的婆娘扣儿,蛋的春心又开始在初夏的激情中萌芽了。扣儿的那声天呀的叫喊确确实实吓坏了他——烧酒都吓成了尿水。但随着时间的增长和拉远,那声叫喊就稀疏模糊了起来。

经过无数次的哀求、斗争、对抗、下跪、装狗和死皮赖脸的软磨硬泡后,蛋终于打开了裹着婆娘的被子的门。经过再一轮无数次的哀求、斗争、对抗、下跪、装狗和死皮赖脸的软磨硬泡后，蛋终于打开了裹着婆娘全部秘密的睡衣的门。蛋除了手和包括唇、齿、舌在内的嘴巴外，还用尽了除桩子以外的所有身体部件。桩子他也试用了一两回的，在他觉得既不好用又不方便用且用起来徒增不良记忆、深度痛苦与憋得难受的煎熬后，就彻底放弃了。重要的是，他一使桩子，扣儿就厌恶并尖叫。

日子就这样过着。扣儿虽然觉得自己不能好好生生做个完整的女人，但这种衣食无忧的生活终究强过舅妈的打骂与脸色——婚后是屈辱，婚前还不是屈辱？因此，慢慢地，她已习惯白天与婆婆一边聊天一边做点女红，没事儿的时候看点书什么的，晚上就摊开身体对着不能对自己尽男人本分的男人尽着女人的本份。男人涨红着脸，不知疲倦地摩挲、亲吻、研究，到最后总会轻叹一声扯了铺盖翻来覆去睡到天亮。

这样的日子久了扣儿首先就感到了厌烦，再久了就成了深恶痛绝。刚开始扣儿还是感到了来自异性的别样滋味，又怕又惊又喜又恨什么都有，重要的，是一种从未有过的被人疼惜、爱怜、重视和无尽痴迷眷顾的颤栗。但是，多少次，在她不能自抑、痛苦难耐、跃跃欲飞，却总也等不到那道让自己瞬间升天的雷霆与闪电后，就翅膀一敛，坠入了一万公里的冰窖。由于预知了这样的生不如死的结果，渐渐地，她对男人前期的策划和中场的过程，也变得麻木不仁或烦躁不已了。

相似的感觉也出现在了蛋这方。蛋拼命掳掠的财富却不能挥霍，拼命攒聚的能量却不能发射，尤其是后来，当自己掳掠与攒聚的壮举竟得不到应有的呼应与联动后，他就想一分钟也不愿多呆地逃离这个全无硝烟的战场。

这样一来，这对夫妻就变得相敬如宾、彬彬有礼、举案齐眉起来。扣儿还是做着原先那些事，蛋则开始了频繁的喝酒和经常彻夜不归的搓麻。对此，家中两个一老一少的女人，心里明镜儿似的，只任其去往，并不拿言。

但后来出现的情况，却让珍再一次听见了半夜里从小两口房间发出的那声天呀的叫喊！

叫喊当然还是扣儿发出的。

三

新婚燕尔，婆婆珍总会在一些平淡无趣的时间节点，向扣儿抛出一些新鲜话题。她说过做那事伤身体折阳寿的话题；说过上街前要束紧奶子、端正屁股、不要招惹男人注意、让男人把注意发展到惦记的话题；更多的话题当然是对自己死后将家财交到小两口手上、任由小两口发展壮大成宏伟目标的美好展望。

婚后六个多月的一天下午，珍又抛出了另一个话题。珍敛了笑，忧心忡忡地说，扣儿呐，都成家大半年了，别人问你咋没出怀呢，你咋说？扣儿没好气地说，咋说？就说蛋的雀雀被马叼去了呗！

珍可怜兮兮的样子，好媳妇，阿妈晓得你不会这样说的，说出去，你男人咋活呢？

扣儿说，阿妈，莫哭，你说咋说呢？

珍说，不说。又说，你按阿妈的话去做，就不用说了。

尔后，珍就把自己深思熟虑的方案和盘托了出来。她让扣儿在肚皮上塞棉布团，逐渐增量，最后直接塞一个囫囵枕头进去，然后，她亲自去外地买一个身体模样都好的男婴回来，枕头扯出压箱底，这样扣儿就有儿子有依靠了，蛋他们家也就有后了。

扣儿说，要我装孕妇，我装不来，让人识破了我咋活人？说完，跑进了睡房，连晚饭都是珍送来吃的。

第二天，扣儿说，那我肚子大了，而你又抱不回来婴儿咋办呢？珍说，使钱还有抱不回来的？扣儿说，万一呢？珍说，你说咋办吧！扣儿说，阿妈，这事儿莫急，心急吃不了热豆腐，加上我还想要一两年哩。你可以托人在外乡慢慢物色一个愿意的怀儿婆，让郎中号号脉，看是男脉还是女脉，合适了后，我就给你怀孙子。珍说，也行吧，只是，那要是别人问起你咋还没出怀，我咋说？扣儿说，就说扣儿贪要，身体也有点问题，在调养哩。

扣儿怀崽儿的计划，就这样拖了下来。

如果这个计划不拖下来，或许会激起一个人更大的愤怒，而这个更大的愤怒，指不定还会要了蛋的命。如果这个计划不拖下来，一定会生发另一个人的疑惑，而这个疑惑，指不定会把甑子场的天捅出个窟窿来。

鱼儿就是这个愤怒的人。而安，就是那个疑惑的人。

扣儿嫁到异乡对鱼儿来说是一个梦，他相信所有人的梦都会醒的，梦醒后，扣儿还会回来——他相信花轿路上，那些红绒线的法力，会把扣儿带到自己身边。那时，鱼儿是勇顽的，同时也是自卑和羞怯的。鱼儿完全可以凭藉自己的勇顽，救心爱的人儿于她舅妈的水深火热之中，也可劫了花轿，还可在亲爱的人儿婚后第五天"回门"的时候宰了那个该死的女粮户儿子蛋。但是，他的自卑和羞怯又阻止了他的勇顽。

他非常清楚，自己只是长工、奴才、下人，既无名分又无资财，更靠不上体体面面的人物头，以这般境况去攀摘大小姐扣儿，不把扣儿羞辱得去投井才怪！如果大小姐投了井，自己就是去投一万次井，也不足以抵其罪之万一。况且，目前自己在大小姐心目中的形象，还远不止这些，还有一个致命的印象：流氓。差距让他躲避，让他期盼法力的出现——即使自己躲进龙泉山洞穴，也会有一阵春风如八乘大花轿，把亲爱的女人香喷喷乐颠颠抬来。

都等到夏天了，扣儿还没回来，还没抬来。鱼儿不想再等了，或者说鱼儿不相信除自己以外的任何法力了。他相信自己的法力，可以减小那个一些人在里面死着、一些人在外边活着的棺材板板一样的距离，并且让自己迅速长高，高过扣儿的舅妈、该死的蛋，高过龙潭寺、甑子场，就高到这个程度，让所有人看见他和扣儿站在一起时，把他妈的脖子都仰断！

鱼儿去灵池卖了一个冬天攒下的几十张兽皮、又买了一身新衣后，来到了甑子场。

一到甑子场他就决定去找扣儿，可还没等他找，就在街上碰到了扣儿。扣儿看见他很惊奇，礼节性笑笑就慌慌张张躲开了。一贯胆大妄为的鱼儿也很紧张，嗫嚅着一句话也没鲠出来，待他想出说点什么时，才发觉扣儿早没了踪影。鱼儿不甘心，总想把没有鲠出的东西鲠出来，于是就找到了珍家。珍、蛋、扣儿都在家。琼跑去开了门，喊，少奶奶，有人找！扣儿向院坝走来，婆婆和男人跟在她屁股后面。扣儿一看来人，就把脸黑了，欲关门，来人不让。

——你来干啥？

——不干啥。

——那还不走？

——也不是不干啥。

——干啥？

——看看我的旧主子，大小姐呗！

——我不需要哪个看！

——我晓得。

——好了。看也看了，该走了吧。

——大小姐，你还好吧？

——我很好！

——我不好。

——咋啦？

——一天到黑都病歪歪、神兮兮的。

——咋啦？

——想你呗！

——你，你给我爬！

扣儿狠狠说完，就用力关了门。珍蛋母子两个大活人站在那儿，来人竟当作了隐身人。母子俩觉得来人不仅缺少应有的礼数，还纯是孽障一个。来人在院墙外大吼了一声大小姐我还会来的后就走了，他的赤脚板把滚烫的石板路踩得耄然山响。

来到甑子场，鱼儿还是看见了一点没变化、甚至有过之而无不及的那个棺材板板一样的距离。看见年年上漆黑得镜片似的棺材板板，鱼儿一点不恨扣儿，他恨世俗的眼光，恨自己的无能。他觉得该变化，是该变化了！

他把甑子场各码头情况画在沙地上研判，重点不是针对具象的地盘、人枪、实力，而是对抽象的前景的研判。一下午的研判，使他有了结论。很快，鱼儿就入了乌家店分社并获得了舵把子乌的赏识。找到了饭碗就算落了脚有了窝，于是鱼儿又开始胡思乱想起来。他觉得自己的发展路线是正确的，他的每一个发展都是一把刀子，都在一寸一寸斩割着棺材板板的距离。

在他还是老幺的时候，他就开始跟踪该死的蛋并在跟踪中起了杀心。其实蛋怎么着都会引发鱼儿的杀心。起先小夫妻二人成双成对出入街巷时，他心中的酸水和上万条妒忌的毛毛虫引发了他的杀心，后来，看见该死的男人撇下婆娘不管自己成天喝酒打麻将时，那种对他心爱之物的轻看和漠视又引发了他的杀心。

就在他当上了乌家店分社六爷正要做掉敌人时，他看见夜色中的敌人偷偷摸摸进了叶记药庄。他感到好奇，待敌人拎着一袋药出来后，也闪身入了药庄。

药庄掌柜的是老郎中的儿子郎中，郎中已经五十多岁了。蛋小雀雀飞走那年，郎中也已过而立之年，望闻问切样样不俗，只因老郎中健在，故在甑子场人眼里，他还没有出堂的格。老郎中走后十多年里，郎中风生水起，也历练成人物头了。当下，鱼儿劈头盖脸问道：你给他开的啥药？郎中丈二和尚摸不着头脑：啥啥啥药？鱼儿：蛋，你给他开了啥方子，捡了啥药？郎中：哦，就是一点咳嗽药。鱼儿：他多时咳嗽了？咳嗽药还晚上偷偷摸摸来捡？郎中：六爷，你也是袍哥人家，你知道行行都有道法，都有规矩的。鱼儿厉声：说不说？郎中扭过头不语。鱼儿刷一声抽出一把牛耳刀来，在郎中眼前一晃，栽在柜面上直摇晃。郎中的裤裆一激灵，首先就说出一片又热又黄的水淋淋的话来。

郎中下边说了，上边也就说了。他说：

我不晓得蛋的那玩意儿为啥只剩下小半截桩头，我只晓得他找我医治，他说他想做那事，做不了，心里窝火不说，鸡巴也窝火。我检查一遍后说不行，他说您再检查一遍。我检查三遍后还是对他说不行。他说，人家都说您能妙手回春，您就不能给我来个死灰复燃？我说不能。他说，不能死灰复燃，万一菩萨开眼，来个节外生枝呢？我说，你会毁了我的名头、砸了我的牌子的！他说，郎中，求求您，治不好我不怪您的，您就死马当作活马医，试试吧。话没说完他就跪下了。我正待扶起他，见不知啥时进来的珍也跪在了儿子旁边。我真是火中抓山芋儿，巴到烫，脱不了爪爪了。

鱼儿：真莫得治了？郎中：嗯。鱼儿：那你给他捡瓯的啥子药？郎中：你说呢？鱼儿：补肾壮阳的呗。郎中：正相反，我给他捡的是祛毒热、消卵火的药。

临走，鱼儿说谢了的同时，梆地扣了一块银元在柜台上。郎中说不要，鱼儿就把牛耳刀尖从桌面拔出，指着他的胸口。出了药庄，鱼儿一口气跑上二娥山三道财神，对着天空大喊：老天有眼，老天不负我鱼儿啊！

一天凌晨，打了通宵麻将、双脚疲塌得像踩在云中的蛋刚跨出茶馆，就被鱼儿一把拎在了糟糠巷旮旯里。蛋还没说出一句话，鱼儿就走远了。旮旯里，鱼儿一边拎着蛋一边说着话：你狗日的听着，好好待大小姐，老子哪天一高兴把大小姐掳了去，让你龟儿看都看不成！还有，你狗日的敢报官，老子一把火烧了你全家！走的时候，蛋看见鱼儿丢了一个意味深长的笑出来——讪笑、奸笑、冷笑、爽笑？不清楚。

蛋落地后，想了两天，越想越气，就去找高云儿。高云儿跟踪了鱼儿几天，几次下手，几次都没下成手，就不再跟踪。

其实，蛋也是哥老会袍哥里的人，并且职位还比时任六排的鱼儿高一等，只不过他是人民堂分社的，其五排的职位也是捐钱来的，属于绅夹皮五爷、闲五，乌家店分社的鱼儿自然不撂他。

后来菜利用乌和鱼儿揭竿而起聚众变天的核心力量，是国民党特务，中坚和主体力量，就是这个哥老会袍哥组织。

哥老会由四川的啯噜演变而来，在四川称袍哥，在长江中下游称红帮。它与洪门(天地会)、青帮齐名，是中国近现代历史上著名的三大帮会之一。

啯噜的出现大约在雍正末乾隆初，其成员啯噜子多为穷得吃了上顿无下顿的青少年发展而成的"恶少"。后来，由于"湖广填四川"移民运动裹挟了大量流民涌入蜀境，流民中便出现一种武装集团，他们同四川本土的那帮"美衣甘食，昼赌夜淫"的流氓恶少相融合，逐渐形成了啯噜这种秘密会党。

清督抚大员，曾多次奏报川地啯噜之事。湖广总督舒常奏："查啯匪始而结伙行强，继已闻拿四散，近来屡获之犯，或推桡寄食，或沿路乞丐。"四川总督福康安也奏称："川省为荆楚上游，帆樯络绎，自蜀顺流而下。推桡多用人夫。自楚溯江而上，拉纤又需水手。往来杂沓，人数繁多。每于解维之际，随意招呼，一时猬集。姓名既属模糊，来去竟无考查。……川省人多类杂，棍徒抢劫行凶，遂有啯噜之称。"湖南巡抚刘墉奏："川省重庆、夔州二府，与湖广等省毗连，结党为匪者，每起或二三十人，或四五十人不等。每起必有头人，各'掌年儿'，带有凶器，沿途抢夺拒捕。"这是官方文献的说法。

啯噜演变成哥老会后其帮会组织机制更加严谨，行规更加清晰，做啥不做啥，都有说法，都有条条道道。

成都、重庆地区的袍哥组织依"兄弟道"章法，以五伦（君臣、父子、兄弟、夫妇、朋友）、八德（孝、弟、忠、信、礼、义、廉、耻）为信条。起源于川江水系的哥老会因与水手、船只有着密切关系，所以全国各地哥老会的活动据点称"码头"，首领称"舵把子"。码头，又叫社，分仁、义、礼、智、信五个堂口。五个堂口涵盖了五类不同性质的参加者。仁字旗是有面子、有地位的人物，义字旗是有钱的绅士商家，礼字旗是小手工业劳动无产者，故江湖称"仁字讲顶子，义字讲银子，礼字讲刀子"，也称"仁字旗士庶绅商，义字旗贾卖客商，礼字旗耍枪"。至于智、信两堂的人，则容纳了毫无技术含量和附加值的纯体力劳动者。

哥老会规定，属于下等职业的娼妓、烧水烟、修足匠、擦背、理发、男艺人演女角等，不能参加袍哥，盗窃的、婆娘红杏出墙通奸的、老妈再嫁的，也不能参加袍哥。规定抢劫财货的土匪流氓可以参加袍哥，他们说，他抢劫的是贪官污吏，属于浑水袍哥干的绿林勾当，也算好汉嘛。

袍哥还规定有十八条罪行，如不孝父母罪、不敬长上罪、殴打亲属罪、调戏妇女罪等，犯了这些罪行则要受到"剽刀"、"碰钉"、"三刀六个眼"，"自己挖坑自己埋"、"挂黑牌"、"连根拔"和"降级"等惩处。袍哥的经典法典《海底》中有"十条"、"十款"、"十要"、"十禁"、"五伦"、"八德"、"九章"等，但大多是挂羊头卖狗肉，写给别人看的，自己执不执行则成两说。

袍哥组织的内部职位排行分五个等级，从高至低称头排、三排、五排、六排、十排。排行中何以无二四七八九？二是不敢僭越关羽关二爷；四是桃园三结义少了四弟赵子龙，故虚席以待；七是不属于与行七的瓦岗寨叛徒罗成为伍；八九忌杨家将八姐九妹之称。

头排大爷即舵头、舵把子、社长。另有名誉、顾问性质的闲位大爷，他们多为名士、绅、商等，袍哥需要他们的公众形象、群众号召力和白花花的银子，他们也需要取得"大爷"资格获得袍哥的组织性支撑，故一拍即合。这类挂名大爷人称绅夹皮。三排又称三爷、钱粮，掌管着一社经济及经营的茶馆、赌场、栈房等产业。五排又称五爷、管事、红旗大管事，行交际、执法等职，在袍哥中最有社会力量，不少为职业袍哥。六排称巡风六爷，属放哨探事的小头领，在办会期间或开设香堂时，专司侦查官府动静，通风报信。

十排统称老幺，有凤尾老幺、执法老幺、跑腿老幺之分。凤尾老幺是有家资的年轻后生，可"一步登天海大哥"；执法老幺多为流氓凶神，袍哥传堂时把守辕门，制裁叛徒时充当杀手；跑腿老幺就是在堂口、茶堂馆、赌场等场所上蹿下跳干尽杂务的喽啰丁丁。

曾国藩当年镇压太平天国起义的同时，闻四川哥老会出现在了自己一手创立的湘军中，甚为震惊和震怒，立时进行了宁可错杀一千绝不放过一人的严酷清剿。清光绪二十五年正月，长江各埠哥老会七位代表到香港谒见孙中山和黄克强，商讨起义大事，大家公议推孙中山为哥老会领导，策划在珠江流域、长江流域、黄河流域三个区位发动一场革掉清朝小命的暴动。一九二二年，李立三打入红帮内部，成功发动了安源路矿工人罢工。湖南农民运动也充分利用了哥老会的力量。苏维埃红军时期，中共中央发布有《关于争取哥老会的指示》（一九三六年七月十六日）。中共文件后来称："哥老会是旧中国民间的一种秘密结社。它的一般成员多系手工业者、农民 、士兵和游民等，上层人物不少是豪绅地主、军人官吏；它的条规和组织形式带着浓厚的封建的迷信的和保守的反动的色彩。辛亥革命时期，有些会众接受革命党人的领导，多次参加武装起义。抗日战争时期，陕甘地区哥老会多数会众在中国共产党的团结争取下，参加了抗日活动。"

一九五零年十月十日，中共中央发布《关于镇压反革命活动的指示》，由此掀起全国镇压"会道门"的高潮。至一九五一年底，据统计，一年多时间里，帮会组织至少有十四万二千人被处以极刑。直到一九五六年，经过三期镇反，一贯道等"反动会道门"被政府完全取缔的同时，袍哥、青帮、洪门等帮会组织则"无形解体"。至此，延续数百年的帮会在中国内地彻底消失。此乃后话。

天还没大亮。从云中落地后，蛋蹲在糟糠巷伸出一个巴掌紧握着下边的两粒净蛋不动，一直在想鱼儿丢下的那句话，又一直没想透彻。回家后他也不想说与老妈与婆娘听，就掖着暗着，直到婆娘被鱼儿弄去了江西会馆，他才明白鱼儿所说并非诓言诈语。

鱼儿不仅跟踪扣儿、蛋，他还跟踪安。因为从某一个时候起，他发觉安竟然与自己觊觎着同一个女人——扣儿。据闻，鱼儿的发觉，早于师爷找他谈话。

四

安是龙洛头号大人物，人物头中的人物头，所以安的一颦一笑，一顿足一蹙眉，都是甑子场的事件和街谈巷议的噱头。

鱼儿从安的眼睛里看见了蚕丛、柏灌、鱼凫、鸟网、陷阱、鹰犬、狙击枪，也看出这些利器和手法的猎捕目标就是扣儿。

虽然鱼儿认为扣儿一定看不上、甚至厌恶安这个无人不知的老烧捧，并且事实上也是。对于安的策动，扣儿看上去没有任何实质性的异常反应。但鱼儿还是让自己云遮雾拦，龙潜深水，在深水中洞若观火。只要安对扣儿这尾美人鱼起钩、对扣儿这个金丝鸟撒网、对扣儿这只梅花鹿扣动扳机，他就会在发生这一切的一秒钟前变成猎豹扑出，捕食猎物，一招制胜，先安一步把扣儿变成自己的女人！事实证明他是成功的。正是他捕捉无常的变数，借力打力，对这一精密计划的仿若天成的实施，让安五雷轰顶，目瞪口呆，直到临刑前还在痛悔自己的粗枝大叶和骄傲轻敌。

鱼儿自己都没想到发展会这么快，刚刚当上五爷不久，乌就告诉他，天要变了，并且，在龙洛一镇七乡这块地盘上，这个天不是他国民党的，不是他共产党的，最终是我们兄弟俩的！

鱼儿在等着变天，忙着变天。天一变，他一天也不会多等，立马用八乘大花轿迎娶扣儿过门。

天一变，就叫安、蛋下地狱，通通下地狱！

到那时，天是自己的背景、能量和同盟。甚至，自己就是天！

安对猎物采取的策略与鱼儿正好形成相反的线路。鱼儿是把自己拼命拔高，安是把自己徐徐降低。

马摘鸾铃，人披软甲，口中含玫。安需要这种千军万马轻风鸦静的平和。

自从在扣儿的婚礼上爱上扣儿后，安就开始为自己的荒唐心结建造一条危险而又妥切的道路，让这条道路直接通向并打开扣儿的心房。重要的是，他还需要在扣儿身上建设一种状态，一种不同于以往任何女人的状态。他对扣儿的哲学是，让美是美，让美一直美，直到自己的实验结束。

当然，这个实验是有前提的，或者说安的爱是有前提的。当然，也许，即使担雪填井，即使没有这个前提，对扣儿，安也会爱、也会实验。

这个前提指的是蛋的隐秘。安知道这个隐秘。因为安知道这个隐秘，所以当安在扣儿的婚礼上用目光亲着扣儿的红脸蛋时，安就穿街过巷翻墙入室清清白白看见了扣儿婚后的状态。安知道，扣儿的这个状态，适宜于自己的美学与哲学实验。

策划这个实验的关键点位是让自己的身形降低，再降低，直到与扣儿等高为止。安非常清楚，强扭的瓜不甜，拔高的苗不长，心急吃不了热豆腐，最强大的进攻，是水的慢慢浸润。处低而居的水，怎么着也不会光顾他高高的山坡。他要让扣儿流下来，认识他，了解他，就必须首先流向扣儿，让扣儿认识他，了解他，直到爱上他。为此，他需要的不是道路，而是跷跷板一样的河流。

现在，安需要做的是，让自己流下去，一直流下去，然后敞开心口的大海，等翘翘板翻转，等扣儿流下来，一望无际遮天蔽日流下来。最后流成，两个人的大海。

安第一次的流动发生在民国三十七年暮春。国民党阻止共产党翻天在战场上吃紧的景况落地在甑子场，是又开始新一轮的纳粮缴税。珍家认为被多算了粮财，要求镇公所核实。师爷说，蛋，你回去叫你婆娘来吧，你文化浅，跟你说不上。

扣儿很快就来了。——镇长。——你是扣儿吧？——我是扣儿。——你认识我？——您给我证过婚的。——哦哦，证婚？是证婚，是证婚。——镇长。——你是说给你家的粮食、税款多算了是吧？——嗯。——多算了好多？——就是我婆婆说的那个数，八担米，十二个大洋。——你说呢？——就是婆婆说的这个数。——我要你说。——八担米，十二个大洋。——好，就按你说的这个数减下来。——镇长，您不算算？——你算的，就是我算的。——扣儿的算术不好的，也信？——只要是扣儿的，不管是啥，本镇长都信。扣儿脸红了，低了头，轻轻说，谢谢镇长。

扣儿回家与珍一说，珍的笑由嘴巴一条皱纹一条皱纹地笑进了耳朵和发丛。珍说，我是冒出了一半算的，心想那帮猴精的不管你报多报少都会拦腰砍一刀的，这下赚了，都是你的功劳，扣儿。扣儿一听，要去向安说明实情，可她哪里还迈得出珍和蛋的变形门槛。

安第二次的流动是因为蛋醉了酒。鱼儿向镇公所报案，说蛋醉了酒在街上发疯。镇公所就把蛋捆在街边醒酒石桩上。如此处理也是为整肃镇风镇貌、按安亲自制订的场镇管理条例执行的。人群围着儿子看，珍觉得丑丢大了，就去求教官放人。教官说，蛋多大了，吃奶呀，又不是莫婆娘，还要当阿妈的管？珍就去喊了扣儿来。安一见扣儿，说了几句要教育好蛋的话，又嘘寒问暖了一些废话，就让扣儿把酒疯子男人领回去了。

之后是扣儿任教凤梧书院一事。

一来二去，珍和蛋自然变得聪明起来，来了事，就猫在家里不出门，直接支使扣儿去办理。二人就此总结出了一个定律，只要家里与镇公所缠了麻烦，就只能由扣儿出面，而扣儿一出面，天大的事儿也能解决。由是，心里也就有了底数：一、尽量不与镇公所产生联系，二、产生了联系也尽量不惹麻烦，三、惹了麻烦也不怕！这个底数又决定了母子二人对扣儿的尴尬态度，不想让扣儿抛头露面又不得不让扣儿抛头露面。

并且，二人隐隐觉得，自打娶了扣儿后，家里咋就与镇公所的事儿多起来了呢、自己咋就变得这么无能一无是处了呢？灭鼠，国军抽丁，自卫队派粮，以及安组织发起、主持办理并带头捐款、镇民们跟着助捐的那些多如繁星的所谓惠及民众的事，以及解放后指导员来收枪、征粮、打狗……甑子场的事儿，扣儿还在龙潭寺甚至还没生下来时就多，现在更多了。并且，事儿越来越啰嗦，麻烦越来越细碎，母子越来越无用。

打狗是这样的。指导员带领工作队征粮，一则狗见了工作队扑上来就咬，一则狗听见工作队脚步就给主人通风报信、让主人快跑快跑，指导员不舒服了，就让安下令自卫队打狗。安说，打就打吧，但也不能全打了，村村院院总得防盗防匪吧。指导员说，先打一些再说吧。这样，一打狗就打到了珍家，而珍家又不想自己的狗被打。不想自己的狗被打，唯一的出路是支使扣儿去镇公所走一趟。

珍家与镇公所的密切关系，让珍家人在邻里间乃至"东山五场"光鲜了许多，连背有些微驼的珍走起路来也回到了挺胸昂首的二十年前。一时间，那些有求镇公所办事的主，那些远房得不能再远的姑婶婆姨、舅子老表，纷纷拎着礼物陪着诿笑找上门来。于是乎，母子二人又卷入了"两难"的窘困漩涡：要说自己没关系办不了事吧，别人就会说你不帮忙或没后台；要说自己有诚心有后台吧，就得把扣儿送到那个充满危险的神秘的镇公所。

"二难"的窘困漩涡，让母子二人如坐针毡、寝食不安。

仿佛知道珍家的难处似的，安主动上门解难来了。不过，一家人看见安被教官、师爷、账房先生、香、保镖、紫衣自卫队簇拥着，皇帝出宫样浩浩荡荡走来，不知出了什么事，非但不认为解难，反倒以为大祸临头了。直到一行人到了家门口，安一挥手，随从尽皆原路返回，只安与师爷、香走入院坝，才宽下心来。刚宽下心，又觉得蹊跷，无事不登三宝殿，镇长登门，福兮祸兮？当下就忐忑了。一家人一边招呼凳椅一边沏茶，等着一种不可预知的命运的来临。

师爷很快就解了一家人的惑。师爷说，镇长一家子去了马来西亚，镇长想女儿了；镇长觉得你家扣儿不错，一心想帮衬你们；扣儿受聘书院后，镇长越发觉得与扣儿有父女缘了；因此，今儿镇长百忙之中登门拜访，就是来收扣儿做干女儿的；扣儿，拿着，这几身新衣、一百块大洋，是干爹给他干女儿你的见面礼！

香双手捧着衣物、大洋递向扣儿。扣儿哪里敢接？

一家三口面面相觑，不知如何是好。他们想到了各种可能，却没想到这种可能。扣儿心想这是好事，就望了安一眼，难为情地忍住笑。安没在扣儿的面上看见笑，但从眼睛里看见了——安对自己的创意很满意。珍和蛋就有些拿不稳了，这位从天而降的干亲家该不会是黄鼠狼给鸡拜年没安好心吧？一柄双刃剑！

师爷催促：怎么，不愿意？

这样的场面是容不得母子二人说不的——给你脸能不要脸吗？珍也算见多识

广历练成精的巾帼老手，当下抛出一块炭圆，让安抓在手里烫手，丢了扯落一块皮，既试水深浅，又作挡箭牌。这匹老狼老色鬼有没有那方面的想法，立马可见原形！

于是说：师爷看你说哪里去了，哪有不愿意，愿意呀，愿意呀！师爷啊，能跟镇长他老人家攀亲家，是上世修来的福啊，只怕高攀不上才是。又说，不过，我这儿媳妇马上就要怀孕生崽了，成天腆个大肚子，怕不方便孝敬他干爹吧？说完，拿眼斜睨安。

安笑了：怀孕生崽？好好，好哇，我又可以抱孙儿了啊。

珍略怔，立即说：扣儿，还不收下礼金叫干爹？

安嗯一声，说：不急，还是让扣儿自己给个态度吧。

扣儿：扣儿听婆婆的。蛋，你说呢？

蛋痛苦高兴得有些尴尬：好，好。

珍：叫吧叫干爹。说罢，径自接了香手上的礼包。

扣儿一弯腰：干爹！

甑子场是一个很讲究份儿和格儿的地方，比如衡量一个家族、一个人在甑子场的社会影响、地位和受尊重程度，唯一定量与定性的圭臬，就是份儿，就是格儿。说一个人不够份儿，就是指他身份与分量都不行，说一个人没有格儿，就是指他没有资格。评价一手牌好不好，也用格儿来评价，比如"诈金花"，一个人如果抓了一手臭牌还不撤退，旁人就会悄悄骂他，格儿都没有，跟个卵呀！

扣儿成为龙洛镇长、袍哥总舵把子、自卫大队总指挥的干女儿后，珍家的份就大了，格就升了。在甑子场，就家财地位而论，安属一流，乌、郑两家属二流，珍家顶多只能算四五流，但这份儿一添格儿一升，珍家的地位一下就高飙到了三流上。

从此，珍家母子对扣儿更加宠爱更加客气更加嫉妒更加憎恨，也管得更加严格了——去书院上课，去广东会馆办事，回家稍晚，就如临大敌，空气紧张得放个响屁都会引爆成都平原。

珍家添份升格儿后，好处就多了起来。软件是腰板硬了、嗓门粗了，时不时飘来的灿烂笑容、好听言子像一栅栏开栅的种猪，赶都赶不回去，硬件是可以赊更多的工钱购货款什么的、还不用签字画押找中人。虽然如此，他们还是紧紧牢记和扼守既定的原则，一拨又一拨拒绝着妄想利用他们的份儿和格儿去麻烦镇公所的那些人那些事儿。因此，扣儿虽然摇身一变成了甑子场第一干女儿，但她与安的联系并未密切多少。在另一方，安也并不是一个安安心心做实验心无旁骛的善主，他还在利用实验课的课间操时间任其惯性，做些寻花问柳拈花惹草的事。他的理解是：酒肉穿肠过，佛祖心中留。

珍家对于求上门实在抹不过脸面的来人，就只有让扣儿去趟广东会馆，在她干爹那里露个脸面。这样一来，那些被拒绝了的主就不舒坦了，他们开始说起扣儿的坏话来：哼，干（gān）女儿，干（gān）爹，怕是干（gàn）女儿、干（gàn）爹哟！由于被拒绝了的是绝大多数，坏话说起来传起来就特别有影响，有声势。这影响这声势首先就影响了鱼儿，紧接着是蛋。

受了影响的鱼儿在第一时间就扎进了影响的大雾，出来的时候云开雾散，一切都正本清源了。

蛋就不一样，他被影响得茶饭不香，神不守舍，痛苦不堪。当然，影响蛋的不光安，还有鱼儿。

扣儿去银铺打一副手镯，还没走拢银铺，身上的银元不见了。有个外地货郎在扣儿伸手挑选货物时，摸了一下扣儿的手。这两件事不大，扣儿就听了珍与蛋的话，没去报官，当然扣儿本身更不想报。可偷去的银元，第二天就莫名其妙回到了自己的口袋，而那个货郎当天晚上就被人砍了一只手掌。蛋怀疑这两件事儿是同一个人干的，这个人就是曾把自己拎在半空中的鱼儿。但也就是怀疑而已，一切都不能坐实。

鱼儿非常明白，安所有的从扣儿的俯身流动，之所以成立，盖因权力和银票使然。把权力银票与安剥离开，安还是安吗？狗屁也不是！是也是狗屁做的老贼！鱼儿痛恨和热爱权力和银票。鱼儿痛不欲生但鱼儿有鱼儿的办法。

按说，安是大人物，在明处，鱼儿知道他实属正常。而鱼儿就不容易被安知道了。可问题是，自从安当上镇长后，镇上大大小小巨巨细细的事哪有安不知道的？人们不知道的，只是安知道的渠道。

虽然安知道鱼儿对扣儿的所作所为，但他通通不以为然。如果安以为然了，就不是安了。安相信，他对扣儿的了解，对鱼儿的了解，甚至对许多人的了解，他比他们自己都了解。因此，安与鱼儿偶有在街上相遇，安要么装着没看见，面无表情走过，要么空茫地扫一眼，笑笑走过。总之，二人相遇，安的鼻孔没冒黛雾，而鱼儿的耳洞却钻出了氤氲青雾。

蛋想不明白，自己的婆娘咋个就被两个想躲躲不开、想惹惹不起的外人惦记了呢？外人对自己婆娘的惦记，激活了自己对婆娘的再次的斗志与狂热。另外，他也一直在思考，万一婆娘因为种种原因不幸沦陷、让惦念蓝图成为现实图腾，岂不大冤，岂不亏死了？那么，自己应该如何赶在蓝图变现前未雨绸缪，尽到一个前夫应尽的绵薄之力？

自己必须下一狠招，以期冻结女人的变天、爱情的变天！

男人最大的悲哀是有枪有弹无女人，最最大的悲哀是面对女人有枪无弹，无穷大的悲哀是给你一个女人而你有弹无枪！第一种情况相当于面对一桌好菜却身无分文，第二种情况相当于面对一桌佳肴有钱有胃却无一颗牙齿，最后一种情况相当于拉燃手榴弹却无力把手榴弹推掷出去。蛋属于最后一种情况。

在一个闷热的夜晚，蛋吞了一根马鞭肉饮了两杯蛇鞭酒喝了三碗羊鞭汤后，红的绿的紫的黑的白的各色火焰都在身体里燃成了老虎。老虎翻身上床，低沉地吼叫着，舌头上的唾沫与掌爪上的汗津涂满了婆娘全身的旮旯角落。就在婆娘全无准备疲惫莫趣得快要像往常一样沉沉睡去时，老虎整个儿变形成了一只爪子，纵身一扑，一头扎了进去。

天呀！

扣儿尖叫一声，血从下边飙出，一飙三尺。待珍闯进屋与儿子联手把她搬开后，床单上那个薄薄的扣儿血红血红，像一万亩桃花割断了血管。

扣儿醒来后，那声尖叫已过去了三天三夜。三天三夜，蛋跪在她的床边，颗粒未进，不停咒骂自己混蛋混蛋混蛋混蛋混蛋。三天三夜，蛋都没吐完口中的白雾。

男人都骂自己混蛋了，还不依不饶，自己就混蛋了。不管蛋是不是自己的男人，自己是蛋的女人却是确凿无疑的。蛋要破自己女人的身，天经地义的事儿，女人还能说啥呢？婚没婚的区别，是一小片膜的区别。

后来，蛋对婆娘说：扣儿，我和阿妈合计过了，现在局势不好，共产党说来就来了，听说来了后，跟到就要共产，把富家的财产分给穷鬼，阿妈说，要是你不反对，我们就把房子、田地卖了，生意转了，去香港营生，写个铺子，做买卖去。扣儿说：嫁鸡随鸡，嫁狗随狗，我没意见。蛋说：那好。扣儿说：听说去香港封航了。蛋说：我们乘船去。扣儿说：行吗？海上没封？蛋说：我们是去投奔亲戚的，没问题。扣儿说：这房子地的，这老大，可择买主呢！蛋说：阿妈托了个中人试着问了几家大户，好像乌想全部盘下。扣儿说：他就不怕被共产了去？蛋说：他不怕。扣儿说：为啥？蛋说：晓毬得的！

扣儿后来才闹明白，婆婆家下决心去香港，是躲共产党，更是躲安与鱼儿。

扣儿没想躲安，只想着躲鱼儿，但她到底没躲过鱼儿。这天午后，她刚一出凤梧书院大门，就被鱼儿带去了江西会馆。

五

这天午后，成都平原的太阳很好。蛋吃过晌午饭去龙洛公园晒太阳，一边晒一边看公园景致，晒着看着就来了瞌睡。

兴建公园是民国十七年（1928年）的事，主持人是安。

这一年，安突发奇想，心血来潮，决定在甄子场会馆街与八角井街之间的腹心地带建一座公园。遂召集专业人士拿出设计方案，划定东西南北界线。筹资来源有三：一是广发消息，号召主动捐赠；二是对豪绅人家按所持田亩多少进行指派；三是罚缴，即乡民乡绅凡有官司诉讼，败诉方要么出钱，要么出工。公园采取边筹资边兴建的方式，一年即罄。

建之前，包括乌的阿爸在内的所有人都有疑虑。乌的阿爸说，公园一般都是州以上的城市才有的，至少也是县城里才有，乡镇建公园，闻所未闻哪。安说，全国乡镇有甄子场吗？没有，只有龙洛才有。不知安知否，他建的龙洛公园，不仅在他生前是全国乡镇独一份，至今也没有出其右者。

公园占地60余亩，大门向南，呈月拱形。有楹联云：

公产本无私，到此游观，俱是主人俱是客；
园亭非易建，须知爱惜，一堆花草一堆钱。

入得门内，石拱桥畔有一联，据说系岷的父亲王秀才的杰作：

一生备艰辛，休叹乐少苦多，姑且品茶谈笑；
四时好风景，即逢夜长昼短，何妨秉烛来游。

公园内有六月茶园、女子茶社、忠烈祠、峨亭、洛亭、四合书院、丁字舍、荷塘、溪流、水井、翠竹、楠木林。尤其是那个不纳男客的"女子茶社"，总让人浮想联翩，又总让人浮想不出那些红粉在内中小聚、聊天、自乐、品茗、买单以及款款走动的场面。抗战期间，忠烈祠前，出现过红花植就的"抗战救国"四个大字。"六月茶社"明间内柱楹联为书法奇才仲手笔：

尘市嚣嚣，到厌烦时来暂歇；
茶烟细细，得清闲处且偷安。

"忠烈祠"神龛楹联云：

捍桑梓而持干戈，奋不顾身山川突变风云色；
分园林以兴祠宇，修其湮祀花木都随俎豆香。

"峨亭"有联曰：

翘首望峨山看不尽世外清光一坪芳草；
闲时娱梓里问谁是座中佳士几辈英豪。

峨亭还有一联系国军一位段姓师长所写："凭峨山灵秀而放歌，天府锦绣尽奔眼底；揽雅园风华以养性，巴蜀烟云漫上心来。"燃灯寺从二娥山迁至甑子场后，那座硕大的铁钟置于峨亭里。这一天，牛汉、流沙河、王尔碑、车辐等两百余位文人骚客入得园中，挥毫泼墨，吟诗作赋，起舞高歌，好不畅达。沙河先生即兴书有"峨亭"二字，并题一联：

　　玉带落井流到东海
　　铁钟在亭叩响西川

　　那一天是一九八三年春天，后话了。

　　公园里倏忽一现的简州猫，坐在矮木凳上的风水先生，露天茶客团围的说书人，以及理发师、掏耳匠、火罐客、九斗碗坝坝筵厨子、红白事吹鼓手和抬轿抬棺脚力，这些组合，包括那些一面是狠武一面是文雅的故事，像一幅既矛盾复杂又谐融简单的风俗画。画里画外的蛋，突然想掏耳，却见掏耳林正忙着。

　　建公园这一年，安似打了鸡血，做公益做公产做起了瘾，收不了手了。一不做二不休，一鼓作气，又筑街面建市场，同时大笔一挥购图书藏于公园图书馆内。图书馆开馆时，图书约3000余册，每年均有添置，较为珍贵的藏书有《万有文库》、《辞海》、《康熙字典》等。

　　民国二十四年（1935年），安兼任三县联防办主任期间，联络三县川剧爱好者组建"东山票友团"，被举为董事长。在票友团的动作中，东山一带演出活动不断，连成都名角易征祥、蔡如雷、唐彬如、贾培之等，也不时被邀至甑子场四会馆万年台上，同台演出。

　　掏不成耳，想到晚上的搓麻大战，蛋决定回家拉伸睡一觉。刚转过北巷子墙角，就看见老妈子珍正跳着门槛，伸个细长脖子袋鼠一样东瞅西瞅。儿子还没抬腿跨槛，就被她一爪抓进了院子。

　　——你婆娘还没落屋！
　　——还没落屋？哪去啦？
　　——她早该落屋了！

——阿妈，你晓得她哪去了。

——这骚婆娘去了江西会馆！

——那又咋的？

——是跟那个狗日的鱼儿去的！

——这……这……

——是下街卖天鹅蛋的黄幺娘看见说与我的！中街杨凉粉家的也瞅到了！

——这……这……

——这个屁！还不快去把你的骚婆娘找回屋！你傻呀你！

蛋有点发急又有点发怵，就约了一脸匪气的麻友高云儿一起去江西会馆。二人壮起胆子大步流星没事儿人似的径直往会馆门里走，却被蓝和另一个老幺拦了下来。

蛋说没别的事，就喝茶晒太阳，这儿坝子敞，安逸。蓝说不行。高云儿问为啥不行。另一个老幺说大爷一会儿要来开堂会，不让闲人进了。蛋问，扣儿先生在里面吗？蓝说不在。高云儿问，五爷鱼儿在里面吗？另一个老幺说不在，回吧。蛋说，人家说看见他们俩来了的。蓝说，怎么，我们爷们是老幺你们就狗眼看人低，把我们爷们好心当驴肝肺，说话当放屁？

二人想强闯入门，里面就又来了几个老幺，二人一看这个阵势，瞪了一眼，转身家去。转身后，二人不约而同啐了一口痰：妈的！

二人老远就看见珍立在家门口、垫着脚尖焦躁地望着他们走着，见没有扣儿，就颠颠颠颠向他们跑来。杵在街边听了原委，珍吼道：家来干啥？走，报官！

三人就在居民叽叽喳喳的议论声中去了广东会馆镇公所。再去江西会馆时，人就多了一倍，珍的泼妇威风和老姜辣劲儿尤其是镇丁的官方身份，让蛋和高云儿平添了几分信心。

见来了镇公所的人，守门老幺果然就软了话，不敢怠慢，说了四位稍候就跑去里边厢房禀告五爷鱼儿。等了好一会儿，四人都不耐烦时，鱼儿出来了。见了鱼儿，蛋就说两个守门老幺撒谎，明明鱼儿在，偏说不在。蓝嬉皮笑脸：刚才是不在的，你们刚走，五爷就来了。蛋气得鼻子嘴巴混为一谈，却嗝不出半个字儿。

鱼儿对着镇丁说：你们干啥，有事？镇丁说：他们报了案，说五爷把蛋的婆娘扣儿扣在里面了。鱼儿：他们说扣了就扣了？证据呢？镇丁：我就是来看看的，五爷。鱼儿：看看？我看没这么简单吧，你就说是来搜查的吧！镇丁：不敢，不敢，五爷。

镇丁边说边往馆里走，三人欲跟着进馆，被蓝举棒拦了。鱼儿望着镇丁的背影高声说：我们总舵把子最喜欢有人来搜查他的码头了，兄弟们，是不是呀？镇丁回过头来：五爷，这个扣儿可是镇长的干女儿，她在不在您这儿，您给个准话吧！鱼儿：镇长的干女儿嘟格可能在我这儿？嘟格可能？镇丁：既然五爷都说不在了，一定不在。话毕，镇丁又对三人道：走吧，以后报案一定得有证据，如果不是牵涉到镇长的干女儿，哪个龟儿才跟你们跑这个空趟子！说罢，甩下三人，径直走了。镇丁其实没有走，他从巫氏大夫第东边小巷，去了江西会馆侧后门。

镇丁走了，高云儿骂了声软蛋。骂后，高云儿见母子二人面浮尴尬。

三人执意不走，尤其是珍，居然开始大声武气喊起儿媳妇的名字来。并且，边喊边率领儿子和高云儿往门里冲。三人正与老幺扭打，乌从一条巷子里走了来。

乌看见有人居然胆敢大白天冲他的码头，且又被一大群居民围观，大怒，拨开人群，直接就把手枪安全栓拉开抵在了高云儿的下巴颏儿上。这时，随着一声女人的惊叫，高云儿看见人群中站着自己相好的。高云儿一下子勇气激增，一心只想夺过令自己屈辱难堪的手枪。

乌与高云儿在争夺手枪的博弈中，枪哑屁一样响了，高云儿一头栽在会馆门槛上仰面挑起，上半身在馆内，下半身在馆外，翘翘板样一升一降了几下，就不动了。他相好的看见他今天早晨还压过自己奶子的胸口上，有半拉子红瓤西瓜面那么大一个洞，对着蓝天标红，就傻了。

蛋听见枪响，尿了一裤子尿，随着迅速散开的惊叫人群一下没了踪影。高云儿相好的也不知被谁拉跑了去。

蛋一口气顺着一条道跑到镇边竹林里，扑在地上喘气兼呕吐，好一阵后，见没了动静，才想起老妈来，遂起身拍拍身上的枯黄竹叶急匆匆向家中走去。

珍见死了人，又见乌似乎也有些为突发的变故不知所措、正傻乎乎翻来覆去研究枪支时，反来了泼妇脾性。她一边大骂乌，你也打死我，凶手，杀人犯，一边扑向乌。乌大怒，起腿一点，珍就飞出一丈以外。珍还在地上叫骂。乌拔枪对准珍，被鱼儿上前挡住并劝开了。

鱼儿凶神恶煞大喝：死婆子，滚！惹烦了舵把子，一枪崩了你！

珍看见高云儿胸口上的红瓤子西瓜面，慢慢就开始害怕并突然想起儿子蛋来。珍起身提一口气撒开脚片子向家中跑去。

乌令几个老幺把高云儿抬到场子外死人沟扔了，又问鱼儿：听说镇公所来人找茬儿了？鱼儿答：也算不上，就是想进馆搜一搜。乌问：搜啥？鱼儿答：他们怀疑我绑架了蛋的婆娘，我哪有啊，不过是喊来摆会儿龙门阵。乌问：就这屁事他们就敢报官闯我的码头！就这无影儿的事儿他镇公所就敢来搅肇？拿本大爷成什么了？反了他们了！

鱼儿说：大爷消消气，再忍几天吧。

鱼儿让蓝在院坝给大爷看座上茶。乌越想越气，刚坐下，又腾地站起：老子忍不了！你给老子的来下马威，老子给你来杀鸡给猴看！话毕，让鱼儿招呼好码头上的事，自己带着两个老幺就往珍家去了。

鱼儿知道，乌言语中的你，是指安。现在的龙洛是安的天下，只有安倒了台，才是他乌的天下。所以，在龙洛争天下，其实就是乌与安两个人的事。而一切让安不舒服的事儿，都是鱼儿舒服的事儿。

乌一路上并没想好如何让自己消气、让珍家倒霉、让安受气的方法，可一跨入珍家大院，他就知道该怎么做了。这是一说。还有一说是，乌还没出江西会馆大门，就想好了怎么做了——他的地下"训练班"、"情报所"太需要银两了。

珍在祠堂，听见大门响动，以为儿子回来了，就走到院坝上。琼、长短工、狗，也来到院坝上。

——你个恶魔，你来干啥？滚！

——滚是要滚的，不过，滚的不是老子，是你！还有你们，你们没有东家了，解放了，也给老子滚！

——你，你，你说啥？

——死婆子，把你家房契、地契拿来，大爷我放你一条生路！

——房契、地契就是我的生路！你不给我银子，我凭啥给你房契、地契？

——你还想要银子？买卖呀？哈哈！死婆子，锤子要不要？

——你、你、你说啥？

——少他妈废话，拿来！

——你是想大白天当土匪呀！剐毒呀！你打死我吧，我他妈死也不会给你龟儿的！

——打死你捞毯！滚！滚出甑子场！不要让老子看到你，死婆子！

琼、几个长短工、狗，在乌的吼声中，纷纷跑了出去。两个老幺架着珍拖出门外后砰地闩了大门。珍捶了一阵门后，似来了主意，立即向广东会馆跑去。

乌和两个老幺很快就从珍家祠堂等处搜出了房契、田契和金银细软。看着盖有红印的房契、地契，乌想到了什么。他闯进扣儿的书房拿了纸笔，写了一份珍家房产田产已转让乌家的契约，又在老柜抽屉里找了一个印泥，然后对两个老幺说，走，找他们签字画押去。

这时，有了敲门声。老幺猛一拉门，蛋就扑趴在了院坝里。乌哈哈大笑如打雷如放炮。蛋还在地上，乌就把那张契约递在了他的脸下。

蛋明白过来是咋回事后，面对三个煞星，就抖抖索索窸窸窣窣签了字盖了指印。事毕，说：大爷，我可以走了吧？乌说：走你妈个蛋！走，跟老子到江西会馆见你婆娘去！蛋说：见扣儿？乌说：对呀。蛋疑虑重重朝门外走去。乌顺手就抄起一条长板凳狠狠向蛋的脑瓜儿砸去，蛋摇晃了一下，倒在了地上。乌又上去踢了两脚：真他妈是个软蛋！绿软蛋！

有个老幺拿一根食指在蛋的鼻孔下一试：大爷，没气了！乌踢了这个老幺一脚：放你妈的屁，大爷我没气了？去，把这个绿软蛋扔到死人沟去，让他跟他麻友天天打死人麻将！临出门，又说：回头告诉五爷，让他买把大锁，把门给我锁了！没有本大爷发话，谁也不能进来，安也不行！

扣儿从江西会馆回到家里，太阳早已平西。她推开门，走进院坝，几只正闲庭信步的麻雀叽喳着飞回到了老槐树上。她喊了阿妈又喊了蛋，还喊了琼和狗，见无有应声，就进了屋。整个大宅空空如也。扣儿不知咋回事，回过神后，就出门去问隔壁人家，问了上隔壁，又问下隔壁。两个隔壁都说：你婆婆、男人？他们去了香港了，房呀地呀的，转给乌家了，上午就上路了，咋啦，你不晓得？

扣儿把家里翻了个遍后，就乌乌稷稷伤伤心心哭了起来。房契田契金银等细软什么东西都没了，不是走了是啥？扣儿想得通他们的走，甚至想得通他们撇下自己的走，想不通的是，他们母子竟然会不给自己言语一声就偷偷的走！

她不知道今晚住哪儿？不知明天怎么活？她不知道自己做错了什么，她觉得错也是他们错。如果非要怪我扣儿有错，那也是他们小心眼和他们误会的错！难道他们真的以为我扣儿与安与鱼儿有那些岔嘴巴谣传的丑事儿？她忿忿地说，如果真是这样，要走也该是我走呀，怎么反倒你们走了？你们不想见我，想我走，好，我走就是，这就走。

她突然觉得她为这个家付出的一切都成了狗屎，一堆淹没自己的狗屎。她此刻变成了一头母狼，一头对偷噬自己那一窝狼崽的人类充满了仇恨的母狼。仇恨熊熊燃烧了一会儿后，她一下又感到自己的仇恨多么无力，就像豹嘴里的狼，狼嘴里的羊，羊嘴里的草，草嘴里的露珠，露珠嘴里的镜片，镜片嘴里的光环，光环嘴里的空气，空气嘴里的空气。到头来，我就是空气。是啊，空气，空气就是没有，就是不存在。

她决定把自己变成空气，变成不存在。

她站在独凳上，把一条绫带抛向屋梁，两头合拢系了死扣，往脖子上笼，刚踢了凳，门就被踢开了。来人一抱扣儿，扣儿就像辘轳绳上的桶，一下滚进了来人的怀里。扣儿一看是鱼儿，挣脱了他的身子。

鱼儿安慰她了好一阵，扣儿还在说要死要死。

——我要死！

——我鱼儿在，你死不了！

——我要死！

——除了找死，别的都行。扣儿，就是死也不能做饿死鬼吧！

——我不吃饭!

——那吃啥?

——吃酒!

　　二人离开宅子去鱼儿那个破屋时,已是黄昏后。鱼儿锁了珍家老宅,把钥匙塞进扣儿的衣兜,说:喏,钥匙,大爷把房子借我了,你先住着吧。

六

　　珍家母子偷逃香港两天了,扣儿待在家里想了很多。

　　一直以来,扣儿认为珍家母子对自己都很好,不好的应该说只有两点:一是缺少一只小雀雀,二是隐瞒了缺少一只小雀雀的真相。简而言之,不好的其实就只有一点,那就是婚前隐瞒了小雀雀,因为如果不隐瞒,她就不会进入这个家,不进入这个家,就不会没有小雀雀,就才是女人。是女人,而不是女人,算哪门子事儿呢?

　　扣儿想到这些,突然就觉得自己山清水秀的外观很保守很光鲜,内心却很飞扬很流氓。自己从外到里是想很保守很光鲜来着,那样就贤妻良母了,可谁让自己妻了,谁让自己母了。没有小雀雀与后人的女人是不妻不母的,不妻不母的女人又是啥呢?不妻不母扯开说是两件事,合拢说又只是一件事,追溯起来还是小雀雀。

　　她就想,一个小家庭其实就是木匠的若干构件组合而成的,而散落开来的构件,必须靠榫头的楔入才能走到一起,抱成一团。小雀雀就是榫头,就是创立组成家庭、坚守维护家庭的温软而强大的榫头。榫头松了,家就分神了;榫头朽了,家就散架了。好的榫头与家庭同生共死。榫头就是整个系统的命门与机栝。

　　想到这层,扣儿非但不觉得自己下流无耻,反而有一种神圣的壮丽与广大。这样一想,就越发认为珍家母子的不对了。如果非要检讨自己的错误,那就是安与鱼儿这两个男人,见到自己时,比见到别的女人脸色更低调些、更柔顺些、也更慌乱些——可这跟自己有什么关系呢？前者要来当自己的干爹，后者要来当自己的保护神，可自己还是自己啊！

结合偷逃香港事件，她对珍家母子下的结论是：不对、不地道、不仁义、丧尽天良。自己至多在思想上下流无耻，而他们却在行动上无耻下流了。对这个结论的应对就是仇恨。女人对爱往往是用身体完成的，对仇恨也不例外——六十多年前，中国很多女人对很多事往往都是用身体完成的。扣儿完成仇恨的方式是，首先让自己的身体随一条白绫升入天空化为空气，失败后，又听任身体被蛋以外的男人随意蹂躏与践踏。

现在，扣儿对这个不是男人的男人完成了一切。她正为自己完全空了是一张白纸而暗自庆贺并茫然失措时，又被另一个男人完全塞满了写满了。这个人就是鱼儿。现在，迅捷得可怕、凶猛得可怕的一场暴风骤雨后，她对珍家母子不爱也不恨了，扯平了，两清了，她只想鱼儿。可刚想到鱼儿，而由于鱼儿与自己的线索太多、还没厘清迷雾开好头时，她就听见了门外传来的更夫的梆声与喊声。

各家各户，乌司令有令，到下场口水井坝，看解放军啰！

乌司令有令，各家各户，到下场口水井坝，看解放军大官啰！

看解放军大官啰！

虽然都解放三十九天了，但甑子场人还没有正儿八经见过解放军。指导员那身既无领章又无帽徽的军服他们并不认可，关键是，解放军应该是一支队伍，而指导员是一个人，哪有一个人的队伍，所以指导员不是解放军。有些运粮的解放军也有经过龙洛，但他们从不进入甑子场，只从场镇外边大路上匆匆而过。禾带的那个班的公安战士倒像模像样，可还没看真切看过瘾就打枪而逃走了。

总之，看见解放军的只是少数人，听解放军说过话的更是少之又少。况且，运粮的解放军与打败老蒋的一身武功的解放军能一样吗？况且，解放军大官与解放军能一样吗？所以，更夫的吆喝对瓷实镇民的想象，是有无穷的诱惑力与强大的号召力的。

扣儿对看解放军与看解放军大官基本没有兴趣，但对去下场口水井坝却有兴趣，她知道，鱼儿一定在那儿。于是，她决定不再想鱼儿，直接去看。

她对着镜子稍稍理抹了一下衣着和头冠就出门了。

外边正下着冬天那种细密缓慢的雨，从树冠和蜷缩在树冠里的鸟的视角看出去，除了寥寥可数的几个伞顶外，那些向下场口水井坝流去的基本上都是斗笠与草帽了。扣儿也是一顶伞，且是绛红的，所以在流动的灰色人群中很显形儿。

人流流到水井坝后，就出不来了，就像水流入湖团后，就不能返回溪河了。各家各户的人站在湖底，回头望时，四周不知什么时候起了堰堤——那些荷枪实弹横刀竖棒的反共救国军构成的堰堤。

水井坝堆满了人，但坝子中央围着那棵老黄桷树还是空了一块地。树边三副担架上躺着三名救国军头目的尸体，尸体边笑眯眯站着穿国军军服的乌、鱼儿。雪儿也穿国军军服，但她凝着眉，裂着身子，极力躲着那些尸体。一个杀猪匠在不远处架着大火烧开水。乌很高兴人群中露出的那种来看解放军和解放军大官、而没看见的疑惑与惆怅，就在人群开始小声议论时，他抽出手枪指着天空打了一枪，并随着枪响的震慑与寂静大喊一声：

带上来！

一群人押着另一群人沿东大路向水井坝老黄桷树走来。押的人衣服杂乱、举着刀枪，被押的人手无寸铁，身着旧色解放军军装，共二十人，几乎个个身负多处枪伤刀伤一身血红，象走在最前面。队伍人抬着人，人背着人，拉得很长，有的拄着木棍用简易竹木担架抬着重伤的战友，有的直接抬着战友的尸体。这支年轻的队伍除象已过而立外，其他人平均只有二十岁。

这是下午两三点钟，雨还在下着，血水在石板地面踟蹰、观望、打漩、不肯离去。从燃灯寺方向飞来的乌鸦不疾不徐，以螺旋状的轨迹一直跟在这条红色小溪的后面。

这支年轻、英俊、遍体鳞伤、散发着死亡气息的队伍被带到了黄桷树下。

所有的人都向他们望去。尸体的眼睛中写的啥，永远无从读到了。有一具尸体死不瞑目，带着深深的迷惘与愤怒。活人的眼睛中各有各的内容，有的抱着生的幻想，有的正打着逃生的主意，有的全是必死的决心，有的痛苦，有的惧怕，有的还在计算一道复杂的算术题，但所有的眼睛都似乎与象的眼睛相通，都写着：信仰、坚守、光荣、永生。

但他们的眼睛，一个花甲前的甄子场人是读不懂的，即使安在，安也读不懂。安知道今天下午要发生什么，所以他闭了安府大门，在家蒙头睡觉，看能不能梦见什么。

扣儿压根就没有关注那些眼睛。扣儿对与自己无关的眼睛都不会关注。她在关注鱼儿的时候，感觉自己目光的枝蔓挂到了一个熟悉的身影，而这个身影的目光主干正罩着自己的全身。她侧转身子，四十五度，九十度，一百八十度，直到转了一圈，看见的也全是蓑衣、斗笠、草帽和寥寥的伞。

她再次把目光回到鱼儿身上。她觉得鱼儿不光在床上厉害，在大地上也很强悍、很威风、很让自己长脸，只是，一瞥之后的一个闪念让她打了个摆子，她看见并嗅到鱼儿耳朵里冒出的青雾已有了腐烂变质的味道——这是什么含意呢？她正待深入想下去，乌食肉动物般的低沉有力的声音一刀砍了下来——

乡亲们，好久没看戏了，今天，我让你们看场大戏、好戏、精彩戏！现在天气有些冷，但我相信，你们看会儿就会热的，热得发烧，发烫！又指着解放军柔柔地说：把他们绑起来，吊起来。

叛匪们拥上来，把象等几位受伤相对较轻的解放军绑了黄桷树树身一圈，把尸体和重伤解放军升上天空，吊在了黄桷树枝桠上。吊在枝桠上的，尸体套了脖子或腰肢吊着，活人或系单手双手正吊，或系单脚双脚倒吊。把这棵虬髯古树，弄得活像一件实景式后现代行为艺术作品。

解放军在绳索的强制暴力体制中与古树产生身体联系时，好几个声带功能还算健全的人纷纷用声音对绳索的主人表达了不满，最后，所有的声音都为象的声音让了道。

象一身正气，面向前方，环顾三方，字正腔圆，朗朗有声：乡亲们，我们是中国人民解放军，是乡亲们自己的队伍，你们一定是被别有用心、阴谋翻天的极少数的国民党特务煽动和蒙蔽了……

乌打断了象的话：谁他妈蒙蔽了，谁他妈是你的乡亲们？你们抢了我们多少粮，收了我们多少枪，骗了我们多少次，杀了我们多少人，我们人人都有一本变天账哩！扯开旗子，让他龟儿睁大狗眼看看老子们到底是哪方神仙！

一个叛匪举着一杆旗子上前几步，另两个叛匪拉开旗面。象看见青天白日旗面上印有"川康人民反共救国军第六兵团"字样。

象说话了，不过，这次他的目光对象比先前缩小了范围，排除了手拿武器的那部分人：乡亲们，从这个所谓的川康人民反共救国军第六兵团的所作所为来看，我可以负责地告诉大家，他们是十足的叛匪，是人民的公敌，是妄想把刚刚成立的中华人民共和国变回到中华民国去的、一小撮不知天高地厚的家伙！他们绝没有好下场，我们解放军……

象像个教师在给学生讲课，他讲了很多，乌也没拦。象讲着讲着发觉课堂上的学生不怎么听话了，没有几个在专心致志听讲，并且，部分学生开始烦躁起来。象一下子感到飞落在了外星球似的莫名其妙，不禁索然无味起来。象知道他的学生基本上都是土著，但土著中也是有人能听懂他的北方话的呀。见此情况，象气得大吼一通后，声音就小得有些没有底气了。象，本名朱向璃，时年三十九，太原北营村人，早年系陈赓培养的情报人员。

乌哈哈大笑：他妈的废话够了吧，告诉你吧，关于共产党如何如何好，国民党如何如何坏这些屁话，你们的那个指导员已说得白泡子翻天了，他们也已听得耳朵起茧巴了。你问问他们，他们哪个听了你的话，哪个把你的话当话了？我们东山百姓都是遵纪守法的公民，国法、族规、家训，无不遵守，你们却无端跑到我们的土地上抢粮杀人，你说，到底哪个是真正的土匪？你给我听着，听听你的乡亲们怎么想的。乡亲们！解放军要收你们的刀枪，征你们的粮税，可恨不可恨？

——可恨！

——解放军要共你们的婆娘，共你们的财产，该杀不该杀？

——该杀！

——解放军首长，这下你死心了吧。

象见群众一部分在呼喊，一部分在起哄，一部分在沉默，虽忧伤不已、悲怆不已，还是大声喊道：乡亲们，别听叛匪胡说，我们共产党从不共妻！至于共产，只是把富人的产，共给穷人！

骗哪个哟，反正我们没见着，我们见到的，是黑心肠的工作队见粮就抢的狠劲！人群中有人在说话。

——收枪，是因为我们有枪可以保护你们，征粮征税，是因为保护你们的人、保卫国家的人，不能空着肚子吧！再说，哪个朝代不纳粮不征税呢？

我们各人保护各人，我们不需要你们保护，我们种的粮食，凭啥交给你们去胀？人群中又有人嚷了起来。

象虽然不知道乌嘴里的指导员是谁，但他知道那一定是地方政府派来镇上工作的同志。从眼前场面的冷漠与疯狂来看，这位指导员的工作并未发生作用，或者说并没发生有效的和根本的正面作用。象到此时终于对那句枪杆子里面出政权的话有了更深的理解——有时，说一千句话，也顶不了一杆枪一颗子弹的威力。但象还是想说，哪怕对牛弹琴，还是想把刀枪、粮税以及国家机制与百姓生活的关系说透，但乌不想让他说了。事实上，对听不懂外地口音的客家人，对被蒙蔽被挑唆煽动的客乡土著，不仅象没用，任谁来说也没有用的。

——我知道你是共产党解放军的大官。告诉我，你是谁？

——我是谁，你不配知道！

——可是，我知道。你是解放军一七八师政治部主任象。

——那又怎样？

——只要你喊我一声爷，或是学几声狗叫，当然，最好是吼两句打倒共产党、国民党万岁的口号，本司令立马放了你。这个政策也包括你们，你们哪个喊，我就放哪个！否则，明年的今天，就是你们的祭日！

所有被绑在树上、吊在树上的活人都开始了各种口音的粗话表达。

去，割一条舌头，剜一对眼睛，看他们还敢不敢骂！乌对鱼儿命令道。鱼儿捏着一把刀子走向象，然后把刀子伸进象左边一位战士的嘴中。扣儿吓得埋了头，蹲了下去。战士因下巴被鱼儿左手卡着、刀在口腔中，而把正常的叫骂变形成了野兽的怪叫。鱼儿割得很慢，很沉着，直到把战士的叫骂割成哑语。血从战士的嘴中流出，很大一部分顺着鱼儿的手掌流进了他的袖管。刚开始鱼儿感到了血的温暖，后来就是厚厚的冷了。

与此同时，一个叛匪飞快地剜了象右边那位副排长的眼睛。那位副排长在疼痛中大叫，在大叫中大声骂道，我操你娘，我操你祖宗八代，你龟孙子有本事就掏了老子心窝！叛匪望了乌一眼，乌说，他让你掏你就掏吧。叛匪就掏了副排长的心窝。一时间，古黄桷树下全都是血水了。有个解放军战士本来就有点晕血，今天的血冲破了他不晕的极限，一下就晕过去了。

乌大声说：乡亲们，本司令给你们安排的好戏就算开场了。为啥要办这场好戏呢？因为要庆贺救国军旗开得胜，开门就红！因为要给救国军死去的兄弟好好祭奠！因为要让乡亲们看看共产党不过如此，解放军不过如此，没必要怕他们。杀他们，不过掐死一只小鸡一样容易！副司令，你不是爱听戏吗？你给这出戏取个名儿吧！

鱼儿：要不，就叫《开膛剖肚》，或者《龙洛凌迟》？

乌：好！就叫《龙洛凌迟》！兄弟们，操家伙，杀死这些狗日的解放军，怎么痛快怎么杀，想怎么杀怎么杀，就当杀狗、宰猪、剁羊、剐兔！兄弟们，先把他们的衣服扒干净，淋开水！

象：叛匪！刽子手！你们的罪行，人民知道，解放军知道，你们会为此付出惨痛代价的！同志们，别怕，我们的战友会为我们报仇的！

我看还是放了他们吧！

这时，人群中有个声音传出来，不大，但很沉郁、清晰。所有的人都朝声源望去，那里，教官打一把黑伞罩着一个人，这个人就是不知在梦中梦见了什么何时来到这里的安。

哦，是镇长大驾光临啊。镇长，你刚才说啥？乌问道。

我是说把这些解放军都放了。安重复了一句。然后，安向人群高声喊道：乡亲们，就算缴枪交粮，也不是要命的事。要命的事就大了。解放军没杀我们，我们为什么要杀解放军？今天死的是解放军，明天死的就是我们！乡亲们，把解放军放了好不好？

好！好……

象看到，人群中有人高声说好，有人附和说好，有人沉默着。象和乌显然都没想到会出现这个局面。扣儿觉得干爹说的话很有道理，她在内里喷出心来喊好，可喉咙就是发不出声。她还想把干爹的话背下来，通过自己的嘴，再次说给鱼儿听。

乌拿着手枪，越过安，走进人群，边问刚才是哪个说放了解放军，边走向一个楞头青面前：你说了吧？楞头青一杠脖子：说了，咋的？镇长不是都说了吗？
乌说：镇长可以说，你却不可以。接着话音，一甩手就砰一枪把楞头青的脑瓜儿
打开了花。人群一片惊叫，噤若寒蝉。

　　然后，乌每与安说一句话，就甩手朝象的方向打上几枪。乌说话间的十五
枪，落在了象除头部和胸部外的任何地方。连同先前中的枪弹，禾后来从象的遗
体上共数出了二十四个弹孔。

　　——镇长，您老人家还有啥要说的。砰砰砰！
　　——还是那句话，把解放军放了。
　　——我给乡亲们看的《龙洛凌迟》这出好戏才开场，咋就散场呢？砰砰
砰！
　　——你会激怒解放军的。
　　——不给解放军下狠手，还真以为共产党是老虎屁股摸不得了！老子就
是要给全中国所有的反共志士开路子、壮胆子、竖旗子！砰砰砰！
　　——你会后悔的。
　　——你才会后悔！端老蒋的饭碗端得上好八好的，又端起了共党的饭
碗，共党的饭是那么好吃的吗？别人吃着没事，你吃着就会硌牙！砰砰砰！
　　——该说的我都说了，好自为之吧。
　　——不送！好戏继续开始！砰砰砰！

　　安与教官的背影还没完全消失，黄桷树就开始鬼哭狼嚎了。
　　乌与鱼儿的杀人游戏可谓残忍之极。据后来的史书考证，至曾国藩当年对
所有活捉的太平军大小首领如石达开、陈玉成等通通施以挑眼、刈鼻、割舌、
穿耳、掏心、剖肚、断筋、钩锁骨、剁生殖器、剁手剁脚、泼开水、一刀一刀剐
皮削肉剔骨凌迟处死酷刑以降，庶无超越"龙洛惨案"者，也就是说，连东北悍
匪、日本鬼子、民国三十八年前的国民党也没玩过这种让十几个共产党的身体分
崩离析，血一点一滴流干、气一丝一缕散尽的杀人游戏。
　　从后面的情况看，如果乌当时杀人不是杀得这么惨，那么共产党很多这样做

的决策可能会那样做，那样做的决策可能这样做：譬如两天后周士弟司令员派来的部队可能就不是一团加一连，而只是一半的兵力，炮也不定会打；譬如一个多月后毛泽东在中南海签发的全国剿匪令，或许就不会那么果决，或许还会推后一段时日……

但是，历史，不允许假设。

陌生人也问过我，假设扣儿婆婆不随鱼儿去江西会馆，蛋和高云儿就不会去要人，高云儿就不会死，珍就不会去成都报案，禾就不会带一个班的公安来甑子场抓凶救人，乌就不会打死一名公安继而成立反共救国军，再继而伏击残杀象等二十名解放军制造"龙洛惨案"；没有"龙洛惨案"对蠢蠢欲动的叛匪的率先垂范，全国叛乱就不会那么迅猛，毛泽东就不会立即签署《剿匪令》，扣儿婆婆也就不可能与中南海与毛泽东主席产生这种比较直接的联系了……大作家，你说是不是这样？

我对陌生人说，历史不仅不允许假设，更是不可逆的。怎么发生了，就怎么发生了，既回不去，又不能推倒重来。推测、设定、计算，都是一种掩耳盗铃，因为你永远不能知道，一颗芝麻甚至一粒尘埃，在历史运动中的地位与作用。

那天下午，文人曾国藩用过的武刑，乌和鱼儿全用上了。最后，当解放军那方完全归于寂静后，乌还对完全疯了的刽子手们下令，把掉落地上的四分五裂的尸首以及更小的器官构件用绳子一一穿起，挂在树枝上，让乌鸦和会爬树的狗争相竟噬，盛大饕餮，大快朵颐。那个剜了双目的副排长的头被割下后，一根绳子从两个眼洞穿过形成绳套，叛匪就把绳套挂在树枝上，让头随风摇晃。

末了，乌还亲自沾着解放军的鲜血，把"这就是共产党的下场"九个字写在一块白布上后，贴在树身上。

血水沿着树身流下来，从树桠泼下来，又从井台上流向整个水井坝，之后，雨水推着血水四散开去，去街巷，去水田，去小溪，最后连洛水河都流血了。再最后，在成都平原的尽头，血爬上了高高的天空。

那天是雨天，但整个甑子场都是血红的，地上有地上的太阳，天上有天上的太阳。

扣儿自从蹲下后，就再也没有站起，直到观众开始离场、那两记枪声响起。

之前，干爹离场时经过了她的身边，她本想站起来打个招呼，但不知为什么，干爹竟一反常态，冷冷地擦身而过。整个惨绝人寰的过程，老百姓刚开始还带着看稀奇的新鲜劲在看，随着过程的进行，一些人跟扣儿一样蹲了下来，一些缩了腰弯了脚，更多的人拉下了斗笠、草帽檐口，只有个别胆大的人从头看到了尾。

据扣儿婆婆回忆，那些看得很老实的观众中，有几个后来就不老实了。有一个妇人，半夜起来拿把斫骨刀把床上的男人当一根棒子骨斫了；有一个老头大白天大街上掏出那玩意儿来走一路说一路，这鸡巴莫得卵用把它剽毬了把它剽毬了。有一位青壮一夜之间变成了女人，他搂着自己的大奶子说，女人好女人好，男人挨刀女人笑。老百姓开始真的以为会像乌说的那样，把自己看得很热，热得发烧发烫，可结果正相反，他们是冷得发烧，冷得发烫，连汗珠子都像冰疙瘩冷得全身筛糠。

当老百姓身后团转的刀枪完全撤离、老百姓开始转身奋勇向前家去时，人群中响起了两记清脆的枪声。跟着，就有一个人倒在了血泊里。这个人其实就在扣儿的身边，这个人其实就是扣儿先前的目光枝蔓挂到的那个人，他披着宽大的蓑衣，戴着遮了半边脸的斗笠。这个倒在地上的人头部朝着扣儿，很明显，他是在走向扣儿接近扣儿的一霎那被人打了黑枪。扣儿一转身就认出了这个人。

他是蛋。

蛋幽幽地笑了笑：扣儿，我……我来找你……看你……

七

"一村一大"为我和陌生人点了闻名成都平原的甑子场供销社饭店的客家特色菜品：油烫鹅、烟熏鸭、鸡枞菌面皮、乌鱼片、凉拌土鸡、品碗、水酥、地木耳、玉米馍、面皮汤。我们说不喝酒，她憋着四川话说，无酒不成席，饭胀哈农胞，酒醉聪明人，哪能光吃不酒呢？我们就说，你不就想让我俩酒后吐真言嘛。她说对，就是要让你俩酒后吐真言。结果那晚上她左一碗右一碗敬我们客家米酒，我们没醉，她倒醉了。

趁着酒精的刺激，主要由我给"一村一大"讲了许多扣儿婆婆为什么钟情于甑子场安府老房，安府老房土改时被政府没收瓜分给贫下中农后，扣儿婆婆如何痛苦如何做梦都想重新拥有，扣儿婆婆说安一直在地底下给她说着话儿，让她收回安家祖宅，并把安家在大陆的这支血脉传承下去，地底下的安坚定不移认为扣儿当年怀的那个崽子是他种下的。总之，为了安，为了安家后人，为了自己一生中度过的最短暂最温软的安府时光，扣儿婆婆必须搬回到安府老房去。

我在讲这些故事时，我发现陌生人脸上的天气阴沉着，像兜着一肚子雨水而不能排泄出去的乌云。还有几分尴尬、仇恨、羞愤和埋怨。这让我不解。

"一村一大"听了扣儿婆婆的故事，一下就明白了许多，理解了许多，尤其在得知我和陌生人有意帮她劝扣儿婆婆搬下山来后，就兴奋愈剧，一边敬我们酒，一边回答我们感兴趣的话题。

见"一村一大"醉了，我就只好向吧台走去，装起绅士来。但"一村一大"突然就非常清醒，高矮不准我买单。

为了醒酒，我请她们去吃了碗伤心凉粉和红糖冰粉。

甑子场到石碾村虽是山路，也就几公里远，但夜深了，"一元通"班车早歇了，而陌生人也不能醉酒驾车。为了醉美女安全，我和陌生人就把她架到了广东会馆对面的"东山别院"客栈。老板娘见我和陌生人给她带了生意来，一脸堆笑，收下我递去的一百六十元人民币，安排了房间。第二天，"一村一大"把钱退了我，说这是拔掉"钉子户"的必要成本，可以报销的。

其实，我与陌生人第一次见面不在扣儿婆婆家，而是在这家客栈。那天，我从客栈房间出门时，拎着一只旅行包的她正住进我隔壁的房间。我们对望了一下，点了头，没有说话。

八

蛋其实没有死。

蛋其实死了的，不过，一场露水一扎，他又活了过来。活过来后，他借着月光看见了身边的麻友高云儿，慢慢地他就记起了被乌奋力一板凳砸昏死前的一些事儿来。他明白了自己的处境，他必须在狼群、野狗赶来之前走开。他看了看黑黢黢的天，估摸着时间应在十点至十二点之间。

蛋爬出死人沟后，开始决定自己去哪儿。场镇上是不敢去了，更远的地方又得不到摇摇欲坠的身体的支持，加之他还牵挂着扣儿的处境、老妈的安危，权衡再三，他决定把自己的匿身之处选择在离甑子场不近不远的一处民宅里。这样，他就到了麻友酉的家。符合他决定的民宅中的麻友共有五位，之所以选择酉，是因为酉还赖着他的账。他想，一去酉家，桌子上的账，就可以桌下了啦。蛋一想朋友就想到麻友，是因为他所有的朋友都产生在他的麻友中。

酉先前是珍家的短工，后来又做了长工，由于他侍候庄稼很有些章法，又有赌钱的爱好，就嫌起长工来。在蛋帮他解决了地块口岸、地押、地租、种子、肥料等诸多困难后，酉就从长工棚圈中搬了出去。做了珍家佃户后，日子果然就滋润了起来。这样手头就有了更多赌资，这样就成了蛋的铁杆麻友。

见少东家兼麻友前来"投奔"自己，酉自是高兴，酉一高兴，全家人跟到高兴。

酉帅气，四十来岁，上有老爸老妈，下有从吃奶的到十七八岁不等的一窝子女儿。蛋躺在床上养伤，十七八岁的就成天经悠着，喂饭，洗衣，按摩，为他头上的伤口敷药换药。蛋待了两天就下床了，因为他发觉十七八岁的对他有意思，而自己又觉得十七八岁的意思没意思。

十七八岁的刚给蛋按摩时，主要把指法集中在对方头顶、太阳晶、脖子、肩、腰以及手脚等部位，才过了一天，她的指法范围就拓展到了蛋身体的中部亦即大腿、小腹、屁股一带。她的地盘在扩大，蛋的地盘在缩小。按摩的时候，她一直在想这人的男人意志咋个如此坚定呢，他的裆前一直没有显山露水呢！终于忍不住就把隐蔽的指法现形在了蛋荫蔽的领地。蛋大吃一惊，噌地跳下床，全身的伤痛瞬间消弭殆尽。

十七八岁的所做的一切，都是酉的主意。酉并不是突发奇想，而是早就有了这个计划。他只是没想到计划还没成熟而计划中的男主角就一头闯进计划，自投罗网来了。所以当蛋说自己打完麻将摸黑回家一不小心跌入石梯下、因怕老妈和婆娘吵而来躲两天清静、其在酉家的消耗成本用麻将赌资债权抵扣时，酉就欢欢喜喜满口答应了。酉是看见少东家结婚后、少东家婆娘的肚皮老是不起动静，才有这个计划的。他想，少东家婆娘下不了崽，不如让少东家把十七八岁的娶去，一边给他当二奶奶一边给他下崽儿，下着下着就给岳父大人下出银两来了，多好！

当十七八岁的把两天来的有关蛋的动态报告给酉后，酉就去找了蛋。蛋说他享不了十七八岁的福了。但蛋怎么说酉就是不信。蛋无奈，隐瞒了小雀雀机密的同时，却公开了自己家财散尽被乌打死又活过来的实情。

酉一下就理解了蛋对十七八岁的没有来情绪的缘由，十七八岁的也对与自己女性身体血脉相连的女性指法，重新树立了信心。了解这一切后，酉，这位具有赌徒心理的耕田好手，便又有了自己的计划。把早饭碗一搁，他就去了场镇。酉出门时对少东家说，他去帮少东家探听探听珍和扣儿的消息。

酉出门一两个时辰后，蛋就听见附近燃灯寺方向传来了剧烈的枪声。蛋觉得这枪声一定与扣儿有关，蛋觉得甑子场所有的枪声都与自己的婆娘有关。

蛋朝着枪声方向跑去。刚跑上山丘，就看见前方东大路两侧正在进行一场战斗。战斗的一方是只有二十来人的解放军，另一方是乌与鱼儿率领的一群当地人。蛋看见当地人中有少数的女人，但没有扣儿。蛋跑向侧边一座更高的山丘，躲在草丛中紧张看着这场战斗，就像几小时后躲在人群中紧张地看着扣儿瑟缩一团、看着象被血腥残杀。

蛋看见的解放军队伍正是象和护送象从石板滩去成都的一个加强班。加强班由十八位成员构成，带队的是一位副排长。加上象的一位通信员，此行共二十人。

象当时奉命在石板滩改编国民党起义部队胡宗南残部第三兵团暂八军二十三师，马正是这支起义部队的副师长。这天，象突然接到川西军区通知，要他将石板滩的工作移交给第一七九师第五三六团政委铁，然后去北京，直接到中华人民共和国外交部报到，之后去某国担任我驻外使馆武官。

出发前，铁再三提醒象，说路上情况复杂，千万小心，他昨天来时就见路上不太平，一些地方有可疑人出没，还有人朝他打冷枪。为确保象的安全，铁令一名曾获得过战斗英雄称号的副排长带领一个加强班承担沿途护送任务。

象一行二十人吃过早饭出发，沿东大路到达龙洛地界时已近中午。象骑在马上，通信员牵着马缰，十八位全副武装的护卫成员一前一后快步前行。刚出发不久，天就下起了小雨，虽然冷，他们却没有感到寒意。他们想到了前方路上会有一些情况，但没想到因为马的存在、菜的存在、乌的存在，会有那么大的情况——大到了他们无法处理的地步！

前边横着一条小河沟，连着河沟的是一座石拱桥。他们正要通过石拱桥时，左前方山坡边一座碉楼里突然响起了枪声，稀稀拉拉的子弹一些擦着他们身子而过，一些打得石拱桥直冒火花，有一颗子弹擦破了一位战士的手臂。散开！随着副排长的一声急喊，他们即以专业的军事素质，迅速闪卧在了路边的田坝里。副排子抓住象的肩膀往田埂下使劲压。

他们早就看见了这座碉楼，但没有引起警觉——整个东山地区，到处都是这种碉楼，它们是客家传统民居的一个组成部分。

象伸头用望远镜对着碉楼一望，说，好像都是老乡。副排长站起身，把粗嗓门通过手喇叭传了出去：老乡，不要开枪，我们是路过这里的，是中国人民解放军！副排长喊过之后，对方也有声音传过来。对方的话叽里呱啦，他们基本听不懂，但他们毕竟在东山地区待过几天，知道他们说的是当地土著的语言。他们也不是一点没听懂，他们至少从对方的语气中听到了拒绝和愤怒。

象说，找个四川籍战士喊一下。四川籍战士喊道：我们是共产党解放军，不是国民党，更不是土匪，我们有紧急任务，今天要赶拢成都。老乡，莫拦路嘛，莫误我们公事嘛。对方用客家话夹杂着四川话又说了一通话，说得还很长。四川籍战士说，他们的意思我也没听好明白。象说，明白多少说多少。四川籍战士说，他们说，这片土地自古就是他们客家先祖开垦的，是他们族人的地盘，是他们族人的地盘就不允许任何带刀携枪的人进来，他们需要清静，他们要我们哪儿来滚回哪儿去，或者放下武器作为买路钱，净人去成都。

副排长一听，火冒三丈，反了他们了！举起冲锋枪就要射击。象抓了他的手说，不能鲁莽行事，这些老乡好像对我们不了解，有误会，没弄清情况就开枪，会给我们今后的工作造成被动的，还是先派一个同志过去，主动和他们联系沟通一下，看看情况再说。象的通信员把马缰交给旁边的一个战士，争着要去。副排长令四川籍战士去。四川籍战士直溜溜跑过了石拱桥，他一边跑一边喊，老乡，别开枪，我是首长派来和你们摆龙门阵的，没带家伙，我……他还没跑到山丘下，就被碉楼上的人一阵乱枪打摆起了。

副排长还想派那个不会说四川话却能听懂四川话的云南籍副班长再试一下，被象阻拦了。这时，有个背着马桑树柴禾的老乡从石拱桥上跑了过去，他可能是听到枪声，向家跑去。这位老乡的安全过桥让犹豫了好一阵又没有想到更好招数的象说话了，他对副排长说，那就再试一下吧，不过，千万小心，相机行事，我们做好掩护！副班长刚走上石拱桥，就被另一个方向射来的密集的子弹击中，一头栽入河沟中。

大家朝枪响的方向望去，薄雾雨丝中，但见土丘与天空交接线上，一下子冒出了无数人影来，左侧右侧山丘以及碉楼后面的燃灯寺所在的二娥山上，都冒出了无数人影。大家转过身去，又见身后的竹林、坟包、田垄、土坎、沟渠、农舍等地方也站满了人影。

人影漫山遍野，估计有数千上万之众！

他们知道自己已被事先埋伏在这里的不明身份的人包围了。而碉楼，正是引发人潮的哨卡和集结号。那些乱糟糟的人群挥舞着步枪、手枪、鸟铳以及刀、剑、矛、棍、弓箭、锄头、铁钯、扁担等武器，呐喊着，跳跃着，不前进，也不后退，只胡乱朝他们打枪、射箭、投石。两个战士从沟里背回了负了重伤的副班长。

如果不是自己的同志牺牲一个重伤一个，这些新中国的解放军完全有理由认为，周遭的土著人群是在过一个跟解放军开着玩笑的具有浓郁的当地民俗风情的狂欢节，并用这个狂欢节，欢迎着把他们从旧社会解放到新社会的共产党解放军。

但这毕竟不是狂欢节，更不是欢迎仪式。在这片被四周复杂地势围出的开阔田坝里，一个二个的解放军就像射击场上任人练习的靶子。解放军纵有三头六臂，又能奈之何？四面楚歌，情况万急！

但即使这样，象与副排子还在纳闷，这些人究竟是什么人？他们到底想干什么？直接走出去，无疑会被打成肉饼，开枪还击，会不会把解决问题的更好的可能方式破坏到不可收拾的地步，他们甚至认为对方是享有特殊政策的少数民族。如果真是少数民族，那他们面临的问题，岂不成了政策性很强的民族问题？

他们想前去摸清对方的底牌，但满天飞的枪弹，压得他们抬不起头。象，这位正在赴任途中的共和国外交官，在龙洛这块土地上的全部和平外交手段，归结为手下战士一死一伤的失败后，开始思考战争的手段了。当他的望远镜透过雨蒙蒙的雾色，终于从对方的人影中分辨出了寥寥无几的穿着国民党军服的人影后，心头咯噔一惊，就明白是咋回事了。这种明白，更加剧了事态的严重性。他想，对方一定是被国民党残余力量蛊惑蒙蔽的无知群众。国民党的在，注定了谈判的无效和不在。左右无路，后撤石板滩比前走成都更远更难。唯一的出路就是把前方撕个口子，强突出去。

队伍被分成两组，象指挥一组，副排长指挥一组，两组一前一后，错位前行，相互掩护，以东大路为主轴，朝前方杀出一条血路。象说，朝穿国民党军服的人打，朝向自己开火的叛匪打，尽量不要或较少伤及被蒙蔽了真相的群众。副排长对战士喊，我们全班的任务是护送象主任，即使付出全班牺牲的代价，也要把象主任送到成都，明不明白？除了象一脸的腼腆，所有人都齐声喊明白。

这个时候，蛋一口气跑到一个偏远但最高的山丘，找到了他的最佳观察点。

副排长一声喊打，就带领自己这组率先跃上了石拱桥，与此同时，全班一挺捷克式轻机枪，五支卡宾枪，以及其他所有长短火力，一齐向桥对面山丘、碉楼响枪处射去。

显然，这个决心已经下得太晚了。解放军左冲右突伤亡四五个战士后才冲过面前的石拱桥，来到山丘脚下。在现代化火力的集中扫射下，前方人群终于后退了，解放军刚刚朝前推进了几十米，更多的人群又涌了回来。副排长见状，知道强行突围已不现实，便请象和通信员从旁边的竹林中走，自己带队全力掩护。

为吸引对方注意力，副排长翻身骑在象的马上，一边拍马前行一边用卡宾枪向对方火力集中处扫射。最后，马被弓箭射中，他一头扑在地上。在他估计象走远后，就命令遍体鳞伤的战士们放下空无一弹的武器，不再作没有任何希望的抵抗。他想，先活着，然后再等机会与希望。身着国军服装的乌和雪儿从人群堆里大踏步笑眯眯来到他们面前。

乌说：绑了。

解放军就被粗劣的绳子们五花大绑成了一串血红色海棠冰葫芦。副排长一直微笑着，那是一种军人完成任务后的微笑，但仅仅过去不到两个时辰，他的微笑就变成了死灰般的绝望与惆怅：他看见绑得乱七八糟的象被一群叛匪押着从山坡上走来，身后是被两个叛匪抓着脚腕倒拖着的通信员的尸体。

象和通信员刚跑进竹林不久，就被鱼儿发现了。鱼儿没有看见他们，鱼儿只是看见了哗啦啦摇颤的竹尖从东大路边一直往山坡上位移。鱼儿立即挥舞驳壳枪带着二十来个叛匪向摇颤的竹尖追去。

当象和通信员发现危险已尾随而至后，就停止了奔跑。竹风歇了脚。通信员命令象，让象把枪给他，他用两把枪狙击叛匪，掩护象逃出去。象最终服从了通信员的命令。年轻的通信员，甩着双枪，打死打伤十几个追兵，把鱼儿一伙阻止冻结达半小时之久后，被鱼儿一枪打穿了胸脯。

蛋在山丘上远远看见负伤的象甩着两只空手向酉家跑去，他想，酉不在家，家里的人老的老，小的小，一定会被这个带着枪伤奔逃而来的不速之客搞得惊慌失措的。蛋想跑回家救象，理由是，鱼儿和乌的敌人就是我蛋的朋友。蛋正跑着，像他阿妈珍一样跑着，突然发现旁边岔道上跑着鱼儿那伙人。他慌忙闪在了路边巴茅丛中。

鱼儿一伙人闯进酉家快速搜了一阵后就走了出来，正待走时，鱼儿柔声问酉他老妈，大妈，真的没看见一个解放军跑这边来了？酉他老妈说没有。鱼儿突然厉声发问：老家伙，他就藏在你这房子里，再不说老实话，老子一把火连人带房全他妈烧了，点火！

酉他老妈一听这话，明白说与不说解放军都没救了，于是就朝院坝墙边一个反扣的编得密不透光的米箩筐努了下嘴。鱼儿上前揭开米箩筐，看见蹲在地上的象正拿双眉下的两粒肉子弹射击自己。

后来，蛋就悄悄跟在那串血红色海棠冰葫芦后边，去了下场口水井坝。他没发现，酉发现了他。酉发现了他，就像发现了金子，酉用金子的眼光望着黄桷树下的鱼儿。正当蛋想在闹哄哄乱蓬蓬的人群中，把扣儿喊到一边说话时，两声枪响，把他的生命尺度，锁定在了一句话的时间域值内。扣儿看见一团白雾飘进了他的嘴中。

已看够了尸体、并被尸体吓得脸无血色的人群，不再关心蛋的尸体，趁没有刀枪干预，纷纷夺路而逃。

扣儿正为与自己拜过堂成过亲的蛋的突然而来、突然而去不知所措时，鱼儿来到了她身边。

鱼儿看了一眼蛋的尸体说，凶手没抓着，跑了，扣儿，走吧，这个人与你没有关系了。扣儿大声说，不，他一定是来喊我去香港的，他没有抛弃我，我要给他守灵，我要给他下葬！鱼儿说，你只要高兴，就做吧，守灵，下葬。扣儿又说，对了，鱼儿，你给乌司令说说，把解放军也葬了吧，暴殄活人，要倒邪霉的！又说，还有，你千万别杀人了，你杀人嘟格这么狠呢？还有，你一定帮我抓到凶手，替蛋报仇啊！鱼儿笑笑，你不是不要我杀人吗？抓凶手指不定就得杀人的。

乌采纳鱼儿秘埋解放军的建议，没有出于毁尸灭迹、尽量保护自身安全考虑。出于什么考虑，没人知道。据说，乌不怕活人，不怕死人，只怕死人的魂在大地游荡。

本来，随着"龙洛惨案"、"龙洛叛乱"的发生与平定，甑子场的故事已经讲完了，偏偏被炮弹炸死的鱼儿又活了过来，并且是扣儿让他活过来的。历史就是这么诡异、迷离，像黑夜里的那只家猫，我们永远不知道它在屋里屋外干啥。

所以甑子场的故事还在发生着。剧烈发生着。

〉下半部

第五章 〉第一个带枪的男人：鱼儿

一

如果不是因为惦念着扣儿，鱼儿大约永远也不会踏上甑子场这片土地了。当然，他并不知道扣儿已经嫁人，更不知道自己已经死了。

那天解放军打炮，把白家大院打得黑灯瞎火的。炮声一响，他的手下蓝就随手抓了他的国军军服穿在身上。蓝刚一出门就被一发炮弹炸飞了半边脸。听见外边院坝鬼哭狼嚎，想装大将风范的鱼儿再也稳不起，翻身下床扯了一件衣服就蹿出了房间。

鱼儿保护着菜与雪儿在黎明前的黑暗里仓皇逃窜。天一放亮，三人立即意识到必须脱掉身上打眼的制服，鱼儿正待脱时，才发现自己本身就穿着一件百姓衣服，他认出是蓝的。他暗忖蓝一定穿了他的制服，他甚至暗忖蓝已经死了，但他万万没暗忖到，死了的蓝竟会被误读为他鱼儿的尸首。就这样，鱼儿一直活在甑子场人和公安禾科长的想象之外。

菜、鱼儿、雪儿三人一口气跑出十来里，见解放军并没追上来，才松了口气。三人本想往鱼儿的老家龙潭寺跑，但考虑到他们都想到了这点，解放军就更想到了。其实他们是过虑了，解放军怎么会追着死人、去死人家乡抓死人呢？于是就拐弯去了客栈多、过客杂的灵池。躲了两天，因丢了电台，信息全无，菜就说再不到成都，他就是不被共党抓去毙了，也会自己把自己活活憋死。

到成都后，菜去了两个联络点，一天时间不到，就上上下下全都衔接好了。

菜很会修补网络，在网络方面，他是专家。毛人凤也正是看中了这一点，以及他对党国的忠诚度，才决定让他留在成都设计网络、部署网络和经营、管理、修补网络的。当然，这是一张地下的网络。地上的网络被共产党彻底撕碎了。但地上网络老板蒋介石还在，因此，老板就要求毛人凤，在共产党的地盘上织一张地下网络，就像当年共产党老在他们的地盘织地下网络一样，慢慢地，这张网络就会变坚硬变强大，就会翻转过来成为地上网络，并与另一张地上网络展开生死博弈，最后在网住并撕碎另一张地上网络的同时，成为地上唯一的网络。

生命是轮回，历史是轮回，世界是轮回，网络也是轮回。一九二一年七月，中共那张地下网络只有五十多人，内战爆发时的一九四六年六月，国民党那张地上网络的中国国民革命军人数高达四百三十万。二十八年过去，地上地下就交换了场地，地上网络老板蒋介石领着六十万残兵败将如惊弓之鸟逃去了台岛，地下网络老板共产党已拥有中国人民解放军四百万之众。

在"反共救国军民众自卫队"训练班，菜把目光空茫地扫过教室，然后落在鱼儿眼睛上说，现在，新的轮回就要开始了，不，已经开始了。

鱼儿也可以不认识菜的，但没办法，菜的网络网向了他，而他又希望借这张大网织一张自个儿的小网，网住扣儿。事实上，后来的发展也证实了当初判断的正确、决策的英明，他的小网网住了扣儿——扣儿无论如何已经铁定是他的女人了。

有时，鱼儿也隐隐有些担忧，网中的扣儿会从一些可能的风口，嗅出风的另外一些气息，他甚至想到了扣儿会因此恨自己，但他更清楚一个女人尤其是扣儿这样的女人，一旦跟一个真正的男人上过床，那将意味着什么，所以他一点不担心。

他怎么可能担心呢？论情感，就自己这方而言，他完全有理由把自己与扣儿的少年关系锁定为青梅竹马，而自己十多年如一日地围着扣儿转，假一点就让天打让雷劈；论份儿与格儿，自己一步一步从长短工、挑夫、猎户、老幺、六爷、五爷一直升任为副司令，不管地上地下、成功与失败，这副司令怎么着也算个人物头吧，况且，菜在灵池躲难时就暗示过自己，只要跟他菜好好干，乌的位置就是他鱼儿的位置；最重要的是论硬件，他对自己作为男人的硬件有完全充分的压倒一切敌人的英雄气概与必胜信心，他相信自己对扣儿身体三天中发起的多次征服，实际上就是对她一生的征服，对了，扣儿在呼天喊地的舒服之后评论过自己的床上能力，说它叫性控制。

最后，鱼儿总结性地下了结论，撇开一切不论，政治、阶级、刀枪、血腥、出身、文化、格儿什么都他妈的不论，扣儿也完完全全被自己性控制了。想到这里，鱼儿的心里五分是巍巍豪气，五分是泅泅甜蜜。

鱼儿什么都想到了，唯一没想到的是自己已经死了。正是因为没有想到这一点，他才真正死了。

鱼儿完全应和菜从灵池转移到成都的决定，菜理解成了鱼儿紧贴自己无限听话的开始。其实，对鱼儿而言，到成都，他最想做的事儿是去东大街刘裕丰旅店见扣儿。但他最终没有在成都见到扣儿。他不知扣儿已回甑子场——那天晚上，他睡得太死，呼噜湮灭了扣儿在解放军打炮前的喊话。他与雪儿跟着菜屁颠屁颠在成都老鼠样跑了一天后，毛人凤的电报就从台岛飞了来。

他们这个有着特殊任务的组织是有严格纪律的，雪儿收到的台岛发来的电文译稿，只能亲手交给菜，也就是说，鱼儿得知的电文内容，都是由菜宣读出来的。这让鱼儿心头有点那个。当然，雪儿就是交给鱼儿，鱼儿与译稿之间的关系，也是你看我，我看你，大眼瞪小眼。我鱼儿要是识文断字，哪还有蛋的事，我早搞定她了——鱼儿搞定扣儿后对他的兄弟伙蓝吹过这样的牛。鱼儿通过训练班和研究班的学习，文化上去了不少，字也识得几个，但还远没有达到读报看书识电文的程度。

菜告诉鱼儿，毛局长在电报中说，川康人民反共救国军第六兵团组织暴动、痛杀解放军、安全转移等情况尽悉，祝贺你们取得巨大成功，对乌壮烈殉国表示哀悼，鉴于鱼儿在这场暴动中的突出表现，特遣鱼儿前往灌县聚源乡，对该乡暴动的实战操作进行技术层面的指导，立即启程。

毛局长虽然隔着海，但对鱼儿的情况却是了如指掌。鱼儿的确是反共、搞暴动的行家里手。不过，鱼儿也不是聪明到了天生就是行家里手，他也是从培训开始的。如果不是共产党把变天动静搞得太大搞得咄咄逼人的程度，国民党才不会吃多了没事干匆匆上马搞培训呢。

情况是这样的。不说远了，就从打跑了小日本抗战胜利那天说起。

抗战一胜利，面对日本鬼子腾出来的体温还没散去的热板凳，两个大党就开始考虑如何抢板凳坐天下了。国民党说，只能由他们这个执政党去接管日本鬼子的占领区。共产党说凭啥呢，打日本冲锋陷阵流血牺牲的时候，没见你说只准你国民党打，不准我共产党打，况且我共产党怎么可能不打侵略者呢？围山打猎，不论功劳，见者有份，这是常识，况且我还是功劳远远大于见者的猎者。于是你的中国国民革命军，从国统区大老远爬山涉海赶过来抢地盘，我的八路军就在敌人的后方、就在小日本的地盘上抢地盘。小日本想按投降协定等国军来接收也不行，因为你稍稍有拖延时间的迹象，共产党就会用八路军的枪炮来伺候你。一时间，中国两个大党由抗战时期的龙腾虎跃，变成现在而今眼目下的龙争虎斗，好生热闹！这一热闹，竟让美国原子弹的热闹，苏联红军的热闹，不热闹了。

美国终于看不下去了，在一场硝烟即将蔓延开来时，提出了自己的建议。这样，执政党领袖蒋就邀在野党反对党领袖毛，到重庆谈判如何和平解决中国问题。但是，蒋岂能容忍共产党重蹈覆辙，在他的中华民国的地盘上像当年建立苏维埃共和国一样，矗立起与他无关甚至与他对峙的独立王国？再说，弱者无外交，要想在谈判桌上声音洪亮、底气十足取得完全的主动权，就必须在谈判桌下有真东西硬功夫。于是，蒋一边谈判和平、一边就向被八路军先他一步占领的地盘，以及苏联红军移交给八路军的地盘，发起了武力争抢行动。湘江都过了雪山都翻了的共产党这方岂是好欺负的，你硬我比你更硬，你狠我比你更狠，打枪就打枪，打炮就打炮。

一来二去，谈判协定形同废纸。一来二去，一场历时三年多的近现代世界历史上规模最大的内战爆发了。爆发到后来，国民党又想谈判和平、划江而治，或协商政体共享天下，但共产党却不干了：一山不容二虎，虎就算成了落水狗，也当痛打！

关于这场战争的名儿，各方有各方的叫法。共产党叫"解放战争"，也叫"第三次国内革命战争"，国民党叫"抗共卫国戡乱战争"，第三方叫"第二次国共内战"。

共产党方面首先把自己军队的名称由国民革命军第八路军改名为中国人民解放军。在经过战略防御、战略进攻两个阶段后，解放军对政府军的决战阶段开始了。紧接济南战役的辽沈、淮海、平津三大战役，解放了东北、华北和长江以北广大地区。渡江战役后的一九四九年十月，中华人民共和国在北京宣告成立，此时全国没解放的地区除海口、台湾、香港、澳门等外就只有包括四川、重庆、贵州、云南、南宁、西藏在内的西南一隅了。也就是说，这一阶段，国军撤退到了西南，共军乘胜追击到了西南。到了这时，蒋又想割据西南，以成都为最后堡垒，与共军展开决战。但仅仅一两个月间，贵阳、重庆、南宁、昆明先后解放。

此时，除西藏、海口外，中国内地没解放的大城市就唯有成都了。

情况是这样的。国民党方面不可能傻到爬上西藏高原去玩冰雪练肺活量，也不可能傻到去海边回望内地、学习李煜整日整日以泪洗面、写一大堆忧忿哀怨的亡国诗。所以，在所有臆妄通通化为蒋的飞逃后，他们开始痛定思痛痛下决心，在成都编织最有效的地下网络，以图变天的理想在不久的将来变现。

本来，国民党在推翻清朝的那场革命中，也是形成了编织地下网络变天的经验的，但毕竟年时已久，人才断代，世界又变化太快，手法早就不灵了，培训已成必然。就这样，培训进入到了国民党的重大议事日程。一九四九年四月，蒋在成都和贵阳亲自创办"游击干部研究班"，两地培训班培训特务骨干和暴动头目四千七百余人。成都的班办在国民党中央军校内，办五期，培训了三千多人。后来这些人秘密潜往各地，积极网罗成员，拉队伍，竖竿子，建立地下暴动武装组织，地下憋不住了就跳到地上，地上待不住了就潜伏地下。

乌的层次比鱼儿高，且不说家境与旅长经历，其中的一个因素是乌参加的首期成都班，而鱼儿参加的是第四期。最正规的是首期，后来由于形势紧张，就越办越慌乱了。鱼儿在参加镇上的训练班时认识了前来巡视讲话的菜，菜就把他推到了市上的研究班。正是镇、市两班的学习，让鱼儿不仅有了收拾对手的专业，而且也能认识几个简单的字儿，说出一些夹生的文词。

菜是成都"游击干部研究班"的政治教官，乌就是在这里认识菜并得到菜赏识的。研究班的课程针对性非常强，样样都针对共产党的新生政权，可谓见骨见血，打蛇打七寸，比如暗杀、爆炸、放火、化装、使毒、逃遁、挑唆、宣传、抗粮、举事、设伏、攻击、指挥、拉拢、美人计、美男计、武器使用、政治形势等等。雪儿原先不是报务员，这位四川大学学生正是被菜在工作之余研究过后才读了研究班的无线电专业成为报务员的。菜那成熟男人的气息，以及对事业的热忱与忠诚，感染并吸引着雪儿。更重要的是，雪儿农村老家穷困潦倒且多病的家人，是菜的金条支撑着的。雪儿是乌结业后去的，参加的第二期，所以二人当时并不认识。

一九四九年年末的四川真是一个忙碌的时期。这一时期，遵照蒋介石的指示，成都平原共布局有七大武装特情体系：胡宗南贺国光系，蒋经国系，毛人凤系，杨森系，王陵基系，张跃明系，赵洪文国(女)系。这一时期，随着成都和各地培训学员纷纷走上自己的地下岗位，国民党在川西北等地区建立了以四川省主席王陵基为总司令的"反共救国军"、"游击挺进军"等武装，并按行政区划成立了各级指挥部。军统也在西南地区做了地下网络布置。十月，保密局西南特区区长徐远举在重庆成立了"游击指导委员会"。十一月初，在解放军逼近重庆时，保密局局长毛人凤亲自主持召开"特干紧急会议"，布置开展游击战争。十二月，重庆特务机构撤到成都后，成立了由徐远举领导的办事处，专门负责联络各地"反共救国军"。胡宗南飞遁台湾前，也搞了一个"反共救国会"，组织"中国国民党四川省救民义军"和"别动队"，以图开展游击战争。

临行前，菜进一步告诉鱼儿说，这次毛局长亲自点名指派你去灌县作实战指导，就是担心灌县那个从成都班结业的眼镜学员只重理论，不讲实效，担负不起从筹备组织到成功暴动的担子，毛局长对你的能力和在龙洛的表现，都是很了解的。

内战开始后，不同的方面就有了不同的变化和反应。这一阶段的重大变化和反应也在龙洛镇变化着反应着。龙洛"安皇帝"想阻止一些变化与反应，但他没有阻止住。他感到这世道变成了一头不听招呼的犟驴，越来越不好把控了。

乌从成都班结业回甑子场后，立即开办"反共救国军民众自卫队"训练班，并自任大队长和总教官。训练班招收的第一个学员是鱼儿。乌动过请安去当训练班总监兼教官念头的，但这个念头很快就过去了，因为乌知道当初菜在布局成都东山地区参加研究班学员名单时，排在第一位的就是安，但安拒绝了菜的邀请。同时乌也明白，自己这个"反共救国军民众自卫队"，也是与安的龙洛一镇七乡自卫大队对峙的。俗话说一山不容二虎，安的卧榻之侧岂容他人酣睡？为不给安拒绝的机会，乌宁愿自己多掏点办班经费，也没有向安开口。

在办训练班的同时，按照菜关于在成都平原大办"华成社"乡村情报网络的指示，乌还在甑子场办起了自任所长的"乡村情报所"。

情况是这样的。由于乌迅速的行动实绩，菜就把龙洛树立为了川西平原乃至西南地区叛乱的示范基地、样板乡镇。为使自己的树立更加扎实、可信，菜充分动员自己的人脉关系，将他的那些有本领的、反共的舅子老表狐朋狗友和弟子们，通通介绍到乌这里吃大户并借机躲避与发展。一时间，乌成了门下食客三千的孟尝君。一时间，你介绍我，我介绍你，龙洛镇竟成了外来的和本土的国民党特务、党部成员、党棍、部队失散人员、退伍军官、起义后叛逃的散兵，以及帮会人员、杀人犯、土匪等三教九流鸡鸣狗盗的天堂，甚至连重庆渣滓洞、白公馆的潜逃特务和水上警察也闻风而至。

从后来的情形看，龙洛镇的发展远远超出了菜的预期——它竟成了整个中国的叛乱示范基地、样板乡镇！

按说，承担着龙洛社会治安职责的安，是有能力有权力把这些外来盲流逐出镇境的。在成都平原谁不知道，安执掌时期，民国军队和土匪武装要想进入甑子场，必须安点头，否则只能绕场而过。但现在，这个风云突变、人心惶惶的时期，他也是心有余而力不足，只能睁只眼闭只眼听之任之了；况且，这批盲流又与菜有关，而菜既是妹夫祥的老手下，又是黄埔老同学。再说，安也不想把事情做绝到不能游刃转圜的地步。

盲流的涌入和集结，使乌训练班的师资力量富富有余，同时还解决了民众自卫队队员和情报所成员的不足。这一状况，让谁当教官、谁做学员成了乌案头的纠结事，更把乌办公室演变成了比武场与吵架厅。给人上课，与被人上课，差了老。来的都是横着走路的爷，都不是省油灯，谁怕谁呢。训练班的生源和情报所的其他成员，主要为袍哥、乡绅、保长、甲长、富家子弟、农民和无业游民等。形成这一局面，菜很满意，乌很满意。乌明白，鱼儿是他形成这个局面的得力助手。乌也明白，安虽然没站出来公开反对，但也没表示过支持，因此是不合作的。

安的不合作，导致了乌的好几个问题。

按照预先的设计和后来其他乡镇的做法，训练班学员一结业，就安排在当地自卫队任职，最低职务也是小队长。但由于安不接收，所以只得自娱自乐，由乌的民众自卫队自我消化。结果鱼儿一结业，除了被菜荐去成都研究班受训，哪儿也没去，就在民众自卫队任了副队长。两个自卫队，完全左起的。另外，按照正常的模式，民众自卫队学员是公开的镇乡自卫队骨干，而行动纲领为"人不离枪，枪不离乡，就地顽抗，最后上山打游击"的乡村情报所，则是隐蔽的特务组织，但现在，两个摊摊基本上都属于地下性质的了。所以，乡人在大街上遇见乌，不喊队长、所长，只喊舵把子、大爷。

属于地下和半地下性质就意味着不能吃官饭，不能去各家各户抽税派粮。所以，安的不合作，对乌导致的好处，是满足了乌宁做鸡头不当凤尾的心理诉求，导致的不好处，是让老祖宗一代一代发家致富传下来的资财，大大吃亏越来越少。后来，正是这一点，让愤怒的乌在珍闯了自己的堂子后、铁定主意下狠手强夺了珍家财产。

乌为组织建立、联络培训、力量发展、情报收集、暴动筹备等所需经费问题，时不时就会带上鱼儿向菜诉上那么一回苦，菜每每安慰和鼓励说，天一变，什么都得回来，十倍百倍回来。乌就不再气馁，鱼儿就把自个儿的想象，变成了一张与扣儿缠在一起的花板床。乌和鱼儿还会齐声提到拦路虎安，菜就说，祥虽说前些年被老头子安了闲职，但祥毕竟是中将，又打过红军和鬼子，在老头子那里还是说得上话的。

虽然不见银两，他们还是先先后后从菜那里领到了一些枪弹和少许国军制服，以及几张请他们代为保管、权作吃定心汤圆的空白《委任状》。菜说，你们现在还不属于政府和国军编制序列，只能算民间反共武装力量，待你们暴动成功，回到地面与共产党枪对枪刀对刀干起来的时候，我就请毛局长给你们发牌子、颁状子、授军衔！

乌和鱼儿按地下网络执行设计师菜的要求、折腾出的民众自卫队和乡村情报所这两个半地下的反共组织，就成了后来"川康人民反共救国军第六兵团"成立和暴乱的基础，以及制造震惊全国的"龙洛惨案"的核心力量。

新中国成立前夕，一心想逃生或反变天的国民党部队，一路躲避解放军逃到了成都，一心想痛打落水狗、不给敌人苟延残喘任何机会、只想把天完全变过来的解放军部队，一路痛击国民党部队追到了成都。这么多的人、这么多的肚子需要多少粮食去填充去满足啊！于是，国军一边战斗一边逃亡一边在国统区征粮；于是，共军一边追敌一边建政一边在解放区征粮。

解放初期，国民党特务组织为变天，开始像当初抓壮丁般，大批量发展他们的地下网络分子和暴动成员，共产党各级地方组织为反变天稳固新生政权，而开始收枪征粮打击叛匪。

面对突然而至的、让自己交枪交粮的天气，面对国民党特务笑眯眯的嘴唇，老百姓大为不解，不知所措，搓着手，一脸傻笑。

解放与反解放。戡乱与反戡乱。变天与反变天。培训。政权。谎言。党。粮。枪。人。鱼儿去灌县。

情况就是这样的。

二

即或有毛局长的命令，鱼儿也想在动身灌县前，去东大街刘裕丰旅店会会扣儿。对扣儿，他觉得他全身上下哪都想。无奈，从听完菜念的电文，到菜的详尽分析、部署，再到踩上西去灌县聚源乡的土路，雪儿一直都紧贴他身边。有一个空档，他都觉得摆脱她了，可刚一出门，还没走拢墙拐，她就鬼一样出现在了他的面前，一点声气都没有。事实上，在未来近两个月时间里，亦即她被一枪打死前，她一直都在鱼儿身边。以前，菜把雪儿安排给了乌，现在，又安排给了鱼儿。菜控制聚源，必须得控制一部电台。

鱼儿不想让雪儿接触扣儿、得知扣儿行踪，是怕雪儿对扣儿不利，雪儿有太多理由置扣儿于死地而后快了。

在暴动高手鱼儿的秘密而悉心指导下，聚源乡的暴动很成功。正因为很成功，影响就很大。

当贺龙听说聚源的乡公所被叛匪连锅端掉，聚源场已成为继龙洛之后成都平原出现的又一个匪巢后，很生气。他说，刚在东边打掉了一个，西边又冒出来一个，这还了得？打蛇先打头，擒贼先擒王，进剿大股叛匪时，首先要打掉他们的指挥部，把叛匪搞得惊慌失措，阵脚大乱，这样我们就能掌握主动权。他命令十八兵团副司令员亭坐上装甲车，率领精锐部队直捣匪巢聚源场。

　　鱼儿习惯性地伏在地上听音，却听出了不习惯的情况，又爬到一棵古银杏树上手搭凉棚。当他远远看见一大砣金属疙瘩疾速向街场滚来时，训练班学来的所有知识瞬间失效。他哪里还敢指导他的眼镜学友组织无效的抵抗？他猫儿一样滑下树来唯一能做的，就是把雪儿连人带电台，拖进只有他一个人知道的、一间年生久远的地下酒窖。

　　装甲车直捣匪穴，叛匪大多像毛驴石碾子一圈一圈碾谷子一样，被碾得弃甲曳兵鬼哭狼嚎，少数鬼精腿长的，则捡小路逃进了青城后山和岷江上游。那儿是古蜀王兵败逃生之处，也是王小波李顺啸聚之地。

　　鱼儿救了雪儿，雪儿自然很感动，偏偏是，鱼儿怕雪儿感动。要说救，鱼儿都救过她三次了。第一次是在俊的炮弹片缝隙中脱身；第二次是来聚源的路上，因假扮夫妻逼真，化解了解放军的岗哨盘查；第三次就是这次，变作土拨鼠没让金属碾子碾得谷壳分离。前两次都是，她刚一感动，他的身体就有了意外的反应。

　　第一次，灵池，环境很好，菜不知干啥去了，她来到鱼儿房间。刚把一腔感受表达出来，就控制不住激动，风吹杨柳柔声曼语迎面扑了过去，正在这时，鱼儿一个价天响的连环屁吓了她一跳，别说她一个弱女子了，连满屋子的阳尘都给吓得噗噗直掉！

　　第二次，聚源场，初春时节，氛围很好，她来到鱼儿房间。见鱼儿正背着门看墙上的地图，她一句话不说眼睛就红了。她慢慢走上前靠近鱼儿，把两只玉手环成玉项链，正垫了脚尖，让行云流水的玉项链，套在他心爱的男人脖子上时，随着男人突然炸雷般一个咳嗽，地面传来啪嗒一声，她定睛一望，吓得半死——最怕老鼠的她看见地上一只硕大的老鼠被钉在浓痰的大湖中垂死挣扎！

　　这是第三次了。雪儿因为有了前车之鉴，便不敢贸然感动。因此，在酒窖这个特殊场合里，雪儿权衡着感动的得失，回忆着感动的美学，陷入了平生最大的犹豫之中，从而成了全世界最纠结的人。

　　她之所以犹豫，是她已经非常深度地知道了鱼儿不是一个可以被感动的人，或者说，不是一个可以被她感动的人。怎么说呢，他也不是不感动，他甚至还可以冲动，但他却不能把他的感动或冲动变为主动。这是鱼儿的秘密。这个秘密是鱼儿在聚源时让她偶然发现的。有一次，菜来聚源巡视，在他突来雅兴去逛都江堰后，毛人凤来电报了。

——谁来的？
——毛局长来的。
——毛局长来的？
——是啊！
——真是毛局长来的？

鱼儿边问边盯着雪儿手中的电文发呆。雪儿于是知道这个男人喜欢电文胜过喜欢自己。雪儿说，想看电文吧？男人不说话。雪儿为了让自己喜爱的男人减压，卸下心理负担，就故作洒脱说，那还等啥，上床呀！男人说，上床可以，你可别指望我做啥呀。雪儿说，你啥都不做，只读电文，不过，我可要发报的。那一夜，雪儿把电文写在了自己身体的每个部位，并逐字逐句一遍又一遍教着身边的学生。这个白天调皮野性、桀骜不驯的学生，只有在读电文时才这般安静、温顺、听话。那一夜，男人在雪儿身上读电报读毛局长，雪儿在男人身上发电报发感动。那一夜，男人除了读电文读毛局长，一动不动，男人什么都没做，而雪儿却帮他做了一切。在这一点上，男人也有自己的认识，他认为只要不进去就守住了底线就守住了一切，哪怕都流了。

男人做的这一切和被做的这一切，都是为了扣儿。他上床，是为了获得毛局长的提携、把格儿拔高到让扣儿为之骄傲为之自豪的程度，他上床而守住底线，则是要对得住扣儿。

雪儿来甑子场后，很快就被鱼儿这个客家人吸引了。鱼儿吸引雪儿，不是因为向雪儿发起进攻，而是对她的逃逸。鱼儿向扣儿不要命的逃逸姿态，深深地引爆了雪儿的醋意，更深深地吸引了雪儿的浪漫爱情。加之，鱼儿的行动能力，和没有他办不成的事儿的本领，以及青春男人的气息，无不生发出对她的专门而特殊的吸力。雪儿深陷其中，不能自拔，爱的痛苦让她乐此不疲积重难返。

第二天，菜游览完离堆公园、二王庙、安澜索桥、玉垒山回来，首先看见的是雪儿欢喜尚未褪尽、羞涩正在泛起的表情，之后就看见了她递来的马的电文。

鱼儿于是明白昨天被雪儿戏耍了一盘。不过，他并没有因此迁怒于雪儿，相反，有了第一次后，他已经开始等待被第二次了。而从后来的发展情状看，他渐渐就习惯被雪儿那个的游戏了。而雪儿呢，自此就知道这个喜欢电文的怪癖男人的隐秘，和到底好哪一壶了。

因此，犹豫到最后，雪儿收起感动，却放开了动作，装甲车在上面吼得越欢，她在上面叫得越欢；酒窖的震动越大，她的身形越大。到后来，两人就成了醉死的土拨鼠。

如果世界上没有扣儿这样一个生物，鱼儿没有理由不接受雪儿。他一闭上眼，雪儿在他身上做的一切，都是扣儿在做。鱼儿是真正的喜欢扣儿、更忘不了扣儿。

因此，当毛人凤通过菜发电报，调任他以上校特派员身份，去贵州指导一个县城的暴动，并许诺占领县城后，他就是县长时，他竟拒绝了这纸调任令。因为他觉得，这纸调任，其实就是棒打鸳鸯的那根棒。拒是拒绝了，他还是生发了另外的感觉：原来不光是共产党可以让泥腿子当官，国民党也可以啊。

对于鱼儿的拒绝，毛人凤有些不高兴，但并未怪罪，民国的他对留在共和国的同志、尤其是人才同志，还是怜惜有加的。

鱼儿回到成都后，接受了菜的安排：上校马是东山片区第一负责人，上校鱼儿是第二负责人。虽然马的排位在鱼儿之前，但两人没有从属关系，他们同时对菜负责。同时，派遣雪儿担纲二人的报务通信工作。菜这样布局，是让马与鱼儿相互竞争、相互钳制，又相互在他面前争宠，从而被他任意调度、平衡、驱使。这个布局中，两男一女三人，都成了自己的耳目。

鱼儿离开成都去聚源也就一月又半，可他却有度日如年、恍如隔世之感。

鱼儿回成都的当天晚上，就猴急着去了东大街刘裕丰旅店，但店主的话令他吃惊又失望。店主说他说的那个女人没来过，从来没来过。鱼儿不知扣儿去了哪里，是在成都还是去了龙潭寺，抑或又回到了甑子场？他最怕的，是她出了意外，退而求其次，他也怕扣儿回到甑子场——甑子场，他怕一些金丝鸟变成麻雀，他怕安。但无论如何，他不怕见扣儿。为见扣儿，他连菜也不怕。

鱼儿直接去了甑子场。

天黑，他摸到珍家门口，却见大门上了锁。心想，扣儿一定没回甑子场。但他还是翻进宅内，溜了一圈后，进入扣儿的房间、爬到扣儿的床上睡了一夜。敏感的鱼儿怎么也没敏感到，一心想抓捕自己的死对头禾也在这张床上睡过。鱼儿一上床就开始想扣儿，想着想着，手就去了下边。这一夜，被擦枪的兴奋与疲惫以及扣儿的气息包扎得很严实，自己就像死了一般，听任裹尸布摆布，一层一层包扎，又一层一层松开，直到窗外的天空白成一张浩荡的裹尸布，直到裹尸布反弹回去成为他眼仁中白的那一部分，他就走上了街头。出门之前，他用在研究班学得的化装术，把自己变成了一位风度翩翩的中年客家绅士。

太阳天。鱼儿坐在福建会馆一个临街的茶座，与一位茶客闲聊，聊着聊着就聊到了珍家，这样茶客就说出了扣儿，鱼儿就问扣儿的情况。

　　——你不晓得前几天镇长又当新郎官了？

　　——听说了。

　　——那你还不晓得镇长娶的哪个？

　　——哪个？

　　——就是扣儿呀！

　　——扣儿嫁人了？

　　——是啊。

　　——没搞错吧？

　　——这事儿甑子场哪个不晓！连天上飞的雀雀，地上跑的猫猫都晓得。怎么，你好像认识扣儿？

　　——不，不认识。

鱼儿走到安府门前。见门前有一名家丁守着，就走到附近一个无人的巷口朝天打了几枪，然后又绕道回到安府外。这时门丁已不在，教官、保镖等正带着十几个紫衣自卫队员从广东会馆往巷口方向跑去。安府大门处乱糟糟的，拥了香和几个男女帮工朝响枪处张望。真个不是冤家不聚头，鱼儿翻过安府侧边围墙，刚走几步，就碰到珍。鱼儿一惊，正想用枪砸昏珍，却听珍说，客官，你是客官吧，不，你是蛋，是我的蛋。鱼儿莫名其妙，慢慢收回了枪。鱼儿说，你怎么了，你说我是蛋？珍说，蛋，乖，叫阿妈！雀雀、雀雀飞——

阿妈，你在跟哪个说话？

听到枪声正从后院走向大门的扣儿，出现在了二人面前。先生，你找哪个？我是镇长的朋友。镇长不在家，在镇公所呢。没事，找你也一样。找我？能不能让我借一步说话？你跟我来吧。谢谢。先生的声音好耳熟哇。是么。说话间，扣儿把鱼儿带入了一个小型会客厅。先生，稍候，我去使人沏茶。扣儿，哦夫人，不用了。

扣儿站在门边愣了好一阵，慢慢转过身来，却见卸了装恢复了本来面目的鱼儿，正面含讥笑站在那儿。太阳歪着身子入门入窗，笑眯眯望着他。

——你，你是鬼！

——不，你才是鬼！

——我是鬼？

——你是鱼儿的婆娘，又是安的夫人，不是鬼是啥！

——你，你才是鬼！

——今儿嘟格了，一下遇到两个女鬼？你婆婆也该是鬼吧！

——鱼儿，你都死了，何必来吓我呢！

——我死了？

——我都葬了你了，你生前不安分，死后咋个也不安分？

——扣儿，我是鱼儿，我从来就没死呀！

——我知道你是鱼儿。你真的没死？

——鬼是没有影子的，你看地上，我的影子。

——可我砌的坟是哪个的呢？

——你把我砌哪儿了？

——石碾村，蛋的坟边。

这时，外边传来了香招呼安的声音。扣儿急说，你快走吧，安回来了！鱼儿抽枪说道，来得正好，抢了老子的婆娘，老子正要找他算账呢！扣儿说，你去你的坟上等我，我会去找你的，会跟你算账的！鱼儿说，那好，我等你！扣儿从窗前一回头，房子里已空无一人。

鱼儿赶到石碾村自己的坟前时已是中午。面前是两座坟，蛋一座，自己一座。蛋那座是自己让人垒的。

那天，乌杀了这边解放军，又围了那边解放军，不仅高兴，还高兴得不能自抑，就让鱼儿去喊扣儿到白家大院来陪酒。鱼儿不想去，到底还是去了。鱼儿一去，就看见头挂白布的扣儿，正红着眼睛擦拭着蛋的棺材身子。珍家院坝油灯摇曳，鱼儿安排的两个老幺，一个在扫积水，一个在添灯油。雨早已停了。

鱼儿把扣儿拉到屋内说，扣儿，乌想让你去一下。扣儿说，这个时候我能去吗？鱼儿说，蛋的事我会安排的，放心，就按你说的，明天入土。扣儿说，晓得地点吧？鱼儿说，你不是说在石碾村，珍家的那片桃林里吗？扣儿说，鱼儿，我能不去吗？乌那人……鱼儿说，恐怕不行，除非……扣儿说，除非啥？鱼儿说，除非我这就去杀了乌。鱼儿边说边掏出枪，一副认真得说干就干的样子。扣儿见他这样说，就什么也不说了。

那天鱼儿并没有想把扣儿送成都，可等他见了乌，并从乌的眼睛里读出了一条乌梢蛇一只八月瓜后，就改变了主意。

第二天一早，也就是二月六日早上，鱼儿就带着蓝去龙洛公园找肖。肖是甑子场做红白喜事的人物头。不料，肖居然不在，整个公园也显得清寂无比，全没有了往日的热闹。返回街巷，已到开街时间，但两侧的铺子依然关得紧丝合缝，整个场镇哪有平时的活泛和生动，俨若死镇一般。鱼儿感到了事态的严重性。他让蓝去歧山村肖家找人，安排把蛋抬上山埋了。

乌刚起床，脑花还在女先生那儿打漩，酒气儿还没散干，菜的聒噪还没听完，又听鱼儿说起镇子的异常来，就不耐烦：铺子没开门就没开门吧，大惊小怪啥？鱼儿就说，餐馆不开门，我们的兄弟可就得饿着肚皮围粉房打解放军了。乌一摆手：去，叫更夫打锣，喊街！鱼儿说，我已经去找过更夫了，他喊不了话、打不了锣了？乌问，咋了？鱼儿说，安把他的舌头割了，手砍了！

更夫替乌司令喊了成立反共救国军的话后，教官就去警告更夫，更夫便说，我当然晓得不能喊的，可鱼儿拿枪指着我的脑袋，说不喊就让我的脑袋开花。安听了教官的报告，哦了一声。更夫替乌司令喊了去燃灯寺劫杀解放军的话后，教官又去警告更夫，更夫便说，我很不想喊的，可鱼儿拿枪指着我的脑袋，说不喊就烧死我们全家。安听了教官的报告，重重哼了一声。

更夫见喊了两次话得了两根金条，便夎着胆子收了鱼儿的第三根金条、替乌喊了第三次话，第三次话的内容是叫各家各户，去水井坝看解放军大官断手断脚、开膛剖肚。更夫喊了话、看了杀人，便回家边喝酒压惊，边等着教官的上门警告，哪知没等到教官，却等来了两名紫衣自卫队员。两人一句话不说，就割了他喊话的舌头，剁了他打锣的右手，并在更夫婆娘呼天抢地的哭声中搜出三根金条甩门而去。

刚刚看了别人割舌断手、自己就遭割舌断手命运的更夫，岂是不知打锣的重要性，岂是不知好事不过三的道理，怪只怪金条更重、枪更重，重得压垮了他心中的一切镇规场律。怪只怪这天东变西变、变得让他分不清理不顺甄子场到底是谁的天了。

甄子场是龙洛的政治经济文化中心，有“首都”的格。在甄子场，声音是至高无上的，因为发声的人至高无上。发声的人要求自己的声音是唯一的、高亢的、振聋发聩压倒一切的。在甄子场，这个发声的人就是安。安当镇长三十年来，他那响彻甄子场的声音就一直这么着，久而久之，场镇居民就习以为常了。他们明白，更夫就是安的喉管、舌头、嗓子，安不管走多久、走再远，只要更夫还在打更、敲锣，就说明安还在广东会馆镇公所里坐堂，就说明龙洛的堂子野不了、天变不了。

那几天，乌一折腾，好些人都觉得甄子场是不是要变声了，因为变天的重要标志就是变声。首先有这个想法的当然是乌。乌明白，即使自己杀了更夫换一个更夫去喊，镇民也不会认账，镇民只认早已熟悉的、被安在五凤楼广场宣布过的那根喉管、那条舌头、那个嗓子。所以，乌就不惜重金，从更夫那里把安的喉管、舌头、嗓子拿来，把自己的声音狠狠放进去、狠狠发出去。乌想，安的喉管、舌头、嗓子也就是一窝出来的三条狗，多喂一段时间，喂好点，它们就会在新主子面前，显示自己的可爱与忠诚。但是，新主子还是小觑了旧主子的力量，或者说理解偏了旧主子的态度。

安到死都没想醒活，为什么共产党那么看重牌子，指导员看重，禾也看重——牌子不就是装模作样的一张装饰木板及上面的几个字吗，场镇里的人哪个不晓得挂牌子的地方是什么地方？场镇里的人有几个识得上面的字？声音就不一样啦，它包含的意思多着呢，甚至包含光阴的触摸、活着的镜像、生存的处境，以及肠肠肚肚的曲里拐弯。试想，在没有发明文字的时代，酋长对酋邦的管理，难道不是通过声音完成的？一个男人对一个女人的控制，有多少时候让文字派上了用场？总之，关于对瓶子场声音的管理，安只对教官强调了两点：一、只能有一种声音，二、不能有任何杂音。这两点其实就是一点，正是这一点，让更夫倒了大霉，大邪霉。

安对扣儿的痴迷，先是身子，后是声音。当他接收到扣儿的声音后，就没把其他女人的声音当声音了。也是有了声音的跟进，他才最终认定了此前那个痴迷的正确性。

也难怪乎安是一个如此迷恋声音的人。他完全知道，一个场镇如此，一个国家又何尝不是如此？蒋介石本来把声音发得上好八好的，毛泽东却来发声。毛泽东发点声音也没啥，不过众多杂音中的一点而已，国家太大了，点巴点杂音还能消化。可偏偏是，他毛泽东那点土不拉叽的湖南口音渐渐地竟可以与他的奉化口音比肩了，那可是国家的高度哇！这就不行了。于是，蒋开始压制毛的声音，毛开始反对蒋的声音，一场关于发声话语权的战争就此展开。最终，毛站在天安门城楼上一喊，蒋一下子就从大陆销声匿迹了就哑了。

夜色中，两个紫衣自卫队员前脚走，教官就带着郎中到了。待郎中处理完毕，教官就一边跟不能说话的更夫说话，一边把三根金条递在更夫大手大脚的婆娘手上。更夫明白了安一码还一码的意思，激动得老泪纵横，要跪下磕头，被教官伸手拦了。从更夫家出来时，教官的屁股后就跟了一个新上岗的更夫，他拎着灯笼，把教官送拢广东会馆后就开始沿街打更——他是更夫十五岁的儿子。从这一天起，瓶子场的更夫就是更夫的儿子了，虽然他们都叫更夫，却不是同一个人，这就像安的儿子还叫安，郎中的儿子还叫郎中，但此安已非彼安，此郎中已不是彼郎中了。

乌说，不是又有更夫了吗，找他打！鱼儿说，这逼娃儿不晓得藏哪去了，没找到，估计在安府。乌让鱼儿去找安。鱼儿说，我在安那里还不就是一个屁。司令，恐怕还得您亲自出马。乌火气冲天：老子去，老子去就是去把他龟儿的镇公所给砸毯了！走，操家伙！菜终于说话了：司令，副司令，二位还是安安心心去把围在曾家粉房的解放军打掉，这才是大事，喊街的事儿，本处座去找安。

菜说完，就去了广东会馆。安还客气，给菜让了座。二人边喝茶边聊，话题自然是从祥开始的。

——老兄，你妹夫聪明一生糊涂一时啊。黄埔出身，中将军街，却去联名参加什么彭山起义，结果呢，共产党给他安了个什么官，西南军政委员会委员，手无一兵一卒可供遣使，那也叫官？咳，你说这……

——日满则仄、月满则亏、器满定露、盛极必衰。不打仗了，要兵要卒干啥？

——那也总得当个有一城一地的藩官城官吧。

——莫说这个了。

——按说我是不该对上司评头论足的，可上司走背运，属下憋屈啊。要知道，我和你妹夫还是过命的兄弟啊！良禽择木而栖、英雄择主而从……

——莫说这个了。

——好好好，老兄，再容我说一句，哪天去成都，你也帮小弟劝劝他，你当哥子的话，比我管用。

——你就别想好事了，我是不会劝他的，再说，就是劝，我也会劝他顺应潮流，淡泊名利。无事不起早，处座，说吧，你今天找我干啥？该不是让我当说客吧？

——老兄，您是一镇之长，市集繁华有序，百姓生活无忧，当是你的职责吧。

——明白了。你是让我开街来了。

——没问题吧。

——昨天下午那场大戏，你不会说你不晓得吧？开膛剖肚，血流成河，老百姓吓破了胆，哪个还敢开门迎客、有心生意？

——老兄说笑了。可小弟听说，昨晚上半宿，场镇上没响更声啊。若让外乡人知道甑子场成了哑场、死场……

——镇民开街迎客、有生意做当然好，可要成了开膛剖肚、开门迎匪、老本蚀尽……

——这个放心，老兄，你让场镇上所有餐店全部开门，订饭订菜，鄙人先付银子！

扣儿婆婆那天不在镇上，她后来听说，那天"东山五场"上万人的救国军全都在场上吃大户，他们吃饭的声音很大，大得就像饿猪拱槽，馋狗吞屎，而当天晚上他们就把吃的屙满了山，熏得下风口的住家无不关门闭户，眉毛鼻子皱成了一团。

那天，更夫一喊，街就开了。

三

鱼儿等了整整一天一夜。在这一天一夜里，他想了这，想了那，可就是没想明白自己怎么死了，扣儿怎么成了别人的婆娘。

夜里，东山下了一场春天里罕见的大雨。鱼儿想让大雨停住，大雨不听，一直下。

这正是桃花打苞的季节。雾衣穿在风的身上，风感到不合身，就跑来跑去，想挣脱雾衣。结果，支离破碎得更加成形的雾衣，跟着风儿跑得更起劲了。山上的金龙寺时不时有钟声传来。

站在坟边的鱼儿，却从没有气味的桃骨朵中，嗅到了时隐时现的香。他不明白，满山遍野都是镇妖避邪的桃木，可这片珍家的桃林，偏偏就有这么重的妖气邪气呢？他看见一个坟头前的石碑上刻了一个扁圆圈。他想，这应该是扣儿干的，坟一定是蛋的。而与蛋的坟头相邻的一座坟头前的石碑上，刻的是一条摇头摆尾的小鱼儿。他于是知道，石碑上的小鱼儿是自己的名字，石碑身后坟堆中埋的是自己的尸骨。他没有想到，扣儿当初为蛋选的坟地，如今也成了自己的坟地。

可自己明明就站在这儿，怎么就被埋了呢？我是鱼儿，坟里是谁？坟里是鱼儿，我是谁？难不成我真是扣儿嘴里的鬼？说到鬼，他开始找自己的影子，可他车了一圈，也没找到自己的影子。他正纳闷着，扣儿来了。

扣儿的天气很冷，一点不春天。

鱼儿喊她的名字，她没应声，就直接说了鱼儿的死。她说，那天，在二娥山，你的尸体旁正好有一个弹坑，当时人多场面乱，我趁人不注意就把你血糊糊的尸体推入弹坑，掩上了土，并做了记号。过了几天，见没事儿了，我就用一块银元叫了两个过路客为你垒了这个坟堆。我想，两三年后，再把你的骨头移到这个坟里。那天，你穿的国军制服，上佩中校徽章。

只这么一会儿，扣儿让鱼儿死了，又让鱼儿活了。

鱼儿听了，醍醐灌顶，疑窦顿开，不禁一阵感动：扣儿，还是你念着我，对我好。扣儿说，不说我，说你吧。鱼儿就把那晚解放军打炮时，蓝穿了他的衣服、他穿了蓝的衣服的事儿说了。刚一说完，他就急着问起了扣儿。

——扣儿，你咋个就嫁人了？

——你都可以死，我不可以嫁人？

——这也太快了吧！

——本可以不这么快的，都是拜你所赐！

——这……

——你不是要算账吗？现在可以算了。

——算账？

——你不杀蛋，我不为蛋报仇，哪会这么快！

——啥？扣儿，你说啥？

——我说你杀了蛋！你不仅是杀解放军的刽子手，也是杀蛋的刽子手！

——我没有！我怎么会杀蛋呢？

——别演戏了！你不仅杀了蛋，你还叫人造谣，让邻居对我说蛋一家人抛下我去了香港！

——扣儿，我，没有，没有！就算这样做，也是为了你。

——为了你自己！

——扣儿，让我们重新开始嘛。

——你已经死了！

——我不还活着吗？

——活着也死了！

——扣儿……

——我不是扣儿，是安夫人！我希望这是我们最后一次见面，因为我不会和一个死人见面了！

扣儿说完，转身向桃林外边的小路方向跑去。鱼儿看着她那像一朵愤怒的桃花一样的背影离自己越来越远，突然欲火中烧，一个多月来所有的想象和梦景都在这一霎那找到了出口。他猛扑上去，两个爪子按在扣儿的乳房上、嘴巴抵在扣儿的后颈上开始胡亲乱摸。他一边说扣儿想死我了，一边把扣儿扳转过来。扣儿猛力推开他后，手里就多了一把大剪刀，大剪刀就对准了他。他看也不看剪刀一眼，就一步一步向扣儿走去。他说，扣儿，你想我死就杀了我吧。扣儿见他毫无畏惧一步步走近，就把剪刀对准了自己的胸口。她说，你再走一步，我就死给你看！鱼儿站住了。扣儿说罢，一步一步后退着上了小路，然后一溜烟跑了。

桃林中，疯了的鱼儿对着自己周围的几棵桃树一顿拳打脚踢，直到把身体内的烈火全部发泄出去后，才停歇下来。他头上身上全是桃花苞蕾。这个桃花人形对着扣儿跑去的方向傻站着，不知站了好久，一转身，却看见雪儿正笑盈盈伫立身后。

——原来你还是在为这个女人守身哇！——不关你的事！——这下蛮好，鸡飞蛋打，回一趟甑子场，该把心往雪儿身上放了。——你没事儿把我跟着干啥？——谁跟你了？是处座让我到甑子场找你的。——找我干啥？——去大面铺开会。

令鱼儿大惑不解的是，自己不管去哪儿，不管怎样隐秘，菜都知道。

在大面铺冯家院子，鱼儿见到了菜与马。"龙洛暴乱"平息后，马所在的国民党起义部队胡宗南残部二十三师军官，被编入解放军六十军军官教导团第三团，从石板滩集中到大面铺整训。任尉官团主任的马就这样到了大面铺——马的公开身份已经是解放军军官了。

菜又接到了毛人凤的电报。电文说，为庆贺蒋介石复职重任总统，必须于近期内在成都平原搞个大动作、大动静，搞得比"龙洛杀象"还轰动。为了不使"二五叛乱"断链，这个行动，也是对"二五行动"的跟进与拓展。行动具体方案由菜拿，经毛人凤批准后实施。总之，暴力为主，政治为辅，是这次行动的纲领——从后来的情况看，正是这个纲领堵死了共产党叛徒的生路。

菜召集马、鱼儿开会，就是为了让电文精神落地。

四人在冯家院坝开会，冯在不远处山包桃树下放哨。

菜说了开头语后，大家你一句我一句抛着自己的意见与主张，末了，菜打了个总结：

一、不折不扣执行毛局长命令；二、暴动时间定于农历三月初三，即公历四月十九日，故将这次行动命名为"三三暴动"；三、暴动地域范围为含简阳县在内的成都东山地区；四、暴动人员范围要广泛，具体分为国民党起义军官、潜伏特务、帮会组织、乡镇长、保甲长、乡绅、普通百姓，以及一直以打家劫舍为生毫无政治色彩的职业土匪，共八个层面；五、动员暴动参加人员要胆子大、脑子活、方法多、嘴巴快，要把宣传工作当杀手锏；六、动员安与共产党决裂，让他带着他那一镇七乡的四千多名自卫队员、十二挺轻重机枪和三千多支长短枪参加"三三暴动"；七、成立"大陆人民反共救国军第一纵队"，动员安任司令，任命马为第一副司令，鱼儿为第二副司令，雪儿为宣传部长兼报务员。

对于暴动人员及暴动队伍的组织工作，菜还作出了具体部署。马负责国民党起义军官层面，动员军官反水后，再让军官去起义部队中连人带枪拉出一支队伍来，军官目标数一百二十人，队伍目标数两千人。菜自己负责潜伏特务和职业土匪层面。

雪儿协助鱼儿负责帮会、乡镇长、保甲长、乡绅、普通百姓五个层面的联络、动员、组织和情报工作，要对各乡长提出要求，乡为大队，乡长任大队长，副乡长任大队副，让乡长去组织各保壮丁和枪支，每家必须抽一名壮丁参加，不从者杀。各乡的暴动业务，由莱指派训练班教官和优秀学员等潜伏特务，以"参谋"和"指导员"名义去现场指导。

听了莱的部署，经历了两次失败的鱼儿心有余悸地说，共产党也不是吃素的。

马用一口南腔北调的江湖口音反驳道，我们有人有枪，怕他个鸟！

直到本书故事结束，也没人知道马是哪里的人，他嘴中不是没有方言，而是有太多的方言——太多地方的语言。有一种说法是，他是四川涪陵人。

说到动员办法时，大家都认为，对于东山地区这块基本上尚未赤化的、信息又不灵的内陆西部处女地，最好的办法就是大肆宣传，把谣言、谎言说一千遍，让它们成为大家深信不疑的真理。随着雪儿笔尖的飞快运动，一条一条令他们拍手叫绝的宣传语出笼了——

◎第三次世界大战已经爆发，美军打到了东北，蒋委员长回到了南京，中央军马上开进重庆。成都周围八个县都反了！共产党要开红山啰！

◎玉皇大帝上金殿，解放军上西天！

◎共产党黑心肠，人人要出人头税，女人不嫁要出税！

◎共产党共产共妻，拆散家庭！

◎共产党不打人，光杀人，要开红山！

◎共产党搞"三光"，粮要搞光，钱要搞光，啥子都要搞光！

◎共产党一来就要粮，少了一颗脱不了爪爪！

◎升升米，斤半柴，蒋委员长要回来；三月紧，四月松，五月杀死毛××！

◎鱼儿把解放军大官都开膛剖肚了，解放军没啥了不起，大家不要害怕，干就干到底！

◎打倒共产党，三年不纳粮！

◎共产党，土八路，他们哪能管理城市，管理国家，瞎毬整！

◎共产共产，就是把我们私人的土地和资产，共到共产党那里去！

◎征粮整得凶，活捉毛××！

……

其实，雪儿最先记在笔记本上的是学院味十足的书面语，在被三个斗争经验无比丰富的男人哄笑后，才去灵池求得凤仪书院一位赋闲在家教师的指点，修改成了上述四川客家口语。

那时的成都平原是信谣言的。解放军兵临成都城下及入城后，一些别有用心者就趁机在周边乡村造谣，无中生有，煽动群众说：在盐市口亲眼看到八路军遇到男的就用铁丝穿手板，逮到女的就穿奶奶。还说：要老的配少的，少的配老的，要共产共妻；一个女的做三个解放军的婆娘！

这些谣言带来的后果是，从一九四九年秋天，到一九五零年春天，结婚的人特多。桃子熟了的，赶紧吃，桃子没熟的，将就吃。正是这个原因，一九五零年至一九五一年间，成都平原年轻女子的肚皮一点不平原，全都显山露水，凸隆起了瀚若星斗的山丘。突击结婚，仓促怀孕，使本来就很混乱的局势更加紧张，客观上有利于潜伏特务策动叛乱。

讨论中，菜、马、雪儿认为，安地位高、威望足、人枪多，他不加入，暴动成功不成功，悬，他一旦加入，暴动就百分之百成功。为此，三人觉得，此次行动，拿下安是关键。谁堪担当此任呢？议到这里，菜、马望着鱼儿，鱼儿立即说，我可不行，安恨不得马上杀死我！雪儿接过话：你也恨不得马上杀死安吧！

菜马两个男人互相意味深长地交换了一个眼神后，暧昧地看着雪儿说，看来，拿下老色鬼安的人，远在天边近在眼前，非我们的大美女、川大高材生出马不可了。雪儿装蒙，问，你们说谁呀？菜说，除了你，谁堪担此任？雪儿急了，一脸憋成紫红，辩道，不行不行，要我自陷狼窝，对安这个刚刚新婚的老家伙施美人计，打死我也不干！

雪儿边说边拿眼瞟鱼儿。鱼儿不语，只热笑，只冷笑。

菜宽宽仁仁对雪儿说，我的大美人，你就别耍女大学生脾气了，你可死不得呀，你死了，暴动不成功，我们都得死，去吧，拿下安，我给你记头功，毛局长给你记头功!

雪儿讥诮:我就是有心也无这个能力呀。

菜威严无比地说:你是党国军人,什么叫军人,军人就是服从命令!再说,我相信你,你有这个能力!更有,这个……条件。又温软地说,雪儿,家人还好吧?你在前线应该没时间探望,放心,本处座会关照的。话毕,菜慈祥和蔼地拍了拍雪儿的后背。

雪儿听见菜如此言语,便不再言语。从成都去甑子场给乌当报务员,菜也是这么言语的。

沮丧未衰、心不在焉的鱼儿,直到会议开到这时候才来了情绪,仿佛看到了什么转机,竟也禁不住拿话给雪儿:去吧,没事的,我们等着你的好消息!鱼儿窃想,安一旦被雪儿的一对雪白大奶子拿下,扣儿不就自然解扣、自由回归了吗?

雪儿狠狠地恨了鱼儿一眼:好,你说去,我就去!说罢,起身,快步回到房宅里。

四人会议,变成三人会议。菜最后强调说,我们一定要心往一处想,劲往一处使,不同生,要同死,靠拢老百姓的身、抓住老百姓的心,才是我们取胜的根本,为了我们对党国的忠诚,为了我们个人的荣誉,绝不能向共党缴械投诚!之后,菜还宣布了在暴动期间要求所有暴动人员共同遵守的"八条公约",并咬牙切齿说,谁违反"八条公约",立即处死。

"四人会议"后,他们又组织召开了几十人会议、上百人会议、近千人会议。

天早已见黑了,大面山的桃花大片大片的,未开苞,就红得发乌。

对了,"三三叛乱"从桃花打苞时开始筹备,到桃花离枝飘落时,就结束了。

四人分头行动前,在冯家院子住了一夜。冯家院子主人冯,是位乡长,他招呼四人吃了很好的酒肉后,又把四间上等的屋子腾给客人住了。鱼儿起身吹灭油灯前,从窗户看见马像一粒吊诡之词,正蹑手蹑脚走到雪儿房前敲门。随后,门半开了,马闪身入屋。鱼儿倒在床上,心里不是滋味,总也不能入眠。这时,他听见院子对面的门哐啷响了一下,他立即敏感地跳下床,透过窗户朝外边望去,他看见马像只地老鼠正灰溜溜逡进自己的房间。进房前，马啐了一口痰，还骂了一句什么。鱼儿心里喜悦，才在被窝里待了一会儿，下边就难受起来，为了消除这种难受，他就去桃林把一泡尿标了出去。鱼儿再钻进被窝时，就被一个软体人儿紧紧箍住了。这正是鱼儿十分钟前的预想。

鱼儿没想到的是，雪儿都快把他箍死了！原来，雪儿不是来侍候自己的。雪儿拼命箍着他，直到把她自己箍得一半脸青一半脸白，才不分青白地松开了手。分开了手，又把手来捶打鱼儿，一边捶打一边责骂一边闷哭。

雪儿怎么也没想到，自己的异常行为，惹翻了鱼儿，让鱼儿跟着不正常起来。鱼儿一个鲤鱼打挺，又一个鲤鱼闯龙门，顺势就进去了。这是鱼儿第一次进去。鱼儿一进去就变成了鲲鹏，在里面翻江倒海。这一夜，鱼儿翻来覆去折腾雪儿，弄得雪儿只有招架之功，却无还手之力。鱼儿再次把雪儿当作扣儿，将自己从头发尖到脚趾头的失望、愤怒与仇恨，全部喷泄给了身边这个还算忠贞的可以吸附一百个鱼儿的海绵尤物。

这一夜，雪儿本就没想有作为有建树，到头来，还真个是无任何作为，无丁点建树。

四

村支书听了"一村一大"用酒精加智慧刺探到的信息，自是满意，当即就在她递来的报销单上签了字，并吩咐财务马上报，不得拖欠。之后，支书抄起电话，飞快拨通了分管基建的副镇长。

副镇长告诉他，安府老房子在场镇多次改造中大多被拆毁，现存的只有临街铺面后的一个小院落了。小院落坝子有六七十平方米，房子有一两百平方米，房主是个外地商人，商人是三四年前从两户当地人手上买下的。打完电话，支书叫上"一村一大"，开着自己的捷达去了甄子场。二人从会馆街折入江西巷。二人认真察看了安府老房现场，并装着租房人向房子代管人即前边铺面老板问了一些情况。二人从江西巷出来时，正遇到我和陌生人朝安府老房子张望。

二人走进镇人民政府办公大楼。

镇专题会议决定：一、石碾村这家"钉子户"可以不搬进石碾小区，但他们一家四代十一口人的拆迁事宜在程序上、手续上一样不能少，十一口人都要办到石碾小区住房名下，以此完成目督办等上级部门对我镇城乡一体工作的考核。二、协调安府老房房主与"钉子户"石碾小区房产，以房换房，按市场原则一方向另一方补齐价差，双方依法过户、纳税。三、若二者以房易房不成，就将"钉子户"石碾小区房产转让第三方，用所得资金购买安府老房，并按市场原则一方向另一方补齐价差，双方依法过户、纳税。四、如在买卖房屋过程中，"钉子户"需向对方补交价差，则由"钉子户"全额承担，政府不承担此过程发生的任何费用。五、此项工作由分管基建的副镇长牵头，石碾村具体承办。

石碾村具体承办，落在人头上，也就是"一村一大"具体承办。

在搬迁事上，扣儿婆婆似乎成了问题，反应在我和陌生人这里，是连见扣儿婆婆都成了问题。本来，陌生人的到来让扣儿婆婆心情变得格外舒展，也更愿意谈那些六十多年前的事儿。可搬迁带来的问题，又老是与她的好心情闹别扭，老是打断她的悠悠记忆：打断她与光阴的对话。我和陌生人因为关心的问题受到影响，不爽性了，就去村上"一村一大"住宿院落找到"一村一大"问情况。"一村一大"就把镇专题会议情况给我和陌生人作了一五一十的通报。

因不知扣儿婆婆对安府现存促狭得巴掌大的老房是否满意，我们三个年轻人就去探她的口风。哪知她对安府老房的情况比我们清楚一百倍，哪年哪年大门变了铺面，哪年哪年左厢房变了酱园厂，哪年哪年右厢房变了木漆社又变了供销社，哪年哪年大花园成了堰塘……现在剩下的就我和安住过的那个小院落了。

"一村一大"：对，就是那个旧得不成样子的小院落，还没您现在山上的这座房子大，甚至连石碾小区的新房也赶不上，扣儿婆婆，您满意吗？

扣儿婆婆：让我搬那儿，哪怕破败成了废庙，哪怕小得像窝棚，我也搬！

"一村一大"：可，扣儿婆婆，我问了您的后人，他们有的想搬小区新房，有的想进老街旧房，这，政府就难办了。

扣儿婆婆朝房子门洞方向喊道：哪个想进小区新房？我咋没听哪个后人说过？喊过之后，又对"一村一大"说：姑娘，去告诉你的领导，我们不为难政府，我们一家十一口就一个去处，老街，旧房！

"一村一大"也真不简单，会议后仅两三天时间，就跑了石碾小区、安府老房、房介所，以及区房管局、统筹办、拆迁办、安置办等地方，最后把所有问题归结成了一个人民币数字：二十五万。

她把二十五万的由来及生成结果向"一把手"支书作了详尽汇报：安府老房房主说他买来是为了保值升值的，买成一百三十五万元，现在三年半过去了，谁给他一百八十五万元现金或足价一百八十五万元的房产，他就可以交钥匙走人。扣儿婆婆石碾小区房产能立即脱手变现的期房价为一百六十万元。也就是说，在不考虑过户、税金等情况下，扣儿婆婆只需出资二十五万元，就可搬进她一心想要的安府老房。

支书听了她的汇报，不说自己的意见，却说：不错，做得很好，很扎实。又说，不过，二十五万，说大不大，说小不小，要说，咱村一咬牙，也能拿出，可怎么敢拿呢，这可是严重违反城乡一体化政策的事！又说，你考虑过没有，下一步咋办？

"一村一大"说：是啊，二十五万，我如果去给扣儿婆婆说，她肯定就不会搬了。她那一家老小，全都窝在农村，没一个进了城的，要多穷有多穷。

支书说：扣儿婆婆过去成分不好，又没个男人，能把一家子拖过来就不错了。供后人读书进城，她哪有那个条件？说来，她也真够遭孽的。

"一村一大"说：支书，这些，你怎么知道？

支书说：我哪知道。还不是听老辈子说的。怎么，你好像也知道？

"一村一大"说：说来惭愧，对本村人，我还没有那两个外地人了解，扣儿婆婆好多故事，都是他们告诉我的。

支书狡黠地说：你不是说这两个外地人已答应帮你吗？也许，这二十五万的难题，该让他们也知道一下。

"一村一大"会意地一笑。

五

鱼儿不管对扣儿怎样失望、怎样愤怒、怎样仇恨，痛定思痛后，还是放不下。

思前想后，他觉得自己对放不下的处理只能表现在两个出口上，一是扣儿，二是那个让扣儿变得不是扣儿的老男人安。

对扣儿，他的办法是像猎狗一样寻着扣儿的气息，紧紧跟踪，贴身靠近，一表心曲，一诉衷肠。筹备"三三暴动"再忙，他也要从忙里抽出时间，给扣儿——其实是给他自己。

他化装走在甄子场街上，突然想起什么，就去一家丝绸庄，买了一条绣花白手绢。他隐隐约约有个感觉，自己在跟踪扣儿气息的同时，有两个人正跟踪着自己的气息，当然，这两人也许是跟踪着他与扣儿被春风搓揉在一起的气息，确切地说，他甚至更相信这两人是跟踪着后一种气息。他还觉得，这两人是两个男人，一是禾，一是安。

但是，他还是成功摆脱了这两人的跟踪。那一天，扣儿的气息和自己的气息被燃灯寺的香火完全湮没了。扣儿烧香拜佛走出寺门后不久，就在一条坡道的拐弯处，被鱼儿蒙着嘴巴拖进了路边的红豆林。扣儿吓了一大跳，看见绑架自己的是鱼儿后，露出了愠怒的神色。她的嘴巴竹鼠一样在鱼儿的手心挣扎。鱼儿从衣兜里掏出一条绣花白手绢塞进她的口腔。尔后，一手夹着扣儿，一手连叶带土扯了两根青翠葛藤。待把扣儿捆缚在一棵粗大的红豆树身上后，鱼儿一句话不说，就扑通一声跪了下去，头抵在地皮上。

但是，树上的小鸟没有停止说话，吹过树枝的被桃花染红的风，没有停止说话。人的寂静与大自然的不寂静形成了一种和谐的对立，舒缓的紧张。

鱼儿终于把头从地皮上抬起来。有几粒隔年红豆坚定不移粘附在他的额头上，这会儿又迟迟疑疑落在了地上。这个温柔多情的绑架者抹了一下眼角上几滴欲掉未掉的泪花后，说：扣儿，我不想伤害你，也不会伤害你，莫怕，我这样对待你，只是想顺顺当当和你说几句话。

说了这几句话后，鱼儿就开始了那些颠来倒去的叙说，什么我如何如何想你，如何如何爱你，什么我离开了你就不想活了，为了你我可以去当一条猪一条狗去杀了全人类，等等。总之，鱼儿说的全都是那些在爱情中的人儿亘古不变的、永远说不完道不尽屡试不爽非常管用的废话。但是，连不冷静、超怨恨的扣儿都看出来了，脚下这个惯于说谎的男人，此番话是真诚的甚至感人的。

话说到这个份上，鱼儿就起身抽出一把匕首把扣儿身上的葛藤割断；之后，他正抬手伸向扣儿嘴前时，被扣儿举掌打开；扣儿自己把那条绣花白手绢从嘴里扯出，快速扔在地上，像突然喷出呕吐物。

——现在，扣儿，你想喊就喊，想走就走吧！该说的，不该说的，我都说了。

——说完了？

——还有一句没说。

——说吧，说了我就走。

——跟我走吧，扣儿，我想你跟我走。

——我说过，我不是扣儿，是安夫人。安夫人怎么能跟不是安的男人走呢？

——那我这就去杀了安！

——鱼儿，我给你撂句狠话在这里，安只要一死，不管啷格死的，我都会认为是你干的。蛋就是先例，就是你的手笔。安没事都没事，安有事，我就是变成鬼也不饶你！

——我真不明白，那个背时老家伙、老色鬼有啥毬好？蛋有啥毬好？

——我也不明白，都是拜托你给弄明白的！

——扣儿，我就是犯了天大的错，这些错也是为了你而犯的呀，你就这么狠心不原谅我吗？

——狠心？原谅？这个世界没有人比你更狠心！原谅你？原谅了你，我怎么去地下见我的男人蛋？

——男人？蛋也算男人？蛋……

——别说了！蛋就不算男人，他也是与我息息有关的一条生命！

——扣儿，求求你，跟我走吧！

——珍也是你逼疯的！

——扣儿，求求你，跟我走吧！

——鱼儿，你已经死了，我说过，你已经死了！

——我活过来了！

——你永远活不过来了！

——那个老家伙死了呢？我是说，他病死了、老死了呢？

——你也活不过来了！告诉你，就是有那一天，我也会为他守寡终生！

——扣儿，我知道你不会对我这么寡毒，你是故意气我的。好像有人来了。

——禾在到处找你抓你呢。快走吧，好像有脚步声朝这边来了！

——扣儿，我走了，但你记住，我不会就这么轻易死掉的，我还会再来找你的！

——鱼儿，我告诉你，你就是找我一千次一万次也没用，我不会理睬一个死人的！

鱼儿对扣儿所能采取的行动，也就这样了。

对安，对自己一心想置其于死地而后快的安，鱼儿非但没有找到出气的出口，反而憋了一肚子的气。为了给扣儿一个自由身从而得到扣儿，也为了给雪儿报仇，鱼儿有一千种杀安的理由。可为了不至于失去扣儿，还为了组织的最高利益，他又不能杀安。不能杀安也罢，菜用雪儿施的美人计失败后，动员安参加"三三暴动"的重任，偏偏又落到了自己身上。这样一来，不但不能杀掉安，还要登门上户去求安，把安当菩萨供起来，你说鱼儿憋屈不憋屈。

自己不能杀安、只能求安都还嫌不够，连别人杀安都不行。菜得到一个情报，说安的几个仇家要联合起来做掉安，为他们那些死在安手头的亲人和朋友报仇。菜令鱼儿将这个情报送给安，又保护安，又在安那里赚一个人情。哪知，安并没有买这个人情。鱼儿才一开口，安就说了下文，羞得鱼儿一脸绯红。原来，安早已得到情报并已经摆平了那些仇家。

其实，让鱼儿憋屈的还在后面呢。本来，安都被共产党镇压了，而扣儿不仅同意鱼儿活过来，还让鱼儿再次上了她的床。鱼儿的好日子看着看着就过顺乎了。可令他万万没想到的是，自己那天早晨还赖在扣儿的床上睡懒觉时，就被禾直接送进了看守所。

在看守所，鱼儿一看见红砖高墙上用石灰浆刷出的"坦白从宽，抗拒从严，立功折罪，立大功受奖"的白色大字，一想到扣儿的热被窝，关键是禾向他发起了一浪一浪的桃色进攻后，他就忍不住跳出来向禾举报菜、马，并按禾的授意杀了菜。可令自以为立了大功该免罪、该受奖、该回到扣儿的热被窝去的鱼儿万万没想到的，是自己居然被判了无期徒刑！

对菜、马实施秘密处决是"80情报站"内部的公开决定。当鱼儿在禾动之以情、晓之以理的审讯中，决定出卖上司菜后，"80情报站"就安排了这个最简便、最快捷、最安全的处决行动。

禾非常清楚，审讯鱼儿，主攻方向就是让鱼儿吐出"三三叛乱"匪首菜与马的下落。可令刑侦刑讯经验无比丰富的禾恼火又尴尬的是，自己使出的包括暗示手下采用恐吓、暴力等种种正常和非正常的招数，竟在对手身硬如铁、油嘴滑舌东拉十八扯的应对中，统统归于失效。无奈之中，禾想出了一个自己最不愿使用的下作之术。

禾一改先前的公事公办的硬性线路，紧紧扣住扣儿这个温软的主题，向对手发起了一浪高过一浪的桃色进攻。禾为了在进攻中一举击败对手，在方方面面都作了精良的思考，比如自己脱制服换便装，比如把刑讯地点由公安处看守所变为扣儿家中，比如把刑讯变为交谈，比如交谈中还辅有茶烟酒肉。禾还试图把扣儿请来当主攻手或助攻手的，但扣儿说，她已经对鱼儿做了自己该做的了，她不想再做什么了。

——我告诉你，科长大人，我把鱼儿交给你，不是因为别的啥，仅仅是他做了很多对不起我，不，对不起蛋、安的事！

——他更做了对不起共产党、解放军、新中国和人民的事！

——那是你的事，与我无关的事！

——扣儿，你都是有文化的人，我觉得你还该提高无产阶级的革命觉悟。那些事是我的事，可它们更是国家的事啊！

——没有小家，哪来国家，谈何国家？

——应该反过来说，没有国家，哪来小家，谈何小家？

——好好好。我不和你争了，总之，你是国的人，我是家的人，桥归桥，路归路，不搭界！

——扣儿，你是读书人，家国、家国，家国的含意你应该比我清楚。家的人也是国的人，是可以搭界的！

——可以吗？那我们这就来搭界吧！明天，对，明天就把我娶了去！

——这……

——怎么，害怕了，退缩了，又不搭界了？

——扣儿，这是两码事。

——对，两码事，就是说还是不搭界嘛。

——扣儿……

——哈哈哈……

扣儿虽然没有成为拿下鱼儿的主攻手或助攻手，但到底还是配合与协助的——她不仅把自己的房子交给禾使用，还不露面地亲手做了几样鱼儿喜欢吃的菜。

鱼儿一走进安府大院，就嗅到了一种什么气息，于是，他停止脚步，大喊：扣儿，我知道你在这里，出来吧！

禾说：我说过，她今天到成都逛春熙路去了。

鱼儿说：不对，她在，她一定在。扣儿！扣儿！

禾说：别嚷了，嚷也没用的。

二人坐下聊了一些不着边际的闲龙门阵后，禾的老手下男公安和新手下女公安就开始了上菜掺酒。

鱼儿才夹了一筷子菜到嘴里就惊叫了起来：这是扣儿做的菜，一定是扣儿亲手为我做的！禾说：是的。鱼儿说：她咋个躲着不见我呢？禾说：这个，就只有你自己明白了。鱼儿说：她能给我做菜，就说明她还念着我的。禾说：当然，这是你小子的福气，她为你做了菜才去的春熙路，别光吃菜，来，喝酒！鱼儿说：你也这样看？禾说：扣儿真是一个好女人。鱼儿说：科长，你说，我还能见到扣儿吗？禾说：这不好说，主要就看你自己想见不想见了。鱼儿说：废话，我恨不得马上就见到她。禾说：要见扣儿不难，只要你端正思想，改变态度，就好了，对了，扣儿说了，到时你就是不见她都不行，她会主动去看你的。鱼儿说：我知道你的心思了，绕了一大圈，你不就是想让我说出菜、马的下落吗？禾说：是的。鱼儿说：我要是不说呢？禾说：那你不仅见不了扣儿，还要搭上自己的一条命，况且……鱼儿说：况且啥？禾说：况且，扣儿还会为你受更大的罪、遭更大的孽！鱼儿说：为啥？禾说：因为你是罪大恶极、罪不可赦的反革命魁首，而扣儿又与你有不清不楚的关系！鱼儿：不不，我不说！禾说：你会说的，不是为了你自己，仅仅是为了扣儿，你也会说的。

每个人都有自己的命门与软肋，扣儿是鱼儿的命门与软肋。不用说，禾一搬出扣儿来，鱼儿的失败就注定了。鱼儿不仅说了菜、马的情况，还同意去执行"80情报站"秘密处决菜、马的决定。

鱼儿在前边找，禾的两个手下就远远坠着，如影随形。鱼儿跑遍成都大街小巷，跑遍东山五场，去了他知道的所有与菜、马接头的地点，和菜、马常去的窝子，都没有半点斩获，好像二人从人间蒸发了一样。

鱼儿明白，这二人一定是防着他的出卖，藏匿在了他不知道的地方。在禾的指点下，鱼儿开始回忆那些既与这二人亲近、自己又能找到的第三方。回忆清白后，鱼儿就开始在这个人群中一个一个打探这二人的下落。但是，没有成功。真是皇天不负有心人，在他都完全绝望而禾也开始怀疑他的真诚的时候，他的寻找终于出现了转机。

那天，他从石灵寺出来后就到了西河场。在西河场，他看见一个人在街边享受掏耳朵乐趣，都走过了老远，他一拍脑袋，灵感一下就来了——这可是要命的灵感！那会儿，他双耳冒出的青雾笔直地对着青天。他终于想起菜有一个特别的嗜好：掏耳朵。掏耳朵就是用一些金属夹子钩子刮刀等专用工具，伸进耳洞中捣鼓，掏出那些或干或稀或多或少的黄色黑色耳屎，掏起来享受，舒服，上瘾，几天不掏耳孔痒得难受。在东山地区，菜喜欢找龙洛公园里的耳朵林掏，在成都城区，喜欢找南门上的耳朵邱掏。

为避免打草惊蛇，鱼儿没有直接去问两个掏耳匠，他采取的方式是监视加跟踪。他首先把菜的行踪锁定在乡下，但他守了耳朵林三天就发毛了。他想，大隐隐于市，城里的解放军虽多，但依菜的行事风格，没准他认定的理儿就是越危险的地方越安全，他喜欢的就是灯下黑。就在鱼儿正准备移位成都，把目标锁定在耳朵邱那里时，菜现身了。

事实上，不是鱼儿找到了菜，而是菜找上了鱼儿。

成都平原初夏的天气湿漉漉的，连草丛中起落的山蚊子也飞得笨笨的，好像在穿一堵水墙，又像翅膀上拴着反向的季风和锦江。那天傍晚，鱼儿蹲守在甄子场耳朵林家旁边的一片红豆林里，心里正想着第二天去成都的事，突然，没有任何一点声息，一件硬物就抵在了自己的腰眼上，他知道，那是一支枪，他还知道，握枪的人是矮子菜。他一阵激动。

——举起手来！怎么，我的天不怕地不怕的副司令，你也有害怕的时候？

——处座，别开玩笑了，我可没啥害怕的。

——我怎么感觉你在发抖。

——哪里，我是高兴啊！

——高兴？

——是啊，见到处座、找到组织还不高兴？

——说，怎么出来的？

——凭我这身功夫，他们关得住？自然是逃出来的。

——找我干什么？

——你是我的上司、我的组织，不找你找哪个？

——你让我怎么信你？

——我跟共产党是有血债，有大血债的，你连我都不信，恐怕就没人让你信了。

——那倒是，你我这样的人如果都能傻到与共产党合作，恐怕天下就没有傻子了。

——我的处座，这下我可以放下手来了吧。

二人面对面说了一阵话，又开始边走边聊起来。他们聊了"三三暴动"失败后，各自逃避追捕的情况。捏住了菜后，鱼儿就只想知道马的下落了，所以，菜刚刚把马逃去了香港的信息说完，鱼儿就将一把刀子塞进了他的心窝。

菜：为……为什么？

鱼儿：我要扣儿！

菜：鱼儿……你……你英雄……一世，你傻……你傻呀！

禾见了菜的尸体后，恶狠狠地踢了两脚。几个月前，菜正是从禾的手上逃逸的。为此，禾还遭了一个党内处分。

一九五零年一月十七日下午，一辆吉普车驶进成都华兴东街四十一号。两名解放军从车上押下一个身穿土布蓝衫的中年人。此人身材短小，面部瘦削，双目炯炯。

公安处审讯室。

我叫李干才，军统人员，原是国民党成都警备司令部稽查处侦防大队长。去年十二月二十日，周迅予逃往阿坝打游击，由我代理稽查处长兼执法大队长，军衔是少将……李干才，也就是菜，说得极诚恳，坦白中又有几分卖弄。禾问：你知道自己下一步该干啥吗？菜说：我愿立功赎罪，争取从宽处理。禾按常规处理程序，向菜告诫了立功汇报的内容及联络方式。接下来几天，菜总在华兴东街一带露面，之后就消失了。禾四寻不着，丢大了脸，气得吐血。

菜提到的周迅予，四川富顺人，黄埔四期毕业，军统局十八创始人之一。曾任军统上海特区站站长，参与暗杀史量才、杨杏佛。因其妻与戴笠姘居而与戴交恶，遭戴关押。后任成都稽查处处长（成都地区军统总头目），期间，一手制造了国民党逃离大陆前最后一次大屠杀——成都"十二桥血案"。成都解放前夕，蒋介石、毛人凤先后找他密谈，任命他为"川康边区反共突击军"总指挥，上山打游击，迎接国民党反攻。

禾再次见到鱼儿后，什么都不说，直接就问马是否真的潜逃香港了。鱼儿就说，反正菜是这样说的。禾说，谁能帮你证明菜是这样说的呢，再说，万一菜是说谎呢？鱼儿说，科长，你该不是怀疑我在给马打掩护吧？禾不再说话，出了看守所。

鱼儿秘密处决菜后，就一直待在看守所等着共产党对自己的裁决。很快，裁决下来了——鱼儿被判无期徒刑。当他在万头攒动、群情激愤的广场宣判大会上听到这个宣判后，惊呆了。直到被押进监房都一直呆着。一个看守以为他是激动所致，就说：这都是共产党对你的恩情，否则，早崩了你了，还愣着干啥？还不快感谢共产党，感谢毛主席！鱼儿突然大吼一声：感谢个毬！滚！滚滚滚！看守员莫名其妙，吓得赶紧跑出了监房，后又反应过来，就折身回来边骂边踹了拖着脚镣手镣的鱼儿几脚。

被打之后，关在监狱里的鱼儿像一头刚刚捕获的野兽，成天咆哮着要见禾。禾来了，拎着一网兜香肠、包子和烟。禾刚从石碾村回来，周身都是暮秋的气息，零星的，也有一丝丝扣儿的气息。禾走进监房，一边说给你的，一边把手里的网兜递给鱼儿。鱼儿一边说别猫哭耗子假慈悲，一边把网兜打落在地。

禾一边捡拾地上的东西一边问鱼儿，我来了，你想说什么。鱼儿问，为啥为啥？！禾说，啥啥？鱼儿说，你别他妈给老子装逼了，你不是说要折罪、要受奖吗？无期就是你给老子的折罪、你给老子的受奖？禾说，不折罪、不受奖，你还能站在这儿说话？枪毙你一百回都够了！鱼儿说，你这个骗子，那你咋个不早说？禾说，鱼儿，你也别激动，你杀了菜，我个人是很感谢你的，组织上也是看在眼里的，可你应该知道，我们公安处只管抓人，判刑是司法处。鱼儿说，老子不晓得！老子只晓得，无期就是见不到扣儿，见不到扣儿、不能和扣儿在一起，还不如枪毙了老子哩！禾说，鱼儿，你要想开些，在狱中好好表现，争取减刑，还是有机会出狱的。

机会个屌！鱼儿一声怪兽长啸后，就拖着沉重的金属声向禾扑了过去，并迅速抽出了禾腰间的手枪。禾大惊。两人开始拼命夺枪。门外两个看守听见动静，急匆匆跑进监房，也加入到制服鱼儿的动作中。这时，枪在争夺中突然响了，禾重重倒在地上，胸口汩汩冒血。在鱼儿一愣之中，两个看守夺了枪，制服了鱼儿，并大喊来人来人。

之后的两天，鱼儿在监狱里成天大喊要酒要肉，说老子都是要见阎罗王的人了，你们龟儿共产党还这么克扣老子。鱼儿喊到第三天上时，一抬头，见拎着一只提篮的扣儿，正站在栅栏外看着他。

这时的扣儿已不是小姐、少奶奶和夫人了，她真真切切是了农妇。扣儿潦倒的衣着倒也整洁。时光剩去了时光。鱼儿明白她现时的处境，心里一阵发酸。

扣儿把提篮里的食物一件一件递给鱼儿。扣儿说：吃吧。鱼儿狼吞虎咽吃着，吃进去，泪就出来了。扣儿问，你咋啦？鱼儿说，你对我这么好，可惜我却要死了。扣儿问，嘟格这样说？鱼儿说，我打死了禾。扣儿惊问，啥，你打死了禾？鱼儿点头。扣儿问，这是为啥？鱼儿说，他说过，只要我立了功，就可以出去见你了，可等我立了功，却被宣判永远关在这里了。

　　——鱼儿，别做梦了，我们咋个都不可能了。

　　——为啥？

　　——因为是我把你送到这里来的。

　　——是你向禾告的密？

　　——你不晓得？

　　——我一直在纳闷这事儿呢。

　　——禾没告诉你？

　　——扣儿，你为啥要这么做？

　　——我说过，安只要一死，不管他怎么死的，我做鬼也不会饶过你的！

　　——你就这么在乎他？

　　——是的。

　　——那你今天又何必来看我。

　　——我不是来看你，我就是想亲口告诉你一遍，是我把你告发了。

　　——扣儿，早知这样，你又何必让我活过来呢？

　　——我说过，你早死了，是你自己要活过来的。

　　——扣儿，你不该这样对我。

——鱼儿，你伤害了我身边很多人，过恶事做得太多，还有那么多血债，蛋、蛋他阿妈、安、禾，还有那些被开膛剖肚的解放军……人活一世，做了，就有报应，就得还呀！

——可是扣儿，我为你做了这么多，你给了我啥子报应、还了我啥子？

——鱼儿，你知道，你做的好些事情，一些事我很感激你，但更多的事都是我不希望你做的、反对你做的呀！

——可是，我已经做了，为你做了。

——鱼儿，我现在唯一能为你做的事，就是你死后，再为你砌个坟，每年祭日，为你烧些纸钱。鱼儿，你恨我吧，我不怪你。

——我爱都没爱够，怎么会恨呢？我就是想恨，也恨不起来呀！

——鱼儿，对不起。

——莫说了。扣儿，你能亲手埋了我，亲手为我点香烧纸，我死而无憾了，值当啊，真的。

直说到这时，直到扣儿转身离开，鱼儿才发现扣儿步态有些异样。鱼儿盯着完全出怀的扣儿惊讶道：你……扣儿说：是，变难看了。鱼儿说，哪个的？扣儿犹豫了下，说，安的。鱼儿说，不，不能是安的！撒谎！一定是我鱼儿的！真好，我鱼儿有后了，有后了！可是，我，我待在这个鬼地方，怎么当阿爸？怎么养娃娃？

扣儿刚刚离开监房，还没走出过廊，就听见身后传来一声巨响，监狱为之一震，平原为之一震。

鱼儿撞墙身亡了。

那是力大无穷的鱼儿一生中最后一次用力。他的自身体重，加上扣儿一篮子食物，加上脚镣手镣，这些重量的总和，捆绑上他在监房尺度中突然爆发的加速度，就形成了他的脑球对墙壁的作用力，和墙壁反过来的作用力。正是后者的那个反力，让妄想翻天的鱼儿的脑球，闹了一场九级地震，使之足足坍塌了三分之二的范围，其领土的完整遭到永远不可修复与抢救的破坏。

鱼儿裂开的脑球开出了五色斑斓的花，奇怪的是，竟没有一缕青色的雾。他这么快就用完了他的雾？

鱼儿自杀后，监狱把他的尸体装在麻袋里，扔到了后山上的青冈林中。扣儿在不远处看着这一幕，直到抬尸的那两个犯人随两个狱警离开。扣儿把鱼儿拖到不远处一个凹坑埋了后，作了记号。

鱼儿自杀在一九五零年暮秋。

鱼儿自杀三年后，其坟冢出现在了石碾村那片桃林中，光光生生的墓碑上，画着一条鱼儿。我知道这是扣儿婆婆做的，但我不知道扣儿婆婆是怎样做到的。问扣儿婆婆，扣儿婆婆也不说。

对扣儿婆婆说到的瞎眼算命人的自杀，陌生人却提出了相左的看法。陌生人说，扣儿婆婆，记得您老说过，瞎眼算命人姓牟。扣儿婆婆说，是呀，是呀。陌生人说，您老还说过，瞎眼算命人头发乌青，浓密，给人算命的同时，还兜售一种药，治头发的药，说是祖传秘方。扣儿婆婆说，是呀，是呀。陌生人说，依我的史料查实和逻辑推断，瞎眼算命人就是土生土长的龙洛人，至少他的祖宗是。并且，他非但一九五零年没死，没准现在还活着呢。

扣儿婆婆：撞到鬼了哦。

陌生人：不。撞到神了，遇到仙了。

接下来，陌生人给我们讲了一则故事。

故事说的是武则天时期，龙洛一位姓牟的下力人。一天，他在甑子场集市上干活，被一少年道士看见，问他愿把自己的衣担送入成都否。牟不问力钱，只欣然答应。挑到成都大东市北街时，见才中午，少年决定不歇，继续走。挑行至青城山门时，天色已晚，依然继续走。入林中小屋，天已尽黑。牟遂采撷野菜，点火，煮来与少年吃了。少年不想牟夜宿此间，力钱也不给，只送牟一本小册子，其上有一生发长须的药方。少年说，你按药方讨生活，可保你终生衣食不愁。牟回到龙洛依方制药，果然立竿见影。相国燕公张说来蜀时，召见牟，送他道士服饰，并为其改名为羽宾，全名牟羽宾。牟至此变身为逍遥自在的神仙。

末了，陌生人摇头晃脑说，此故事出现在唐末五代杜光庭《神仙感遇记》第一卷中。

当天我就悄悄去灵池区图书馆查了，古书上果然有龙洛人氏仙人牟羽宾。

没想到，这个陌生人，把龙洛功课做得这么深！丫头片子，小瞧她了。

六

那时鱼儿天马行空地想，也想不到自杀那儿去。那时鱼儿是振臂一呼万人麇集的副司令。

那时鱼儿想一鼓作气拿下广东会馆，拿下镇公所，无奈却无法把疯狂抢粮的喽啰们聚集起来。他只好坐在街檐下抽起烟来。

从黄土乡来到扣儿居住的场镇，鱼儿觉得空气中满是扣儿的气息。他从暗探的密报中早已知道扣儿被软禁在了广东会馆，所以他心思的方向不在安府，而在最后的战场即广东会馆。望着面前一个连一个的烟圈，他想，自己一口如能吐出十个烟圈，就表示能够十全十美把扣儿从广东会馆，圈回到自己身边来。他一吐，果然就吐了十个。他的心情有说不出的好，说不出的美，他露出了婴儿的稚嫩笑容。他让一个手下马上去场镇外报告菜，说镇公所眨眼就会拿下。

这时，甑子场粮仓终于被抢空。一些叛匪把粮食寄存在了一些铺子里，他们当时并不知道，自己的寄存与白送无异。一些叛匪一直背着粮食打仗，让粮食无意中作了盔甲，其结果是，人跑一路，粮食撒一路；敌我双方踩着粮食打仗，摇晃如醉汉，跌倒成经常，令残酷的巷战犹如儿戏；打扫战场时，打扫出了一大山粮食。还有几个叛匪，本来已逃生成功，不料，解放军顺着粮食的路线，很容易来到了他们的匿身处。

鱼儿的冲锋开始了。但碉楼上解放军的两挺机枪，让他不能靠近镇公所半步。有人献火攻之计。他说火攻可以，但不能烧了广东会馆，火攻碉楼吧。叛匪们开始把晒席卷成筒，再在筒心中塞进浇了煤油的麦秸，企图点了火后用长竹竿顶着往碉楼窗孔中掼。禾指挥战士打掉了十几个卷筒，但有个亡命徒还是成功冲到碉楼下那个死角，将一个卷筒点燃后掼进了窗眼。

解放军两个机枪手撇下机枪下楼扑火。鱼儿见状大喜，立即发起进攻。但他的进攻还没启幕，公安处长亲率的一支两百人的公安部队，就鬼魅一样扑到了面前。玩似的，公安部队把鱼儿的人马像吆一群猪羊一样，吆出了甑子场。

菜的指挥平台再一次进行了前移：从桃花寺移到了甑子场外一处农房里。鱼儿气喘吁吁跑了进来。菜没见到鱼儿的捷报，却见到了鱼儿的满脸晦气。菜气急败坏地说：炮轰！鱼儿说：安还在里面啊！菜讥之：你是关心扣儿吧！鱼儿恳请：处座，您再让我冲锋一次，这次一定拿下！如果拿不下，再打炮不迟！菜：迟了！共军的主力援军应该就快到了！我们必须在共军主力援军到来之前，进入甑子场！鱼儿跪下：处座！菜一看见鱼儿双目中熊熊燃烧的爱情火焰，心不由咯噔软了一下。

鱼儿这次真的急了，竟不顾军事常识，挥舞双枪强令所有手下同时往场镇里冲。这样的冲，远远看去，就像一群打拥堂乱哄哄的饿猪在促狭的食槽中一阵疯拱，除了少数拱到了食物，大多数拱的都是屁股！甑子场的战斗台面不足零点四平方公里，岂容得下鱼儿近万人的同时展形。这样一来，多米诺骨牌效应发生了，前边倒一片，后边就一片一片倒，一直倒在了菜的脚边，几乎把他的指挥部压垮。

打炮！打炮！

炸死他们！炸死他们！

菜的炮弹还没打出去，俊的炮弹就飞过来了。叛匪的堰塞湖垮了，水轰轰隆隆，向四方奔逃。

鱼儿是鱼儿，最擅长水中逃生，他在炮火的空缝里巴着烟，火影子照亮他如鱼鳞一样反光且坚硬的爱情。

从安被镇压的第二天开始，安府门丁每天清晨都会收到一篮子送给扣儿的花。送花人是不同的男女小孩，今天这个明天那个，他们说让他们送花的雇主是个老头是个青壮是个太婆，他们只管收钱只管送花，其他一概不知。从暮春到初夏，昨天栀子今天玉兰明天玫瑰，没有一天重复，好些花古里古怪，一看就是外地出产。

扣儿开始还在哀思安的罅隙，想送花人是谁，后来就不再想了。她把花篮放在卧室，不知不觉中，自己的丧夫之痛失婆之疚和厌世之思，竟在一缕缕幽香中获得了释放，她感到心里渐渐和顺、好受一些。所谓失婆之疚，是指安死后一个星期，她的疯子婆婆珍一夜之间来了个人间蒸发，她急得让人找遍整个龙洛也没找到。

送花人送了四十八天后就没再送——清晨的小孩不再出现。第七七四十九天上，扣儿独自一人悄悄去石碾村坟上，为亡夫忙了"末七"烧纸祭奠，回到安府卧室后仍不见花篮出现，不觉怅然。最后一篮花，是送花人亲自送到扣儿面前的。不用说，送花人自然是鱼儿。

第二天，也就是安死后第五十天上，扣儿吃过晚饭散了步回到卧室，就看见一篮花，之后，又看见了送花人。

扣儿先是惊喜，后又想到什么，就变得冷漠起来。扣儿的冷漠，在鱼儿的意料之中。

——扣儿，安已死了。

——不。是你已死了。安还活着。

——扣儿，人死不能复生，复生就是活着。所以，我活着，而安复不了生了。

——我不想和你打嘴仗。鱼儿，他们正到处抓你哩，你赶快走吧！

——我知道，禾都来找过你三次了。

——你咋晓得的？禾一心想抓你。

——龙洛地皮上的事，哪有我鱼儿不晓得的？

——那天你是嘟格逃脱的？

——我压根就没逃。那天，大炮一响，所有的人都往场外跑，就我一个人往场里跑。你在场里呀，我为啥往外跑呢？我在广东会馆见到了你。见你没事儿，我就没事了。共产党大搜捕的那些天，我就待在场子上。

——鱼儿，你还是投案自首吧！争取政府的宽大处理！

——扣儿，你还是关心我的。我知道，我在你心中，还没死掉。

——不，不！

——告诉我，扣儿，你还是关心我，在乎我，爱我的！

——没有，不，没有。

在扣儿走进卧室看见花与送花人时，扣儿的注意力一直在送花人那里。后来，扣儿发现那是一篮她从未见过的花，像罂粟花，但它的外像和它散发的香味，比罂粟花更妖冶、更迷幻、更令人专一和兴奋。后来，扣儿的全世界就是这篮花，扣儿的全人类就是鱼儿一个人。见自己日想夜思的扣儿又回到了四五个月前，鱼儿就把扣儿抱在了床上。

死了的鱼儿再一次睡了扣儿的热被窝。

这一夜，鱼儿就是鱼儿，扣儿却是一条水，又一条水。鱼儿泅了这条水，又渡那条水，最后钻进背阴的那条水，待在月光充盈的水晶宫，沉沉睡去。

扣儿睡得更沉。扣儿一觉睡到了翌日中午。她一睁眼就看见自己和鱼儿像剥了壳的嫩笋赤条条躺在床上，鱼儿正歪着脑袋，饶有兴味地研究着自己。扣儿见到这个场面，吃了一惊，本能地扯了一条毛巾遮住下体。她战栗着问：这，这是怎么回事？鱼儿说：扣儿，怎么，昨晚，我们聊天，聊着聊着就……不记得了？

扣儿努力一想，就想出了一些昨晚的画面。她自语道：我怎么会……哎。她不知道自己怎么做了这事、怎么会做这事。她一下觉得自己一分为二变成了两个自己，这个自己不认识那个自己、那个自己不服从这个自己。她骂走鱼儿后，把自己关在屋里狠狠骂了三天三夜，卑鄙，下贱，骚货，对不起安、对不起蛋、对不起珍、更对不起给了自己这条贱命的阿爸阿妈！她把能作践自己、指责自己的东西找来通通使用了一遍，直到把自己骂成最坏最坏、连妓女小偷淫妇杀夫者都不如的坏女人为止。她想，自己就这么坏，做点坏事看来也正常、也不足为奇。骂过之后，想过之后，心里的句子就通顺了些，包块也消散了些。

鱼儿走之前，扣儿发现花篮空了，就问花呢？鱼儿说，这花不经开，一夜就蔫了，一蔫就难看要死，他早晨趁上茅厕把花扔了。

鱼儿走了，没过几天，又回来了。

鱼儿对自己的性控制能力是很有信心的，最先在扣儿那里，后来又在雪儿那里，他都找到了这种信心。还在龙潭寺老家时，他就听一个来自高原藏区的过路汉人讲过牦牛的故事。

故事说，蓝天白云的高原草地上，那一堆一堆长发披肩、黑亮如乌云的牦牛群，悠闲地吃草，悠闲地散步，过着安详、自在、幸福的生活。它们是牧人家养的牦牛。但每一群家牦牛中，都藏有一头野公牦牛。这头野公牦牛来自更高的高原和更冷的雪山。它闯入家牦牛群、撵跑或制服所有公牦牛后，就成了这个女儿国的男皇帝。这个男皇帝靠什么来控制自己的女儿国呢？对外靠角刀，对内就靠性了。野公牦牛的性能力是强大的，对于家养母牦牛，一头少则可以控制一百头，多则可以控制一千头。讲完故事，那位汉人说，他不想当人，只想做一头后宫佳丽三千的野公牦牛。鱼儿说，如果世上没有扣儿，他也想。

那位汉人还说，养女人就像放牦牛，放一头是放，放一群也是放。但鱼儿不认可这个观点。鱼儿认可的只是故事中的那种控制力。

正是从牦牛的故事中，鱼儿认识到了性控制的厉害，并从自己的经历中体味到了性控制厉害带给自己的美妙与信心。

所以，一来二去鱼水后，鱼儿就认为自己再一次完全控制住了扣儿。自己怎么能控制不住呢？除了性，还有行动，还有心，哪一样不能让扣儿对自己服服帖帖巴心巴肠？

鱼儿其实应该明白，自己上了一次安府的床后，扣儿就搬去了珍家，其用意正是不准鱼儿再碰安的床。扣儿的心中有安。鱼儿进了看守所后，扣儿又搬回了安府。搬回安府的当天下午，扣儿悄悄去石碾村坟上哭了一回。哭的时候，离她最近的那棵老桃树刚开始说话，雨就下来了。

第六章 〉第三个带枪的男人：安

一

对于扣儿，鱼儿的得手，也就意味着自己的放手。安是这样看的。为此，安放下实验，开始逃亡。

假如禾的企图没有被安察觉，假如扣儿不是一下子从天上掉落地上、变得那么楚楚可怜，安大约一辈子也不会与扣儿发生关系了，虽然扣儿是他所谓的干女儿。但偏偏是，生活不习惯不喜欢更不可能假如，所以，该来的都得来。与扣儿产生关系，是安的宿命，摆不脱，逃不了。

禾对扣儿的企图，安最先是从禾的目光中察觉的。扣儿在哪里，禾的目光偏偏不在哪里，他只是用目光的一些细枝末节在她身上拂扫。所以，安觉得，禾的目光不在扣儿身上，恰恰说明就在扣儿身上。在二娥山打扫战场的时候，在田坝里挖找象等二十位解放军尸体的时候，安都看见了这种目光。本来，禾的职业就是用目光追踪猎物，但安发现，禾这次使用的目光一点不职业。不仅不职业，甚至是职业本身的大忌。禾使用的目光，是男人之于女人的目光——那目光，有点迷茫，有点慌张，有点痛苦，有点阴毒，有点邪乎，有点窃喜，总之，很男，很有想法。安就是使用这种目光的高手，所以，对这种目光侦寻、捉拿、鉴定，自然也是行家里手。什么叫"三折肱知为良医"，这就叫。

当然，就算行家里手、就算良医，也有出现差池的时候，所以，安还不想把结论下得那么早。直到有一天，当禾用另一种器官表达了自己的意愿后，安就对自己之前所下结论表示了满意。当然，这种满意仅仅是对自己侦寻、捉拿、鉴定男人之于女人目光能力的满意，相反，对证明的结果，安是相当不满意甚至是极度痛苦的。

禾的另一种器官是嘴。他说，要不，他和他带来的两个手下就住广东会馆吧。安说，广东会馆已住了指导员、扣儿，还有扣儿的疯婆婆珍，已经很挤了，而珍家正好空着，再说，你们三人不是来抓菜、马他们的吗，住珍家才有机会哩。禾就说，你这样看？安说，不这样看，还该怎样看？禾就说，那好吧，他就听镇长的安排。

安当时就听出了禾话音中的不高兴。安心里明镜似的，禾想与扣儿住在同一个屋檐下，可安偏偏不想如他的愿。令安始料不及的是，为扣儿，禾的脸皮居然厚到了堪比城墙倒拐的程度！才在珍家住了两天，就跑到广东会馆，先对安说了一些可说可不说的事，然后话锋一转，就向安慎重提出，要扣儿和珍搬回自己的家中去住。

禾一本正经：扣儿与鱼儿、乌曾经有联系，与雪儿认识，菜就有可能来找扣儿。

狐狸终于露出尾巴了。安装糊涂：科长是啥意思？

禾变得更加严肃：扣儿住在广东会馆，敌特就没有机会。敌特没有机会，我们就没有机会。

安进一步装糊涂：我还是不明白。

禾耐着性子：扣儿和珍，婆媳俩应该住到她们自己的家中。

安总算听懂了，但显得为难：那座宅子的案子还没结哩。

禾说：我知道，这事儿难不倒你这个大镇长。

安爽快地高声说道：那好吧，既然共产党的科长不忌寡妇门前是非多，本镇长一定成全，一定成全！

指导员走过来搭腔：寡妇？你们在说什么寡妇呀？

禾慌忙说：没什么，没什么。

安笑言：指导员，科长想……

禾打断安：镇长，这事儿似有不妥，从长计议吧。走，指导员，咱俩杀盘去！三打二胜，不准悔棋哈……

望着禾离去的背影，安一声冷笑，鼻子就喷出了黛色的雾。到这时，安的所思所想已经大大进了一步，那就是如何不让自己曾经心仪的东西，旁落到自己厌恶的人手中。即或这样，安依然认为自己不会与扣儿再次发生关系。

与扣儿发生关系，还来源于对扣儿突变命数的关注与怜悯，以及对扣儿美德的再认识。而这一切，又来源于许多情况的发生和信息的累叠。当然，说到最后，安的大尺度前倾，还是得益于禾从背后突然出手推的那一掌！

扣儿与珍从成都回到家中的第二天清晨，扣儿和扣儿找回来照料珍的琼，正在打扫屋子，院坝外就传来了理直气壮的敲门声。扣儿拉开门，见一大早找上门来的，是乌家的一群穿着丧服的娘们，领头的是乌的三婆娘。

乌的三婆娘进屋后看了疯子珍一眼，对扣儿说，看来，跟她说不上，跟你说吧，算了，不说了，你是识字的，各人看吧！说着，乌的三婆娘就把房契、地契，和蛋签字画押过的那份契约，递在了扣儿眼前。扣儿要伸手接，乌的三婆娘就收了回来，说，看看可以，这个可不能给你，你给我撕毁了咋办？

乌的三婆娘最后说，总之，这座房子已被蛋转卖给我们乌家了。三天够了吧，我看够了，请你们三天之内净身出去，不，衣物首饰等日常用品还是可以拎上的，到时我们可要来接管房子哦！三天！

自打水井坝见了蛋、东大路见了珍后，扣儿就知道这是强抢强占，可一时又不知道该怎样应对，找婆婆珍商量吧，她就知道一脸傻笑，欢欢地笑，嘴里还不停叫道，蛋，我的蛋，雀雀、雀雀——飞！

扣儿想了想，还是去找了安。她认为，无论于公于私，她都该找安。于公，安是镇长，甑子场地界上出现的纠纷，不找龙洛镇长找哪个？于私，安是干爹，在甑子场已变得无亲无友可以依靠的扣儿，遇到麻烦事不找干爹找哪个？

安倒是客气，不过，正因为这种客气，让干女儿扣儿觉得自己与干爹之间的关系，少了自然与随意，多了拘谨与公事公办。扣儿一脸懵懂，不知道干爹的态度为何较四五天前出现了这么大的逆转。

安还是温和地笑着。扣儿刚把情况说了个开头，安就叫师爷去把乌家人喊来。然后，扣儿继续说，说完之后，安又问了几个细节。年轻漂亮的乌的三婆娘拢了镇公所，一见到安，就害怕得嘴打哆嗦，同时，又逮了机会向安甩了几个秋波过去。安就一边看房契、地契和契约，一边说，说吧，有一说一，有二说二。乌的三婆娘说的时候，扣儿插嘴争辩了几句，安就说，今天不是争的时候，先听她说完嘛。扣儿就住了嘴。

听完两个女人的陈述，安就说话了。安说，从房契、地契和契约这三份物证来看，房子从珍家转让到乌家基本上是成立的，也就是说，如果你们双方没起纠纷，我们镇公所也屁话没得。偏偏是，你们双方对房子的所有权各执一词，这样一来，我们就必须从多方面进行核查了。就现在明摆着的事实看，乌家似乎有道理，但是，这个道理又似乎存在很多疑点，这就使乌家道出的理显得不是那么充分。比如，转让房子还该有收款收据的，可你们乌家竟不能拿出珍家出具的收款收据，从这一点我们就可以认为，你们双方签了契约，但还没有发生收付款项事实。当然，你契约在手，你现在就可依约付款，付了款，宅子就姓乌了。又比如，珍家为啥卖房，哪个作证，动机何在？去香港吗，怎么走，谁见他们行动来着？不去香港，珍家卖房后住哪里？另外，你们乌家付给珍家的购房款来自何处，到珍家后又去了哪里？还有，你们乌家相较珍家，是强势的，你们完全有能力强抢强占。再者，蛋咋就蹊跷死了，珍又为啥突然疯了？

安最后说，房子是大事，判房子的案子草率不得，我还得与指导员碰个头，商量一下，再拿个意见出来。我们的意见出来之前，一切维持原状。也就是说，珍和扣儿还是房主，至少，还是房子使用人，谁也别想把她们撵走！现在，你们回家去等消息吧。

扣儿自认为听出来了安语气中的意思——客气的是镇长，带倾向性意见的是干爹。因此，对安抛出的意见，扣儿是满意的。扣儿想，如果不是因为来了个指导员，干爹一定分分秒秒就搞定这桩房产纠纷了。这样想来，扣儿就故意慢吞吞走在乌的三婆娘后边，待乌的三婆娘出门后，扣儿就车过身来亲亲热热叫了声干爹，又甜甜蜜蜜说，谢谢干爹。安又变得客气起来，不谢不谢，应该的应该的。

安与指导员商量的结果是，因为这宗房地产纠纷案不仅标的大，且原告被告身份复杂，既有匪首遗孀，又有疯了的地主婆，还有为革命做出过一定贡献的出身地主婆的小寡妇，所以，决定将案子交到县上，由县上判决。在县上的判决下来之前，把纠纷房屋空置出来，由镇公所暂管，当事双方不得占有房屋。

明眼人一看这个决定，就一定知道安的声音在这个决定里所占份额，是微弱的，因为安执政龙洛三十年来，还从未有往上一级官衙移交过案子的先例，并且，这个决定，牵涉到扣儿和珍首先得改变既有生活秩序：从房屋中搬出。

安和指导员共同作出的决定，基本上还得由安去执行。没办法，在他对干女儿唯恐避之不及的境况下，还不得不把干女儿和她的疯婆婆以及琼，请进镇公所公产广东会馆住下。广东会馆以前住着指导员和十几个馆舍管理人员，现在又多了两个免费居住的女房客。

扣儿从成都回到甑子场后，方方面面都没有消停过。房子还没有着落，镇上对她的风言风语就传开了。风言风语本来是名誉性质的东西，可对扣儿来说，这个名誉性质的东西却带来了实质性的内容。

书院就快放寒假了，但寒假还没放，补课班又接上了。

扣儿去凤梧书院行课，不料，她每次走进教室，座位一定要比她上次走进教室多空出几个。几天下来，她就成了一个没有学生的先生了。在她大惑不解时，院长告诉她，不是学生不喜欢她的课，而是学生家长不喜欢她的课。院长的话更令她大惑不解了。她问院长，院长说，自己想吧，我就不多言了，还有，这书院你怕是待不住了。

还是一个长舌女同事解了扣儿的惑。长舌女同事说，怎么，你还不晓得？不过，这也难怪，很多事都是，全世界人人都嘈昂了，结果只有当事人一人是聋子。又说，我可不是长舌婆，我是不想说的，是你非让我说不可的哈。人家都说你是狐狸变的，是狐狸精，是夹不紧大腿的骚婆娘，命硬得很，是克星，克死了娘家全家人，克死了男人蛋，克疯了婆婆珍，还克死了神鬼不惧、天不怕地不怕的杀人魔王鱼儿，还说——

扣儿大吼一声，别说了，就跑得没影儿了。风中，扣儿跑得不是扣儿了，是风。

扣儿跑到广东会馆厢房，关上门，伤伤心心哭了一天一夜。珍在厢房里撕纸玩，研究纸屑，嘻嘻哈哈笑了一天一夜。师爷觉得应该把这两位财产旁落、无依无靠的女房客中的一位的不正常表现，告诉安。安听后，说，哪个叫你跟我说的？师爷说，我以为您……安说，多事！

哭了一天一夜之后，扣儿不再去书院，扭扭捏捏长吁短叹辞退了自己好不容易求回来的琼，做起了她必须做的活儿——照顾一个疯子的衣食住行吃喝拉撒睡。

但这毕竟是一种只出不进的状态，长此以往，生存将无以为继。因此，仅仅这样了两天，扣儿就明白了这种处境的严峻性与不可持续性。扣儿想了想自己所能干的活儿，觉得最可能的去处还是凤梧书院。于是她把珍关在房间，找到了院长。

——院长，我还是想回来。

——回哪里？

——您这里，凤梧书院。

——这事儿我可做不了主，我一个放牛的哪能把牛拉去卖了？你得去找院董。你知道的，没人听你的课，我们总不至于找空气要学资吧。

——我不讲课。院长，您就给我派个活儿吧，那些抄抄写写、跑跑腿的杂活都行。

——杂活也干？你可是大户人家出身呀！

——求求您了！

——这样吧，我考虑一下，明天给你回话。

第二天一早，扣儿又去了书院，院长说，院办倒真缺一个干杂活的。如果你真不嫌弃，明天就来上班吧。

安后来告诉扣儿，院长先后发给扣儿的这两张职岗"考卷"，是安亲自出的题。扣儿说你真坏，你把我憋死才欢喜呀！

扣儿又有了薪水来源。疯女人又有了自己的女佣琼。扣儿说，琼，算扣儿求你了。琼说，少奶奶，若不是看在你的分上，琼真不想转去了。扣儿的危险生活总算过去了，一切似乎又进入了常态。

正是在这样一个时期，禾再一次来到了甑子场。

过年了。虽然比不了往年，家家户户到底是有了过年的样子，煮腊肉的煮腊肉，挂灯笼的挂灯笼。只有寄人篱下的扣儿一家不成样子，珍乐呵呵地看着琼，琼冷冰冰地望着扣儿。师爷有些看不下去，就去提醒安。安说，这是她自讨的，怪不了哪个。话虽这般说，年三十下午，安还是拎了几块龙泉山老腊肉给扣儿送去。安刚一跨进广东会馆大门，就看见禾一脸堆笑正在扣儿家忙得不亦乐乎。安进退两难时，扣儿一声甜甜的干爹就喊了过来。安只得应了并迎着声音走进馆里。

禾的到来，事实上起到了一种提请安注意扣儿的作用。

安开始再一次注意起扣儿来。

以前，为了给自己的花痴生活设置一个美学课题和实验例证，安对扣儿进行了相对耐心、漫长和审慎的打造与培育。自己精心设计的计划，被胆大妄为的鱼儿斜刺里闯来，进行了毁灭性破坏后，虽然痛苦得不能释怀，但他终究还是放下了。事实上，放没放下只有他自己清楚。他以为自己已经放下了，可令他自己奇怪的是，他对所有与扣儿发生联系产生关系的东西，依然有兴趣知晓，依然那么关注。甚至，有些东西，还让安心里有一种隐隐的痛。

而安以前不是这样的。在安那里过过身的女人可谓不计其数，安都是说放下就放下，从来就没有过说放下哪个女人，却没有放下哪个女人，哪个女人时不时还在他心里像蛇尾一样搅起一阵隐痛的涟漪。

安不由得开始重新审视起自己的美学课题和实验例证来。他最仇恨扣儿的时候，是扣儿正与摧毁他庞大复杂工程的那个鱼儿男欢女爱的时候。那两天，当他把自己的满腔仇恨洒在那个小地主婆和一个雏妓身上时，两个女人都出现了同一种状况：气喘吁吁，面色潮红，大有受宠若惊之感。不同的是，小地主婆完事后舒服得哭了一夜，雏妓完事后舒服得笑了一宿。

后来，当安正考虑该不该把那个摧毁他庞大复杂工程的鱼儿，摧毁得更合适些，鱼儿却被解放军的炮火给彻底摧毁了。到这个时候，他那种撕心裂肺的痛竟少了许多，他发现，自己原来真正仇恨的大主顾不是扣儿而是鱼儿。后来，也就是禾到来后，又惹得他进一步对扣儿进行了考量。于是，他进一步发现，自己的那个庞大复杂的工程也是可以修补的，破坏一尺就修补一尺，破坏一斤就修补一斤。到这时，安已经把扣儿当作自己的私人用品。对自己的私人用品，安从来就有一种与生俱来的洁癖，谁也不能动，蛋不能，鱼儿不能，禾也不能。

对敌人的挑战及对女人的同情心，构成了安的宿命，这个宿命注定了他必与扣儿发生关系，避不开，逃不脱，一条道走到黑。

二

安的宿命来自于他的血脉——先祖的血脉、客家的血脉。

当然，也包括扣儿的、鱼儿的、蛋的、珍的乃至乌的宿命。

如果不了解客家，我们恐怕很难拨开那些影响了故事走向的叽里呱啦的语言、遍布东山的层层叠叠的土围子和碉楼等，带给我们的晦词、险词、生词和重重迷雾。

我对客家是了解的。为迎接世界客属第二十届恳亲大会在甑子场举办，我与两位朋友写过一本书，叫《天下客家》（四川辞书出版社2005年10月版）。这次，在采访扣儿婆婆和龙洛镇的过程中，我发觉当年我对客家的了解还有失浮躁，对某些细节性的东西把握得不够准确。这样一想，就为书中某些文字的草成，尤其是对成都东山地区缺少血性和心跳的公文式叙及，感到脸红了。

有了曾经的了解和现在的了解，我就有把握对诸如何为客家、中国内陆成都东山的客家从何而来、"湖广填川"是咋回事、客家有哪些特点等，向读者作出尽可能到位的交代。作了这个交代，你或许就会理解龙洛镇的神秘和甑子场人物的怪癖。

那是两三百年前的事了。四川盆地居民的祖先一定看见了这样一些场景：一队一队的人，一族一族的人，牵小扶老，拖儿带母，肩挑扁担，手推鸡公车，说着"土广东"话，从闽粤赣出发，翻山越岭，涉水趟河，一路走来，散落巴山蜀水间。面对这个场景，川人的祖先那时也许并不惊奇，他们在田间劳作，擦汗的时候说：那么多荒山野岭空着还是空着，再说皇帝都发了诏，来了就来了噻，有啥子稀奇的嘛。

两三百年后的川人后裔，如我，就不一样了。我在电脑液晶显示屏上敲字、想象、大发诗兴：那些土广东队伍，多像入川的黄飘带呵！

我为这个发现兴奋无比。黄肤色客家人在全世界整村整族的迁徙队伍，寻找新家园的姿态，远远望去，肖似"地球上的黄飘带"：绝望又希望，艰辛又愉悦，悲壮又美丽……

是的，客家正是在迁徙中形成的。从晋代开始，为避战乱、躲天灾、奉皇命，世居中原的客家人经过五六次迁徙后，从唐宋年间开始，聚居在了地博人稀的闽粤赣交界处的崇山峻岭中。正是在唐宋时期，正是在这个遥远、偏僻而相对封闭的"南蛮之地"，经过相当长一段时间的生息，由中土世族衍变而成的汉民族八大民系之一的客家民系诞生了。

客家之称，是相对于"南蛮之地"上的原住民而言的，是土著对外来者的统称。渐渐地，习惯成自然，客家也成了那群中原外来者的自称。

后来，因为客家人拼命繁殖的能力与拼命开垦的能力旗鼓相当，"南蛮之地"不仅不再荒凉，反而变得人多地少起来。土著对外来者不仅不再友好，反而常有土客之间的械斗骚扰官府。官府被骚扰得烦不胜烦后，就纷纷向当朝皇帝递奏折，恳请皇上把他们所辖地盘上的人迁出一部分。直到康熙七年，四川巡抚张德地向朝廷上了奏折后，皇帝终于准奏，曾经的"南蛮之地"就此开始了由官方发起推动的大规模移民运动。移民的线路主要为两条，一条去海外，一条来四川。

现在，九千万客家人遍布在世界各地。客家人被称作东方的"吉卜赛人"。他们骄傲地宣告，这个地球上，哪里有太阳照耀，哪里就有客家人。

清康熙四十八年的一天，一个叫陈祥钦的壮汉携兄弟二人从湖南省宝庆府新宁县走出，望四川而来。兄弟三人疲惫的脸上漾着希望的春光，他们似乎看见了蜀地肥沃而荒芜的土地，看见了秋天的粮仓。陈祥钦落户四川乐至繁衍至第九代时，陈家出现了一个响当当的人物，他就是共和国元帅陈毅。陈氏三兄弟的迁川之举，正是发生在清代初年的那场浩大的"湖广填四川"移民运动的产物和无数实例中的一个。

明朝洪武十三年，邓小平的祖先从江西吉安庐陵迁至四川广安。清代初年，朱德的祖先从广东韶关迁入四川仪陇县马鞍场，聂荣臻的祖先从江西迁至贵州又由贵州迁至重庆江津，郭沫若的祖先从福建宁化迁至四川乐山，韩素音的祖先从广东梅县迁至四川郫县，刘光第的祖先从福建汀州府迁至四川富顺，张爱萍的祖先从湖北麻城孝感乡迁至四川达州罗江，李宗吾的祖先从广东梅县迁至四川富顺，刘子华的祖先从江西迁至成都东郊洛带，巴金的祖先从浙江嘉兴迁至成都府，李劼人的祖先从湖北黄陂迁至成都府华阳县，艾芜的祖先从湖北麻城孝感乡迁至成都府新繁县……

　　"湖广"究竟包括哪些地方？好些人凭字面理解认为它包括湖南湖北"两湖"和广东广西"两广"，其实不然。元代时，"湖广"作为"行中书省"，其范围包括现在湖北省武汉附近一片、湖南全省、贵州省大部、广西壮族自治区全区、广东省西南部以及海南省，即两湖、两广和海南。从明代至清雍正元年，"湖广"范围为湖北、湖南二省。雍正元年以降，湖广行省被分为湖北、湖南两省。我们现在说的湖广，即指湖南、湖北两省。

　　何谓"湖广填川"呢？

　　历史上有过两次"湖广填川"：第一次在元末明初，高峰期在明洪武年间；第二次在清代初期，从顺治末年始至嘉庆初年结束，高峰期为康熙中叶至乾隆年间。第一次主要为民间自发行为，第二次主要为官方推动。我们通常说的"湖广填川"指的是清代初期的"湖广填川"，因为它在历史上的影响大大超越了前者。

　　明末清初那场长达四十年之久的兵燹之灾，使四川经济遭到几近毁灭的重创，人丁锐减到"阡陌百里，荒无人烟"境地，成都平原几成虎豹出没之地。"湖广填川"就是由清政府在湖南、湖北、广东、福建、江西、云南、贵州、广西、陕西、山西、山东、浙江、江苏、安徽十四个省范围内推行的一场移民填四川的宏大运动。由于移民中湖广人所占比额最大，最具代表性，故将这场大迁徙俗称为"湖广填四川"。

　　四川包括巴蜀文化在内的地域文化在明清时期因战乱、天灾、瘟疫导致原土著人口几近灭绝而被清场的同时，又在两次"湖广填川"运动中获得重新洗牌。因此，正是清初的"湖广填川"大移民运动为四川地域文化作了最后一次铺底和构建。

　　清末，成都巷头街尾流传着一首《竹枝词》，唱词说：

　　　　大姨嫁陕二姨苏，

　　　　大嫂江西二嫂湖；

戚友初逢问原籍，

现无十世老成都。

    "湖广填川"不仅填来了人，还填来了红薯、甘蔗、海椒、番茄等农作物和一些生产工具。今天，"川味正宗"中最受赞扬的三绝：川菜、川酒、川剧，也都是在清代融合外地传入的多种成分之后发展起来的。

    仅仅上溯十二三代，我们就会看见大半个中国的土地上，那些一队一队跪别宗祠后从原乡出发的迁徙人群，举着"奉旨填川"旗幡，怀揣过关路牌，挑着祖骨和族谱，扶老携幼，披星戴月，望四川而来。落担巴蜀后，他们抢占土地，拓荒垦田，生儿育女，建起了自己的家园。其情何等英雄而慨慷，其势何等宏大而壮丽！

    三百年过去了，这场运动为四川引进和留存了二百五十余万的客家人，并使其成为了中国西部地区客家人最多的省份。而成都东山地区更是客家聚居地，被客学研究者称为"客家方言岛"。那一部部泛黄的家谱无不印证一个事实：他们的先祖来自粤、来自闽、来自赣。

    在东山地区，客家人没被称作客家人以前，被称作"土广东"；他们说的话，被称作"土广东话"。在二十世纪七八十年代以来渐次涌入东山的"新移民"眼里，"土广东"似乎成了东山的土著，"土广东话"似乎成了东山的正宗方言。我发现，在东山地盘，就语言氛围而言，完全有一种在南国的感觉。

    口吐统一方言、山歌清亮的客家人，其信仰、俚俗、精神生活是复杂的，施加在可视物上，给我留下深刻印象的，除婚俗、清明族会和坝坝宴外，是老屋旁茕茕孑立的"风水树"，妇人那双永不裹缠的大脚，一根根直指蓝天的生殖图腾柱，威严浩大的祠堂与沉沉的家谱，普遍的"拣金葬"习俗，高高耸峙的碉楼，以及赫然铺排的庞大的土围子。

    在此，我想着重描述一下客家人的语言、"拣金葬"习俗以及碉楼与土围子。

    客家人有自己的语言，却没有自己的文字。因为中原土话，被客家人带去闽粤赣交界处的崇山峻岭中并一代一代口口相传活化石般很好地保存下来，故，我们现在听见的客家话，正是正宗的"唐宋官话"。龙洛客家话不仅带有唐宋遗音，还夹杂着广东梅州的音调。他们把"一日三餐"说成"食朝、食昼、食夜"，把"昨天"说成"秋晡日"，把"洗脸"说成"洗面"，把"穿件外衣"说成"著件面衫"，把"堂屋"说成"厅下"。你看，这些彬彬有礼的文绉绉的客家话，象、俊等解放军听不懂，不足为奇。

列宁说过，一个无产者，不管命运把他抛到何方，他都可以凭《国际歌》熟悉的曲调，找到自己的战友和同志。对于客家人，他们也可以说，不管命运把他们抛到世界哪个国度，他们都可以凭客家话熟悉的音调，找到自己的族人和宗亲。

客家人把自己的丧葬习俗称为"拣金葬"。具体为，人死后进行第一次葬，目的是让尸体在土中除水、骨肉分离。之后，一般为两三年，选好再葬的风水宝地，择定吉日良辰后，将骨头从土中刨出，擦拭干净。待做完拜祭等仪式后，就搬来一大一小两个土坛罐，先按死者生前的人体站姿，从脚趾到头骨，把散乱的骨头一根一节一块地拼装入一个大坛内。拼装过程中，一定要保证颈骨的直立，此，被客家人谓之"硬颈精神"，即，就是死，也绝不向命运低头。

在大坛中装好死者的骨头后，就开始在小罐中装入死者的魂灵。客家称装骨头的大坛为"金坛"，装魂灵的小罐为"罂罐"。封坛闭罐下葬成坟后，如果阖家兴旺、运势良好，就算丧葬完毕。

如果家道不畅、人丁不兴，则再一次刨开坟墓，起坛搬罐，另择方位风水下葬，此为"第三次葬"。如此这般，直到家人发达为止，方算丧葬结束。由此可以看出，客家人对祖宗是如何的迷信与崇拜！正因为此，安每遇大事，必去祖坟通冥。

土围子又称土楼、围龙屋，有椭圆、圆、正方形、矩形等几种形态。它那一圈巨大的封闭墙体，既是军事城墙，又是客家人的房宅。墙体围合的中空部分，大多为旷坝，也有在旷坝上建若干小房舍和碉楼的。土围子上按城墙式样开有"城门"，其墙上窗口很小，除通风、采光功能，还可用来观测敌情以及打枪、射箭。墙体上方，设置有村丁的作战工事和若干炮位。土围子外边，有农田，也有房宅和碉楼。碉楼是一种石砌的碉堡式的塔楼，既可用来居家，又可用来军事防御。

如此大创意大手笔的设计与布局，让客家人过上了和平时期则马放南山、战时状态则退守城堡的安逸的两栖生活。毛泽东在土地革命时期写的文章中，多次提到过土围子——那时，农民和农协最喜欢做、又最难做的事，是打土围子。

啸聚在闽粤赣交界处崇山峻岭中的客家王国其实也是一个军事部落。部落中有作战工事、各种武器和具有一定军事能力的队伍。他们把作战工事与居家房宅结合起来，把各种武器与柴刀、猎枪等劳动工具结合起来。至于队伍，当然是荷锄即农夫，扛枪即战士。他们与拥立山头霸地一方、白天务农晚上从匪的半职业土匪相比，唯一的不同点是，不抢劫不明财物，不杀富济贫。他们抱守的信条是，人不犯我，我不犯人，人若犯我，我必拒之。所以，对于贸然闯进他们部落的武装力量，不问青红皂白，一概以武力抗拒，直到赶走为止。唐宋以来，这朝那代，他们一直这样。这，就是作为"闯入者"的共产党解放军在东山土地上得到不友好待遇的重要原因。

如今，最完好最典型的客家土围子建筑存态矗立在福建省的龙岩永定。据说，当年一群美国科学家，对着卫星拍回的庞大而怪异的永定土围子照片研究，竟认为那是外星人在地球上建的什么基地！

陌生人对客家是不了解的，正因为不了解，所以她对我与扣儿婆婆关于客家这一话题的讨论，表现出了浓郁的兴致，当然，她的兴致也很能满足我的虚荣，我就越发侃侃而谈起来。

毫无疑问，土围子和碉楼正是闽粤赣地区客人与土著为争夺土地所有权而发生一次又一次械斗的产物。而成都东山地区的土围子和碉楼正是这一地区的客家先祖们血脉性的防御惯性使然和对敌斗争、抗粮抗税的延伸物体。

同时，我们也可以得出一个相悖的结论。大胆迁徙肯定是客家人勇于放弃过去、挑战自我和赌博未来的进取，筑造土围子和碉楼也肯定是客家人护卫家园和不意开疆拓土的保守。难道正是游牧和海盗般的掳掠文化，与中土农耕的防御文化这一对矛盾的历史血脉流徙与回环，造就了客家人果敢与阴柔兼具、走险与睿哲共存的复杂秉性和处世方式？

这种处世方式反应在安对扣儿和禾的态度上，为我们提供了恰如其分的实证线路：以迁徙的态度追求扣儿、放弃扣儿和挑战禾，以土围子与碉楼的态度怀念扣儿、呵护扣儿和抵御禾。

除了与扣儿发生关系这一层，还与这种发生紧紧捆绑在一起的，是安的宿命——准确地讲，是客家人安的宿命。

作为商埠要地，龙洛是显镇，作为客家秘境，龙洛又是隐镇。安、鱼儿、蛋、扣儿就在这亦显亦隐间出没、逗留、沉浮。

两三百年前，成都东山地区的土围子和碉楼可谓遍布山丘，林立村落。随着冷兵器时代的凋敝和现代化战争的形成，土围子和碉楼的军事能力越来越捉襟见肘，因此，东山客家人便越来越不重视它们，任其坍毁，另起屋基——他们开始习惯于建川西民居了。直到一九三五年，长征途中的红军意欲从北边绵阳方向杀过来拿下成都时，一些客家乡镇长、保甲长和乡绅们又才慌里慌张在自己的地盘上维修和新建了许多三四层高的大碉楼。一时间，乡乡村村又见碉楼工事，仅安府一家就筑有三座碉楼。

就像长城，土围子也罢碉楼也罢，毕竟不属于进攻的军事设施。但正因为不进攻，所以它们在进行军事防御以求自保这一点上，却是下了狠劲的。这就是为什么解放军在平定"龙洛惨案"和"三三暴乱"过程中，付出了很多伤亡代价的硬原因。

菜等国民党潜伏特务当然知道成都东山地区这个"客家方言岛"是因其封闭性、独立性和特殊性所形成的理想军事部落与军事堡垒，所以才下赌注和血本在这一地区组织大规模暴乱，以图为蒋介石反攻大陆建立稳固的"敌后根据地"。

龙洛镇及其所辖七乡拥有客家自卫队四千人枪，安任自卫大队总指挥，女婿任总教官。在甑子场、灵池、龙潭寺、西河、石板滩"东山五场"中，甑子场不仅居"五场"之首，其军事势力以及由此附加的政治影响和经济力量更是覆盖了成都东郊半壁江山。比如住在甑子场上的富商，就占了"东山五场"总和的半数以上。

全镇四千余众的自卫队员分有两个层面。第一个层面的三百余众属紧密型，服装整齐，配备精良，由镇公所、乡公所养着。第二个层面的三千多人属松散型，有情况就操家伙集中听令，平时则在家务农，不在乡镇领薪水，但在纳税抽丁方面享有优惠权。自卫队的枪支均登记造册在案，属公家财物，离开自卫队的人，必须把枪留下。

指导员对龙洛的了解，一是县上本地同志的介绍，二是到龙洛后，安及安以外的人的汇报。但大量信息，还是来自于师爷的说法。经过走村串户，田野考察，指导员认为师爷的说法基本上是属实的。师爷本想说得不属实，但安让他往实处说，他起初没理解安的意思，后来理解了，就想，自己永远也当不了安。

师爷后来从指导员的话语和脸色中知道，就龙洛地区的人枪、粮产、田亩等而言，如高说了，就面临更多地付出，低说了，又导致了格儿和份儿的折损。再说，谁知道这个神神秘秘的指导员会不会神神秘秘去核查。所以，正确的做法，是实话实说。

三

指导员来收枪啦!

指导员来征粮了哦!

指导员到甑子场，除了宣布变天，就是宣布收缴私人用枪和征收一九四九年公粮，而老百姓真正关心的是后者，准确地讲，是后者中的后者。

变不变天，老百姓都是老百姓，都要吃喝拉撒睡。至于缴枪吧，有就缴，没有就拉倒，就算缴了，也不会有伤筋动骨的大碍。但交粮就不一样了。为啥交?凭啥交?交多交少?不交又咋样?这些，老百姓就很在乎了。毕竟，民以食为天，人是铁、饭是钢、一天不吃饿得慌。

说一千道一万，食，才是老百姓的天。谁要动老百姓的天，都是要冒大风险的，历朝历代概莫能外。

扣儿婆婆老了，她不能长久地在一个话题里深入。深入到某个程度，你不管怎么把握，导引，她都会拐弯。她有这个脾性，我和陌生人就不能对她扭到烦。我们会主动迎合她的拐弯，待拐了好一阵后，再想办法不露痕迹地把她弯回来，往我们感兴趣的主题上引。

我和陌生人都想知道职业农民、贫穷百姓、劳动人民咋个也会叛乱——叛共产党、乱新中国。这与我们从小到大所受教育大相径庭。

这天扣儿婆婆就拐到我怎么从北京来、怎么说四川话上来了。我就说我本来就是成都人，从龙泉中学毕业后考入复旦，读了本科、研究生后又考了北大博士，毕业后就留校成为教书匠了……

扣儿婆婆立即说，教书匠好，教书匠好，我那时就是教书匠！

我们就立即说，扣儿婆婆，您那时教书一定晓得那些学生家长吧，他们参加暴乱的人多吗，他们为啥要暴乱呢？

扣儿婆婆说，多得很哟，不光学生家长，"三三暴乱"那阵，"东山五场"的农户，不说七八成，五六成总有吧，他们都参加了暴乱。你们问他们为啥暴乱？还不是信了国民党特务菜的那些鬼话，加上共产党的征粮队又逼得凶催得急。真正说来，菜那些鬼话农民也没啥兴趣，农民只关心自己的肚子，所以逼粮催粮才是大事。其实，逼粮催粮也没啥要紧，后来农民还不是交得上好八好的了。这是为啥？这是因为搞了土改，共了我们地主的产哇！农民有了产，也就不怕逼粮催粮了。也就是说，如果共产党一解放就先土改，再征粮，就不会有那么多农民参加暴乱了。当然，那时共产党太缺粮，等不得的。哎一切都是没糊住嘴巴、肚子闹的。

如果扣儿婆婆讲得有道理，我们就得出了一个结论：一九五零年叛乱的大规模化，是"饥饿文化"的产物，是国民党特务利用人类史上最恒大的"饥饿主题"做出的一篇变天大文章。

另一天。我们一直在谈变天主题。我们掰着指头计算甑子场在六十多年前的天，是咋个变来变去的：一九四九年十二日二十七日前是国民党的天，后来就是共产党的天，一九五零年二月五日被菜与乌变了回去，二月七日又被俊变了回来。这四次大家并无争议。争议是第五次算不算变天："三三暴乱"时，鱼儿率叛匪冲进甑子场，拿下了镇公所的粮仓，但未能摘了镇公所的牌子，就被撵出了场镇。但关于第五次变天的争议还未尘埃落定，扣儿婆婆就把话题拐到了变地上。

扣儿婆婆说，你们晓得龙洛六十年来变过几次地吗？我和陌生人一脸茫然，不明白扣儿婆婆怎么眨眼间就把话题从天上扯到了地上。

扣儿婆婆掐着指头说，先是私人地，土改时多变少、少变多、无变有，但还是私人地，说这叫耕者有其田；后来成立农业社、人民公社，除了极少部分留给各家种点蔬菜的"自留地"外，大部分土地就被收了回去，一打钟，农民上山挖地，又一打钟，农民下山吃食堂，说这叫农业合作化，土地集体所有，集体经营；后来，打破"大锅饭"，又把土地分给了农户，让农民各家侍候各家的地，自扫门前雪，说这叫土地公有，承包经营。现在，看这个样子，又要把地收回去了啰，这叫啥子来着，城乡一体？

我们发觉，扣儿婆婆的一生是变天与反变天、变地与反变地。但扣儿婆婆自己的本意却无意改天换地，这些，她一点兴趣都没有。偏偏是，她的一生又处在变天换地的漩涡中，以一块关键礁石、一艘重要船只的角色，不能绕过，不能物外，只能成为不能躲逃的躲逃。忍受与挣扎，是她全部的努力。

先看扣儿婆婆的天。在国民党的天下时她没觉得有啥不好，可自己屁事不知就到了共产党的天下。到共产党的天下后她同样没觉得有啥不对，可她同样屁事不知就到了叛匪的天下。在叛匪的天下她也能适应——那个喜欢自己的鱼儿还是叛匪副司令呢，可她又被几声炮响打到了共产党的天下。在共产党的天下过就过吧——那场轰轰烈烈的婚礼也是在这一时期举行的——叛匪又攻进场镇来，然后，共产党的炮声再次响起……

再看扣儿婆婆的地。先是有很多的地，多得让她自己都有点不好意思啦，但不好意思归不好意思，多总比少好，总让人舒服。后来，地一下就少得离了谱，少得让人极不舒服，但看看大家都一样多，或者说，都一样少，也就不那么不舒服了。正当这块小小的田地，已让她从教书先生、地主婆改造成可以自耕自足的女农民，而她也已基本适应这种农人生活时，土地又被收了回去。收回去也没啥，自己这种女劳力正好适合吃"大锅饭"嘛。可就在她把"大锅饭"吃得很上口时，地又派发了回来。派发回来就派发回来吧，反正家里已添了人丁，增了劳力，分地吃不了亏，出活儿也吃不了亏。承包土地，自扫门前雪，安逸！日子本来就这样安逸着过着，偏偏是，"一村一大"又来请她交地了。交地就交地，可村上不干，村上还叫她搬家——她凭啥搬家呢？

扣儿婆婆就这样被天呀地的东西，拽着往前走，不管她想走，还是不想走，都被拽着，走了一辈子。扣儿婆婆想，从今往后，天不会再变了吧，地不会再变了吧？

指导员一来，乌的"反共救国军民众自卫队"训练班和"乡村情报所"，就由半地上半地下性质，转入到了完全的地下。转入到了地下并不意味乌们停止工作，或让工作松弛下来，恰恰相反，他们的工作自此开始了疯狂地忙碌。

他们首先是在宣传攻势上，与指导员的宣传动员，作了短兵相接见骨见血的惨烈搏杀。

指导员的宣传动员很多、很缓慢。他先说缴枪。他说枪有两大用处，一是打敌人和防卫，二是打猎。他说打敌人和防卫用不着，解放了，拿枪的敌人基本上消灭了，因此，打敌人和防卫就由共产党的解放军和公安来做，大家完全可以放下枪安心生产与生活。猎枪也要缴，因为猎枪危害公共安全，它可以打虎豹，也可以打人，所以要牺牲点个人利益，来换取大家的利益。

之后，指导员说到了交粮。他从历朝历代百姓向当政者纳粮缴税是天经地义之事说起，直说到解放军解放大西南几十上百万的军队（不含支前民兵）饿着肚子怎么打仗，国民党起义投诚的六十万军政人员不吃不穿怎么稳定，刚刚建立的新中国各级人民政府没有经费如何运转，而成都平原是天府之国，天府之国就是天下粮仓，天下粮仓都不做出自己应有的贡献、其他地区尤其贫困地区怎么看呢？还有，成都市场上的粮食问题也很严重，由于人民政府控制的粮食很少，奸商们趁机哄抬粮价，几天就翻一番，不征公粮，粮市就稳不住啊。市场混乱、物价飞涨、投机猖獗的既成局面，是新生的人民政权面对的天字第一号必须面对和亟待解决的问题。他说我们共产党征粮，主要是向那些屯有存粮的大户人家征，向富足人家征，总之，富人多征，穷人少征，甚至不征，否则，怎么叫共产党呢，至于落实到各家各户，具体怎么征，镇长会拿出相应办法的。

指导员之所以敢在龙洛镇大声武气传达上级指示、宣布上级决定，关键在于他最后那句话的震慑力。他最后那句话是：我们共产党把蒋介石都能打跑，把天都能变过来，还有什么做不到的呢？

摆在我们面前的任务很多，但最中心而又最重要的，就是粮食的供给，迅速征到粮食就是当前最严重的政治任务。这是指导员对安说的。

大伙儿明白，指导员的话已经再透彻不过了：枪必须交，粮必须征。用任何理由来狡辩都是无益的，更是无效的。

　　指导员说得不错，天府之国不仅是天下粮仓，更是全国表率，历朝历代尽皆如此。不说秦统一中国离不开"浮江而下"的四川粮食，单说八年抗战，出川的粮食就如岷江、长江一样汹涌。祥告诉安，八年抗战，四川出粮占全国总量的百分之三十八点七五，仅一九四一年至一九四五年，就出粮八千四百零八万石。除出粮外，四川出兵三百四十万，担负了全国五分之一以上的前线作战任务，六十四万人慷慨殉难；出钱四千四百亿元，占民国政府总支出百分之三十以上；出民工三百万人。

　　祥的儿子在二十世纪八十年代写的文章说，四川出粮的传统一直未变。一九五九至一九六一，三年困难时期，四川为全国各地输送粮食一百四十七亿斤。《四川省志》是这样记载出粮景况的："沈阳、武汉、南京、济南、成都五大军区出动车辆协助四川运粮。"当时京、津、沪三地粮库告急，国家粮食部给中央报告说："北京、天津只有四天存粮，上海只有两天存粮。"京津沪一旦断粮，后果不堪设想，四川尤其成都平原虽然产粮，但大量调出，后果也很严重，权衡再三，中央决定要四川做出局部牺牲。一九五九年，四川八十多个县遭遇持续干旱，受灾严重地区连续几个月滴雨未下，粮食骤减六十亿斤。一些死了先人的后人说，自己的屁眼还在流血，就在给别人治痔疮。

　　现在，又到了四川出粮的时候了——又到了龙洛出粮的时候了。

　　出粮交枪，老百姓还是发出了自己的牢骚。

　　关于枪，一些说，我的枪是先人传下来的，交枪就是对先人的不大敬啊。一些说，我的枪是花了几十元硬洋，在胡宗南败兵那里买来的，交了枪，谁赔我硬洋啊。因此，这些拿着枪的人在观望，看乌、鱼儿等厉害角色的动态行事。但有枪的毕竟只是小部分人，影响不大。况且，野枪与真粮之于拥有众多解放军的新中国，枪是远水，粮才是近渴。

　　指导员越想征粮，老百姓越不想交粮。指导员越急于征粮，老百姓越是牢骚满腹，怨声载道。缴公粮涉及的面比较宽，可以说涉及到所有的土地所有者和广大农民。他们说：国民党刚收了，共产党又要收！这种说法其实是不完全正确的，因为一九四九年国民党政权收公粮时，好些人眼看它即将垮台，就拖延未缴。说实在的，已经入仓进缸的粮食，谁愿意拿出去哪怕就一粒？所以，大伙儿的基本想法是，能拖就拖，能不缴就不缴。从后面发展与衍变的情况看，暴乱的产生，正是国民党特务以一粒粮食作导火绳点燃的。

　　针对指导员的宣传态势和老百姓的基本想法，在菜的点拨下，乌们的宣传攻势则来得凌厉而陡峭。他们明的暗的齐上，瞅准场合机会就煽风点火，蛊惑蒙骗群众。一时间，说法与口号甚嚣尘上，在东山地区满天飞：

　　　　不缴!看他把老子们怎么样!

　　　　负担过重，不抗粮无出路!

　　　　共产党要搞共产共妻，整垮富人，搞死活人!

　　　　蒋委员长快打回来了，保粮如保命!

　　　　以前老子交粮是为了打日本鬼子，现在交粮打自己呀?

　　　　看到就到除夕了，共产党是不让我们过一个清静年呵!

　　　　交粮交粮，共产党给我们的第一个年，就是交粮啊!

　　　　保家自卫，抗粮保枪!

　　　　共产党喜欢打白条借钱借粮，跟抢一样，几时还过?

　　　　共产党地下党以前不是教我们抗粮吗，现在咋个不来教了呢?

　　　　打倒解放军，三年不纳粮!

　　　　保粮保命保枪!

　　在不仅仅满足于嘴巴上较劲后，乌开始以武力强迫青壮从匪，隔三岔五袭击行走在龙洛地面的运粮队。与此同时，破坏交通，砍断电灯电话线，割裂龙洛与成都之间的通讯联系，并派出总码头管事向各堂口走字样：只要是袍哥，都请为反共出血!

　　在让自己进退左右都不是人的恶劣环境中，安兵来将挡、水来土掩，基本上还算做到了处之泰然。

　　龙洛一解放，安就对自己这个身兼镇长、总指挥等多种职务的角儿，订立了一个行动准则：不求达济，但求自保。这个准则，显然是"富则达济天下，穷则独善其身"的古人性情与客家土围子构筑主张，在安身上的集中体现。

由于新中国成立后共产党对乡村基层政权实行全盘接收，许多工作基本上都由乡、保人员承办。也就是说，昨天还是国民党的乡镇长、保甲长，今天就成了共产党的乡镇长、保甲长。

安也是把自己当作共产党的镇长看待的，只是他觉得也只能把这个镇长理解成"当作"。因为这个镇长毕竟是国民党任命的，虽未见共产党撤销，但也不见共产党任命啊。安一直在想一个问题，虽不敢肯定，但一直在想：共产党是要在解放初期的一段过渡时段里，榨干这民国最后一任乡镇长保甲长的油，并在榨油的过程中，对这批乡镇长保甲长进行考量，考量不合格的，交出印把子当平头老百姓去，考量合格的，正式任命为共和国第一任乡镇长保甲长，由此，实现一种软着陆与平稳过渡。想这个问题时，安当然知道，能够通过考量让自己从旧时代乡镇长保甲长蜕身蝶变，从而被正式行文任命为共和国第一任乡镇长保甲长的，毕竟是少数。安愿意成为少数。

安的想法清风拂面，和风细雨。安想到了政治的凶险，没想到凶险到了刑场的程度。

为了让自己成为少数，指导员说怎么干，安就怎么干，不少干，不多干。少干了，指导员不高兴。指导员不高兴，县上就不高兴。县上不高兴，自己就不能成为少数。不能成为少数，失了镇长身阶，先祖会怎么看、族人会怎么看？而干多了，菜、乌就不高兴。菜、乌不高兴，就会破坏自己想成为少数的计划，并且，菜、乌不高兴，也就意味国民党不高兴——国民党的气数真的尽了？万一它卷土重来打个翻天印又咋办？他知道，正是自己这种脚踏两只船静观其变的墙头草态度，以及祥的态度，决定了菜、乌对自己的态度。而这种多重的态度，又决定了安势力与乌势力在同一块土地上形成的还算相安无事、得以和平共处的微妙局面。

为保持这种局面，双方都在克制着，容忍着。安收枪征粮的行动尺度，也是把控在这种局面之下的。

过一九五零的河，安在踩钢丝。

首先是收枪。自卫队的枪是合法的，不用收，要收的是私人用枪。安知道，打蛇打七寸，擒龙先擒王，只要乌交了枪，这事儿就算解决了。为此，他让教官和师爷去了一趟乌宅。很快，镇民就看见乌派人送了几条枪到镇公所。人们不知教官和师爷对乌说了什么，更不知安对二人吩咐了什么，只听更夫传出话来，说二人是天黑净后去的，二人手里拎着一条麻袋，麻袋里有可能是银元，也可能是枪弹，还可能是一颗血乎乎热滚滚的人头。

见乌交了枪，一些持枪待沽的散户也交了枪。指导员看了一眼登记造册的收枪簿，怀疑所收数量与实际数量差之甚远，也不怪安，只说，继续收吧，但征粮可不能这样，征粮一颗也不能少！

征粮就要复杂得多了。但终极指标又很简单，它体现在龙洛地区这块土地的两个方面上：时间和量。对征方指导员而言，时间要短，量要大，最低目标是在规定时间内完成规定量。对被征方群众而言，时间能拖就拖，越长越好，量越少越好，为零更好。

这就是矛盾。对这个矛盾的处理，指导员的方式似有粗暴与简单之嫌。指导员是外来人，又有枪杆子撑腰，因此，他怎么做都有他的理由，都是对的。安自己就不一样了，安在龙洛土生土长，又有多种因素制衡，所以当指导员在前边冲锋，安就在后边做一些修修补补的善后事儿。这样一来，表面看似安协助指导员，实则成了指导员协助安，因为后来的征粮效果在反复说明这一点。这种感觉上的主次关系的转换，似乎又让指导员摆正了自己应有的位置。县里的介绍信写得清清白白，指导员来龙洛，是来镇公所工作的。而主持镇公所工作的，应该是镇长才是。

很多乡镇，之所以在征粮行动中出现这样那样的问题，总也不能按时按量保质完成任务，就是出现了不左就右，不右就左，怎么都搁不平的问题。

有的土地多的乡保人员，为了自己在摊派公粮时占大便宜，就按人头计量，结果导致了中农以下的大多数人的抵触。有的土地少的乡保人员，为了讨共产党欢心，期望达到吃小亏占大便宜效果，就按土地拥有数计量，结果导致中农以上的少数富人阶层的激烈反对。殊不知，富人阶层人数虽然远远少于无产阶层，但他们表达不满的方式依然是可以闹出大动静的，比如后来的"龙洛惨案"，再后来的"三三暴乱"，那些枪支弹药的来源，那些穷人变叛匪以期一夜暴富的诱因，可以说，皆与包括好些乡保人员在内的富人阶层的慷慨解囊有关。之所以后来共产党的文献把国民党所言的"人民暴动"不仅称为"暴乱"，还称为"叛乱"，主要原因就是因为暴乱分子中很多是已经归顺了共产党的良民、顺民——包括国民党起义人员，包括乡镇长、保甲长。

水平水平，就是搁得平，搁得像水一样平。我们说一个人的水平高，实则是说他判断问题决策问题处理问题搁得平，反之，搁不平，我们就会说他水平低。安的水平是高的。

按县上要求，成立下设有乡村征粮小组和评议小组两个机构的征粮工作队后，安就向指导员建议召开一镇七乡各阶层代表会议，研讨征粮方案。会上，指导员、乡保长、乡绅、农民等纷纷发言，均从自己的角度淋淋漓漓结结巴巴谈了调整公粮负担比例的构想。安在会议开始时，就按人、按地两种计量征粮的利弊，抛了一个提示性的话题，之后，直到会议结束，不再吐一字。第二天依然没有动静。第三天，镇公所有关如何征粮的公告就贴满了各种墙体，与之配合的，还有更夫的金属响器和肉嗓门。

镇公所公布的征粮方案，既考虑了一户人的土地亩数，又考虑了一户人的人员个数。土地因素中，还考虑了土地口岸和质量以及房产和资产，人的因素中，还考虑了人的性别、年龄和健康状况。考虑了人地两因素后，还要考虑这户人家的荣誉和贡献因素，比如有了官阶荣誉的，学位荣誉的，贞节牌坊荣誉的，以及家里贡献了解放军、自卫队员的，可以适当减小交粮系数。镇公所把对每一户的纳粮考虑，都计算为了具体的纳粮数量。各家各户如有对应纳公粮不清楚不服气的，可到镇公所核查、质疑与抗诉。

对于镇公所那些包含有函数、系数、微积分、概率、排列组合等手法在内的计算方法，没有人能看懂是咋回事，据说后来四川大学的一位数学权威带着一个课题组对此研究了三个月，才把龙洛镇镇公所的征粮计算方法，归结为了一个公式，而这个公式庞大复杂得要用三页十六开纸才能抄写出来。

虽然不清楚公式情况，但各家各户左比右比，还是感到很公平。虽然感到很公平，但还是觉得自己多交了，只不过大家都多交了，于是并无话说。

这是大多数人的情况。少数精明的人还是立即看出了问题的存在，那些问题倒不是计算方法的问题，而是计算所必须依据的原始数据的问题。他们发现有些地主隐瞒了田地，有些佃农少报了田地。对此，征粮工作队发动群众开展了"挤黑田"工作。

工作队向农民讲明"挤黑田"与贯彻公粮合理负担政策的关系，说明佃农隐瞒租用土地，自己获小利，地主富农获大利的道理。有些佃农一下醒悟到从隐瞒田地中得了大好处的东家，原来只施舍了自己一点蝇头小利时，就不平衡兼怨恨了，纷纷或明或暗向工作队揭发东家的狡诈。接到举报，工作队立即对他们东家的田地实施丈量，对举报属实的告密者，立即给予少交粮食的奖励。这样一来，告密者如雨后春笋般大量涌现，连好些佣妇、雇农、无业游民、乞丐等也加入了告密的队伍。还有一些不需要奖励的匿名举报者，他们把矛头齐齐对准了自己的仇家。"挤黑田"工作大获成功。

与此同时，镇公所还成立了本乡催粮队、外乡查粮团，采取分片包干的办法，负责催收公粮。外乡查粮团工作，就是指我乡的查粮团到你乡核查征粮情况，你乡的查粮团到我乡核查征粮情况，如果你查出我少交漏交了三千斤，我就一定要想办法查出你少交瞒交了五千斤！面对查粮团，哪个敢剑走偏锋？

说安的水平高，还表现在他对珍家问题的处理上。珍家也被人密告了有黑田，珍吓得要命，就支了扣儿去找安说情。安好好地用目光把扣儿从上到下摸了几个来回，就说，干爹晓得了，坐、坐，陪干爹喝会儿茶。安在广东会馆西厢房与扣儿喝茶，师爷在东厢房与账房先生对这件事进行处理。处理的结果，挤了珍家的黑田，珍家所交粮食斤数基本不变，告密者所领奖金不变，变的是对珍家除田地外的其他因素的考虑。当然，告密者所领奖金数额，系由珍家额外的纳粮部分转化而来。这个处理，皆大欢喜，只是，安在乎的，仅仅是扣儿的欢喜。

随便你如何说服动员教育，任你如何政策，拒不交粮的人群总是有的。如何处理这个群体？必须下狠手、用"重律"！在这一点上，安与指导员的意见达成了惊人的一致。于是，恐吓、关押、吊打、抄家，直至枪毙等强硬措施出台并得到了不折不扣的贯彻执行。一时间，鸡飞狗跳，骂爹骂娘，鬼哭狼嚎。

安不想对自己的客家宗亲这个样子。可不这个样子，你不交，我不交，大家都不交，镇公所怎样完成县上下达的征粮任务？自己怎样跨过一九五零年春天到夏天这个坎？

征粮终于得以顺利进行，驮运粮食的人流和牲口，一队一队往返在甑子场至简阳，和甑子场至成都的路上。

有几次，驮运粮食的牲口队伍，竟然被一拨持枪舞刀的蒙面大盗给劫了。押运人员轻伤重伤皆有，所幸的是没有死人。安知道是乌干的，但安没有开腔。征粮工作队由指导员总负责，安协助，但二人又有不同的分工。运送粮食是指导员与接运方共同负责的，安的职责是把各家各户的应交粮食，按每月每周每日进度计划征集到位，码放在镇公所的粮仓里。

指导员突然醒悟到，运送粮食如果交给安负责，或许就不会被劫，也就是说，哪怕只有安一个人去送，也不会遇上劫匪。指导员有了与安对换工作职责的想法，可也只是想想而已，较之运粮，征粮岂不是更会让自己难堪？况且，让自己给安下话，这张脸往哪儿搁？思来想去，唯一的招数就是往押运队伍里增添自卫队和向县上要来解放军。

但是，安的水平再高也架不住基本矛盾的迸发。安的全部努力，不过是搁平了横向的左右的矛盾，安永远也搁不平纵向的垂直的矛盾，亦即私人把自己的不想交、却又不得不交的私有粮食，上交给新生共和国的矛盾。这个最基本的矛盾体现在一队一队的牲口，在全镇群众的眼皮子底下，把全镇群众的粮食驮往他处。正是这个最基本矛盾的最直接体现与刺激，加上其他辅助因素，给了窥伺已久急不可耐的菜、乌有机可趁的暴乱炒作题材。而随着"龙洛惨案"的迸发，"三三暴乱"的铺衍，安的所有经营就输得一塌糊涂了。当然，安的这个输，不是安个人的输，因为那个基本矛盾，只与国家机器的运转有关，与安无涉。

引发西南叛匪暴乱的其他因素是指当时共产党地方干部力量薄弱，解放军驻军部队又肩负有改造国民党起义人员、进军解放西藏，及协助地方政府除暴安良、迅速建政等工作，部队力量分散。另外，还有变天给某些人带来的种种不适应，如富人、烟鬼、信众、僧侣、嫖客与妓女、职业土匪、风水师、帮会人员等，这些，都让国民党潜伏特务有机可乘。

禾、扣儿为俊的队伍带路平定"龙洛叛乱"后，奔逃至成都，又绕道去了简阳的指导员，第一时间回到了甑子场。

指导员回到甑子场，带来了上级的新精神。新精神是根据新形势提出的新任务。按照新任务的要求，镇上乡上立即分别组建了由数十人构成的治安委员会，委员会成员由包括贫雇农、教师、民主人士在内的各阶层人员担纲。委员会的主要职责是维护地方治安，协助征粮、剿匪工作。之所以在这项工作中纳入了大量教师参加，是考虑到了教师的知识能力与喉舌作用。同时，驻县解放军也抽调班排长加入到了工作队中。

此前，由地方干部与自卫队组成的征粮工作队到各乡、村开展工作时，各地还有国民党特务暗中勾结叛匪武装，流窜骚扰，社会治安很不稳定，一般群众对共产党的政策也不了解，下乡征粮不但任务艰巨，生活艰苦，还有很大的身体和生命危险。

为完成征粮任务，工作队排除干扰，深入各乡村广大农民群众中，采取个别走访与召开乡村农民大会、贫雇农代表大会和妇女会相结合等多种方式，向广大农民群众宣传征粮政策，使广大农民群众充分认识征粮工作的重要意义，了解自己在征粮工作中应尽的义务及计征数额。为了消除广大农民群众对叛匪刀枪的惧怕和恐慌，在大力宣传征粮工作的同时，积极向广大农民群众表明人民政府彻底剿灭匪乱的决心，消除群众惧怕匪乱卷土重来的顾虑，提高交粮的积极性和主动性。在召集地主、富农和乡保人员会议时，向他们讲形势，要求他们拥护共产党的政策，将功补过，讲效果，见行动，多纳粮，少说话。

征粮工作队好些成员都是"大老粗"，让他们出一身蛮力揪出藏粮的人，抓回逃粮的人，挖出地窖里的粮缸，把一麻袋一麻袋粮食往牲口和鸡公车上放，个个都是能征善战的行家里手。可要让他们将上下嘴唇啪拉拉碰撞成让对方基本能听得明白、听得下去的语词，那就真个是折杀他们了，个个的蔫巴样如骟了一般。所以，镇乡征粮工作队下乡开展的所有宣传动员工作，都是教师宣讲分团完成的。

教师宣讲团是县上组织一百多名思想进步的优秀男女教师成立的，各乡镇的分团系其分支机构。

扣儿没入选教师团，当然不是因为她长得太优秀。长得太优秀对宣讲效果肯定是有利的，不利的是，一般来说，长得太优秀的年轻女人，总会给她自己和她身边的人，带来许多意想不到的危险。工作队的危险够多的了，工作够忙乎的了，不要太优秀的女性，就是不想再添危险，或者为再添的危险付出更多的忙碌。

扣儿没入选，主要是因为作风出了问题，思想不够进步。扣儿连当教师的资格都还悬着，入选没有她的份，也是自然的事。不过，没有她的份不意味着没有她的事。

凤梧书院一男一女两位青年教师抽去宣讲了，他们的工作就暂由另外两位教师兼了去。但这两位教师兼的仅仅是露脸上课的事，号作业的事他们不管。院长说，号作业的事就由你来做吧。扣儿见院长给自己派了这个不添薪水只添工作量的活儿，不但不恼，反而满心欢喜。扣儿想，这样的工作，虽说属隐蔽战线，但起码让自己靠近了学生一大步，这多少让自己这个勤杂工又有些像一位人民教师了。像教师了，就说明自己的作风没有问题，起码没有长舌婆们传的那么严重，那么恶毒了。

四

"一村一大"后来告诉我和陌生人，她找我们都找了两天了，急死她了。

在这几天里，我反反复复给出版社打电话，又待在客栈房间在笔记本电脑上按照出版社的要求写小说大纲。之后，取出出版社打在我卡上的十万元订金，加上卡上原有的十五万共计二十五万走出了银行大门。我想，这是一部写扣儿婆婆的小说，扣儿婆婆为此提供了她稀缺的故事资源，我以这个理由预先把稿费捐赠给她，她会接受的。不料，当我把这笔稿酬递向安府老房代理人手上时，代理人却拒收我的钱。代理人说：先生，你来晚了，昨天就有人把这个院落买走了。买主前两天就来过，我见她是真买主，就把房主喊来了。房主、买主都很爽快，几分钟就搞定了。

我问谁买走的，代理人说扣儿。我说不可能，她应该没这笔钱。代理人说反正他看见房主的房子，就是过户到这个扣儿的名下的。我问那个来找他买房的人长得啥样。代理人说是个女的，二十多岁，从头到脚都是名牌，长得也挺洋气……我不再问了，因为我知道代理人描述的这个人，正是那个我熟悉又不熟悉的神秘的陌生人。

晚上，我敲隔壁门约陌生人喝咖啡。陌生人打开客房门时手上拿着一本小说，见是我，就把小说往枕头下塞。毕竟是我的小说，我一眼就认出了。但我没点破。她说：北大教授、青年小说家约本女子喝咖啡？本女子没听走耳吧？

找了甑子场上临水的一家咖啡馆坐下，我刚喝了一匙，还没品出味道，她就说话了。她说，我知道你要问啥，好，今天就冲着你主动以约我喝咖啡的方式会我，我就再给你提供一些小说素材吧。

陌生人随后向我讲了一个故事。故事在我耳环里盘旋，就像在窗外那座庞大的围龙屋中盘旋。

对我来讲，故事里的事，比陌生人更陌生。

五

扣儿的处境很快就得到了改观，因为县上对珍家房产地产纠纷案的判决终于下来了——以扣儿为代表的珍家赢回了房产地产的所有权。

现在，扣儿在凤梧书院的工作只是号作业，不再做打杂的事儿。院长听她说不要薪水，就做一名义工，就答应了。扣儿一下成了珍家产业名副其实的女主人，珍家田产、房产及一些商业和手工产业一应由扣儿总理；扣儿同时还总理着珍，因为她是珍的法定监护人；总理着蛋坟。扣儿现在已是一个人物了，之所以说她是个人物，与她的性别有关。扣儿不是男儿身，两年前甚至还只是一个外乡孤女。她能从势力雄壮的乌家集团夺回珍家产业，并能撑立这份产业，这就不是一般女人所能办到的了，让人不说成人物都难。

即或这样，扣儿至多也就是一个人物，而不是人物头。从人物头包含的种种意思看，其中一种意思，就是在某个行业、某条路径上有着先进意义，起着表率作用。扣儿似乎没有这种意思。高度与光芒，是人物头的重要表征，扣儿有，但扣儿的高度与光芒，只能让人仰观，却不能学习与模仿，或者说，人家无从也不愿学习与模仿。当然，这些有关人物与人物头的说法，只是镇民的聒噪，扣儿不知道这些，不在乎这些，扣儿只是扣儿，扣儿还是扣儿。

扣儿现在已对珍家的财产有了完全的支配权和处置权。因此，当龙洛镇后来又开始进行公粮补征时，扣儿就自然成为了被补征的珍家的唯一法定代表人。就在广大镇民都认为与共党方面和地方政府方面有千丝万缕联系的扣儿，一定会少纳、晚纳甚至不纳时，扣儿却是第一个纳了公粮，不仅如此，她纳的较之应纳的，还足足多出了一倍！扣儿这样的做法，虽然结果与广大镇民判断的刚好相反，但原因却是完全吻扣的——越是有关系越要多交。

扣儿怎么交我们就怎么交！

她要不交，我们就不交！

原先下定决心准备学习扣儿少纳、晚纳，甚至不纳粮的广大镇民，这时傻眼了，糊里糊涂就顺着学习的惯性加入了补纳的行动。

鉴于扣儿的不可多得的先进思想和动人事迹，省上一家报社的一位美女记者闻风而动，赶来甄子场采访扣儿。采访完成基本事实、接近尾声时，美女记者问，老乡，你为什么要这么做呢？扣儿回答说，人家共产党帮我打赢了官司，我怎么着也要表达一下感谢吧。美女记者说，你指的共产党具体是……扣儿说，就是安、指导员、禾，还有县府的人。美女记者问，安也是共产党？扣儿说，镇公所是共产党的政府，他是这个政府的镇长，他能不是共产党？美女记者问，如果共产党不帮你打赢官司，你就不会多纳粮了？扣儿说，不是不会多纳，而是一粒也不会纳。不打赢官司，我一无所有，形同乞丐，我拿啥去纳呢？

扣儿的回答令美女记者不爽，大为不爽，但美女记者想，来都来了，将就写一篇吧。稿子交报社后，编辑、主任、分管编委都过了，但最终还是被总编拿了下来。总编的解释是，这个女老乡有行动，有效果，但思想境界不高哇，她上了报纸，就说明我们报纸的思想境界不高嘛。

指导员当初来龙洛宣布公粮征收政策时，从没说过以后还有补征的可能，当然，实事求是讲，那时，他也不知后来有补征这一档子事儿。补征是因为计划的蛋糕出现了缺口，而缺口又来自于两个方面：一是蒙面劫匪分了一块蛋糕走，二是纳粮对象出现了自然和非自然的意外情况，如一夜之间全家逃逸人间蒸发，如化装成工作队的叛匪先一步入户把纳粮户征了个精光，再如突发的泥石流淹埋了山沟边的纳粮户。

征粮的上游出现缺口，安认为是自己的问题，该补。征粮的下游出现缺口，安就认为是县上的问题了，不该补。可指导员不同意安的观点，指导员说，叛匪劫了粮食，我们乡镇不补，县政府去哪里补？安嘲谑说，谁劫去的，找谁劫回来不就得了。指导员说，是要劫回来的，不管是谁，不管用了什么方式，不管从劳动人员手中劫去了多少，我们共产党都会从他那里加倍劫回来的，我们不劫回来，人民绝不答应！

安总结出了一个看法，指导员一急，就会把矛头向自己指来，并且，说做不一、理屈词穷的时候，一定会以人民的名义说话。每当这个时候，安就不再与指导员过招了。安怕指导员向自己下更狠的招，而自己又哪里是指导员的对手呢！安不知道祥的对手是谁，安只知道，只要这个对手背后站着共产党，这个对手就一定是不好惹也惹不好的角儿。

后来，当缺口补上后，又出现了一个新缺口：上面下达的征粮指标提高了。

现在，安唯一能做的，就是补征，向不愿补征的人民补征。补征属二次征、三次征，安知道比一次征难得多；这与鱼儿睡扣儿正好相反，有了一次，二次就顺遂了。好在一开始扣儿就站出来帮了安的忙，这让安更多了几分对扣儿的敬重与怜爱。

官司一赢，扣儿与她的疯子婆婆以及琼，又搬回了珍家的大宅中。与此同时，禾开始考虑搬不搬进广东会馆。禾想，这次，他要是提出继续借住珍家，扣儿也许会答应，而安却无权拒绝。但禾到底是没有开口。禾没开口，扣儿却开口了。

扣儿已经比较在乎禾对她的感觉了，因此，禾的搬离，终是让她有了失落之感。她决定留住禾。

就在扣儿的感情世界完全倾向禾时，安却来敲门了。安敲的是两扇门，一扇是珍家的木质大门，一扇是扣儿的心房窄门。

扣儿就是想破脑袋也想不到与自己彬彬有礼渐行渐远的安，会来敲自己的门。敲门那会儿，一贯威严无比至高无上的安站在自己面前，怎么看都像一个等着挨批评的迟到学生。安敲珍家木门时，安还是镇长、总指挥，还是干爹。安说，扣儿，陪干爹喝会儿茶去吧。扣儿说，好哇，去广东会馆，还是湖广会馆？安看了一眼旁边的禾，说，不，会馆人多嘴杂，还是去公园先师楼吧。扣儿不好问干爹为什么会馆人多嘴杂就不能去，只闷头闷脑跟干爹出了门，过街穿巷，走进了龙洛公园先师楼的包房。

出门前，扣儿回头看了一眼禾和两个公安战士，发现三人的神色很怪，一下苍老成了核桃。

其实，在安敲开珍家木门之前，扣儿还去敲过安府的大门。那天上午，白净净的天空莫名其妙挂着几盏乌云的灯笼。望着扣儿搬出广东会馆的背影，安一下就有了失魂落魄的感觉。好在这种感觉还没有达到不能把控时，扣儿又折身回来了。

扣儿还没把家完全安顿好，就来了。搬家次日下午，扣儿就带着背了一篓子东西的琼到了广东会馆。禾、指导员一见扣儿，正待招呼，却见她问起安来，就说安好像病了，应该在家中。

安正在安府蒙头睡那种怎么也睡不着的觉时，大门响了。香跑去告诉安说，老爷，您的干女儿扣儿来了，还带了礼，说是来感谢您呢。

扣儿的确是来感谢安的。安把原告扣儿的官司搁平了，成为胜出者受益者的扣儿，怎么着都该来一番感谢的。经过舅妈两年多的苛虐历练，婆婆两年多的谆谆教诲，扣儿早已从天上贬谪到了人间，从不染世俗的白雪公主，变成了言必五谷杂粮的小镇妇人——已很懂人之常情了。在广东会馆，撞上指导员，她就顺便向指导员表达了口头感谢。指导员望着琼背上的篓子，冷热晦明地干笑了一下。扣儿不知道赢这官司，禾才是帮大忙的人。

扣儿打发琼回去照顾珍，自己接过琼递来的东西交给香，再随香走进了安府堂屋。

扣儿见安全然没有一点生病的样子，有些奇怪，就说，干爹，您不是生病了吗，不知……安说，生病？哦，起先身体是有些不适，这不，我的干女儿一来，全好了！扣儿哪，我看你要是当我的医生，我会活一百岁的，哈哈哈！扣儿说，干爹就会开玩笑，哄干女儿开心。之后，扣儿就说了来安府是登门感谢来的。安就谦恭起来，说这事儿他没做什么，都是禾、指导员他们做的。扣儿就说，当初我是向您告状来着。安就说，那他更不敢接受了。扣儿问为啥。安说，他一接受，就是受贿啊，那可了不得。安吓唬说，弄得不好，还会拉出去毙了的！扣儿一听，吓坏了，忙说，那我不感谢了，我还是把这点小礼带回去吧。安笑了，说，拿来了就拿来了吧，我收下，不过，为了不至于被人诟病，你今天也得接受我一次受贿，这样我们的行贿受贿行为就算冲抵了，就没事了。扣儿问，干爹要我也受贿？受什么贿哇？安说，接受我的感谢。扣儿说，谢我？安说，是啊，你看好了我的病，不谢咋成？扣儿说，这，这……安说，这什么，现在就请扣儿大夫接受我的邀请，走，上凝翠楼吃饭去！

凝翠楼是民国时期和一九五零年上半年甑子场最体面的饭馆。在该楼最体面的包间里，安一边饮着扣儿斟上的小酒，一边听琴师女儿唱客家山歌，舒服了一晚上。分手时，安又给扣儿送了一只小巧玲珑的瑞士女式金表。扣儿不要，安就说，你不要，干爹又要生病了哦。扣儿就要了。

就这样，扣儿郑重其事对安的感谢，阴差阳错就变成了安对扣儿的感谢。扣儿不明白，先前矜持，后来客气的干爹，咋又变得如此活泛、生动和热烈了呢？

先师楼老板郑牛儿安排服务生端了南粤点心、龙泉山时鲜果盘，上了明前茶后，就退出了包房。退出前，他给服务生递了眼色，服务生连忙跟退了出去。安首先问了扣儿一些关心关怀类问题，诸如你现在生活怎样、珍怎样、在书院还好吧、还有什么需要干爹做的吗等等，都是一些废话。之后，话题一转，直奔主题而来。前期的暖场交流，已经让安从镇长切换成了干爹，下面的对话，他希望由干爹切换成非干爹。

——扣儿，干爹对你咋样？

——干爹对我好着呢！

——怎么个好着呢？

——比我亲爹都好！

——不，这不好。扣儿，干爹不想比你亲爹都好，也比不过你亲爹。

——那干爹，你想比哪个好呢？

——以前是蛋，后来是鱼儿，现在是禾。

——干爹，干爹呵，我以为你说哪个，原来是他们呀。干爹，他们哪能跟您比，您比他们加起来都好哩！

——真的吗？

——当然是真的！您是我的干爹呀！

——干爹？可是，扣儿，干爹不做当你的干爹了。

——不行，不行。干爹，不准耍赖，您可是主动收我为干女儿的！

——那是。可是，现在，我不想当干爹了。

——干爹，扣儿惹你生气了？烦你了？扣儿做错了事不配做您的干女儿了？

——没有。

——您又收了可心的干女儿，嫌多了？

——没有。

——那……干爹，您没出啥事吧？

——瞎说！我能有啥事。

——干爹，你……

——扣儿，我，我不想当干爹了。让我当你的那个嘛。

——那个？哪个？

——就是，就是……

——干爹，您想当我的哪个，说嘛，说嘛。

——当……

——我晓得了！当我的干爷爷！

——扣儿，我想当你的哥哥。

——哥哥？

——情哥哥，男朋友。

——干爹，这，这，这怎么可能？我知道了，干爹是逗我玩的，寻开心的吧！

——扣儿，我是认真的。

——您……您今天咋了？

——扣儿，我是认真的，不是今天，从你一踏上甑子场那天起，我就喜欢上你了。

——那天？那天可是我的婚礼呀。

——是的，我就是在你婚礼上喜欢上你的。那天，我只看了你一眼，就发誓，今生我一定会、一定要，娶了你。

——不！干爹！

——扣儿，以后可不许喊我干爹了哈，就喊安吧。

——不！干……

——扣儿，这事的确对你太突然了。你不用急于回答我，你先考虑几天吧，我等。

整个对话过程，尤其没有挑开主题前，安就像一个犯了不大不小错误的孩子，显得有些拘束，有些羞赧，有些狼狈。安的作态，叠合在他这个风月场中的老手身上，反而在排山倒海的倜傥潇洒与无边无涯的放浪形骸中，平添了几分真诚与滑稽。

安的话，让扣儿吃惊、恐惧、无所适从，不过，有一阵子，她又感到那么可笑，并，差点笑出声来。这个自己喊了一年多的干爹，从心理到生理完全认可的干爹，突然不想当干爹想当自己的情哥哥！这个比自己阿爸都大很多差不多已六十岁的老男人，竟然还有与自己成亲拜堂睡在一条床上的荒唐念头！你说恐怖不恐怖？你说可笑不可笑。

以前甑子场的流言蜚语、蛋和珍的担惊受怕，这下全成了真！她那时还不知道，鱼儿早就知道这个老男人的打猫儿心肠了。

扣儿回家想了又想，觉得没有一点可能。安是个全世界都晓得的花痴，她不能接受。安妻妾成群儿孙满堂，她不能接受。安老得几乎可以当自己的爷爷了，她不能接受。另外，自己心里已经有了男人了，怎能再接受一个男人？想了不能接受安的若干理由，她又开始想回绝安的理由。

　　安真是一个顶好顶好的干爹，回绝他，扣儿真的很难。但再难，都得回绝，拖得越久，越给他以念想，越难回绝。扣儿现在想的，就是自己的回绝，如何让安体体面面光光生生下好台阶，下得不降格儿，不丢份儿，同时，又不能把自己套进去。

　　这个能把方方面面都考虑好照顾好的方案，扣儿想了两天两夜也没想出。

　　第三天，当蛋他阿妈珍把自己的思路一次又一次打断后，扣儿灵感乍现，一个堪称神来之笔、一举数得的绝妙方案出现了。对，蛋，就是蛋！帮蛋又帮我。蛋死了都在帮我！

　　扣儿决定召开一个三人会议，发起人、召集人与主持人是扣儿自己，参会者除了自己，是两个男人。

　　当扣儿正在家中日思夜想她的绝妙方案时，安与禾这两个面面相觑心怀鬼胎的男人，正在镇公所心不在焉地与指导员谈着征粮、打匪、建立新生政权。

　　这天晚上，正当两个男人被同一个女人搅得心绪不宁时，却又获得了这个女人的消息。这天晚上，扣儿写了两张纸条，让琼给隔壁的禾送一张，给安府的安送一张。这天晚上，两个男人捏着扣儿写的纸条，想着自己的心事，久久不能入眠。

　　第二天，两个男人按照纸条上写的时间地点，相隔五分钟一前一后走进了龙洛公园先师楼樱花包房。本来是不会相隔五分钟的，因为两个诡异的男人从不同方向走到公园大门口时，鬼使神差地碰到了一起。老男人说，哟，这么巧，逛公园？年轻男人回答，哦，不，有点事，正好经过这里。年轻男人说完，就在大门外磨蹭了五分钟才走进公园。

　　禾一走进樱花包房，就看见安坐在里面。两个五分钟前才见过面的男人皆感诧异，尴尬笑笑，算是打招呼。两个男人茫茫乎手脚无措正想起身离开时，扣儿出现在包房门口。扣儿不是迟到了，而是两个心急火燎的男人提前到了。

　　哟，都到了？莫怪我，我可是准点到的哈！

　　扣儿看手表时，安瞟了一眼她的手腕，发现她戴的并不是自己送她的那只瑞士金表。安顿生一种不祥的预感。

　　扣儿请服务生上完茶点后，就朗声点破了话题，尔后抛出了自己用两天两夜想出的方案。说是方案，其实也是决定。扣儿说：

我是女人，我很荣幸，因为我尊敬的两位优秀男人，向我表示了愿意跟我好，愿意跟我过日子。你们明白，我说的两个我尊敬的优秀男人，正是你们。我是女人，是女人总得嫁出去。我愿意嫁出去。

如果说到这里，扣儿停几秒钟，再向两位倾听者问上一句，你们愿意娶我吗，事物可能会出现另外的情况。但信心满满的扣儿，满心认为没有另外的情况，于是就没停下来问上那么一句，这就使得故事还是按照她设定的走向进行。

扣儿继续说：并且，愿意嫁给你们两位中的一位。但是，我想无牵无挂地嫁，而我现在不是无牵无挂，我还有一件心事一直未了。这件心事，当初我让鱼儿去办，鱼儿还没办，自己就死了。当然，鱼儿应该一辈子也不会去办，就算去办，也是去杀人灭口。因为这件心事，有可能正是鱼儿带给我的。这件心事就是，找到杀了蛋的凶手，为先夫蛋报仇。

两个男人对望了一眼，听突然变得强大睿智冷静、变得都快不认识的扣儿继续说下去。再说下去时，扣儿突然就抽泣起来，眼睛都红了。她只想很轻松地进入一种情绪的，没想却进得这么深、这么重：

有时，我都忘了这事，可是，一看见疯了的婆婆，我就想起了这事儿，它折磨着我，揪心地痛。夜里，噩梦一个跟着一个。这都是我扣儿的过呀！是我害死了蛋，逼疯了婆婆呀！我想把这事儿从心里拿掉，可蛋的仇不报，就永远拿不掉。我是女人，我办不了这事儿。可你们两个大男人，都有枪，都有能力办这事儿。

扣儿抹了一下眼泪，认认真真看了看面前的两个男人。也许她自己都不知道，她的目光停在两个男人脸上的时间是非均匀的，给老男人的时间明显要短得多，也线性得多。也许，她压根就是有意的，她是在给年轻男人以无限的鼓励和温情的期待，给老男人以彬彬有礼的提示和知难而退的暗示。而令她没想到的，是老男人明知山有虎偏向虎山行的近乎迂腐的偏执与顽固。她目光的非均匀性，明显激怒了老男人的斗志，那一刻，老男人开始把几十年来一寸一寸用出去的斗志，又一寸一寸收回来。

扣儿说最后这句话时，浑身散发着桃红的雾：你们两个，哪个帮我了了心事，杀凶手，给蛋报仇，我就嫁给哪个！

这时，老男人的鼻子喷着黛色的雾。年轻男人的眼里刚冒出银色雾气的苗头，没升腾，就散了。

说了最后的话，扣儿见老男人一动不动，一声不哼，一点没有撤出这场游戏这场战争的动静，就进一步说了最最后的话：

你们或许会说我把婚姻大事搞得太游娱了，太儿戏了。不。正相反。我倒是认为不是搞得太游娱，太儿戏，而是搞得太理性，太慎重了。总之，我是认真的。所以，你们哪个要是不认同我的这个做法，现在就可以退出。如果没人帮我了结这桩心事，我宁肯一辈子为蛋守寡！哦，对了，我出嫁的时候，要带上疯病婆婆一起进夫家！

包房里静得可以听见一只春蚊的歌唱。扣儿等了一会儿，见没人吭声儿，就出了包房。到包房门口时，又转身丢了一句话出来：我等着那个拎着凶手脑袋的男人来娶我！老男人看得出来，这句话明显不是丢给自己听的。

扣儿出了包房，包房里还飘着桃红的雾，久久不散。

六

"先师楼会议"召开不久，也就是四五天后，老男人安就割下了那个枪杀蛋的凶手的人头。

扣儿是亲眼看见安的那个贴身保镖下的手。扣儿问一句，凶手说一句，扣儿刚把话问完，还没考虑好是否要他的命时，保镖单手一抖，一柄鬼头大刀就像一片白云飘过，凶手还没反应过来，人头就滚入了草丛。人头一边滚，一边翕张嘴唇发出恶毒的骂声：狗日的鱼儿，我日你先人，日翻你祖宗八代……

扣儿顿时吓得昏死过去，一根蓍草样，倒在安的怀里。安抱着蓍草呼唤，像对着蓍草讨命运。

那些天，扣儿待在家里，等着年轻的共产党英姿飒爽喜气洋洋拎着凶手的人头敲门而来，迎她而去，心里充满处女的蓝色愿景。这天黄昏时分，扣儿正想着她的蓝色愿景时，门响了。她先于琼打开门，看见了门口的英俊教官。教官只说安有急事找她。她跟着教官，不明就里就到了石碾村，到了桃林中的蛋的坟前。

她看见一个显得年轻帅气的中年人，五花大绑跪在那块画有一个椭圆形图案的墓碑前。

暮霭渐深。整个场面，就像一个公审大会，大会主持人安迟迟不宣布大会开始，就是在等待她的出场。

有预感但预感并不十分准确的安，的确预感到了自己两个月后还会参加一个公审大会，只不过他没有预感到自己的角色变了，变得一落千丈，连旁观者的份儿都没有——他的角色就是面前这个等着自己下令行刑的、五花大绑跪在地上的、帅气中年人的角色。

扣儿醒来后发现自己躺在家中的床上，眼前除了郎中，还有安与禾。郎中说，她只是受了惊吓，现在没事了。镇长，我走了，科长，我走了。说罢，郎中退出了扣儿的房间。

大家见扣儿醒来，释然，松了口气。扣儿见禾的眼睛躲闪着她的目光，反而步步紧逼，锁定目标后，就狼一样狠狠咬了一口。禾被她咬得撕肝裂肺地痛，却不能发作，只好受着。

扣儿不再看禾。她盯着安说：干……镇长……

安极尽卑恭百般温柔地说：扣儿，从今以后，你可以直接叫我安。

安，你赢了。

扣儿把赢字说得很重。扣儿是在告诉安，自己输了，输得山崩地裂一塌糊涂，而禾到底是真输还是假输，她还不能肯定。

扣儿继续对安说：从现在起，我已经是你的人了。你可以随时娶我。当然，也可以随时不娶我。

安躬身把扣儿扶起靠在床头坐定后，看了一眼禾，躬身说：扣儿，我娶定你了。别跑哦，跑，也跑不掉的。

扣儿：跑？我往哪儿跑？我跑到人家那里去，人家还不定要我呢！禾听出了扣儿的弦外之音，但装着糊涂。扣儿继续说：安，我看这样，你要不放心，明天就把我娶了去！

安笑着说：我是不放心，但也不急着明天嘛。我要轰轰烈烈体体面面把你迎娶进安府！让一镇七乡的人都来看看你的风光！

扣儿说：就明天吧！我一个寡妇，二道三道淘米水了，哪有体面可言，风光可看？

安：那就看我的风光！

扣儿：你的风光？

安：是啊，能娶了你，我是何等的风光！

扣儿：你要这样看，那就随你吧。只是，媒婆呀，庚帖呀，时辰呀什么的，该免就免。你要的是我这个大活人不是，要那些干啥？好，就这样吧，我等着你来娶我。

安、禾走后，扣儿一个人去了蛋的坟前。这是上午。扣儿对蛋说了什么，还对旁边的鱼儿说了什么没有，没人知道。那是一个永远的谜。让扣儿不解的是，就在她起身离开两座坟墓时，蛋的坟墓说话了，说了很多。后来，鱼儿的坟墓也说话了，声音空洞，宽泛，不像鱼儿，内容更是令她莫名其妙，她没有听完，就跑下了山。

第二天大清早，安府的迎亲队伍就到了。太阳正当头顶时，扣儿那对穿着绣花鞋的小脚已跨进了安府的大门。

婚嫁是何等大的事，扣儿小嘴一爹，竟要求安一天一夜完成。这可忙坏了筹办婚礼的总指挥师爷。师爷做的第一件事就是，吩咐一批人出去，立马把一镇七乡那些职业的和非职业的、办理红白喜事的队伍和能人，请到甄子场来。这些人一到，他立即任命了其中的一个人物头为执行总指挥。执行总指挥得令后，立即分了礼仪统筹、造帖送帖、迎娶轿队、成亲拜堂、洞房布置、餐饮接待、氛围营造等几个专业小组，并任命了组长副组长，明确了分工与职责。很快，一切都忙而有序地进行开来。到这时，师爷才可以凌空高蹈，伴安左右，总揽全局，气定神闲。

得闲的时候，师爷还陪同安去洞房布置组亲自查看了东山第一大床的打制情况。最好的木匠，最牛的漆水，最神妙的烘干技术，安很满意。

师爷就是师爷，一不小心就用最短的时间筹办了龙洛创镇开镇以来最浩大的一场婚庆盛典！

祥接到请柬后，携夫人专程从成都赶了来。

据说，菜也来了。但菜到底来了没来，安见菜没见，谁也不能肯定。

多年以后，甑子场人说起这个话题，就像在记忆一个遥远的传说。传说，全镇通宵达旦直接参与筹办婚礼的人上万！"东山五场"的人都来观看了婚典，证婚人数逾十万！传说，安搬出一箱金条，令一镇七乡所有餐馆摆酒煮肉，开放三天三夜，所有观看婚礼的人敞开吃喝，管饱管醉！传说，迎亲队伍用百人大花轿抬着轻若一朵桃花的扣儿，吹吹打打从珍家出发，绕着场镇走了六六三十六圈才到达安府大门前！传说，婚礼进行了三天三夜，三天三夜里，大红灯笼挂满大街小巷，所有会馆万年台上全是成都川戏名角儿在你方唱罢我登场！传说，龙洛百条刘家龙在"东山五场"同时舞将起来，彩龙、火龙、板凳龙、草编龙、桃花龙……看得乡人龙飞凤舞有家不返，而拱托在百人大花轿团转的那条百米盘龙，更是让扣儿腾云驾雾如坐龙脊！

那三天，老男人安握着他年轻新嫁娘扣儿的小手一刻也没松开过，白天在街上握着，晚上在床上握着……

这场盛大的婚礼，不仅让扣儿有了比从前更大的份儿和格儿，还把甑子场有关她的一切谣言吹到了大海边。婚后一周，扣儿再去凤梧书院时，院长老远就迎迓出来，直到把她送到一间学生爆满的教室才恋恋不舍离开。

传说很多，越传越广，越传越远，越传越邪乎，以至于我把听来的传说摆给扣儿婆婆听后，扣儿婆婆都说，是么，我咋个不晓得呢？陌生人就在旁边故作一本正经说，世界上的事儿一般都是这样，宇宙人都晓得了，当事人还蒙在鼓里。

其实，我是信这些传说的。于我，甑子场始终是一团雾。从阿斗落带、诸葛亮开市，到牟羽宾遇仙、白居易梦寺、画虎人遁形、桃花寺重建，再到客家人涌至、"东山五场"之首确立、移民会馆勃兴、义和团女首领廖观音（廖九妹）鏖战被捕，以及安与扣儿的传奇，甑子场在她每一个时间节点上的叙事，都叙出了血、骨头和柔情，都叙出了若隐若现若即若离的小巷背影和小巷人物背影——叙出了雾。我试图拨开这团雾。有时，我感到都摸到她的真相了，而刨开的雾，又翻卷了过来。这雾，时白、时蓝、时紫、时黑……更多的时候，她是桃花和罂粟花的颜色。我无数次钻进甑子场的雾中，祈禳穿过雾，见到无雾的甑子场。偏偏是，钻得愈深，雾愈浓。我把缠绕在成都东山腹心地区的这团雾，唤作"甑子场雾"。有一天，我发现，这团雾都飘进我身体了！——有时，我能嗅到体内飘出的香，那是雾的香。

　　喂，大作家，你看了桃花不写桃花诗，干吗写桃木诗呢？扣儿婆婆在太阳下打盹午休时，陌生人问我。我说不因为别的，仅仅因为桃花是桃木生的，而桃木又比桃花更深刻、更神秘、更让人警觉。陌生人怪怪地说，在她眼里也是，在龙洛，见啥啥神秘，连这个写龙洛桃木的诗也神秘兮兮的。

　　每年三月十八日，东山地区就有一个地方节庆盛大开幕，这就是很有名的成都国际桃花节。当天，我与陌生人去龙泉山桃花诗村看了桃花，回来就写了一首诗放在新浪博客上，哪知这事儿神秘的陌生人也知道。

　　我写的这首诗叫《桃木问，或手间事》。陌生人打开大屏幕手机，摇头晃脑轻轻朗读起来：

> 一枝桃木就在我手上，拿它去做拐杖，
> 掷杖的尽头，会不会长出夸父的
> 桃林？拿它去做鼓槌，会不会易手逢蒙，
> 成为阴招杀羿的凶器？
> 拿它去做门神，神荼和郁垒
> 会不会为羿的老虎，捉来更多的恶鬼？——又
> 会不会化为后来的桃符、再后来的春联？
> 拿它去做剑身，悬于庭梁，会不会
> 祛除老孟德的顽疾、镇住
> 一个三龄童的老宅？拿它去做
> 一万张响弓，会不会射出一支棘制的哑箭？
> 索性拿它去当柴薪罢，会不会
> 打死不燃，后又突然反燃，直取千里长安？
> 今夜星光熹微。这枝折于东南方的桃木
> 就在我手上，拿它去吧——
> 它就在我空空如也的手上。

别说，陌生人的朗诵还真像那么回事。我禁不住鼓起掌来。陌生人说，你是在给你的烂诗鼓掌呢，还是在给我的盖了帽的朗诵鼓掌？我嬉皮笑脸说，当然是给我的烂诗鼓掌了，不过，更当然是给你这盖了帽的朗诵鼓掌。

写了桃木诗的翌日，我和陌生人去了宝胜村。扣儿婆婆说，对刘家龙感兴趣？那就去宝胜吧，刘家龙的窝子在那儿。扣儿婆婆说得不错，传说中腾跃在她那盛大婚礼上的刘家龙，的确勾去了我俩的魂。

宝胜村农民益热情接待我俩的方式，是抱出了一座小山似的一摞《刘氏家谱》。翻家谱，竟意外地发现了蛋他阿爸的名字，原来，蛋，出自这个家族。

在龙洛寻找从江西迁川的客家典型家族，一定会找到"刘家龙"家族。刘家龙是川西坝子舞龙世界中，名头最响的"客家龙"名号。甑子场江西会馆，就是这个家族的先祖伙同郑姓、董姓等江西老乡共同筹资兴建的。

我和陌生人是准备勘查"刘家龙"祖坟的，以期从"江西客"埋骨蜀地的历史泥尘中寻迹到他们迁川路上的一些旧事——欢愉的，抑或悲壮的。是谱牒、墓碑和声音三个词共同的指认，把我俩拽到了三百年前。那天，踏着成都东山的夕辉，我俩走在清朝的路上。

刘氏家谱《汉室谱系序》开篇数到的第一人是这样描述的："刘累，大祖公，事夏孔甲帝，为御龙氏……"他们的始祖叫刘累，是夏朝御苑中专事"养龙"的官吏，他制作的道具龙栩栩如生，能达到以假乱真的地步，故其谱牒以"御龙世家"自诩。成为御龙官以前，刘累是一个狩猎部落的首领，豢养生猛大兽是他的拿手好戏。而那时汉水中的龙已濒临灭绝，孔甲帝为保护龙种延续，故聘刘累入宫为官，专职养龙。

养龙的日子平静又正常。成全刘累声名的事件是：有一天，孔甲帝说第二天要看龙的表演，而龙大病不起，这事对御龙官来说非同小可，道不出个子丑寅卯是要被砍头的。翌日，刘累吆喝着一条摇曳生姿的龙走上宫殿，一套动作下来，孔甲帝大喜。他哪曾知，刘累一夜之间扎成的栩栩如生的道具龙，把精明的自己给懵了！

但刘累深感仕途多舛，伴君如伴虎，于是逃之夭夭。从那以后，他和他的子裔隐匿民间，以扎草龙为生。到了楚汉相争的年代，韩信大败项羽后，为了庆功，刘累传人耍起了八面威风的龙舞，而这竟大大鼓舞了士气。汉高祖刘邦闻讯大喜，觉得这种玩法很好，并疑心刘累是自己祖先，于是下令全国每逢重大节庆时必以龙为道具，大舞特舞。自此以后，龙舞上腾宫殿下跃民间，中华大地龙影幢幢。

刘氏族人自晋始，在战乱中辗转数地，被迫离开中原，进粤入赣，并把龙舞绝技保存至今。

刘贵第七子刘仁学是刘家自粤迁"江西省赣州府安远县南水乡太平堡下河田"始祖。从迁赣始祖起的班辈《排行诗句》为：

仁德景清忠，万麟复再怀，本立士发成，昌盛兴隆贵，大学承先统，礼义登朝位，安国定天时，瑞云彩凤麒，汉室家声远。

刘家人在龙洛已繁衍十四代三百余年。益是龙洛"刘家龙"原领队。他生于一九四三年初秋，妻练氏，夫妻务农，经营土地四亩余，育一儿一女。面前的他黑红，矫健，裸胸赤腿，只着短裤。他告诉我俩，宝胜村六组，百分之八十是他们刘氏宗亲。

刘家草屋后不远处，当扒开草丛，一座立于"大清光绪十二年"的"皇清显妣刘母李老太"坟茔墓碑上的"豢龙后代"四字赫然入目时，我俩被深深震撼了。龙，何其威严、高远的神灵，它被墓中人的祖先豢养、驯服、呼来唤去。

太阳在西边远处渐渐入地时，益带我俩出"草堂"，左转，再左转——我们向刘家的"坟山"走去。所谓坟山，是刘家老房子后一坡埋着他们先祖的矮矮的山丘。

我俩在梨园的小径上穿行。当前方出现一棵高大的桉树时，他说到了。那儿是梨园中一块斜斜的荒草地。他指着一堆隆起的土石说，睡在里面的是我们这一门的先祖璋。族谱中说，"十二世祖"璋生于赣南，葬于"简州宝胜寺老屋后"，墓"蜘蛛形，坐南向北"，并于"嘉庆二十一年"被复葬过，只活了三十六岁。坟山上刘家墓无不朝着桑梓地赣南，唯有此墓例外——这是墓主生前的意愿，还是"捡金葬"复葬的结果？益说，这座墓的风水是"七星照月"。其妻杨氏，生于康熙壬申年，卒于乾隆四十一年，葬于"简州凤凰寺下"，墓"凤形"，活了八十三岁。

向西走了一段田坎路后，我俩在一个视野开阔的高坡处拜谒了刻有"豢龙后代"四个大字的璋母亲"李老太"墓。族谱称此墓"螃蟹形"。

再向西不远处，隔着田地里芋儿叶、花生苗、桃林的斜坡上，隆起了一座扯眼的土堆，更扯眼的是土堆前的墓碑。碑两侧刻挽联为"一堆净土埋白骨，七位真魂乐黄泉"，中刻"清故赣南祠前辈老人朱、陈、李、刘、许、黄、牛七位之墓"。益告诉我，这就是著名的"七老人墓"。这时，又一个声音从我俩身后突然传来，说，他们是刘家的恩人，以前葬在成洛路南边，是我们刘家将他们迁入这片祖坟地，洗净骨头装进各自金坛，合葬在一起的。说话人叫成，正在田间劳作，见有人看坟，就过来了。他手中的一把弯镰，滴着草汁。这会儿起风了，风从墓前那片枇杷林吹来，把我俩朝陈年往事里吹。

刘姓二人交谈时，我问江西客家话与"土广东话"有无区别。他们说有点区别，比如广东客家把"回家了"说成"转喜丫"，江西客家则说"归喜丫"。回家了——可是，家在哪儿呢？成与我们分手时，说的告别语是"请了！"

沿坡穿过枇杷林，我们面前出现了一块平坝，坝头矗立着一座约一米六高、坐北朝南的微缩的"大殿"，殿内供着"福主老爷神位"。我躬着身子看，看见神位上刻飞龙、下刻八卦图案，看见它满身都是梵文似的诗句。神位前，残香尚有余温。益告诉我，福主老爷也就是"萨官老爷"。还告诉我"刘家龙"祭龙仪式就在这儿举行。

往回走，在要拢益草屋时，路边出现了一座整修一新、圆锥形、直径约五米的坟墓。墓碑上标示了两次整修的时间：一是"大清道光十五年"，一是"千僖甲申"。益即使一字不说，从他敬慎的神色看，从墓貌看，我俩也知道墓中人的重要。墓中人叫欲。族谱记载："十一世祖刘讳本欲，号瑞生，乃怀泰公之长子，系再发公之孙也。姓李氏……生二子：长立琼，次立璋。"

一路上，天色先亮，后灰明，现在渐自黑了。一路上，家谱、坟冢和刘家后人的叙述，它们一程一程地送，把我俩送到了三百年以远。在清朝，在从江西到四川的路上，一些人在地下走，一些人在地上走。天色越走越暗，场景越走越清晰。

清康熙年间的一个薄雾轻飏的清晨，刘氏琼、璋兄弟俩随同父亲欲、母亲李氏，背着爷爷"怀泰公"骨头，从江西省安远县出发了。与他家结伴而行的还有"七小伙"，也就是地下的异姓"七老人"。一行十一人走的是旱路，一路上风餐露宿，含辛茹苦，胼手胝足。经湖南，翻云贵大山，过泸州、内江，最后到达简州，落担龙洛。七小伙是赤贫的家乡子弟，路途中刘家对他们多有资补。落担后，为祈求家族金银满仓，璋独自一人重返赣南，背回了那个重达五六十斤的“萨官老爷”。在蜀地的创业历程中，不知这一行江西老表又经历了怎样的事。我俩还可以获知的事实是：一、琼娶陈氏，一脉子裔在灵池发展；二、璋娶本镇大院村杨家女为妻，在杨氏的艰辛努力下，一脉子裔在龙洛得以长足发展，长子桂生于康熙戊戌年，卒于乾隆丁未年。让我俩不解的是，已走上殷实路的七小伙为何终身不娶？他们受了刘家怎样的大恩，以致将生前所置财产全部捐赠璋一脉？

现在，“七老人”安详在刘家祖坟地上，享受着豢龙家族后代的香火和祭奠。漂泊异乡的七子、埋骨蜀中的江西客，这一切，你们远方的宗亲，可知？

作别宝胜村回望那一刻，我俩看见“刘氏家族地图”是：入川始祖欲墓坐前，其妻李氏墓压阵，七老人墓踞左，璋墓守右；中堂沿山稳扎着老房子的布局。并且，那些墓中的眼，仿佛在与我俩对视，只有璋把头别了过去。

我俩突然感觉稽考一部家族史是何等的难，那些苦难与光荣，忍辱与骄傲，大智与侠义，温情与壮怀——它们或许仅仅因为一块碑石的残损，一页族谱的缺角，甚至障目的那一小片草叶卡在声音中，而让至关重要的一段往事于字缝间轻轻滑落……

六十一年前的那三天是一瞬间，也是一辈子。

扣儿想到了成亲拜堂的当天晚上，老男人不光要进入那个安置了东山第一大花板床的大洞房，还要爬上她的身子进入她的小洞房，扣儿没有想到的是，老男人从头到脚，竟然全是惊世骇俗威风八面的功夫，即便下盘功夫，也达到了出神入化鬼斧神工的境界。总之，只在一夜之间，年近花甲的老男人安，轻轻松松就把二十岁的小寡妇扣儿，变成了对自己服服贴贴的夫人——“安夫人”。

其实扣儿应该想到，自己的床上对手，可是一个浪迹风月场能征善战如鱼得水见多识广无往而不胜的在场老英雄啊。在场老英雄集拿下一千个女人的经验于一身，拿下自己这个只见识过一个带枪男人和一个不带枪男人的女人，还不是小菜一碟？

老男人安的功夫，在后来几天的连续作战中，越发显示出了他的独特风格和精湛技艺。首先，从头发到脚趾头，老男人身体上没有哪个部位哪个器官，不是他得心应手运用自如的进攻和迎接进攻的武器。其次，老男人的进攻就像一支复合了多种旋律而又天衣无缝的优美的钢琴曲，把激亢、舒缓、绵亘、停顿甚至倒退，拿捏得行云流水，天高云淡。仅此两点，就让扣儿叹为观止了。

后来，老男人还是纠正了扣儿的部分偏见。他说，他的功夫女人教了不少不假，但更多的是他在南距龙洛八九十公里远的、仙女山彭祖洞修炼来的。他说彭祖有导引术、调摄术、膳食术、房中术"四术"，而他早在二十多年前就是彭祖"四术"的拥有者了。听老男人这么说，扣儿就说，你莫就是那个活了八百岁八千岁都没死、至今还神仙着的彭祖哟。男人说，你说对了，我就是彭祖，小彭祖。

后来，扣儿还是找到了小彭祖的弱点。她发现，只要自己把怀中这个小彭祖幺幺、幺儿、乖乖地唤，这个小彭祖就会兴奋得不能自持，发出嗷嗷嗷的婴孩般的怪叫。这时，二十岁的扣儿就会把话说得老气横秋，伸出手掌慈祥温厚地拍打着又放纵着一个娇儿的任性。

如果说，这之前扣儿对鱼儿的怀念，多多少少都有一部分属于性的怀念，那么，现在，她已把这一部分过往感情收了回来，变成现时的性的享受了。

安策划得夸张的婚礼让指导员很不舒坦。

指导员试图阻止这场婚礼的铺张浪费，也试图质疑这个婚姻的合法性，但二人翻动嘴唇过了不到三十招，胜负就见了分晓。这是安第一次拂逆指导员的意思。

——你这是铺张浪费！

——我铺张哪个的了？浪费哪个的了？

——花你个人的也叫铺张，也叫浪费！

——我的钱大部分到了哪里？还不是让广大群众填了肚子，让出力出汗者得了工钱。

——你的钱本身就来自人民！

——所以哪里来哪里去吧。再说，你的钱就不是来自人民吗？

——这里有个本质的区别，那就是劳动所获与不劳而获。

——不劳而获？哪个有这么大本事，神仙吧？

——你看过《资本论》吗？

——没看过。

——去看看吧，有什么不懂，它会告诉你的。

——你看过吗？

——我们今天先不谈这个。我问你，共和国有关一夫一妻制的《婚姻法》就要下来了，你没离婚就结婚，可是犯了重婚罪啊！

——什么罪不罪的。《婚姻法》不是还没下来吗？

——很快就会下来了。

——下来了我再离呗！

——跟谁离？

——指导员，个人隐私，可以不汇报吗？

指导员不知安说的离，是跟马来西亚的那三个夫人离，还是跟扣儿离。而扣儿压根就不知道安与指导员有过这场过招。

婚后几天下来，这对新人就对自己的爱情搭档有了基本的判断与评估。

在扣儿看来，安不仅身体劲健，激情洋溢，她曾经熟悉的他那干爹般的对自己无微不至的宽厚、慈祥与温情依然还在。盛大而隆重的婚礼，爱情与亲情的滋润，让她有一种恍如隔世浴火涅槃之感。自从她被一场莫名大火逐出家门后，就再也没有家了。舅妈家、蛋的家，以及鱼儿的家，都是家，又都不是家。舅妈家给了她一块瓦一把米，也给了她不尽的屈辱；蛋的家给了她衣来伸手饭来张口的安逸生活，也给了她长夜漫漫的煎熬与痛苦；鱼儿的家给了她亢奋与疯癫，也给了她动荡、血腥和欺骗。禾的家——禾给她过家吗？而现在，安的家，才让她真正体验到了有家的兴奋、愉悦和踏实。

扣儿觉得命运真是奇妙，本以为是红牡丹的，一摘却是刺玫瑰，又摘，却是罂粟花，本以为是地狱的，踏进门却是天堂。

在安看来，自己以扣儿为实验的美学研究，不仅顺利，而且还超出想象的好。他两年前最初的程式设定是步步为营，稳扎稳打，环环相扣，滴水不漏，最后水到渠成，完美到位。可后来，一粒没引起自己足够重视的病毒突然入侵，程式出现乱码。就在安准备放弃实验时，又一种病毒入侵。而后一种病毒恰恰是前一种病毒的克星——它的入侵，既是对乱码的破坏，又是对既定程式的修补与激活。之后，安的实验复又步入正常的轨道。婚后仅仅一个礼拜，安就停止了实验。因为所有的实验数据都在表明一个事实，实验成功了。

安变成了安，也就是说，以前的安变成了现在的安。机器的安，变成了人的安。冷的安，变成了热的安。面具的安，变成了裸身的安。天上的安，变成了地上的安。自私的安，变成了爱人的安。贪欲的安，变成了恬淡的安。这也是安实验的终极目标。而让安产生变化的，是扣儿。是扣儿表里如一的美，温润优良的美，与众不同的美，恒远不变又日日新的美，促成了安的变化。

安为了检验美的刚度、强度与硬度，就坚持着不变化，可他终是没有坚持下来，他成了美的俘虏。

安曾经尤其年轻气盛时，是成都平原以心狠手辣杀人如麻驰名的"屠夫"。主张"治世须用重典，以杀立威"的他，任天全县司法帮办时，就下过"洗监"的狠手。执政龙洛初期，他把审案现场设在广东会馆高高的万年台上，他判哪方输了，就把哪方塞在麻袋里往旷坝里抛，这样一来，他的治地很快就清静了——没有非闹不可的事，乡士哪敢闹事；没有必胜的把握，邑人哪敢擅递状子？一九二八年，从金堂方向过来的十七个不知天高地厚的土匪，怀着在甄子场的地盘上做几单大生意的美好念头，结果老本赔光，一个不剩全都走上了安为他们指定的黄泉路。一九三六年，一个青年为还赌债私自卖了家中的四斗玉米，其父请安教训一下儿子，安说罢你教子无方无力、又不诚信后，就把其父杀了。次年，一个永远犯着手痒毛病的小偷仅仅在安府大门外伸个脑袋张望了几下，就丢了脑袋。

后来，安又把暴力的狠劲收了些回来，投放到经济制裁上去了。比如，办甄子场公产项目，所需款额；大部分都是打官司打出来的：凡打官司者，双方不论输赢都要为项目捐款，输家出大血，赢家出小血。

而今，凶狠的安，完全蜕变成仁慈的安了。

而今，安一看见美就来了精气神，就目光笃定，就否定了与此美相异的全世界所有的美，和美的同类。他甚至发现，自己的身体一直在腾仓，在为不断到来的日日新的美腾仓。现在，安走在大街上，那些桃花楼的气息、小地主婆的气息，能够在他身边盘绕，却不能在他身上栖落。

不知历史是否记载有这么一笔，一九五零年春天，全世界有一对幸福得了不得的老夫少妻，甑子场人氏，老夫称安，少妻谓扣儿。

安府一下多了三个女人。安不仅把扣儿接进了安府，还把扣儿的婆婆、疯子珍，连同侍候珍的琼，接进了安府。

按说，安拥有了珍家财产的主人，也就拥有了珍家财产。但安没有这样做。珍家财产原来在扣儿名下，现在还在扣儿名下，只是把财产的管理与经营，移交给了安府的人——安不想扣儿被俗事羁縻，折损了二人的欢情。婚后没多久，扣儿让安把自己的名字换成安，安说，我们是夫妻，还分什么彼此呢？我正要告诉你，我名下的财产已全部换成你的名字了。扣儿惊问，为啥？安说，我只想向你表达我对你的真诚。扣儿说，可是，可是我如何承受得起？安说，你承受得起，在我眼里，你是唯一有资格承受得起的人。再说，扣儿，这些身外之物也许只是过眼云烟，很快就会飞走的。扣儿说，我不明白。安说，我有一种预感，共产党快共产了。扣儿说，那你还放我的名下干啥？安说，万一，我是说万一，没出现共产这码事呢？

在甑子场，有一支童谣至今还在流传：乌半截，郑半边，安皇帝，住中间！

从后来客学专家的考证来看，这支童谣当起传于一九二零年前后，这一年，安已当了三年乡长，并有了"安皇帝"的绰号。民间却不同意这种说法，扣儿婆婆就不同意。扣儿婆婆说，安这一家族中，家谱中排行长房的都叫安，自从其中的一位安，在某一时期，当上龙洛乡乡长后，乡长安就有了绰号"安皇帝"。后来，乡升格为镇，镇长安的绰号依然是"安皇帝"。

从童谣的意思看，童谣始传的那个时期，乌家的产业和势力范围，覆盖了甑子场上街一带，郑家覆盖着下街一带，安家处于甑子场的腹心地带。事实上是，还未进入二十世纪四十年代，这支童谣所表达的家族产业格局和势力格局，就发生了根本的变化。

随着安氏集团和乌氏集团尤其是前者的强势发展，郑氏集团土崩瓦解，龙洛资源重新洗牌，利益格局再次形成。三足鼎立的老局面，变成了一山二虎的新局面。一山不容二虎，那是指二虎势力相当，彼此都有挑衅和较劲的本钱。新局面中的二虎，却是一只大，一只小。它们能彼此平衡，和平共处，盖因大虎需要小虎来衬威仪度寂寞，小虎需要大虎来壮声威抗风雨。不用说，大虎正是安氏家族，小虎正是乌氏家族。整个二十世纪三十年代的十年，都是三家利益博弈的十年，都是刀光剑影血雨腥风的十年。十年博弈的结果是，郑家地盘落子安家，作为对乌家贡献的一点安慰，安家把郑家的江西会馆、自己的两条小巷一个鱼塘，送给了乌家。

三姓都是客家人，安来自广东，乌来自福建，郑来自江西。

关于龙洛三足鼎立格局的出场与退场，以及后来一山二虎两虎对峙局面的形成，其间谈笑风生中的杀机，杀机中的枝枝蔓蔓，枝枝蔓蔓中的儿女情肠，以及客家人不与湖广人通婚的戒律与后果，可谓剪不断理还乱，庞大繁复，玄奥丛生——那是另一本书的工作。

安家的财产多得就有这么恐怖！所以，扣儿把珍家财产作为嫁妆带入安家，实则只是把一尾鱼投入了一个鱼塘，起了针眼大一个小漩。而令这尾鱼没有想到的是，自己不但不姓鱼塘，鱼塘还跟了它姓。

七

安怎么说都是一个人物头。

安民国初年毕业于成都法政专科学校。一九一三年赴天全县任司法帮办。后来返回乡梓龙洛，扩街面，兴市场，办民团。一九三三年起，两度兼任金堂、简阳、华阳三县联防办事处主任，称雄成都东面广大地盘。其间，架桥筑路，兴建公园，开办书院学堂、戏园、图书馆、电灯公司、民生工厂、教养工厂、卫生所、救济所、育婴堂，设立助学基金，修缮会馆、场镇防御工事……把龙洛搞得风生水起，享誉八方。

菜在东山地区搞"三三暴动"，安，是绕不开的礁石。

化装成农妇的雪儿出现在甑子场街头，目的只有一个，身怀女人的利器，拿下这块挡道的礁石，并让这块礁石去挡共产党的道。雪儿虽是农妇打头，却也扮得湖光山色，风景宜人。

通过两天的实地侦察，雪儿想，安府是不能去的，就算老东西安对自己有想法，能当着他夫人的面？广东会馆也不能去，那里的共产党尤其禾，正到处逮自己呢。安除了这两个场所，要么在乡上村里做一些安民征粮的公干，要么在茶坊喝茶会馆看戏，而公干时有大拨自卫队跟着，消遣时有夫人扣儿跟着。几害相权取其轻，雪儿最终决定直闯匪穴，把自己的桃花主战场摆设在广东会馆镇公所镇长办公室。

雪儿坐在小吃店，一边吃东西一边盯着对面广东会馆，见禾出了大门，就付了钱，起身向会馆走去。贴了许多红色标语的会馆里很热闹，牲口、鸡公车、运粮、搬粮、过秤、登记等，呈现出一派新生共和国的征粮景象。雪儿看见人人脸上都是灿烂，收粮方笑得灿烂，纳粮方丧得灿烂。设在字库塔附近的粮仓已满仓，广东会馆已成辅助性粮仓。指导员、师爷、账房先生、解放军、农民等都在忙碌着。没人留意挽着一只菜篮的村姑走进镇长办公室。

正在办公室桌后呆呆欣赏扣儿照片的安，听见有人进屋，一抬头，看见一个村姑正把门掩上，就问，找哪个？那村姑不说话，只笑盈盈绕过办公桌，一屁股往安腿上一坐：怎么，我的风流大镇长，连小女子都不认得了。安伸手拿过村姑的脸蛋，定睛一看，惊道：是你？你就不怕我把你交给共产党？

雪儿一笑：我小女子一个，您就舍得让我吃共产党的枪子儿？我看，小女子还不如让您这个老英雄吃了好！说着，雪儿就把一只白嫩嫩的小手朝安的裤裆处抓去。

安大怒，腾地站起，用枪对着被掀翻在地的雪儿低声吼道：滚！你给老子滚！

雪儿爬起来，一边拍着身上想象的灰尘，一边说：好，我滚。不过，我滚之前，还想把处座带给你的话说了。

雪儿看了看安，见安一语不发，就继续说道：处座说，共党蹦跶不了几天了，还请镇长您回到国民党的怀抱，参加我们的反共行动。我们近期的反共行动是——

安打断雪儿，平平静静说：菜的意思我明白了，你可以走了。

雪儿：您就不想听听我们的行动计划？

安：不想！

雪儿：那您是同意还是……

安：回去告诉你的处座，就说我哪儿也不去！哪方都不想招惹！

雪儿：就这样说？

安：就这样说！

雪儿：镇长，我还想问一句，你对我就一点兴趣没有？

安：如果你早来一个月，我或许有兴趣的。

雪儿：因为您新娶的太太扣儿？

安：当然。快走吧，待会儿他们看见你，你就走不掉了。

雪儿：不明白了，扣儿，一个没见过世面的小镇女人，哪点好了，你们男人咋个都围着她转，世界上的好女人都死光了吗？

安厉声：不准侮辱扣儿！

雪儿：小女子再问镇长一句，您不反叛，是因为扣儿吗？

雪儿从会馆大坝穿过时，正从门外走进的禾看了她一眼。独闯广东会馆，让雪儿充满了愤怒。镇公所镇长办公室，只有安一人，她却分明感到有一万个扣儿在屋子里一会儿盯着她看，一会儿盯着安看，盯着她看的目光多有嘲谑、鄙夷甚至兴高采烈，盯着安看的目光多有信任、倒钩和巫术。所有男女都是上天的产物，但男女之间相爱的资源却总是不能做到公平化、均等化和公开化。有的女人在明处爱，有的女人在暗处爱；有的女人很多人爱，有的女人无人爱——扣儿为什么总是前一种女人、自己为什么总是后一种女人呢？这真是一个该死的世界、该死的人间！

鱼儿。安。甚至乌。扣儿是占了那个霸这个。雪儿不明白，自己与乡下女人扣儿往日无冤近日无仇，甚至连话都没有说过几句，可她为什么老是和自己作对呢？并且，这个对还作得这么厉害，尽往死里作！哼，你要我死，我更要你死！

从广东会馆出来，雪儿就只有一个想法，让扣儿死。当天晚上就让扣儿死，四川盆地明天的太阳，一定见不到扣儿！

让扣儿死至少有两大好处，一是平息扣儿带给自己的愤怒、羞辱和自卑，二是让自己在鱼儿和安的心目中重新活过来。自己在两个男人的心房里成为无房族，全是因为两个男人把房子都给了这个乡下女人。扣儿一死，不愁拿不下安、为党国创下居功至伟的奇迹，更不愁套不牢鱼儿。

当天晚上，月亮亮得很蓝，这让安府里的桃花红得格外敦厚。风有些大，但大得让人能承受。雪儿翻入院墙埋伏在花丛后，躲过了保镖的例行巡查。约一个时辰，就看见安与扣儿手牵手散步过来。雪儿死死盯着扣儿，待二人走过后就举起了枪。安突然听见远处保镖大喊有人，一回头，看见雪儿的枪口正对准扣儿，就一把将扣儿拉在了自己身后。

枪响了，安左臂中了一枪。

枪又响了，雪儿倒在血泊中。

打伤了安的雪儿，被多粒子弹击中致命，谁开的枪，至今是谜。有人说是保镖或教官，有人说是安，有人说是禾，有人说是菜，有人说是扣儿。还有人说到鱼儿，其理由是，鱼儿虽然希望安死，却是不希望扣儿死，而雪儿显然是冲着扣儿去的。更多的人说是两人乃至多人同时开的枪。

雪儿至死都没想到，她一想扣儿死，那么多人就想她死。

郎中说，镇长这一枪挨得不算厉害，上了他的药，一周后就能活动了。安挨得不厉害，不意味扣儿挨得不厉害。恰恰相反，扣儿挨了安这一枪后，觉得浑身上下哪儿都反应得特别厉害。

自己嫁入安府后，就无时无地没有感受到安的变化。但对安的变化的观察、考量与感知，除包括挨枪在内的大大小小的行为和事件外，更多的，来自安的眼睛。

对扣儿来说，安的眼睛依然是天空，但已不是原来的天空了。原来的天空中飞着无数怪鸟，鹝、凤、鹕、鸫、鹇、鸥等，中土的，异域的，什么都有。而每一种鸟似乎都有明确的线路却又暗含另外的指向，每一声啼叫都单纯简单得疑窦顿生玄机重重。这些怪鸟，其真身往往是惊鸿一瞥，更多的时候总是以云的外相示人。不仅飞禽，天空中还奔走与蛰伏着蛇、狗、蚯蚓、老虎、猞猁。并且，有了这片天空后，眼睛并不消失——它退在了天空后面。也就是说，这片天空只是安的一架眼镜。他需要这样一种效果，别人透过眼镜看不清楚他，他透过眼镜可以更清楚看见别人，这个目的，他达到了。

现在，他的眼睛已完全变天了。他把眼睛交给了天空，并与天空融为成一个整体。在这片簇新的天空里，扣儿看见的蓝天就是蓝天，白云就是白云，牛羊、小鸟、稻田、梦，是什么就是什么。总之，一切都是透底的、清白的、词与物不存在距离。

要说安眼睛周遭的环境还真谈不上美：向两边太阳穴摆动而去的鱼尾纹，内角那擦了又生的眼屎，上面渐生白霜的眉毛，下边能盛下一百吨玉米的眼袋。甚至眼睛本身也被岁月磨蚀了色素，该黑的不是很黑，该白的不是很白，连大小也只可堪与一颗樱桃相媲。但奇妙的是，这樱桃大小的天空，却能盛下陆地、大海、全世界，盛下扣儿的知识与经验所能理解的一切。

关键是，扣儿从安簇新的天空里看见了自己——不是一个自己，而是无数个自己，从出生到现在每一瞬间的自己，甚至梦中的自己。安眼睛里的一切都与自己有关，因自己的生而生，因自己的死而死，被自己放牧，又放牧自己。她不明白的是，世界偌大，自己为何却只活在安小小的眼睛里。

是的，扣儿已经知道，自己改变了安的眼睛，而眼睛又是心灵的窗户，那么，扣儿实际改变的，不是安的眼睛，而是安的内心。扣儿知道是自己改变了安，却不知道自己怎样改变安的。不过，这对扣儿一点不重要，扣儿只要知道，是自己改变了安，或者说，是安让自己改变了安，也或者说，安因自己而改变了。

这就够了。

安挨的这一枪，反应在扣儿这里，是一炮又一炮。扣儿现在幸福得要死。

有一天，安对安夫人说，夫人，你可知我有一个绰号？安夫人说，啥绰号？安说，安皇帝。安夫人说，这个呀，这个哪个不晓得！安说，要是你早嫁我几个月，在民国嫁我，你也该有绰号了。安夫人说，啥绰号？安说，安皇后。安夫人说，才不想当皇后哩！安说，为啥？安夫人说，你难道还想匹配个这妃那妃的，甚至来个后宫佳丽三千？安说，真到了那时，本皇帝就来个六宫粉黛无颜色、三千宠爱在一身！安夫人小嘴一撅，一对粉拳就捶打在了老男人的胸上：还想有那时，想得安逸！只怕你的宠爱还没现身，我就被六宫粉黛气成黄脸婆了！安曲背抱首连连大呼：老夫不敢，夫人息怒！

多少年来，安对女人的最低目标和最高目标都是，把男人的枪插在女人的枪套里去，除此，并无其他事可做。现在，他的快乐除了插枪，更多的是说无穷无尽无遮无拦无边无涯的废话。他很奇怪，自己跟夫人说了三天三夜的话，过后回想，却一句也不能记着。唯一能记住的，是说每一句话时那些快乐、舒坦、恬淡的心境。这样的心境，浸透了周遭十公里半径的空气，有一种看不见摸不着的实在。

在实在里虚无，在虚无里实在，这，正是安实验两年来的最高美学追求和最高哲学境界。

就在扣儿幸福得要死的时候，死去的鱼儿又活了。

石碾村桃林中本来是两座坟的，鱼儿活过来后，扣儿就把鱼儿的坟平了。

扣儿与鱼儿，在鱼儿的坟前见过面后，扣儿就把见面的情况告诉了安。扣儿刚说了开头，安就说，他知道。扣儿说，你跟踪了我。安说，不可以吗？扣儿说，不可以。安说，我说的不是我的人跟踪了你，而是我的心跟踪了你。扣儿说，你知道鱼儿来找我了还不阻止。安说，我才不会傻到让夫人觉得我小心眼、对夫人不放心呢！扣儿说，在我这儿，鱼儿已经死了。安说，我知道，在我这儿，鱼儿也死了。

鱼儿无论做什么，扣儿都认为鱼儿已经死了。

死了的鱼儿有一天竟闯进了安府，那样子竟似大摇大摆、明目张胆。这是鱼儿第二次闯安府。

鱼儿第二次闯进安府时，安的爱情生活登峰造极，政治生活却跌入到了人生的低谷。跌入低谷倒不是因为有什么行动或事件在安身上发生，主要是时不时就从省城和县城吹来一些越来越近越来越真切的信息，给安带来了不安。龙洛虽属简阳县，但距省城更近，因此更多的信息来自成都。

信息来得很快，基本上是随着春雷一起来的。土改共产、打土豪分田地、一夫一妻、禁毒禁赌、解散自卫队、以农会组织替代乡镇公所和保甲制、旧乡镇长去县上参加学习班、血债血还、反这反那、镇压这镇压那、砸烂旧世界建设新中国……这些信息仿佛样样都与自己有关，不仅有关，简直就是针对自己来的！这些信息一旦落地夯实，自己会遭到什么样的命运，变成什么样的人呢？或许直接变成鬼！

信息打乱了镇长关于新婚快乐生活的更长时间的静心品尝和精密部署。

就时局走势情况的把定，安还带着扣儿去成都咨询了祥。祥见到他们夫妇，一句话不说，就把他们拉到街上折入小巷，东张西望东躲西藏后，找了一家偏僻小茶馆坐下。安的两个保镖在另一张桌上喝茶。

安问祥嘟格变得鬼鬼祟祟了。祥说，还是小心点好，指不定家里安了窃听器、身后坠了尾巴呢。又说，他现在已是夹着尾巴做人，对未来和前途已不抱什么幻想了。他说菜去找过他，请他出山挑大梁，把四川乃至西南的反共武装交给他来领导，菜说这也是毛人风的意思，他拒绝了，但菜并没有死心。祥还说他自己毕竟是通电起义的军方有功人员，影响大，涉及面广，共产党虽说不会重用，倒也不至于秋后算账，赶尽杀绝。他认为安应当小心又小心，不发牢骚，不做共产党不喜欢的事，就算这样，能保个清静日子就该烧高香了。

安：咋这样背时？我招谁惹谁了？共产党不就共产吗？我散尽家财不说立功受奖还不能保个平安？

祥：但愿吧。

安：菜派人来找过我。

祥：他可能还会找你的。

安：你说我该咋办？

祥：参加菜他们的暴动，肯定是螳臂当车，死路一条！不过，朝鲜战争的爆发，美国的出兵，对共产党的压力也很大。

安：不参加呢？

祥：不参加……也不好说。

安：为啥？

祥：纯粹是地主还好说些，怕就怕他们把你定性成横行乡里的恶霸。

安：他们眼里有纯粹的地主吗？

祥：他们不叫纯粹的地主，叫开明乡绅。

安：我还不开明？

祥：哎，哥，你开不开明，弟现在说了不算啊！

安：这共产党总得讲道理，总得依法治国、依法行政吧。否则，岂不是比土匪还土匪？我看不至于。

祥：但愿吧。

安：你是不是太过悲观了？

祥：但愿吧。

安：我就没有更好的路可走？

祥：早两个月，还可以出国，现在不行了，各个通道要么冻结，要么铁桶一个。

祥在长吁短叹中与夫妇二人道了保重后，就匆匆离开了。安把郁闷与不安埋进心里，带扣儿在春熙路、总府路、东大街一带好好玩了大半天，购了一些物品，准备往甄子场走。这时，安像想起什么似的，决定再待一天。安不再去打扰祥，就让一个保镖去东大街订了最好的旅社。

这次出行，安带着年轻的夫人去了城西的青羊宫、城南的武侯祠、城东的大慈寺、城北的文殊院和昭觉寺。从阔大的旅社那张阔大的床上醒来，扣儿感觉身边这个赤身裸体的男人的很多想法与祈愿，都焚烧进了自己的身体，因为自己身体中，正汩汩滚动着内容极其丰饶的液体的香火。回甄子场的时候，夫妇俩又一路去了东山的石灵寺、药王庙、石经寺、大佛寺、长松寺、柏合寺、龙华寺、金龙寺、桃花寺、燃灯寺。他们希望稠密而诚灵的香火，能为自己的生存和爱情，带走一些什么，带来一些什么。

安对来自方方面面的信息不能说不感到恐怖，但真正令他恐怖的是扣儿今后的命运。

如果真到了信息所言的情况，泥菩萨过江自身难保，他又如何去保护扣儿，给扣儿以持久的幸福？自己这把年纪了，在世上走的这一遭，该见的不该见的都见了，该经历的不该经历的都经历了，上天堂下地狱都没有什么后悔。可与自己紧紧捆绑在一起的扣儿才二十岁，她的路应该还有很长很长的，她该怎么办呢？他想三十六计走为上。

鱼儿打碎安的实验时，安想过出国。现在，安又想出国。但也只是想想而已。

　　想的过程中，扣儿说，安，既然你觉得甑子场不好待，我们何必非要待呢？天无绝人之路，要不，我们跑到一个没人找得到的地方，男耕女织，自耕自足，过普通人，不，过原始人的自在生活，多好！对了，就像唐代第二大隐士朱桃椎，在隋去唐来的改朝换代时期，弃官回乡，躲进龙泉山中不出来，逍逍遥遥当神仙！安说，你年轻，好多事都不懂，真要能走，我们又何必那么辛苦，我们有的是金条啊！扣儿说，你是说，我们想走也走不了？安说，我听说县公安早已对乡镇长中像我这样的"重点户"进行了内松外紧的监管，况且，大陆虽大，但整个大陆都是共产党的天下，没有介绍信、通行证、户口，哪能有我们两人的立锥之地呢？扣儿说，安，你是好人，共产党也不是坏人，你们应该处得好的。安说，万一处不好呢？扣儿说，不管处得好处得不好，我都站在你一边，不管你交了什么样的厄运，我们永远不分离！

　　安不再言语，只把面前这个女人紧紧箍在怀里，箍得女人差点缓不过气来。

　　春天的安府秋意缱绻，一派肃杀。

　　天色刚刚傍黑不久，安与扣儿正在堂屋里说那些甜蜜的废话时，鱼儿鬼魅一样出现在了二人面前。扣儿一见来客，脸上的笑容就变成了刀霜，她对安说，这人应该是见你的，你们有事，我去休息了。说罢，起身就要入室。

　　安对扣儿说：能有什么事？再说，我的事儿就是你的事儿。夫人，别走，你也听听吧。扣儿并不乐意，但还是坐下了。安看着鱼儿说：我看你狗胆包天，我正要找你呢，你却自己送死来了！

　　鱼儿说：为雪儿那一枪？

　　安说：你们居然如此下作！

　　鱼儿说：镇长误会。雪儿找你，是组织安排，但雪儿朝夫人开枪，却是她的个人行为。再说，她人也死了，还有啥气儿不能消的？

　　安说：你就不怕我绑了你交给禾？

　　鱼儿笑笑：怕？怕我又何必来？再说，你要绑我，上次到府上给你送信时，你就绑了。

　　安说：信不信，老子现在就一枪崩了你！

　　鱼儿说：信。但崩了我对你有啥好处呢？况且，处座一定会生气的。镇长，我们可是一根绳上的蚂蚱，坐的是一条船……

安说：够了！要耍嘴皮上戏台，别在老子这儿耍！

鱼儿说：处座让我转告您一些话。他说——

安说：让我弃暗投明，离开共产党，跟从国民党，不但不把自卫队的枪炮对准你们，还想让我把枪炮对准共产党。莱让你转告的就这些吧。

鱼儿说：是这些，但又不止这些！我们晓得，去年冬月间吧，您就被胡宗南委任为辖三个支队、配有电台的"川陕鄂绥靖公署反共救国军"第六纵队司令，并兼任"川康扫共救国军"东山地区总司令。

安说：咋啦？你们想去共产党那里告我的黑状？

鱼儿说：镇长说笑了，哪有自己人告自己人的。

安说：别拿这个来要挟我。胡宗南是给了我任命，可我没干！电台也没用，也不会用。

鱼儿说：那时条件不成熟，可以不干。但现在不干，以后可就悔不当初、没悔药吃了。镇长，你晓得的，朝鲜战争马上就爆发了，美国出兵又是铁板上钉钉子。到时，美国从鸭绿江扑过来，蒋总裁从台湾杀回来，我们再在大陆捅他们的心脏，共产党他龟儿还能不垮、不完蚕？

安说：这些都是莱说的吧。

鱼儿说：那是。您晓得，处座的消息都是直接来自于台湾。

安说：好了，我晓得了。你回去转告莱，说容我再考虑两天。

鱼儿说：这事儿急，我们希望您能当机立断，给个准信儿。这儿还有一样东西，处座给您的。

说罢，鱼儿从怀里取出一卷纸来，展开，递给安。安慢慢看着，考虑着。

鱼儿对扣儿说：扣儿，哦不，安夫人，你可晓得镇长在看啥？那是《委任状》！看完《委任状》，镇长就不光是镇长，更是"大陆人民反共救国军第一纵队"司令！我嘛，当个副司令，协助司令反共，给司令跑跑腿，办办事。你看，多好的事。我们这个救国军要干的第一票就是东山地区的"三三暴动"。扣儿，哦不，安夫人，我们以后又可以合作了，又可以……

安勃然大怒：合作个屁！滚！

鱼儿完全以为安被自己说动了心，正跟扣儿得意忘形说话呢，猛然听见安一声大吼，端的是吓了一大跳。面对安这个喜怒无常的怪人，一时六神无主，愣了半天，才嗫嚅了一句话出来：你，你可要想好！

安：滚！

鱼儿气咻咻走了。但他并没有走远。他可以忍受安的那声滚，但不能忍受这一声滚让他在扣儿面前的失格和丢份儿。他想整死安，他要整死安。

当然，安更不愿因为鱼儿的一席话让自己在扣儿面前失格和丢份儿，所以，安不称处座，一口一个菜，仅仅把鱼儿当成了一个为菜跑腿传话的小老幺。

但是，这个小老幺居然得意得忘了形，不仅把嘴上的言语直接冲着扣儿的耳朵，还让一对睩睩贼眼也斜出去伸出手来，当着自己的面偷窃自己的女人。脸蛋、胸乳、大腿……鱼儿这狗日的老手，轻车熟路，几乎偷遍了自己女人的全身！

难道，菜派雪儿来用"美人计"不成，又派鱼儿来施"美男计"？但是，他们明显找错了对象。安可以不计较他们的愚蠢无知，但不能不计较他们的放肆妄为！

鱼儿当然不知道风月场上的高手安，早就练成了一只眼读报一只眼读女人的独门绝技，所以，直到全神贯注看《委任状》的安突然大吼一声滚，他也并不知道自己的偷窃行为被主人家发现了。但是，鱼儿还是在跨出安府堂屋门槛时回首的一瞥中，得知了自己被逐出安府的全部真相。昏暗的灯光下，鱼儿看见安正伸手揽住扣儿的腰，而扣儿正以嘉勉的目光望着安。

扣儿对男人的这声喊是明白的。她为男人因她不顾一切而窃喜着，骄傲着，同时又担忧着。

自己的男人不吼这声滚是一种命运，吼了这声滚又是一种命运。这两种命运肯定不同，它们不同在哪里呢？这后一种命运，就是今后安和自己的命运了。

相较其他孤女，扣儿有资财有文化，算不得弱女子，所以，这点道理，她明白。

她越是明白，越是害怕——

虽然她明白，安激情发作地为她这么一吼，也许阴差阳错反而为他自己吼出了一条正确的政治道路。——她多么愿意这样！

她的害怕，来自于压力。这个老男人把什么都交给了自己，倘若命数风云突变，出现永远也不能预知的结果，自己拿什么来回报来拯救？

扣儿睡在床上，一动手臂，发觉枕边的脑袋不见了。扣儿开了灯，坐着一想，明白了什么。扣儿提着灯笼出安府，遇更夫，更夫就把她送到安家坟山。扣儿看见安正跪在他们家族迁川一世祖的大坟前，烧纸通冥。扣儿挨在丈夫身边，轻轻跪了下来。两个保镖肃立在不远处。更夫离去，更声渐远。

扣儿说：安，我们要不要把他们在搞"三三暴动"的事告诉禾？

安说：当告密者，老祖宗不会答应的。况且，动静这么大，禾不是傻子，应该已有耳闻了。

扣儿说：鱼儿来找过我们的事呢？万一共产党晓得了……

安说：身正不惧树影斜，未做亏心事，不怕鬼敲门！

这个时候，一条黑影又一次闯进了安府。对于安而言，这条黑影在同一晚上的第二次闯入，是致命的。黑影在安府翻箱倒柜。

不用说，鱼儿就是这条黑影。

菜对鱼儿说过，万一安不接《委任状》你也不必着急，你就去找他下边的那七个乡长接，只要有一部分乡长接了，就该安着急了。而一部分乡长接《委任状》，那是叫花子捉虱子——十拿九稳的事。

鱼儿走出安府在七个乡上跑了一圈后发觉，菜算得很准，七个乡长中，六个接了，一个没接。

菜问他哪个没接，鱼儿一边擦汗一边解开手上的包袱。不料包袱里钻出一个人头来。红一半黑一半的人头，向菜疾速滚去，吓了菜一跳。

八

从后来的情势看，对于乡镇长政治性的评估，禾认为自己是与上级组织保持一致的。鱼儿夜闯安府不久，禾与两个手下荷枪实弹带领兼"护送"龙洛地区以安为首的八个乡镇长，去灵池参加"东山片区乡镇长学习改造班"，就听一位副处级领导传达过贺龙的讲话精神。

这位副处在开班仪式上说：从叛匪处缴获的《游击根据地地理图》《游击战术》和伪国防部《委任状》等文件和宣传品，以及俘虏提供的口供，都证明，叛匪组织的暴乱，乃是国民党特务分子创办的"游击干部研究班"，以及少数封建恶霸，勾结惯匪流氓、散兵游勇，蒙蔽群众，所发动的有预谋、有组织的反革命行动。四川是国民党反动派据以顽抗的最后的中心地区，特务分子在这里特别多，因而他们在这里所作的反革命部署，也就较其他地区更为周密。当我们大军挺进四川的时候，打乱了他们的组织，打昏了他们的头脑，可是，当他们稍事喘息之后，便重整反动力量，乘我们人民政权尚未巩固，扰乱社会秩序和破坏人民政权，这是不足为怪的……他们制造谎言，编造口号，假借起义部队的番号印发传单，号召反对共产党、反对人民政府。

说到这里，副处冷冷地环视了一遍台下坐着的乡镇长后继续说道：在座的一些人中，对减租减息政策不满意。你们长期吃农民的，穿农民的，现在拿出点来给农民，有什么不可以呢？还有些人在暗中支持叛匪闹事。有人说，叛匪暴乱，就是因为人民政府实行合理负担，禁用银元，因此提出要修改人民政府的政策。这显然是替叛匪、特务和封建势力说话！

台下几乎所有的乡镇长都听出了汗。龙洛地区的六位乡长一边听副处讲话，一边拿眼观察安。

与安同去参加灵池学习班的是七个乡长，但准确地讲，却只有六个，因为有一个还只是指导员临时指定的黄土乡代理乡长。代理乡长代理的是一位无头死人，死人是咋个无头的，安和六位乡长心知肚明，但都装着不知道。正如六个乡长以为安不知道他们接了《委任状》而安其实知道只是不说一样。

一九五零年是一个想不到的年。一九五零年让太多人想不到。安参加"乡镇长班"学习改造完回到镇公所，却不是镇长了，六位乡长回到各自的乡公所，却不是乡长了。不是乡长的那位回去后反而成了乡长。他们在异地灵池被改造的同时，他们的老窝也被改造了。其实，安还是镇长，六人还是乡长，只不过一去一回之间，实职就变成了虚设。此外，他们一直赖以立威生势的自卫队，一夜之间已与自己无关了。当然，这还不算到位，夏天刚过，成都平原所有的镇公所乡公所的牌子通通翻了一个面，上书"农民协会"，乡镇长让位于农协主席。基层政权完成清场，旧乡镇长全部退出历史舞台。

从甑子场出发到回到甑子场，六位乡长一路上对安格外客气，点头哈腰不止，却又处处躲着安，即使安的目光追了过来，也急忙闪开。六位乡长好像人人都有话对安说，一直想开口，一直不敢开口。

副处在学习班的讲话，给六位乡长带去威慑的同时，也带去了压力。六位乡长回到自己的乡上后，就急急忙忙做了一些减压和转压的事，这些事就给安带来了麻烦。麻烦很大，几乎就是把安送上人生终点的厄运。

向安宣布安的自卫大队总指挥一职已被撤销、安从今以后不再是总指挥的人，是扣儿。向安宣布安的顶头上司是盛区长、接替安总指挥一职的是指导员的人，还是扣儿。

安从灵池学习改造回来，时近黄昏，就没去镇公所，而是直接跨进了安府。当然，就算不到时近黄昏，安也会先去见扣儿。安一见扣儿的表情，就知道镇上出事儿了，不，自己出事了。安一问，扣儿就支支吾吾的，安再问，扣儿就宣布了上述决定。扣儿一宣布完，就强笑着说，没关系的，无官一身轻，况且你不还有一个镇长职位吗，看来我们还是不可以过男耕女织、不问世事的逍遥生活。安问扣儿是咋晓得的，扣儿说，场镇上都嘈昂了，好些人看见我已开始躲着走了。

安知道扣儿不会说谎，但他怎么着也不能相信，扣儿宣布的信息是真的。晚上，他把扣儿抱在怀里，一会儿就睡着了。他在灵池驿馆里的三个晚上就没睡着，现在，他已养成不抱着扣儿睡就失眠的烂毛病了。

安一大早就去了镇公所。安要去证实和面对那些该来、不该来的流岚、雷雨、天狗、怪鸟、星宿和风云。扣儿说要陪他一起去。安说他去上班又不是上法场陪什么陪。

安一跨进广东会馆大门，就知道天变了。

从大门、院子到办公室，新刷的标语、动过的物品、同类的嘴脸，都在告诉他，天变了。都在告诉他，扣儿宣布的有效性。

安现在已变得对变天异乎寻常地敏感了。以前安并不敏感，他坐镇甑子场三十年，不管外边的天如何变化，龙洛的天始终未变。三十年中，他就是龙洛的天。当然,他也清楚,天外还有天,他只是那个天外天与龙洛地之间的这块天。对此,他是满意的。天外天要想见到龙洛地,必先见过他,龙洛地要想见到天外天,也必先见过他。这是他心中关于天的格局,他想,所谓变天,就是打破这个格局,而要打破这个格局,必先打破他,也就是说,只要他活一天,龙洛的天就活着,就不会变。至于自己死后龙洛的天会不会跟着死去,会不会变,会怎样变,他还没来得及去想。

但现在,还不到四月中旬,天又变了,或者说,天没变,是自己变了?

安到此刻才恍然大悟,只要自己还在镇上坐镇,只要共产党意识中的新政还没真正建立起来,共产党就会认为龙洛的天还不完全是共和国的天,只有撤掉国民党时期任命的人换上自己任命的人,才算真正完成了变天。动人必先动枪。撤换自卫队的任职是第一步,之后,就该撤换乡镇长了。安这样想,竟突生一种小人心度君子腹的羞耻感。

安临死也没闹明白的是,从解放那天开始到自己被一颗子弹撤换得干干净净那天截止,这一时段里,自己肯定不是龙洛的天,问题是,龙洛的天还有自己这个镇长的份额吗?如果这个天与自己无关,那自己帮共产党收枪征粮又算个啥?如果旧乡镇长的收枪征粮行为,可算作为共产党做事,那共产党为何又要撤换旧乡镇长甚至镇压旧乡镇长呢?难道是旧乡镇长不称职?可自己并没有不称职呀!就算自己不称职,整个东山地区几十上百个乡镇长,就没有一个称职的吗?是共产党不愿拾国民党的任职牙慧,还是嫌旧乡镇长不是穷光蛋?穷有啥好?共产党干吗那么喜欢穷呢?

安关于价值体系的评判,关于对世界的认知,尤其关于自己对脚下土地和头顶天气的把控、对周遭人事的影响,在一九五零年,完全失算、失灵和失效了。

他觉得自己从神变成了人,从人变成不是人,最终会很快变成鬼。关键是,对于所有的变化,他都不能变化,无从变化——怎么变化?退进,上下,一动不动,都是死路,怎么变化都是擀面杖吹火,一窍不通,永远不来气。他唯一的变化是,变得完全的无以为继无能为力了。或许,还可以选择自杀。可自杀了,扣儿咋办?正是因为老焦虑扣儿咋办,故而,每当自己热血冲顶,刚想轰轰烈烈大刀阔斧英雄一波暴动一场,就立马蔫下来打了退堂鼓。

一九五零年，爱情是安唯一的收获与定海神针。这一年，老天爷让六十岁的安，用六十年攒下的全世界，去换回了二十岁的青翠植物般的扣儿。

扣儿宣布得一点不错。扣儿昨晚宣布的一切，今天一大早，简阳县副县长又向安宣布了一遍。

副县长宣布得比扣儿要全面、具体、透彻和专业一些。

譬如在宣布盛为龙洛区区长时就说了，简阳县已决定在乡镇与县之间增加一个区级层面，灵池是一个区，龙洛也是一个区，全县设九个区。副县长宣布的行政区划二十六年后发生了变化，龙洛以镇的身份，被并入了已划进成都版图的灵池区。扣儿的原属华阳县的老家龙潭寺乡，后划入成都的成华区。所以，安至死都不知道，自己这个简阳人，死了二十六年后却成了成都人。副县长宣布说，龙洛区由龙洛镇和七个乡构成，都归盛区长管辖。这个意思是，盛完全接收了安的职权，安虽然还是镇长，但已从一镇七乡共八块地盘的行政权，变成了只行政以甄子场为主的一块地盘了。这些都还不够，副县长最后还说了，安年岁已高，按说也到了该退休回家享福的时候了，依他看干脆这样，镇公所的工作就由指导员临时代下劳，镇公所有什么大事，指导员再去镇长家里向镇长请示与汇报。

譬如在宣布富和指导员分别担任龙洛新编区中队队长和指导员时就说了，撤销全县各乡镇所有自卫队建制，解散庞大的自卫队组织。同时，县上成立县大队，区上成立区中队，乡镇成立乡镇小队。各队队员从劳动人民中招收，不足部分从解散的自卫队员中择优挑选。区中队隶属县大队直管，性质为地方武装部队，队员身份为脱产民兵，其职责是负责武装保卫本区本乡，训练民兵，配合解放军和公安部队作战。新任区中队队长富，极贫人家子弟，灵池人氏，一脸愦愦。

当副县长刚一宣布完撤销自卫队和任命中队队长、指导员，区长盛立马非常履职地要求安交出手枪，并说只有县大队区中队和乡镇小队的人才可携带武器，乡镇长一律不配枪。安看了一下身边的禾和会馆里比平时多了许多的包括连长、"山西口音"等在内的解放军驻军，抽出枪来递给区长，区长随手把枪递给指导员。

安是一个人离开广东会馆的，与去时相比，他身上少了一把枪，手上却多了一个装了他办公室私人物品的布袋。

安耳朵听着一个接一个的宣布，眼睛百看不厌地看着广东会馆。

会馆顶面铺盖的是黄绿色琉璃筒瓦，棱脊凌空横卧，翘首欲飞。那些筒瓦，像龙鳞。会馆占地面积约4000平方米，建筑总面积约2200平方米。会馆主要由旷坝、乐楼、耳楼、前中后三重殿构成。前殿背后是天井，天井中有植物、石桥和两个围砌的小水池。宽敞的两楼一底的后殿是会馆的正殿和主楼。底层为聚会和祭祀所在，供有好些牌位。二层是妈祖殿，三层是粤王台。卷棚天花精雕细琢，金色祥龙图案中，八卦图形居中央。会馆里楹联甚多，中殿次间檐柱楹联是：

> 衣钵绍黄梅，浓荫退帐，蜀岭慈云连粤岭；
> 涅经番贝叶，宗源溥导，曲江分派接沱江。

后殿明间前檐柱上的楹联是：

> 云水苍茫，异地久栖巴子国；
> 乡关迢递，归舟欲上粤王台。

广东会馆是安的先祖承头发起组织修建的，他个人也在这里办了三十年的公。想着就这样离去，不禁百感交集，一种思念粤地的乡情顿然升起。可是，现在，还回得去吗？先祖啊，告诉我，给我指条路，我该怎么办？会馆里的人都在用各种目光看着他的离去。他还是看见了一些人眼中的悲戚与不舍，这些人是教官、师爷、账房和其他老部属。他走到会馆大门口时，突然一转身，双膝就跪了下去。他望着会馆龙脊上高高翘立的金黄色飞檐大喊道：祖宗哪，安不肖，不肖啊！之后，额触地，双肩抽搐起来。好一阵后，他听见扣儿说：安，走吧，我们该回家了。

安见扣儿来了，笑了笑：你来干啥？边说边轻快站起，拍了拍膝上的灰，站相稳健。

扣儿一手拎着鼓鼓的布袋，一手握着她老男人的手，出了广东会馆大门。二人穿过街巷，一跨入安府门槛，安府大门就吱嘎闭上了。安刚走，教官、师爷、账房等安的亲信们就被宣布下岗，遣散回家，自谋生路。

当晚，安与扣儿在府中，边喝茶边憧憬他们夫妇未来的桃源生活。香进屋，说教官来见。教官说祥派了一个人来，想见安，在桃花寺等着。安说他怎么不来家里呢？教官说，来安府动静大，惹人眼目。

教官翻墙出了安府。安与扣儿装着散步出了大门，两个保镖远远跟在后面。更夫与他们打了招呼。在场镇走了两圈后，他们出场镇，到了宝胜村那座废弃的桃花寺。天很黑，星月也跟着黑。教官鬼影子一样不知从哪儿闪了出来。夫妇跟在提着灯笼的教官身后，一走进四面透风、半封闭式的巍峨大殿，就吓了一跳。

只见殿内跪着黑压压一片人，圆嘟嘟的人头上方半空中，悬着无数把利刃，利刃被一根根系在大殿顶棚上的细麻绳套着，摇头晃脑在细碎的风中发出金属碰撞的声音，好像随时都要断线或滑脱，掉下来，端端插在哪个倒霉蛋的脑瓜儿上。

这是一种仪式。

这种仪式是安的先人发明的。安的先人也是龙洛袍哥总码头舵把子，他认为龙洛袍哥出征去完成一项重要使命时，必须先在湖广会馆中庭大殿里，举行一个包括有喝血酒、立誓等内容在内的仪式。仪式期间，用高悬的利刃来保证出征队伍的纯洁性，就是说，如大殿上哪个人被头上掉下来的利刃击中脑袋，就说明此人不忠、说谎话、有二心、胆怯，就必须把此人剔除出征队伍。因现在场镇上有解放军驻军，这个仪式就换在了桃花寺。

安吓一跳不是因为不知道这个仪式，而是因为太知道。他一看教官的表情，又一看跪着的人，就啥都明白了。果然，高亢有力的喊声一浪一浪响起来了：

镇长，我们拥护你！

舵把子，我们需要你！

总指挥，带着我们干吧！

教官喊一句，大家跟着喊一句，整齐、动情、凶狠，完全像彩排过的一样。

安认真看了一眼脚下的群情激奋又满含期许的人群，眼睛从教官、师爷、账房、六乡长、众乡绅以及自卫队头目和袍哥头目脸上扫过。他们全都是唯自己马首是瞻的"旧部"和袍泽。

扣儿何曾见过这等阵仗！她紧紧贴在老男人身边，望了头上利刃又看脚边人群，既忐忑不安恐怖不已，又有一种胆战心惊的兴奋。

安听见地面上的呐喊也兴奋了一下，但仅仅是一下，就恢复了理性。他看了一眼扣儿后，对着人群缓缓说道：各位宗亲、兄弟，你们的心我安某领了。但我老了，手脚不灵便了，心也小了，并且，从今天起，也是一介草民了。所以，只想采菊东篱下，清清静静颐养天年！各位请起吧，安某这就告退。

这时，菜、马和鱼儿出现在门口，拦了安和扣儿的去路。菜说：老兄，往哪里走？据小弟所知，您应该是无路可走了吧。以前您跟着共产党走如果说情有可原，那现在还执迷不悟就是自寻死路了。

安指着大殿盯着菜说：原来是你搞的鬼！

菜一副苦口婆心的样子：老兄，这都是为您好哇。迷途知返，亡羊补牢，还来得及！

安讥笑：怎么，处座，我安某今儿不迷途知返你就会杀了我？

安的两个保镖互递了个眼色，手伸进裤兜握紧了枪。鱼儿在瞟扣儿，扣儿迎着他的目光过去，以为他会躲开，但没有。无奈，一眨眼，扣儿收回了目光中的飞镖。

菜说：老兄，你我兄弟，兄弟不能煮豆燃豆萁啊。但是，我不杀您，并不意味共产党不杀您啊！

安说：我没惹他共产党，他杀我干啥？

菜说：干啥？就因为你我与他不是一个天底下的人，不共戴天啊！

安说：未必吧。

菜说：老兄，不是我说您，您怎么突然变迁腐变幼稚了？您还想和我的小嫂子在共产党的天底下，过你们夫妇俩在天愿作比翼鸟、在地愿为连理枝的舒坦日子？共产党的手段您还没领教够？先让你帮他们收枪征粮，然后下你的枪，再然后可以想象，撤镇长，收财产，最后嘛，一颗花生米让你飞上天，送你吃阴粮去！就说您妹夫、我的老长官祥吧，起义时立了多大的功，可现在，人不人鬼不鬼的样子，寒心啊！

见安不语，菜给教官递了一个眼色。教官朗声说道：阿爸，总指挥，只要您一声令下，我保证，一镇七乡的四千自卫队兄弟，三万袍哥人家，一天之内全部集结在您老麾下，供您老驱使，把闯入龙洛地面上的外乡人，赶出去！说到这里，教官转头朝后边的人群大喊：大家都是迎风撒尿飙三丈的汉子，你们说，是不是？

人群：是！

马显得很激动：您听，这就是民心，就是天意啊！兄弟我为党国打了一辈子的仗，之所以败了，就是民心向背，向着共产党啊。现在，现在民心回到我们这边来了，我们何愁不胜，共产党何以不败？总指挥，小弟仰慕您老的威名久矣，还盼您执掌反共大旗，一呼百应，率领我们冲锋陷阵啊！我敢说，只要您把反共大旗一举，最多三天，就能把咱龙洛地界上的共产党，一个不剩全清扫出去！

教官：阿爸，率领我们干吧！

人群：总指挥，率领我们干吧！

教官：赴汤蹈火，在所不辞！

人群：赴汤蹈火，在所不辞！赴汤蹈火，在所不辞！赴汤蹈火，在所不辞！

安狠狠地恨了教官一眼。女婿教官不光是他最信任的亲信，还有从四川陆军速成学堂学来的一身本事，自己把自卫大队交给他打理，他打理得很好。令自己没想到的是，他居然也上了鱼儿的船、着了菜的道！现在，这伙人明知自己刚刚被撤了自卫大队总指挥的职，仅剩镇长一职在身，却不叫镇长，偏叫总指挥，在自己刚刚裂开的伤口上一把一把撒盐。安知道，今天如果断然拒绝菜，会让菜下不了台，而自己也万难脱身。于是，安清了清嗓音，说了一番感谢与诉苦的话，最后说，事儿太大，太复杂，容他回家考虑考虑。

安回家"考虑"期间，东山地区除龙洛外的好些地方都开始动静起来，见人家都动静起来了，生怕吃亏似的，龙洛片区的几个乡也动静起来。"三三暴动"就此爆发。

这天中午，安与扣儿正在湖广会馆喝茶，禾找来了。禾说，走，镇长，劳驾跟我去一趟万兴场。扣儿望着禾，禾故意不看她。从万兴场回来，扣儿问安干啥去了。安说，指导员死了，死得比象还惨。扣儿再问，安就说，走，我们去女子茶社听戏去。二人就从安府去了公园。女子茶社专供知性女子品茶看戏，安虽男性，却是它的大股东，所以出入自如。公园里还有一个茶馆专供知性男子品茗听戏，叫"六月茶园"。安不想对扣儿说，洁癖的指导员变成了两堆很不洁癖的肉酱，也不想说禾居然怀疑这两堆肉酱，是他暗中指使人剁的。安看上去昏聩颠顸。

  ——总指挥，你不意外吧？

  ——科长，安某不明白您的意思。

  ——你其实已经明白了。

  ——您是怀疑我啥子吧。

  ——你看，你明白了。

  ——怀疑可以，但要干啥，就得有证据。

  ——放心，证据，我会有的。

  ——再则，我不是总指挥了。

  ——不。你，或许还是。

  没过两天，安又被富通知去黄土场开"群众大会"。富站在安府说，是区长请你去的。指导员成为肉酱后，干得热火朝天浑身是劲的富，就兼了指导员撒手撒下的所有工作。富对扣儿说，还有你，你也得去。

  安感到奇怪，自己的职权已与黄土乡没有任何关系了，还去干吗。直到两口子到了黄土场被安排在种罂人队列里，才知道自己是作为种罂大户参会的。会上现场枪决章，是区长同志为了向龙洛区全体群众表示人民政府将与所有护罂户、抗粮户斗争到底、绝不心慈手软的决心。即或这样，安还是不明白，为什么通知他和扣儿来参会，安家和珍家尤其安家，在黄土乡确实种有大量罂粟，可你共产党说铲除就铲除呗，我们啥时啥事拂过共产党的意、为过共产党的难、没遂共产党的愿？

  夫妇俩还在会场上碰见了禾与"山西口音"。二人都对夫妇俩笑了。安觉得禾的笑阴森，像传说中的日本鬼子，扣儿觉得"山西口音"的笑尴尬，像运气不好的乡下小偷。

  那天，会场现场的那一大片罂粟花，在群众有力的双蹄体制下翻飞、碎裂，流离失所着一缕缕一绺绺玉体香魂。

  安听了区长对于铲除罂粟花的具体部署与强制性政令后，觉得通知他们夫妇来参会一点不错，自己不来，怎么知道自己的罂粟花自己铲除呢？政令说，如某家不铲除，就由工作队组织人手帮某家铲除，工作队为某家垫支的铲除费，由某家以粮食折价抵偿。总之，种瓜得瓜种豆得豆，种恶果不得换取银子必须自食其果。因为这个政令，夫妇俩散会后没马上回家，而是去了自己的罂粟花园地。他们首先去了安家的园地。

安望了一会儿初绽的罂粟花，又望了一会儿扣儿，还望了一会儿远处山坡上尚未凋敝的桃花。

——看啥呢？

——好看。

——啥好看？

——扣儿，我发觉你没有罂粟花的华丽、强悍、妖艳和迷幻。

——你不就想说我没有罂粟花好看呗！

——你不是罂粟花。

——我当然不是。

——你是桃花。

——桃花？

——罂粟花美得让人害怕，让人觉得不是人间物。桃花正相反，淡淡的，小小的，弱弱的，但她却有大众热爱的美，乡野村姑的美，不惊不诧的美……

——安，你都快成诗人了！桃花真有那么好？

——你其实比桃花更好。桃花仅仅是桃花，从里到外都是桃花。你不一样。你全身上下开出的是桃花，结出的却是罂粟果。

——我有这么坏吗？都成鸦片了！

——扣儿，你就是鸦片，就是我的鸦片，我愿意上你的瘾，被你毒下去，一直到死。

——不！我是有毒，可我的毒是让你越来越年轻的毒！我是让你上瘾，可我让你上的是越来越热爱生活的瘾！

——看你这小嘴，真会说。嗯，我喜欢！

——才没你会说呢！但愿你对我说的话，没对别的女人说过！

——想哪儿去了，鬼精！

话到了这个份上，小嘴与老嘴就自自然然像两瓣罂粟花粘合在了一起，一瓣深紫，一瓣浅红。

两人安排完铲除罂粟苗的事后就回到了安府。他们本想再看看罂粟花是如何被农人铲除的，可刚看了一会儿就看不下去了，先前的那些浪漫与美瞬间就流失得无踪无影。刚才还有太阳的，突然就下起了雨。

天又开始变动起来。

安被禾从安府请进了广东会馆。

甑子场保卫战一结束，安在广东会馆的卧室就成了审讯室。禾对安审讯了两天两夜都毫无结果，正如安评价的：你说得很精彩，但也说得很遗憾，因为你说的全都是你的臆想和推断。

禾决定释放安。他想用安这根长线钓到漏网的菜、马、鱼儿这三条大鱼，更重要的是，他想在钓鱼的过程中，找到让安打不出喷嚏的证据。男公安去安府通知扣儿接她男人回家。扣儿迎着四月的阳光，满心欢喜来到广东会馆，却看见自己的男人正被两个公安从卧室押出，押向镇公所那个贴了"坦白从宽，抗拒从严"标语的专门的审讯室。夫妇对望，夫淡淡地苦笑，妇欲哭无泪。

扣儿找到禾，问为什么。禾让扣儿回去，别再来了。禾说，安是叛匪、反革命，有证据了。淡淡的语气没压住内里严重的兴奋。

第七章〉第二个带枪的男人：禾

一

随着太阳的逐渐平西，俊开始发毛。天黑之前，无论如何要找到叛匪秘埋象等二十位解放军官兵的地点。俊令禾去把女老乡扣儿找来。

禾去了二娥山硝烟尚未散尽的战场，又去了甑子场珍家。珍家邻居说，珍去石碾村见蛋了。

对于地主珍变成疯子珍的原因，后来又多了一种说法，说珍不是见了蛋的坟堆后才怄疯的，而是见坟之前就疯了，她是跑疯的。

珍疯之前一直在跑。从家里跑广东会馆，从广东会馆跑江西会馆，从江西会馆跑家里，从家里跑广东会馆，那一天，天虽然寒着，但这三个地方却实实在在飘溢着珍的浓热的汗臭。当天晚上，珍一口气就跑去了成都。之后，逃离成都，又朝甑子场跑来。路上遇扣儿后，再次跑到成都。再之后，一追扣儿就追到了龙洛地界。到了龙洛地界，她就拼命往家中跑。到了家中，不见蛋的人影，邻里见了她就躲，她见了邻里就追。好在蛋的死讯全镇人民无人不知无人不晓，于是珍很容易就问到了儿子的去向。

珍就开始往石碾村疯跑。按后来另一部分人的说法，珍就是在这段路上的疯跑中疯掉的。每个人都是疯子，所谓正常人，也就是思想大盘中比疯子多了几颗紧固螺栓，当紧固螺栓出了问题，思想就全面涌出了狱门，汪洋肆虐了。思想汪洋肆虐到鼻孔以降，就是天才，汪洋肆虐到鼻孔以上，就是疯子。珍就是在甑子场通往石碾村这段路上，跑松了跑掉了紧固螺栓，而让思想汪洋肆虐到鼻孔以上的。

那几天，珍跑得太多了，一下子就跑完了她一生的跑，或者说那么快速地超过同龄人，跑到了自己正常人生的尽头。

山坡桃林中只有一座孤坟，一块无字碑。珍直端端就跑到了这里，她抱了坟又抱碑，抱了碑又抱坟，哭了笑，笑了哭。

——阿妈，你又哭又笑，你疯了哇？

——放屁！阿妈好好的，疯啥子疯？儿子，你咋个住这里来了？是不是扣儿偷了野男人，把你撵到这里了？

——没有，扣儿没有偷野男人，是野男人偷了扣儿！

——该死的骚货，该死的扣儿！

——不，阿妈，扣儿不该死，扣儿以为我们才该死！阿妈，扣儿把啥都给了我的。

——身子也给了你？

——给了给了！流了血的，又多又红，像龙泉山西坡的桃花。

——儿子，你不该死啊！

——阿妈，儿子是不该死！

——哪个该死？

——该死的是鱼儿！是鱼儿！

那天，珍的声音跟她的奔跑一样惊人，连方圆五里的人都听见了。那天，蛋的声音出奇地小，而珍的耳力又出奇地好，因此，蛋说的话，珍全都听见了。蛋正在说，阿妈，我想见见我的婆娘，扣儿就来了。

扣儿一来，蛋就闭了嘴，珍就把扣儿喊阿妈。珍盯着扣儿的奶奶说，阿妈，蛋要吃奶奶。扣儿不知出了啥事，埋头望了下自己的奶奶，又望了正陆续赶来看热闹的男女村民，只想把珍拉走。哪知疯子力量却成倍增添，你给她三十斤力，她竟还你六十斤。当扣儿给她六十斤力时，扣儿就一屁股跌坐到了地上。

扣儿说，阿妈，我们回家吧。珍说，我就在这里要，要蛋蛋，啊，雀雀、雀雀——飞！飞！

疯了！

珍疯了！

石碾村村民纷纷说出自己的发现与判断。

扣儿本身就为鱼儿的死没有缓过气来，这下又遇到婆婆疯了，她只想坐在地上不起来痛痛快快伤伤心心哭一场，但这么多人看着，就只好硬撑着站起。她又开始拉疯子，依然拉不动。几个好心妇人也帮忙拉，珍却像个牯牛立在地上，纹丝不动，老睪了。

正在大家莫可奈何时，禾来了。禾见状，看了扣儿一眼，说：走！尔后背着疯子就朝山下走去。怪，疯子的脚一离地，就像生了翅膀，轻飘飘的。难道疯子从天，属空气？禾想。禾又想，这跟在自己后边跑的可是年轻漂亮的寡妇扣儿呵，这样一想，疯子就更轻了。

禾回成都仅仅待了两天，就又来到了甑子场街头。这是他第三次来了，这一次，不再行色匆匆，他决定入驻。

两天前，扣儿在镇南麦田边的水田挖尸现场昏倒后，被禾背回了家中。那个下午，禾真能背啊，刚把疯子背回家，又把疯子儿媳背回家。禾看见一男一女两个看护珍的公安，待在珍家，总有活儿忙碌，就留下二人继续忙碌。烧水、喂水、熬粥，直到珍吃了粥睡去、扣儿醒来吃了粥，禾与两个公安才倦容满面哈欠连天匆匆离去。禾离去前，扣儿连夜去找过琼，但琼不愿回来，说珍家事多，怕共产党找珍家麻烦。扣儿就让禾去说说。听了禾的话，琼终于回到了珍家。

回到成都，禾向公安处分管领导和室主任作了一个汇报，参加了一次处里的会议，科里又开了两次会议后，他就把自己安排到龙洛来了。处、室下达给科里的工作有大有小，范围覆盖整个成都平原。禾对室主任说，龙洛事大，他熟，关键是近，便于随时回到公安处亲聆您的指示。室主任见他言之凿凿，就说好。

禾带着一男一女两公安来到甑子场有三项任务：一是开展叛匪主动登记自新活动，二是缉捕窜逃匪首菜、马、鱼儿、雪儿之流，三是掌握和获取东山地区叛乱情报。

第一项任务属程式化的东西，禾很容易就把它推动开了。禾找到指导员商量后，就令女公安把安叫到指导员办公室来。三人开了一个小会，分了工，该干什么就干什么。女公安协助指导员搞宣传工作，宣传的主要对象是被蒙蔽的叛匪和叛匪家属，主要内容是剿匪政策和揭露叛匪暴行，让广大群众看清敌人的狰狞面目，目的是使不明真相参加匪乱四处躲匿的群众返回家园，主动登记自新，报告匪情，从根本上孤立和打击真正的有恶行的叛匪。男公安协助安搞造册登记、治安维稳和恢复生产工作，禾自己负责总体工作和审讯评判工作。

第二、三项工作复杂些。禾在龙洛镇大张旗鼓开展登记自新活动的同时，建立情报体系，缉捕审逃匪首和获取东山地区叛乱情报的工作，也在秘密进行着。由于是秘密工作，指导员也就只知道一部分，而安则一概不知。正因为是秘密工作，所以也就成了龙洛镇的最高工作，禾只要说出这是秘密四字，甭管禾想干什么，就没人敢吱声。

禾入驻甑子场十几天后，又有一个连的解放军入驻甑子场。

解放西藏打海南以及援朝打美的态势，分散了解放军兵力。由于兵力紧张，驻军一般是驻县上市上，没有特殊情况，不会往乡镇一级设。解放军连队是川西军区派来的，所以镇民分析其入驻的原因，自然就扯到了俊身上。安对瞎眼算命人说，龙洛是匪患的重灾区，上次又没尽剿，所以俊向军区一汇报，驻军就来了。瞎眼算命人对安说，恐怕这是一方面，您就没想过禾的渠道？安说，你是说禾向成都提供了什么情报？但是，瞎眼算命人直到人间蒸发，也没说出禾到底向成都提供了什么情报。

有一天，师爷问安，这些解放军是针对叛匪的吧？安说，你说呢？师爷说，该不是还针对老爷您吧？安喝道：瞎说！师爷其实说出了安心中、自解放军入驻以来最怕的担忧。解放军难道真是来防着自己叛乱的？自己并没想过叛乱，怎么可能有叛乱的迹象被禾侦知？剿匪剿匪，不可能把我这个给共产党收枪、征粮、办事的镇长也给剿了吧？安不敢就驻军一事往深处想下去——让驻，驻扎心里，老是不开拔。

驻军是十几天前被围曾家粉房、后又参加了龙洛平叛战斗的那个连，其最高长官还是那位辽宁籍连长。排长"山西口音"也来了。

安安排驻军驻在江西会馆。指导员对他说，你看驻军驻哪个会馆，你给安排一下。安说，能不能不驻场镇？民国，军队经过场镇都不行的。指导员说，共产党的军队能和国民党土匪部队相比？三大纪律八项注意知道不，解放军爱民如子，秋毫不犯！再说，现在是我们共产党的天下，对共产党的军队来说，共产党的天下还能有甑子场这块禁区？安不再言语，把江西会馆中的袍哥请了出去，把驻军请了进去。

总舵把子乌死后，袍哥一下失去主心骨，但码头还在，还算神散形不散。现在驻军一来，码头也没了，就神形全散了。把解放军往江西会馆安，安是有自己的考虑的。

以前，如果说甑子场有驻军的话，是两支，一支是袍哥，一支是自卫队。由于自己不仅是自卫队总指挥，还是袍哥总码头舵把子，所以自卫队员人人都是袍哥人家，这样一来，甑子场就只有袍哥这一支驻军了。自己是舵把子倒好说，驻军总是自己把控的。可自己不是舵把子后，问题就出来了。自卫队是保证自己政令畅通令行禁止的强制性暴力机器，袍哥码头是保护自己的成员，不受任何外部力量干扰和欺凌的民间武装组织，这两个各有其主各为其主的硬砣砣放在一个地方，没有一个统摄，就成了针尖对麦芒硬碰硬的紧张峙立。因此，以解放军驻军为借口把袍哥码头撵出场镇，也没有什么不好。当然，安没想到自卫队很快就会消失，无中生有诞生出来的新编区中队也与自己无关。

乌和鱼儿死后，龙洛一镇七乡十三个分舵，又开始物色新总舵把子人选，可选来选去，发现所有的候选人都有这不足那不足的缺陷，最后，大家把目光不约而同聚集在了安身上。安当初把总舵把子交出去，其中一个因素，就是考虑到了菜会来找舵把子的麻烦；后来果然就麻烦了，乌还在这场麻烦中搭上了自己的小命，因此安不曾有半点后悔，还庆幸了。现在都已是共产党的天下、共产党的组织下了，还来折腾什么帮会组织，这不是找死是啥？安虽然断然拒绝了十三个分舵联合盛邀他出山掌舵的诚意，但把昔日的兄弟伙撵出江西会馆，终是有些过意不去，因此就买下二娥山白家大院供他们迁用。

安把驻军进街看得很重是有道理的。

龙洛地区所辖之一镇七乡地盘很大，但其核心场镇就只有甑子场这么一个。甑子场说大不大，说小不小，商埠重地，寸土寸金。文物般的甑子场今天能作为客家旅游热镇让镇民坐拥金钵，想来，该归功于安当年的强硬保护。

整个甑子场建筑可用"两街十八巷"来概括。会馆街宽约一丈八，长约两百丈，东西向，东高西低，中分为二，东段叫下街，西段叫上街。为什么把处高的称下、处低的称上呢？这是因为成都在西，重庆在东，当地人把去成都叫"上成都"，把去重庆叫"下重庆"。孰上孰下，就这样俗定了下来。不过，话又说回来，这还真不仅仅是俗定不俗定的事。成都与重庆的高下，一条奔腾不息、流向东南的岷江沱江就说明了一切——成都在岷江沱江上游，重庆在岷江沱江下游。这条会馆街最初是成渝间那条著名的"古东大路"北支路中的一段，后，房子一多，行路就变成了镇街。八角井街略窄，与会馆街平行并排，两街间有数条小巷连通。

之所以有会馆街之名，盖因一条街的两岸上，矗立、盘踞着广东会馆（南华宫）、江西会馆（万寿宫）、福建会馆（天上宫）三座客家会馆，和一座湖广会馆（禹王宫）。四会馆甬管建在街南街北，一律坐北朝南，以三百年不变的姿势，遥望着自己的来处：南边的故乡。——下场口山脚下那座川北会馆，则是后来从成都卧龙桥街原貌迁建来的。

坐落在甑子场街巷上的硬物，除庞然大物也似的会馆外，还有字库塔、五凤楼、四方塔、公园、围龙屋、教堂、寺院、剧院、书院、牌坊……

场镇上的一切，都是先祖们逐渐积攒的时间结晶体，都是安的心肝宝贝。

其实，安应该完全适应军队进街才是，禾带公安部队进过，俊带野战部队进过，可他就是不适应。他想，第一次算是自己邀请的，第二次算是非常时期的，且这两次都是临时的，来去匆匆的，可这第三次算什么呢？驻军？驻多久，一月，一年，还是一辈子？

按照指导员的授意，解放军入驻江西会馆前，安还中规中矩热热闹闹隆隆重重搞了个"全镇人民欢迎解放军入镇仪式"，以示地方东道主热情主动邀请之意。那天，解放军从上场口石牌坊镇门入街，高举右手向夹道欢迎的老百姓和鼓乐队，频频挥舞致意。连长走在最前头，通信员牵着一头大马紧随其后。队伍浩浩荡荡直接开进了江西会馆。扣儿站在夹道欢迎队伍中，举着小刀旗，张嘴鼓腮有气无力一点不热烈地喊着欢迎欢迎、热烈欢迎。"山西口音"一眼看见扣儿，就跑到她跟前，亲热得不行。站在乡绅队伍前的安与禾，歪着脑袋，远远看了一眼"山西口音"。

当晚，镇公所作东，为解放军搞了一个酒菜丰腴的欢迎宴。安本来是想以个人或镇公所的名义搞欢迎宴的，但指导员认为不妥。至于为什么不妥，指导员未说，安也未问。指导员认为应以工作队名义搞，钱由镇公所出。禾格外兴奋，一直拉着连长喝酒，后来就醉了。安也想着与解放军一醉方休以示诚意，以示鹣鲽之情，但酒在喉咙峡打漩，又苦又腥，怎么也下不去。后来倒是下去了，却是越喝越清醒，直到曲终人散宴会结束回到安府，才一个倒栽葱，倒在扣儿怀里，把扣儿压得险些摔倒。没摔倒，是香迅速搭了力进来。

驻军给安带来了紧张，却给场镇上的居民带来了诸多看得见摸得着的好处。首先是场镇市场的消费力增强了，除了食堂购物，解放军最喜欢花钱的地方是方氏相馆和镇邮站。算下来，一百多位解放军几乎人人都去过相馆和邮站的。打了几年仗，解放了，年轻的解放军想的第一件事就是寄张相片回家，让这张相片在男女老少齐全的老家村庄里，传达出并勾引出多种信息来，然后，用满怀希望的心情聊度青春的寂寥。运气好的，可以很快收到一张大辫子姑娘照，惹得战友像打翻了一坛老陈醋。

驻军带来的第二大好处是削减了叛匪的打扰。以前，电话、电灯基本上就是一摆设，叛匪好像最喜欢玩的，就是割电话线、剪电灯线游戏，他们大概认为，没有哪样买卖，可以用如此小的风险成本，换来立竿见影的如此大的刺激效益。因此，面对这镇那乡断了接、接了断的电线，相当长一段时间内不闻电话响、不见灯泡亮，已成家常便饭。场镇上只有一部电话，安在镇公所，离老百姓远之又远，老百姓并不关心它的响与不响。灯泡就不一样了，场镇上略有余资又乐意消费者，都接有电灯，驻军入驻后，他们就很少点煤油灯松油灯了。除削减了通讯与照明干扰外，来自叛匪的，诸如杀人放火、鸡鸣狗盗之类的其他干扰，也少了许多。

叛匪的天，埋在了更深的地下。

驻军也给镇民尤其是乡村村民，带来了不好处。以前工作队下来征粮，自己还可以叫苦连天干嚎一阵要求一减再减一拖再拖，虽然憷，还不算大憷。现在就不一样了。以前工作队各小组中很少配有解放军，而现在的征粮队中有一半都是荷枪实弹的镇上驻军！这等架势闯进家来，你试试，不憷才怪！

但是，驻军毕竟只有一百多人枪，要靠这一百多人枪镇住整个东山地区的整个一切，也绝非易事。龙洛地区一镇七乡就土地范围而言，仅仅只是"东山五场"中的一场，而安就为它投放了四千自卫队员三千条枪！

因此，解放军的扎驻，并没让禾有一丁点如释重负之感，相反，他还感到了另一种压力。是药三分毒。这是一种好，带来了一种不好，正所谓福兮祸所伏，祸兮福所伏。

以前，叛匪猖獗，得意忘形，浮在上面，自己怎么捕获怎么摆弄都好办。现在，叛匪转入地下，藏头露尾，打一枪换一个地方，行迹越发隐秘，自己的工作难度因此增大不少。

这样一来，对指导员、对安，甚至对扣儿而言，禾的行迹竟从隐秘、神秘变成了诡秘。

二

扣儿喜欢禾的诡秘。

前一分钟还中规中矩一本正经，做出共产党审讯女叛匪的样子，后一分钟就像个横行霸道汪洋肆虐的土匪，把自己抢到马背上飞奔而去；前一分钟还背着四肢乱颤我欲乘风归去的疯子婆婆，后一分钟就背起了纹丝不动危险无比的小寡妇。但，如果仅仅靠这些动作，禾就是再做一百宗，扣儿也不会知道禾所有的诡秘都与自己有关，都是因为秘密地爱上了自己。

扣儿是女人。扣儿知道女人是一种危险动物，而男人偏偏又是一种涉险动物。自己是大户公主时，蛋来涉了自己的险，自己是安分守己的小媳妇时，鱼儿来涉了自己的险。现在，自己是小寡妇了——小寡妇真有大危险？

扣儿知道禾爱上自己，是因为禾那对鹰隼一般的眼睛。自己街头拦马那回，禾用的目光，以后再也没用过。那回的目光是空茫的，大公无私的，一切为着人民利益的，而从审讯自己那次开始，一直以来，不管什么场合，禾有意无意投放在自己身上的目光，就有了丰裕的内容，羞怯、躲闪、灼烫、专注、邪乎、呆笨……内容太多，说也说不清，但有一点是肯定的，那就是眼睛里面，有一间搁了一张行军床的蓝色小屋，分分秒秒都在呼唤自己住进去。

禾一直在深情呼唤，但他的呼唤，却一直没有发出能让扣儿听得真切的声音。禾一直在频繁行动，但他的行动，总是与扣儿的身体，相差一根手头一片嘴唇的距离。所以，即或扣儿有强于一般女人一万倍的直觉，她与不能把自己的猜测坐实，完全肯定下来。

把自己的猜测完全肯定下来的事件，发生在一个薄雾如梦的黄昏。

那天，晚饭后，扣儿在广东会馆的临时住处号作业，号着号着就想起明天必须带去书院的一本书来，这本书忘在珍家了。扣儿就去珍家拿书。她走进书房拿了书经过堂屋准备离开时，听见自己的卧室有响声。她感到奇怪。自己下午在广东会馆井边洗衣时，清清楚楚听见禾告诉指导员和安，禾今天要带着他的两个手下去简阳县城调查一个线索、明后天才回来的。珍宅很大，禾他们三人都有自己的起居房。他们就算没去简阳，也该呆在自己的房间。响声响在她的卧室，难道是小偷？

卧室门呲了一条缝。扣儿蹑手蹑脚走到卧室门口，贴着门框伸头一望，竟看见禾赤身裸体、四仰八叉睡在自己的床上！不仅如此，骟猪匠出身的年轻革命者，正在忘情地研究那把枪，并在一声声怪叫中，射出了令他兴奋不已的子弹。

关键是，扣儿不仅看见了禾的眼中冒着银色的雾，还听见他的怪叫实则是一个跑了调、而又与自己密切相关的完整过程：扣儿！我想操你！扣儿！我要操你！扣儿，我在操你了！啊扣儿……扣儿……

由于正忘乎所以操着朴素、安静的女鬼，所以，禾这个优秀的侦察员，一丁点也不知道女鬼来过、又吓得花容失色、捂着嘴巴跑了出去。

那天中午，禾与他的两个手下，往简阳方向走了一个时辰后，就不再走。他向两个手下交代完任务后，就悄悄返回了甄子场。至于禾为什么要在广东会馆放烟幕弹，除了他自己，大约无人知晓了。禾第四天上才露面的，有人看见他从成都方向来。又过了几天，驻军就到了。

禾把战场摆上扣儿的床，制造的擦枪事件，不仅肯定了扣儿的猜测，还让扣儿感到了十二万分的震惊。她最多想到了禾一心想把她拖上他那间蓝色小屋的行军床，她哪里想到，他想的岂止是想，他行动了，且行动成了那样！

扣儿不支持、不喜欢禾的行动，并为自己发现了他人的隐私，而感到一种偷窥的羞耻与屈辱——自己真是冤到头、霉到家了！但她却喜欢禾这个行动所透露出来的信息对自己无尽猜测的瞬间坐实：禾爱着自己。

当扣儿真真切切知道禾暗使内力爱着自己后，才恍然大悟，原来自己也爱上了禾！

自己爱上禾后，就总能在梦里梦外听见禾说，我爱你我想你我喜欢你。

扣儿突然发觉，自己不仅不能肯定别人，也不能肯定自己。她一直在想自己是何时何地爱上禾的，可怎么想也没想出个所以然来。街头、审讯室、马背上、二娥山、蛋坟前、象埋尸麦田？都不是。最后，她留下两个点位供自己敲定。说是两个点位，实则一个点位，都是自己在珍家的卧室，只是时间点位不同罢了。一是自己在麦田昏迷后睁开眼睛看见禾的那一瞬间，一是在发现禾的隐私听见禾的怪叫的那一刹那。她想作二选一的敲定，但终是不能敲定。她为自己爱的不专心不清楚而恼怒自己，甚至怀疑自己。当自己被自己的记忆和道德折磨得很痛苦时，她一下又释然了——爱的模糊不正是爱的忘我与宽广吗？他值得爱的点位太多，自己爱他的点位也太多，二者一结合，不就难为了自己的敲定？

但有一点是一定的，禾的那声怪叫，实则是一只能开不能关的总开关按钮，按下去，什么都开了，都跑出来了。扣儿看着那么多稀奇古怪花里胡哨的东西，从自己身体里和心房中前仆后继不计后果跑出来，惊得目瞪口呆。望着面前这堆软软硬硬的烂摊子，这堆实为己出的烂摊子，她绕不过，避不了，必须也只能出手收拾和整理。

扣儿首先必须想清楚，自己为什么会爱上禾。除了他爱着自己这一基本前提，她想了一千种理由，勤劳、勇敢、善良、英武，都想到了，又都觉得不精准，不鲜明。最后她还是认定，顶顶重要的一点是，她爱上了共产党禾，以及共产党禾身上的伟大、光荣、正确和神秘。共产党肯定是伟大、光荣、正确的，否则何以打败蒋介石解放了咱中国，共产党禾不神秘何以凸显出他的英明、睿智和魅力？

扣儿不是圣女——心里要么装着天下人，要么只装下一个人，并且，不能被臭男人脏了身体。扣儿也不是妓女，不管心里装不装人装多少人，身体都可以对银子开放。实事求是地讲，扣儿是一个心里可以装下多个男人的女人，只不过每个男人在她心中的情况与比份，完全不同罢了。但是，扣儿的身体却不能装下一个以上的男人，一个男人进来，另一个男人必须死去，或基本死去。

现在，鱼儿已经死去，她的心和身体完全腾空。腾空了就腾空了，扣儿并不急于装什么，偏偏是，禾却急于装进来。

禾急于装进来她没意见，偏偏是禾并不向自己提出他的要求。在等待禾提出要求的过程中，扣儿突然就不想禾提出要求了。扣儿的想法是，自己向禾提出要求！他不是有间蓝色小屋有架行军床在等自己吗，自己索性主动遂了他的愿爬上去得了。

扣儿之所以突然冒出这个想法，是因为对自己之前的身体处境与身体遭遇很不满意。自己在还不知道对方情况，和知道对方情况却不认同对方情况时，身体就被对方用了。身体出现一次这样的情况是傻子，出现两次是傻上加傻。自己都傻上加傻了，还能再傻下去吗？

总之，身体是自己的，如何使用，何时使用，对谁使用，必须自己说了算。扣儿一想到自己的想法将让自己的身体，与共产党禾发生关系，就兴奋难抑。她想用共产党禾的东西排开、稀释，甚至干干净净洗去叛匪鱼儿留在自己身体里的东西。——在川西坝子，"水洗水"是一种净化水的最好处理方式。

再有就是，扣儿等不及也不想等了！

但是，正当扣儿下定决心不准别人做主自己的身体，而紧锣密鼓向禾发起一个女人凌厉得不要命的攻势时，安向她进攻了。除了正前方，左翼、右翼、背后，都是安的进攻线路。安以进攻的方式，设下了一个男人的十面埋伏。

扣儿没有想到，老男人兼干爹安进攻的结果是，不仅自己败下阵来，连禾也败下阵来。

更令扣儿没有想到的是，禾是自己败下阵来的。

而禾自己败下阵来的原因，是禾得知了扣儿已决定向自己发起进攻的信息。

禾得知扣儿反过来同样也爱上自己，并决定向自己发起进攻的信息，是在扣儿赢了珍家财产官司后，具体说来，是在双方"换房"那会儿。

那天，禾带着两个手下帮扣儿从广东会馆搬回珍家、自己正在考虑搬不搬离珍家、若不搬离又将如何向扣儿开口留下时，扣儿把他拉在一边，说话了。

扣儿说的是连珠炮：你就不能不搬？你不就是怕我这个小寡妇吗？你连蒋介石都不怕叛匪都不怕哪格怕起我这个小寡妇来了？再说，又不是你一个人住这里有啥可怕的？再说，你们共产党不是为人民服务吗，我一个小寡妇拖着一个疯婆子正需要服务哇！再再说，人家广东会馆一天到晚都在忙公干、忙收粮，人家都嫌挤，你们仁还不嫌挤呀？还有，你们这一走，万一乌家又来抢房又来报复咋办，乌家可是叛匪窝呀！

禾一句话没说，脚就被钉在了珍宅。

禾本想说点啥的，可扣儿赌气一般，背课文一般，把啥都说了，自己还能说啥呢？本来还有一个足以使他留下来的理由，扣儿却没说，扣儿不是不说，而是压根不知道还有这样一个理由。当然，真要是扣儿知道了这个理由，扣儿或许就会怀疑自己的决定，并产生相应的动摇。这样一来，扣儿要不要禾搬离就成两说了。禾知道这个理由。这个理由是，守着扣儿这棵树，极有可能碰上鱼儿那只兔。禾已经得到灌县方面传来的情报，在聚源乡一带活动的叛匪中，有一个匪首，长得极像鱼儿。得到情报后，禾就专程去了一趟灌县。所以，上次禾放出烟幕弹去简阳，并不是偷偷去成都搬驻军，其掩盖的是，他当天半夜启程去灌县的秘密行迹。

灌县之行，让禾知道，鱼儿的确还活着。

禾当然不能对扣儿说出鱼儿没死，并且自己还希望利用扣儿捕获鱼儿这件事。

禾宁愿今后被扣儿误会、斥责、怨恨，乃至永远决裂，也不会有伤组织原则，违背党的纪律。不管有无扣儿的存在，扣儿怎样存在，对党，禾忠诚不二，始终如一。正因为这样，后来，眼瞅着扣儿被安的迎娶大花轿一步一步抬走，他也没把新娘前男友鱼儿还活着的消息，告诉新娘。

当然，就这件具体事儿而言，撇开保密原则不谈，禾也不会把鱼儿活着的消息告诉扣儿的。两害相权取其轻，让扣儿在叛匪首领与旧镇长之间选择，他希望扣儿选择后者。

禾虽然什么也没说，就与男公安女公安继续住在了珍家，但当时，当他从扣儿希望他留下的信息中，听出了另外的信息后，反而出现了犹豫。出于革命公干，出于自己私爱，禾都巴望不得留在扣儿身边；可是，这要是自己提出，而扣儿又终于承应下来，自己就没有一点犹豫；但现在是，扣儿居然出人意料一反常态，抢先以毋庸置疑不容反驳的口吻，发布了一个令他惊喜令他害怕的信息。

毕竟是侦察科长，善于察言观色、心思缜密的禾，不仅敏感敌情，也敏感爱情。所以，扣儿翕动嘴唇，劈里啪啦机关枪似的，把一百箱子弹扫向自己后，禾仅仅懵了一两秒，就清醒过来，明白了机枪手的意思：自己被机枪手爱上了。

很快，禾再一次明白，自己不仅被机枪手爱上了，还被机枪手缠上了。

禾本来是以为人民服务的姿态留住珍家的，没想到住下后一切迹象表明，自己却是被人民服务了。珍家本来是雇了女佣琼的，可为了给禾等三人服好务，女主人扣儿也当起了女佣。这样一来，禾三人不仅享受到了包吃包住的权利，还不用承担既给伙食费又干活的责任与义务。

禾当然是愿意承担自己的责任与义务的，可总是没有机会。他们三人在外边忙了回来，只想找点活儿干，却是什么活儿也没得干的。这倒便宜了疯子珍，因为扣儿说了，你们不是要干活儿吗？好，我给你们派点，去，去陪我婆婆神吹乱侃摆龙门阵吧！只因陪疯子神吹乱侃摆龙阵是三人唯一的活儿，三人就特别卖力，轮番上阵，败了又上，败了又上。这三人本来并不善言辞，这一段经历下来，除牺牲了的女公安外，两个男人竟出落成了成都公安处赫赫有名的侃大山铁嘴。这是后话。

至于伙食费，不管扣儿说得多么在理儿，禾都认为不在理儿，所以禾最终还是在搬回广东会馆时，把那些孔方兄留在了珍家的餐桌上。扣儿发现后，又把孔方兄捐给了征粮工作队。

科长，我明儿就把扣儿带走了哈。这房宽，你们三人就继续住这儿吧。

那天，因帅气的凶手人头落地而被吓昏的扣儿，在卧室床上一醒来，安就准备这样对禾说。但安已经胜出了，胜出了还要再对敌手羞辱一番，则是小人的露怯。因此，安的这个意思，最终是由扣儿恨恨地又是真诚地说出的：科长，广东会馆挤，不方便，这边宽，又自由，房子空着也空着，况且，没人住的房子坏得快，我说，你们就住这儿吧，就算帮我们看屋。

禾他们三人，只住了两天，就搬出来，挤进了广东会馆。那两天里，要吃没吃的，要喝没喝的，既不能服务于人，又不能被人服务；加之树挪了窝兔不会再来碰死；他们终于丧失了继续待下去的任何一种理由。可令禾没有想到的是，自己刚走没有几天，匪首鱼儿，就大大咧咧四仰八叉躺在了自己躺过的扣儿那张床上，并不谋而合做了自己曾经做过的那件秘密的擦枪事。

三

扣儿搬回珍家的当天晚上就做了那事儿。

扣儿洗漱完毕进入卧室前经过禾的房门，听见禾在里面翻压床板的声音，不禁会心一笑。禾就在自己卧室的隔壁。扣儿睡在被禾睡过的床上，鼻子嗅着禾，耳朵听着禾，心里想着禾，手上摸着禾，一股热流在指尖上跑成禾的大海，不一会儿就幸福得死了过去。

扣儿当天晚上制造的气场，直接影响到了隔壁男人的睡眠。

禾辗转反侧了一夜。禾从扣儿的机关枪里，接收到那个让他又惊喜又害怕的信息后，就开始了他人生有史以来、最严苛最盛大最复杂的一场思考。

思考的结果是，自己不仅必须从自己设置的战场上撤回来，还必须从扣儿部署的冲锋中蒸发掉。

当初他秘密追扣儿，他不知道是把扣儿当成了实实在在的扣儿，还是一个虚幻的乌托邦。而真实的情状是，他一开始就把一个扣儿分成了两个扣儿：他现实的心仓中装着虚幻的扣儿，又在梦的虚幻中追逐实在的扣儿。这么说吧，现实的扣儿是革命的扣儿，至少是革命认可的扣儿，而虚幻的扣儿是不革命的扣儿，至少是不被革命认可、甚至是反革命的扣儿。

当他放下革命者身份还原成一个普通男人时，发现，现实的扣儿有现实的美，虚幻的扣儿有虚幻的美。备受欺凌的外乡孤女、平匪中立下汗马功劳的进步女群众、家毁人亡渴望得到帮助的小寡妇，这是现实的美。穿金戴银风姿绰约的小地主婆、恶霸镇长与匪首竞相追逐的迷人女鬼、出入书院的臭知识分子，这是虚幻的美。为了一身揽二美，他把追逐虚幻的美作为自己的最低目标，把展望现实的美作为自己的最高目标。对于自己设定的最低目标，他想到了当那一天到来时，如何涉险、如何猎奇、如何饕餮大快朵颐，如何把地主匪首以及所有所谓身份显赫的体面人活活气死，但他从来就没有想过那一天会真正到来。

因为他毕竟是革命者。

因为他毕竟是意志坚强、信念坚定、不受儿女私情羁縻的革命者。

所以，当他孜孜不倦的努力，化作最低目标到来的同时，竟骇然发现自己设定的最高目标顿失基脚，正雪崩般向自己压下来——所有的目标都化作了乌有。

扣儿对禾的目标设定与目标坍塌，全然不知。信心百倍的她，还在以全心全意为人民服务的积极姿态，做着大戏开幕前的暖场操练。她发现在自己的暖场操练中，禾变得越来越羞怯越来越躲闪，因而越来越可爱。原来男人都是貌似强大，实则一触即溃；原来女人貌似弱柔，实则威力无穷！她发现进攻很好真的很好。

成熟的青年革命者禾的这场思考持续了十日之久，直到自己正准备敞开心扉向扣儿直言自己的思考结论时，扣儿却向他发出了去公园先师楼见面的邀约。

从来没有当过会议主持人的扣儿，却把一个"三人会议"主持得井然有序滴水不漏，以至于禾还没插上嘴，会议就被宣布完成所有议题，圆满结束。不过，话又说回来，女人面薄，心浅，就是真让禾说话，对扣儿，禾又能说啥？

扣儿的心思禾懂，禾的心思扣儿不懂。扣儿不懂禾为什么会在开战之前就决定做个战败者——为什么不能为了获得自己的爱情、证明自己的力量，而放下手头工作去为蛋报仇。

禾明白，扣儿当然知道自己有轻而易举击败安的能力。可扣儿哪里知道，自己于公于私都只能选择做个失败者。扣儿更不知道，对自己而言，失败才是成功。扣儿最终还是知道了这一切，那是在安死了两个月以后。

总之，现在，扣儿什么都不知道。

"三人会议"后，扣儿发现两个参会男人一走好几天，很少在甑子场露面，以为都在明着拼力，暗着较劲，不觉为禾捏了一把汗，也为自己捏了一把汗。她哪里知道，禾忙的事，压根与她主持的会议无关，禾不落屋，只是为了躲着她。

百人大花轿到珍家来迎娶她时，她眼泪花花像望着刻骨深爱的情郎一样望着禾。禾却说，去吧，好好过自己的日子，我会像你娘家人一样永远祝福你的。而扣儿想听到的是一把枪的铿锵声音：扣儿，你是我的人，谁也不能把你抢走，谁抢，我打死谁！那一刻，扣儿失望之极。

那一刻，禾是恨安的，因为安掠去了他的两个扣儿的美；又是谢安的，因为安不经意间就消解了自己的卑鄙、恶浊和两难。

禾认为，虽然自己是革命者，虽然自己不枉私情，对扣儿，怎么着还是负情，还是理亏。

禾内心深处最大的理亏，他认为是自己把扣儿推向了安这个火坑。以他职业侦察员的眼光，他怎么看不出安突然跳出来、冲向扣儿一个重要原因，是为了向自己发起疯狂的宣战与挑衅？

扣儿可以嫁任何人，就是不能嫁鱼儿嫁安！正因为禾有这个念头，所以，百人大花轿接走扣儿那一刻，禾真的闪现了扣儿希望的那个念头。他太恨安了，以至于他对安的那点谢，远不足恨的亿万分之一。

安算什么？流氓、恶棍、恶霸、地主、屠夫、土皇帝、花花公子、半蔫老头、妻妾成群的腐朽没落者……

还有，安是串通叛匪者，甚至一直就是一个首领级的暗藏叛匪！

禾自己也感到奇怪，扣儿不管做了什么有通匪嫌疑的事，自己都不嫌疑她，最多认为她也就是一个受蒙蔽者。可安，就是什么也不做，自己也会认为他通匪，何况他还做了！

鱼儿尸体的不翼而飞，对禾来说，是一个谜。他想，干这事的，不是安，就是扣儿，当然，也可能是鱼儿的叛匪同伙，禾才不信当地人所说的鬼神之类的鬼话。后来，他发现，蛋坟旁边又多了一个新坟，并从两个墓碑上的图案推断出，新坟是鱼儿的。既然坟在这儿，他就知道坟应该是扣儿砌的，他不知道的是，这鱼儿的坟是扣儿何时砌的、怎么砌的、为什么砌的。他和两个手下悄悄挖开坟，却发现里面什么也没有，原来新坟是座空坟。他们把新坟复原后就下了山。禾没对空坟作进一步的深想，他想到的，也就是一个小资情调浓郁的小富婆，吃饱了饭没事做，而为过往的东西打个结吧。

其实，对于坟，禾只猜到了一部分。首先，扣儿并没打算只砌一座空坟，她想等到三年后，就去二娥山挖出鱼儿的骨头，按客家"拣金葬"习俗，把鱼儿的金坛、罂罐，迁进这个空穴以待的新坟。当然，这个想法未能实现。

——有一瞬，禾从空坟中想到的是，难道鱼儿还活着？可见，正确，真理，往往就是阴差阳错。后来，当他被告知灌县有叛匪像鱼儿时，他就坚信，那就是鱼儿。

两个多月后，扣儿还为安砌了坟。令禾至死都没想到的是，扣儿还为他砌了一座坟。孤女扣儿一生只砌过四座坟，为她的三个带枪的和一个不带枪的男人砌的。蛋的坟，是她委托鱼儿砌的，鱼儿令蓝委托肖砌的。

扣儿砌前三座坟没有任何犹豫，砌禾这座坟却是思之又思，想了又想，这就像坟中人生前对她的情感，前三个至死都是决绝的不悔的，这面前的一个却是犹疑的，若即若离的。总之，为第四座坟砌与不砌的问题，扣儿想了很久，当她终于想通还是该砌时，前三座已自坟草青青了。

禾猜到了扣儿砌坟是对活人的打结，却没猜到砌坟也是对死人的纪念，与死人的对话。

每到寒食、清明、七月半等节时，及死者生日祭日，龙洛各处坟山都是香火点点，袅袅依依。但烟火持续得最长的，就数石碾村这片桃林中的四座坟了。从前一个凌晨开始，到后一个凌晨结束，扣儿二十四小时都在烧纸、说话，跟这个说了，又跟那个说。除了与坟中人单独交谈，她还为大家主持"五人会议"，通过个别交谈与集体会议，四个男人对坟墓外边的大事小事也算是知之甚多，一句话，扣儿知道的，他们都知道。扣儿挨了几多斗，受了谁的欺，哪季收成好，后人出息否，土地变得如何，天气变得咋样，他们都知道。

扣儿已成了四个男人的埶，生前是，死后也是。

男人们没想到，生前给扣儿上课，死后被扣儿上课。男人们更没想到，扣儿不是中共党员，给他们上的，还有中共党课。他们生前没受到的，或没系统受到的教育与训练，死后受到了。

为了让男人们多掌握一些时事资讯，也为了自己与他们的对话更顺溜一些，扣儿拼命从牙缝里抠出人民币，订了从中央到地方的三份党报：《人民日报》《四川日报》《成都日报》。正当她为各级党报内容的大量重复、而考虑砍去其中一两份时，省委宣传部外宣处却根据邮政部门提供的订报单据，把她评为了"订报读报积极分子"。这样一来，扣儿就不好再考虑砍报的事了。但在黄肿病泛滥饿殍遍野的困难时期，扣儿还是砍了报纸，不仅砍了，一砍就是三份。

后来，县委宣传部外宣股一位兼事订报工作的干事，知道了这事儿，很快，镇分管领导也知道了。领导说，不行，必须订上，一份不拉，全订，吃不起饭，还订不起报？这来之不易的荣誉不是哪个个人的，是我们龙洛镇的，再说，我们镇啥时得过如此这般的省级荣誉？所以，一定得保住！钱，镇财政出！

扣儿看了、并且为四个男人读了几年免费报纸后，出情况了。

当时，省上为鼓励扣儿的持之以恒再接再厉，就准备让扣儿蝉联"订报读报积极分子"。镇上秘书把先进材料递给领导审定时，领导就想，自己的苦心总算没白费。就在省上准备下红头文件时，省上接到了一个匿名举报电话。电话说，报纸订单写着扣儿的名字，但不是扣儿出的钱，因为订单发票是报了账的，再说，扣儿可是地主婆、叛匪婆、恶霸婆、历史反革命！省上核实县上，县上核实镇上，镇上还没核实乡上村上就交了一份检讨上去。检讨是领导写的。

领导一听举报内容就晓得是咋回事了。原来，领导睡了出纳却没有及时满足出纳男人想当镇党政办副主任的迫切心愿，这就超出了出纳男人的耐心底线，事就出来了。领导的检讨有一说一，直奔主题，深入细致，没有东拉十八扯跑题千万里，上边满意，一稿通过。

四位男人的坟，三座实坟，一座空坟。扣儿一直想把禾的坟做成实坟，但这显然超出了她的能力。最大的问题是，无论是在法律关系上，还是在恋爱关系确立上，她与这个男人没有任何关系。正因为没有任何关系，所以她能得到禾的死亡时间纯属偶然，并且晚得不可收拾，另外，一开始她也没想好收不收拾。再一点，那时，她已几成没有任何解决问题能力的人，她已被撵出甑子场，做了石碾村的被管制分子。找不到尸骨，她就找了一些禾的衣什物什，让空坟变成了衣冠冢。

安的尸体信息是禾告诉扣儿的。

枪毙安的头一天，禾就亲自去安府通知扣儿，问她想不想为安收尸。他说，按规定，通知死刑犯家属而家属不愿领尸的，他们可以任意掩埋，或交给医院作解剖实验。说了法律程式上的话后，他建议扣儿不要去领尸，他说安是罪大恶极的叛匪、人民的公敌，而扣儿还年轻，未来的幸福路还很长，又为革命做过事，不必因一个毫无意义的死人坟堆影响自己一辈子……扣儿没待禾说完，就说谢谢你的通知，然后突然大喊滚出去你给我滚出去。

一九五零年需镇压太多太多的反革命分子，大家都很忙，哪里忙得过来通知死者家属领尸？因为安的家属是扣儿，而禾又知道安将被行刑，所以扣儿就被通知了。

衣冠冢的确不同于实坟。开头那几年，扣儿对着坟头说话，能够应声与她对话的只有安、蛋、鱼儿。几年香火下来，衣冠冢人物也能应声对话了，扣儿想，她的香火把禾的尸骨喊回来了。让扣儿奇怪的是，禾的尸骨倒是喊回来了，禾的魂好像并没有跟着回来。跟禾对话，禾的声音总是含混不清的，她从来也没闹明白过。难道，陶罐里没真骨，罂罐里没真魂，连声儿也假了？她刚开始还奇怪着，后来就不奇怪了，一个活着都没有通过自己身体的男人，死了就更通不过了——连声音也通不过。

禾没嫌疑扣儿为那些不干不净的人砌坟，连扣儿与鱼儿有过接触这样的涉匪通匪可能，都没有嫌疑。不仅没嫌疑，他反而为自己明知鱼儿没死，而向扣儿隐瞒着并利用扣儿钓出鱼儿，感到欠了扣儿什么。是的，对扣儿，禾觉得歉疚太多，多得一辈子都不能安宁。他知道，就良心而论，他自己才是扣儿感情生活中的嫌疑犯。但那时，这个念头仅仅只是念头，一闪就过了。在崇高、壮丽而伟大的革命事业面前，良心、亲情、爱情、友情都必须找准自己的位置，明白自己的尺度与斤两，对此，禾清醒白醒。

石碾村坟前。二娥山燃灯寺附近。鱼儿与扣儿的两次晤面，都没有逃脱禾的情报体系。尤其燃灯寺附近那回，他都差点抓着鱼儿了。两次的事后，他都没有对扣儿有过任何动作。虽然他自己不愿意承认，自己的无动作，正是那个传说中的放长线钓大鱼的大动作。扣儿，成了他放出去的饵。事实是，他的大动作真还换来了大效果——

禾的情报体系发现鱼儿翻墙进入了安府！

禾得知情报后，立即前往安府抓捕。

禾刚到安府大门前，就被蹲守在安府附近的探子告知，鱼儿已经出了安府，朝下场口方向去了。就在禾带人朝下场口方向进行拉网式搜索时，鱼儿已经折身返回到了安府里面。鱼儿再次从安府出来时，发现了禾的行动，于是索性钻进安府的一间空客房睡了起来。睡到半夜就被一个与扣儿有关的怪梦惊醒，醒后就想扣儿，想扣儿就再不能入睡。起床，出门，走到安府上房外，用手指蘸了唾液戳破窗纸朝里看，看见安与扣儿正熟睡在床。走到门边，掏枪，抬右腿，欲破门入。这时，附近传来了保镖的动静。待一切归于平静后，思之又思，最终，他还是痛苦地离开了。

禾这边刚出下场口不远，就看见了安家坟山上的火星。当禾看清楚只是安与扣儿在烧纸钱后，就留了男公安远远监视着，自己又去忙着搜捕鱼儿了。

鱼儿漏网了。

鱼儿虽然再次漏网了，但依然没有减少禾当天晚上的喜悦心情。禾的推断，得到了情报的响应，和虚拟的证明。安一定通匪，甚至是匪，就是禾的推断。现在，禾需要的，是实实在在的令安走上断头台的证据。是的，在禾隐匿的心目中，把这个让自己一败再败的安，推上断头台的意义，远不是抓捕鱼儿可以同日而语的，甚至比抓捕菜都解恨都过瘾。

其实，禾有这个推断，也不是一点道理没有。大从全国各地看，小从东山地区看，乡镇长参加叛乱的何止少数。尤其从菜、马、鱼儿开始策划所谓的"三三暴动"以来，东山地区乡镇长百分之八九十以上都涉嫌参与其中。因此，无论从数理概率与统计看，还是从安自身的处境与条件看，安都符合自己的推断。禾就不信，在这样的环境里，安就真的是那洁身自好、一身干净的极少部分：一枝荷莲？

乡镇长参加叛乱的危害性，远比一个如鱼儿者的参加大得多！乡镇长可以让叛乱合法化。乡镇长参加，不是乡镇长个人参加这么简单，而是乡镇长以乡镇人民政府的名义，通知他管辖地盘上的人民，去参加一个合法的活动，而这个合法的活动，正是叛乱。这就是菜看重安、禾盯着安的原因，这也是后来共产党下狠手对乡镇长大清场的动因之一。

安与鱼儿的秘密相会，还印证了禾另一个怀疑的正确性。进入到禾脑海里的

"龙洛惨案"匪首画像中，雪儿是其中之一，并且是重要者之一。现在，可以肯定，此前在广东会馆旷坝与自己擦肩而过的那个村姑，一定就是画像上的雪儿，一个刚刚与安见了面的军统女特务。

四

禾的情报体系侦知到"三三暴动"计划后，禾就去成都向处、室两级领导作了汇报。领导指示：立即摸清叛匪暴乱点位、暴乱内容、暴乱力量，以便我们赶在叛匪暴乱前，协调军区，组织力量，针对各点位，同时出击，一举击溃，全面歼灭！

敌变我变。当菜的情报体系在禾的针对性行动中，得知共产党已掌握了自己"三三暴动"内容后，就决定提前或延迟暴动，打乱共产党的部署。

哪知，菜刚召集马和鱼儿开完会，还没有下达新的行动方案与指令，各镇乡各村落就先先后后参差不齐争先恐后懒懒洋洋动作起来。

菜完全忘了，自己指挥的已不是昔日的正规军队，而是一群完全没有章法、没有训练、各怀鬼胎、身份迥异的乌合之众！这群乌合之众听了菜们的宣传，完全以为天下基本上就是老蒋的了，共产党的擎天柱已变成一根稻草，自己只需伸出幺指拇轻轻一点，天就变回到了民国。立竿见影的即时性好处是，什么时候暴乱，什么时候就不用交粮了。而顺手牵羊，夺粮掠财，更是必然。

于是乎，一时间，东山遍地匪迹，处处闻匪声，日日遇匪事，隐藏的刀枪全都亮了出来，全都指向共产党的新生政权。东山的天，再次变脸。

大兴乡。

乡征粮工作队尚未提为队长的负责人森，这天早上正要率队去村里征粮，却听见从山下传来了由远而近的枪声。他同七个队员分析情况后，就从街场上住地乡舵把子贤的房子，转移到了场外一座石碉楼中。

森他们八人刚跑进碉楼不久，就听见叛匪在街场上大吼：解放军在哪里、工作队在哪里？街场居民纷纷关铺闭店、四处奔逃。一时人影球球。叛匪从一个跑得慢的老头口中得知工作队的藏身之处后，就一路喊着逮到一个解放军赏八石米、逮到一个工作队赏六石米，一路扑了过来。很快，碉楼被围。

森们沉着又逍遥，敌人一靠近就射击，不靠近就打牌休息。从早晨打到中午，面对坚固的石碉，叛匪气得嗷嗷叫，一点办法没有。这时有一叛匪献了火攻之计，于是，众叛匪把柴禾抛向石碉，放火焚烧，一时火光冲天，滚烟滚滚。可待烟火散尽，石碉还是石碉，石碉里的人毛发不损。火对付不了石碉的高和石碉窗眼的小。

这时贤生出一计。他让众叛匪撤出现场后，就去场上把一个长工找了来。他清楚，工作队里有一人是自己的侄儿，同时又是长工的朋友，侄儿知道自己是匪首，但不知道长工已被匪首挟持。

街场清静下来了。工作队在碉楼中静观事态发展，看见长工从碉楼下走过。贤的侄儿就问长工，叛匪撤了没。长工说，撤了，不信你下来看看吧！贤的侄儿就出碉楼看了一遍。贤的侄儿进入碉楼不久，工作队就开始走出碉楼。哪知，最后一个工作队员刚一出碉楼，隐藏的两百多名叛匪就四涌而上，迅速包围了工作队。工作队知道上当，当即开枪，击毙叛匪一人。最终，工作队八人全部落入叛匪之手，又全部被押到鸡公嘴山岩边脱光衣服，在叛匪的刀砍、石砸、枪打中毙命。

史料记载，被森怒斥得恼羞成怒的惯匪兴，抢起大砍刀向森砍去，直到砍成碎块才住手。住手后，兴才噗一声，把那粒憋成了猪尿包大的屁放了出来。森，江苏常熟人，西南服务团成员，死时尚不足十八岁。杀红了眼的叛匪没有住手。杀了工作队后，他们又将大兴乡公所和学校包围，杀了乡公所一名旧职员，杀了参与征粮的校长和一名女教师。校长与女教师是夫妇。

两百多名叛匪血洗大兴场，除了乡舵把子贤和惯匪兴外，另两个匪首是，乡自卫队长桂、国民党成都警卫团长滑。

洪安乡。

乡长率数百名叛匪攻打解放军和工作队，被击溃。

万兴乡。

在洪安乡被击溃的叛匪队伍中，有一支百人叛匪队伍流窜上山，包围了万兴乡公所。另一支近两百人的叛匪队伍由惯匪兄弟俩率领，把指导员带队的八人征粮队包围在了乡场的一家茶铺中。

指导员带领征粮队员沉着应战，英勇还击，打退了叛匪多次进攻。惯匪兄弟见久攻不下，竟不顾群众安危与自个儿安危，冲到茶铺大门处向里接连扔了几颗手榴弹，并趁着烟雾亡命冲了进去。因寡不敌众，工作队八人全部落入敌手。

八人被五花大绑押至乡下场口，刀砍而亡。一贯笑眯眯的指导员嘴角至死都带着轻蔑而神秘的笑。他的身体被砍成两截后，竟一趔一趔青蛙般动了起来，并很快合龙在了一起。惯匪兄弟不信邪，一人抱头一人抱脚拼命拔河。终于拖扯开后，兄弟俩你抓上半截，我抓下半截，不停地砍，直到有洁癖的指导员成为两堆难看的肉酱。指导员一生都是骄傲与自信的，他没想到的是，他死前却听到了令他揪心的话。从茶铺到下场口的那段路上，五花大绑的他竟听见很多围观农民在高喊：杀死阿虾子！杀死阿虾子！指导员知道，这些客家人嘴里的阿虾子，指的是解放军。

后来，我经过查阅大量史料知道，指导员是有名字的，叫翔，他是安徽当涂人，曾考入中国人民解放军第二野战军"军事政治大学"就读，死时，还不到二十岁。他生前职位是简阳县龙洛片区新编区中队指导员。

指导员成为肉酱后，安被禾喊来了万兴乡。安一见两堆惹得牛蚊子团团转的肉酱，不知咋回事，待明白咋回事后就想呕吐。安看见面前的东西像桃泥，却又远没有桃泥那么好看，事实上，还有些丑陋、肮脏。指导员死后葬在龙洛公园内烈士陵园中。杀害他的兄弟俩抓捕后，被绑押至他的坟前跪下，执行了枪决。这是后话。

平安乡。

三名征粮工作队员被杀。

柏合乡。

乡长、副乡长、自卫队长全部叛乱，杀死三名征粮工作队员，一名解放军，活埋七位有"解放军侦探"嫌疑的过路客。显然，他们理解的"解放军侦探"，实则是指禾情报体系中的成员。东山暴乱期间，被作为疑似"解放军侦探"被残杀的不明身份者，计有百名以上。

长松乡。

　　两名征粮工作队员、一名群众被杀。

　　龙泉镇。

　　这座古代知名驿站，被南边柏合乡、北边平安乡涌来的上万名叛匪包围、攻击，呐喊声如飞瀑与远雷，由东至西，穿成都城而过。

　　……

　　也有不少征粮工作队员和少许解放军，在叛匪的包围中放下枪成为俘虏，甚至在叛匪的残暴中表示，愿意投降成为叛徒，以保全生命。但叛匪通通不干。叛匪说，球，格老子的，你龟儿早干啥去了？

　　在策划"三三暴动"之初，菜就表明过自己对缴械投降的解放军的态度：杀，通通杀掉！对他们，我们没有审讯的时间、关押的设施、管理的人枪，所以，杀是最干净利落的处理！

　　了解到内幕的这一层后，我的惑才被解开。叛匪的"三三暴乱"让很多解放军、工作队员成为了烈士，名单在各区县志书上的"英烈录"中排了长长一串。按常规推算，被俘人员中宁死不屈者与叛徒永远都存在着一个比例，但我在包括回忆录在内的各种材料中，却从未见到谁投了降、谁当了叛徒。没有比例的绝对数据，完全偏离了战争游戏规则，和人的个体差异性格局，惑就这样形成了。原来真实的情况是，想投降也投不成，想做叛徒也做不了，一旦被俘，当烈士是唯一的选择。

　　时间已进入到四月。这一系列由乌合之众搞出的动作，完全让他们的最高指挥官傻了眼。一心想部署乌合之众的最高领导，却被乌合之众部署了。

　　傻了眼之后，最高领导不由得又窃喜起来。既然都这样了，那就这样吧，自己所需要做的是，顺应潮流，顺水推舟，推波助澜。自己的所有动作和目的，不就是打乱共产党建立新生政权的部署，让共产党的江山乱得一塌糊涂不可收拾吗，这种乱糟糟的行动，不就是取得乱糟糟效果的最佳部署吗？再则，要想不被对手掌握自己的行动，乱，是最好的行动。

　　就这样，"三三暴动"还没到"三月三"，还没宣布开始，就已经开始了。

　　但马与鱼儿并不知道"三三暴动"已经开始了。所有参加"三三暴动"的叛匪也不知道。共产党更不知道。全世界只有菜和毛人凤知道，"三三暴动"已经开始了。

所以，当马、鱼儿风急火燎从前线赶回来，向躲藏在"长松山舍"的菜报告说，所有暴动计划已乱得无法把定不可收拾后，菜说：我们都无法把定不可收拾，共产党还能把定还能收拾？马、鱼儿对望了一眼，终于心领神会，终于明白"三三暴动"已经开始了。

二人向菜请求任务。菜说，先睡它几天觉，让共产党完全找不着北后，我们就只做一件事，拿下安。不能软拿下，就硬拿下。安什么时候举起反共大旗，"三三暴动"就什么时候成功与落幕！

菜说得对，共产党的确没有找着北。叛匪闹哄哄一窝蜂地举反旗、砸乡镇公所牌子，东一榔头西一棒地杀人抢粮，让禾感到了一种丈二和尚摸不着头脑的蹊跷。在公安处召开的邀请有军区参谋长俊参加的匪情分析会上，与会领导听了禾作的匪情报告后，处长让禾再谈谈自己的想法与见解。

禾说：从叛匪暴乱的规模、范围、点位和密度等情况看，他们的"三三暴乱"似乎已提前实施了。让人不解的是，他们的整个计划就像一盘散沙，一个幼儿游戏，一场无人指挥的自发性自娱性很强的饥民哄闹和流民哄抢。当然，与饥民哄闹和流民哄抢的性质截然不同，他们样样针对共产党，砸基层人民政府的牌子，杀解放军，抢公粮，手段极其残忍与血腥。我说他们没有指挥，不光指他们没有协调、呼应和衔接的表象，事实上，我们一直跟踪的暴乱指挥枢纽及其电台，这几天竟突然消失得无踪无影。另外，从我们抓住的两个小头目的口供看，他们的确没有指挥。平地起风雷，东一榔头西一棒，突然来，突然走。总之，叛匪的暴乱，漏洞百出，奇怪无比，实在看不出有任何精心部署的痕迹，但它又确实达到了叛匪暴中生乱的最佳效果，打乱了我们的行动部署，对基层政权的伤害很大。所以，我怀疑，以乱添乱，乱中取胜，正是叛匪深思熟虑后的精密部署。

处长：有把部署精密成乱的吗？要么是你在乱弹琴，要么是敌人匪夷所思。

俊说：叛匪求乱，是求我们乱，这个目的，他们似乎达到了。可我还是不明白，在我们未乱时，他们为什么敢走自己先乱这一着险棋？

禾说：叛匪就是叛匪，就是赌棍，他们是不会按常规出牌的，他们不乱，就有了规律。有了规律，就会被我们掌握。事实上，我们当初就是想在叛匪的正常行动中，找到浮出水面来的指挥枢纽，然后直插匪穴，一举捣毁。接下来再收拾那些无主自慌、无主自乱的乌合之众。现在，一切都乱套了。我甚至不能肯定，这个局面是已经开场的"三三暴乱"，还是"三三暴乱"正式开场前的演练与投石问路。

处长说：禾科长分析得不是没有道理，但我总觉得太把叛匪估计得高深莫测了。难道就没有另一种可能，即，这场看似匪首失控的叛乱，根本就不存在看似，它就是已经开始的"三三暴乱"呢？所以，不管叛匪那边是怎么回事，我们都不能纸上谈兵，等待，观察，摸情况，分析来分析去，议而不决，坐失战机。我建议立即行动起来，既要谈兵，更要出兵！参谋长，您看呢？

俊：叛匪既然乱，那就让它乱，我们就来个以乱对乱，乱中取胜。他不按常规出牌，我们也不按常规出牌。以前，我们怕被敌人牵着鼻子走，这次我们就将计就计，让他牵着鼻子走好了。哪里有匪患，我们就灭哪里，见一股灭一股，咬着它的尾巴不放，协调作战，围追堵截，穷追猛打，直到一股一股地消灭掉全部叛匪！当然，我们兵力有限，为了让平叛行动更加精准、快捷、有效，为了及时掌握各种匪情及匪情变化，我们军区还需要你们公安提供大量的情报保证啊……

俊请处长谈谈意见，处长说他完全赞同俊的意见，并说公安处会后将向川西军区提供一份书面的平叛剿匪建议方案。

在这份平叛剿匪建议方案递交之前，公安处还向川西军区递交过一份意见书。公安处在那份意见书中提出了如何建立新政的意见。建立新政的意见，主要来自禾的坚持。禾对处长说，不换掉旧的乡镇长、保甲长，不撤掉自卫队，不孤立、解散哥老会，叛匪就永远存在，平叛就没完没了！因为他们是国民党潜伏特务的土壤，没有这块土壤，潜伏特务生不了根，往哪里潜、朝哪里伏？

禾护送安等乡镇长去参加灵池学习改造班，回到甑子场不到十天时间，就得到了黄土场被围的消息。

五.

黄土场被围之战，在共和国平叛剿匪史上顶顶有名，史称"罂粟花战争"。

情况是这样的。那正是罂粟花盛开的季节，在一片又一片一垄又一垄翠绿得很肥实很深蓝的叶丛浪间，红的、紫的、白的，打苞的、大开的、起蒂的，一大朵一大朵的罂粟花，吐着巨大的妖冶的有倒钩的声音，滚滚而来。所有的种罂农户，都在花的气息中，领受着即将成形的果的诱惑，并沦入了无边无际的财富想象。

但是，它是恶之花，它生下来就带着原罪。因为这个，新中国反对罂粟花的盛开。喧哗与骚动的罂粟花，民国种下的罂粟花，必须在禁毒的指令和腾地春耕的号召中，归于泥土与寂静。

种罂大户彬与章，首先表示了反对，呈现了对国家行动的反动。二人是黄土乡地主，一个副乡长，一个保长。二人不仅抗交公粮，还拒不执行人民政府要求铲除罂粟苗的指令。见二人不铲除罂粟苗，全乡所有种罂人都不铲除。见全乡所有种罂户都不铲除，乡工作队就急了，一急就扣押了二人。二人被关押在乡公所的临时监室里。二人对看守说，兄弟，只要你放了我们，你这辈子就不缺钱花了。看守就放了他们。看守跑去报告工作队，说犯人跑了，不晓得咋跑的。工作队队长就说，房子不能空着，你进去吧。看守没想到，自己驯养的监室眨眼间就翻脸不认人，张口便把自己吞进了肚笼子。从笼外到笼里，仅一步之遥，这句话只有说给看守才恰如其分。

二人尤其是副乡长章没有想到，这一跑，就把事情跑大了。二人逃脱没几天，章就被抓捕归案。

紧接着，区长盛，就在黄土乡一块罂粟花地上，主持召开了一个戒备森严的、有全区数千人参加的"群众代表大会"。盛站在台上扯开喉咙讲话，并宣读了共和国政务院于一九五零年二月份发布的《严禁鸦片烟毒的通令》。台下群众一分为二，左边一半，右边一半。右边又一分为三，一为种罂户，二为抗粮户，三为种罂抗粮户。其他群众一律站在左边。会场周边布满了解放军、工作队和新编区中队的人枪。

就在这个会上，盛大喊押上来，章就被押上来站在台前，盛大喊拉下去毙了，章就被拉进罂粟花丛毙了。

但种罂户的胆子比枪声更大。"群众大会"刚召开几天，黄土场就被围了。

安得知黄土场被围消息不到两天，自己就被围了——他和扣儿被软禁在了四面高墙的广东会馆内。

黄土场被围，是因为种罂户既不愿自己铲罂，也不准别人铲罂，于是就与工作队产生口角冲突，继而升级到肢体冲突。开始一二户，后来七八户，再后来所有种罂户都加入到了肢体冲突的行列。菜布置在黄土的几个爪牙，从集体冲突中看到了一种让自己快速发达、快速成为人物头的机会，于是决定把种罂户的肢体冲突领导起来，并予以扩大化。这样一来，叛乱产生了，黄土场被围了。

安被围在广东会馆，是因为黄土场被围了。安被围后就再也没自由过，他被禾从广东会馆直接押到了刑场。始于种罂大户章被枪决、止于龙洛镇长安被镇压的"罂粟花战争"，终于尘埃落定。

得知黄土场被围后最先作出反应的是区长盛。当然，黄土场是他管辖的地盘，他理应最先反应。

盛的反应是，从甑子场驻军连中抽出一个班，由他率领直扑黄土场。盛毕竟是战斗经验十分丰富的老八路，所以几个穿插、几个鲤鱼打挺，就到了黄土乡公所。几乎快撑不住了的乡工作队和乡小队，见援兵来了，喜不自禁。盛问了情况后，立即组织力量击垮了叛匪的进攻，之后，在场上各栅子口布置了火力。接下来，盛就向后来采集"罂粟花战争"民间文学故事的文化馆工作人员，演绎了一个老八路"五起五坐"的打匪传奇。

话说盛忙得两个多月没理发了，自觉长发蓬蒿胡子拉碴有损新任区长形象，于是趁叛匪退去空隙，坐到了理发铺的椅子上。可刚剪了几剪刀，叛匪就呐喊着顺着街巷涌了过来，盛立马端起机枪冲了出去。打跑叛匪后，盛又回到理发铺继续理发。刚理了阵，叛匪又攻了过来，盛又起身冲了出去。如是五起五坐，直到把发理得巴巴适适、把面修得光光生生、向剃头匠付了钱，才慢吞吞走出理发铺。盛一出铺子，剃头匠就瘫成了一团淤泥。

得知黄土场被围后，第二个作出重要反应的，是菜。

自由自在莫名其妙鬼使神差仿若儿戏的"三三暴动"，一直都在进行着，对于战争双方来讲，它就像一艘无人把舵的夜航船，随风随雨飘摇在无始无终的江河里。

虽然不理事，菜毕竟是船主。所以，较之战争的另一方共产党，菜是清醒的。"三三暴动"这艘无人船不管咋个折腾，菜的眼睛始终瞄着龙洛，瞄着安。

龙洛"首都"甑子场，简直就是一个十全十美的军事堡垒。场镇外围有矮墩墩的城垣护卫，通往场镇的各街巷有牢实的栅子门控制，场镇中央及四周有高高的石碉楼踞守。菜想，如果把甑子场拿下，岂不是在共产党地盘上，钉了一颗谁也拔不动的钉子，岂不是为蒋介石反攻大陆，建立了一块固若金汤的根据地？放大到整个东山地区来看，如果说东山地区是当年共党的苏维埃共和国，那甑子场就是红都瑞金。甑子场坐落于简阳、华阳、金堂、新都四县交界处，扼守着四县的交通枢纽。东山地区背山临坝，山坝各半，退可周旋于莽莽苍苍龙泉山，再退则可割据整个四川盆地，进可驰骋于一马平川的成都平原，再进则可凭岷江沱江涪江三江之势，浮江而下，拿下整个长江流域进而全中国！

而安，是甑子场这座城堡的堡主。堡主的力量很强悍。强悍的堡主如许可我们入城，他共产党挡得住吗？当然，现在的堡主身份主要是对民间而言——共产党官方灭了他的总指挥职务后，正在竭力削减他的镇长身份。但瘦死的骆驼比马大，况且安还没死。

因此，菜一直在等待安的考虑——安在桃花寺答应过考虑的。

就在菜不耐烦安的漫长考虑、而把安的不反应不作为当作不考虑、而自己对此当该如何考虑时，他得到了黄土场被围的消息。他刚得到这个消息时并不在意，"三三暴动"以来，几乎天天都有这样的消息。可是，当他再一次听到黄土场的消息时就开始在意了，其实，岂止是在意，简直是欣喜若狂！他再一次听到黄土场的消息时，黄土场已经被围了一昼两夜，并且，龙洛区的区长盛，及甑子场驻军的一部分，也围在了里面！

黄土场隶属龙洛区，又离甑子场最近，黄土场被围，区长都赶去了，甑子场上的驻军自然会赶去。驻军一去，自己梦寐的城堡岂不成了空城岂不唾手可得？

获得这个天赐的灵感后，菜激动得几乎跳了起来。他觉得自己该浮出水面了，水面上的船也该有人掌舵了。得到紧急通知后，马、鱼儿就从各自的匿身处紧急赶到了菜匿身的"长松山舍"。"长松山舍"又名"唯仁山庄"，坐落在龙泉山脉最高处长松山峰巅，是十多年前灵池籍大军阀田颂尧建的一幢中西合璧公馆。

"三人会议"决定，正式扯起"大陆人民反共救国军第一纵队"大旗，在安没就位之前，由马代理司令，鱼儿仍为副司令。指挥中心前移至桃花寺或白家大院。调动东山地区所有人马尽快拿下甑子场。具体计划是，以引蛇出洞、声东击西、明修栈道暗度陈仓之复合连环计谋，佯围黄土，实取甑子场，获得"三三暴动"的全面大捷。

"三人会议"也研究出了对安的处理意见，或者说对安应抱有的基本态度。会议认为，安没表态跟他们走，并不意味安一定死心塌地跟共产党走。不能因为安没有回复桃花寺所承诺的考虑，就与安撕破脸皮、把安推到敌人那一边增大敌人力量。安不是一个人，安是一群人：安后面有着广大的人群。因此，安目前这种中立的态度，也是他们认为相对较好的态度，和自己应该维持的态度。因为会议定调成了这个态度，所以当鱼儿信心满满十拿九稳说，自己可以一招就让共产党致安于死地时，参会人员的大多数就否决了鱼儿的那一记狠招。

会议认为，安既然中立，就表明可以争取，可以争取就没必要把安送上断头台。会议对安，也用人类共生的趋利避害本性与法则，作出了自己的评估："三三暴动"成功在望，即甑子场已成救国军囊中之物时，安一定归顺救国军；"三三暴动"失败在即，安一定站在共产党一边，并对救国军踏上一只脚。鉴于对安的评估，会议决定，安有功于救国军救国宏图，则留给安一条生路，无功则杀之。会议同时指出，考虑到安在东山地区的影响，我们要对安给予足够的面子和尊重，战斗中尽可能顾及一下安夫妇的安危。本来会议只说了安的安危，没说安夫妇，但议到此议题时，因为鱼儿有个补充，于是，会议就将"安"，变成了"安夫妇"。

"三人会议"精神，以最快的速度，在黄土场之围中得到了充分体现。盛终于失却了"五起五坐"的八路从容。电台没有，电话线也早已被破坏。他立即组织力量，以同志的两死一伤为成本，把一位传信人，送出了包围圈。

还在甑子场现场坐镇指挥平叛事宜的副县长，接到盛的求救信后，什么都没想，就带着驻军连和新编区中队扑向黄土场，杀入包围圈与盛合兵一处，共同拒敌。

你来我也来，你增我也增。黄土场像一块巨大的磁铁，集结着敌我双方的所有军事力量和战争手段。

黄土场包围与解围之战，仿佛成了整个"三三暴动"战役的最后决战。

战争的成因与转折，基本上都是一些偶然因素引发的。有时，一个女人就是一场战争，比如扣儿。有时，一株植物也是一场战争，比如罂粟花。

十九世纪中叶，因为一粒鸦片，爆发了两场同名战争。这两场鸦片战争，使中国从独立的封建国家，逐渐变成半殖民地半封建国家，中国近代史由此开始。一百年后，因为一朵罂粟花，同样爆发了战争，这场战争直接导致了"三三暴动"的失败、救国军的灭亡以及安的殉命，成都东山地区的天，自此百分之百成为共产党的天至今不变。因此，这场战争不管从大格局还是小格局看，影响都是巨大而深远的。

随着叛匪的再增兵，简阳又从驻军中，抽调了一个机械化连，投入到黄土场解围战中。

那天，情急之下的副县长，还是没把身边拿枪的人全部带走，他留下了"山西口音"率炊事班十几名战士，和一名工作队队员，驻守甑子场。以监视安的动态为由，禾与他的两个手下也留在场镇。

东山地区，尤其隶属简阳的各乡镇工作队和武装小队，得知副县长被围黄土场后，纷纷领兵带队支援。这样一来，许多乡镇都出现了与龙洛一样的情况，驻防薄弱，形同空城。此种状况，就让甑子场这座空场的空，一点不显了——都危险的处境，就是都不危险的实态。小隐隐于林，中隐隐于市，大隐隐于朝。甑子场已经中隐了。中隐而危险的甑子场，对于新生共和国的捍卫者而言，俊没留意，处长没留意，后来，到了后来，禾终于留意了。

解围一方更主要更强大的兵力，来自于俊的作战部署。俊的各支平叛部队，见自己紧咬不放的对手，突然掉头，望黄土场方向而去，也就一路追击到了黄土场。菜想到了解放军对付自己的各种打法，却没想到俊这种完全像不会武功的人，死缠烂打的打法。俊的打法，让他不能按最初设想，从容自如地抽兵突袭甑子场了。他被缠得脱不了身。

一时间，黄土场包围与解围之战，陷入一种胶着状态。

待在桃花寺这个由通信员、警卫员、地图和电台等组成的指挥部里，情绪如女人更年期一样波动不休的指挥官菜，不满意这种胶着。他果断下令：趁天黑双方休战时段撤出三分之一力量，突袭甑子场，剩下的三分之二，拼死缠住黄土场共军，顶不住就跑，共军追好远就跑好远，共军不追、回撤时，就转身打共军的屁股，总之，一定要破坏瓦解掉共军驰救甑子场的行动。

菜的指令把包围黄土场的人马一分为二。代理司令马接到指令后，立即用自己的指令细化了长官的指令：鱼儿率重兵继续干包围的活儿，马自己抽轻兵突袭甑子场。

如果马在细化上司指令时，没有拿下甑子场抢头功的私心，或者菜直接令鱼儿突袭甑子场，不给马细化自己指令的机会，恐怕甑子场早就拿下了。因为鱼儿一定会真正做到突袭，踩着一二十个共产党员的尸体，把队伍端端直直开到镇公所，取了镇公所的牌子，并把救国军的旗帜升起在镇公所旁边的碉楼上。重要的是，可以救扣儿于险境，抱得美人归。

但是，事情不是这样的。

马率领自己亲自挑选的人马，一马当先，马不停蹄，向甑子场方向杀去。临近甑子场时，马狐疑了。马自幼熟读兵书，又带兵打过大仗，但正是这些经历的发酵和提醒，让马越来越狐疑了。他举着望远镜观察着夜色中的甑子场，他没有找到不能突袭的理由，当然，他也没有找到可以突袭的理由。进退皆无理由的观察，让他左右为难，陷入了狐疑的深渊。

马没有在观察中发现，甑子场有任何可资自己分析的异常。孔明的空城计是在异常中设置异常，狡猾狡猾的共军就不会反空城计而行之，用正常掩饰不正常？共军就不会利用我们想拿下甑子场的心理，设下伏兵等我们入套？思前想后，推左算右，马决定后退两里，先拿下二娥山上的燃灯寺，占取高位，俯瞰全局，条件一旦成熟，就来个猛虎下山，扑向甑子场。马不再狐疑，怎么想就怎么干，说干就干。

其实，马最大的本事不是奔袭，而是变名与奔逃。马系化名，真名刘苍林。除马外，他还有多个名字：力、烈、修……他原是国民党六十六军二十二师三十七团团长。一九四七年六月在河南郾城被解放军围歼成为俘虏，又逃脱。后，从十三师三十八团团长发展到二十三师副师长。一九四九年十二月二十七日在四川金堂县鸡公山遭解放军重炮围歼投降，加入解放军，后在大面铺整训期间叛逃，到了菜的麾下。"罂粟花战争"一结束，又奔逃去了香港。之后，不知所终，遂成"三三叛乱"又一重大疑案。

跟副县长一样，得知黄土场被围，禾没想那么多，就像得知这乡那乡被围一样，得知后想的，就是解围，以及如何解围。所以，盛去时没多想，副县长走时，也没多想。可等他们人去楼空后，面对偌大的场镇和稀疏得不能再稀疏的人枪，禾多想了。

禾首先给出了一个设定：叛匪此时来攻怎么办？当然，这是一个非常孤立的设定。因为所有的空镇空乡都存在这个设定。仅仅过了半天，也就是说，他刚把安"请进"广东会馆，他就固执地断定，这个设定不该是孤立的——它与看似没有联系的黄土场被围事件，有着密切的内在的联系。后来，熹微的星光下，当禾从望远镜中看见黄土场方向来的叛匪，占领了燃灯寺，站满了二娥山，就暗暗得意自己的固执总是那么正确。同时，他感到了危险。

我对陌生人说，你知道禾为啥这么聪明呢？陌生人说，你就别炫耀你的臭学问了，直接说吧。我说，这得益于他的祖传职业。陌生人说，骟猪？我说是的。陌生人说别逗了。我说，谁逗了。我说，我有一个校友，他当年与他的孪生兄弟，一个考上北大，一个考上清华，这对双胞胎就是骟猪匠的儿子，他们的聪明就是吃睾丸吃出来的。靠山吃山，近水吃水，禾的聪明当然也是吃睾丸吃出来的。陌生人说，这兄弟俩姓陈，万源县白沙镇花萼村人。我惊疑不已，你咋知道？陌生人慌不择路说，我聪明呗。我说，别吹了，到底咋知道的。陌生人说，好像在一张什么报上见过。

扣儿婆婆听见两个未婚男女大大咧咧旁若无人谈睾丸，惊骇不已，宅在房中不再出来。

政府出于年龄等考虑，让镇长安赋闲在家后，还是隔三岔五要把他请来请去的。这天中午，禾走进安府，请正在午休的安到广东会馆走一趟。安跟着禾刚离开安府，禾的两个手下就走进了安府。

利用老男人午休时间去燃灯寺烧香的扣儿，一回来发现老男人不见了，就问香咋回事。香说，老爷被禾科长请到广东会馆去了，禾科长的两个手下还让她收拾了老爷的一些衣被和洗漱用品，交他们带给老爷。扣儿一听，觉得不对劲，撒腿朝广东会馆跑去。

在会馆大门口，扣儿不管怎样说理怎样不说理，两位解放军炊事员门岗，死活不放她进去，说现在是战时状态，镇公所已戒严。后来，"山西口音"来了，她就说不找安找禾。"山西口音"说，就是禾不让你进去的。扣儿回到安府，吃不下晚饭，把安好好生生担忧了一晚上思念了一晚上。睡前，教官、师爷、保镖、自卫队员等十几个"赋闲"在安府的"食客"，纷纷向扣儿要求，去广东会馆把主子救回来。扣儿说，明天她再去，不到万不得已不能动刀动枪。

第二天一大早，扣儿又去了广东会馆。她正要扯开嗓子对着门洞大喊时，禾出现在她的身后。

——想见安可以，可见了后，你就不能随便走开，你们只能一直待在一起。我个人认为，你还是自由自在待在一边好。

——你软禁了他？

——我们是想保护他，不想他被叛匪利用。

——但终究是软禁了他。

——这是非常时期，扣儿，你要理解。

——你让我咋个理解？全镇这么多人不软禁，偏偏软禁他？

——我说过，这不叫软禁。他可以走动，但要在我们的保护下走动。

——别说了，我只想见到我的男人！马上！马上！

禾对扣儿说的意思，与他对安说的意思是一致的，只是扣儿听了这个意思后变得像头母老虎，而安听了这个意思后表现很平和。安只说了三个字：我理解。后来，安又说了，这次多说了几个字：让扣儿莫担心，就说我没事。

禾对安是清楚的，准确地讲是太清楚，正是因为太清楚，他才把安从家里，请到自己眼皮子底子控制起来。离自己远了，安会变得不清楚。禾不允许安不清不楚。但事实是，对安，禾至死也没弄清楚。

禾把安一请进广东会馆，就在安原来的办公室、如今富的办公室，与安谈上了话。安相信，禾怕他被叛匪利用是真话，而为了保护他则要看怎么理解了。相反，把他请进来，更真实原因是以他做人质，保护他们自己的生命不受损害，保护他们自己的甑子场不变天。甑子场目前的危局，安清醒白醒。

禾的核心心思，的确被安看穿了。他把安控制在自己身边，是没有办法的办法，就是为了用最简捷的手段、最低的成本、最有效的方式，保卫甑子场，化解"三三暴乱"给甑子场带来的各种可能的危局。

龙盘虎踞本土数十年、拥有多种重要身份、家大业大的安，对龙洛甚至对整个成都以东地区的影响力和号召力，禾清楚。从这一点看，只要把安滞留在场镇里，叛匪就断不至于不顾安的安危，把没长眼睛的枪炮往场镇里倾销。

禾一直怀疑，龙洛地区的所有叛乱，都是安在暗中一手策划与操纵：串通匪特、暗令六乡长反叛、围杀指导员、唆使种罂户闹事、包围黄土场……甚至制造"龙洛惨案"也有他的份！找不到置安于死地的证据，是禾来到甑子场，尤其喜欢上扣儿后，最大的心病和苦恼。没有证据并不意味事实的不存在。为了防止安外逃，或者继续对外边的叛匪行使指挥权，还或者与进攻者里应外合，必须把安牢牢控制在自己的手上。可以麻烦，不可以恁尤。

禾的思考决定了安的命运。安就这样在禾的思考里走进了广东会馆。

安被软禁在广东会馆的日子，是安一生中最后的好时光。那几天，他除了与他的少夫人聊天、做爱，就是与禾杀棋。

安被谈完话从办公室一出来，就被女公安带到了扣儿和珍曾经住过的那间厢房。女公安说，这是你的房间，晚上就睡这里，除了别出大门，你可以在会馆里自由活动。晚上，安睡在床上想，这里也有好处，虽然见不了扣儿，却能隔着空间想扣儿。结婚以来，他就少了隔着空间想扣儿的机会，学习班是第一次，这是第二次。结婚以前，他与扣儿所有的关系，包括最最深入的关系，都是各处一方，在想中建立和完成的。现在，他又开始趁着这机会，深深入入透透彻彻想起扣儿来，哪知越深深入入透透彻彻想，越想。想了一整晚不够，正用白天连着想的时候，扣儿就走到了他的床前。两人啥话不说就紧紧抱在了一起，抱了好一阵后，扣儿就一边抹泪花，一边麻利地滚进了安的热被窝。扣儿的尖叫令附近的女公安感到了异常，她走到门外一听，便呸了一声，说了一句骚货，转身走开了。

就像做好充分准备站在旷坝上等待地震到来，而地震迟迟不来就特失望一样，禾现在就有了这种心情。安是旷坝，叛匪是地震，他有了旷坝却不见地震来，这真够让他灰心和沮丧的了。灰心和沮丧让他再一次沦入了近乎病态的思索。叛匪不来攻甑子场没有道理啊，那个穷得贼娃子都懒得去光顾的黄土场，有啥好攻的呢？不吃肉去啃骨头这没道理吧？

对了，叛匪为什么不吃甑子场这块肥肉，而专拣黄土那块骨头啃呢？他傻呀！他傻吗？这不是指桑骂槐、声东击西是什么？

甑子场风平浪静但甑子场岌岌可危！

保卫甑子场就是平定"三三暴乱"！

禾想到这一层时，天还没擦黑。他正考虑是自己亲自还是派男公安连夜前往成都，把自己关于战局的思考与判断，向处长作详细汇报时，女公安兴奋地跑来告诉他，电话通了。一九五零年的电话前一分钟通、后一分钟不通是常事，因为电话线一直躺在反复割裂与反复缝合的手术台上。

公安处长听了禾的分析后也吃了一惊，说他的分析不无道理，说他马上与俊商量对策。俊接到处长电话前，正站在地图前，与两个参谋在思考如何对包围黄土场的叛匪实现反包围，之后与我方被围人马前后夹击，最终以一场漂亮的歼灭战，为平定"三三叛乱"画上圆满的句号。孙子兵法云"十则围之，五则攻之，倍则战之"。围，需要大量的人马与粮草，目前，进军西藏在即，哪来更多的人马可供筹措甚或拆借？这条反围之路显然不现实。俊陷入困局。这时，电话响了。

六

马把燃灯寺僧人赶在一边，一个马步，牢牢站稳二娥山后，就立马下令突袭甑子场。

突袭甑子场的人马很快就退了回来。

　　这在马的意料之中。马狐疑的结果是，为了不中计不全军覆没，必须投石问路，像中医不慌不忙做完望闻问切"四诊"后才正式下药。

　　投石问路的百把条人枪，还没闯过外围城垣，就被打了回来。马的第二轮突袭开始于黎明前，结束于黎明后。第二轮突袭安排了三百人枪。三百人枪翻过了外围城垣，一直冲到栅子口时才被终止了前进的可能。马哪里知道，这时，只需再增加一根稻草的重量，这头名叫栅子门的骆驼就会被压垮，甑子场就会变天。

　　突袭了两轮后，马更加狐疑了。难道共军在使用诱敌深入战术引我上钩？

　　菜在桃花寺尖着耳朵听马蹄传来捷报，一听不来，二听不来，听了一晚上的蟋蟀声、对蟋蟀声熟谙得连公母都能听出后，实在听不下去了，就派了通信兵去察看情况。几个时辰后，化装成解放军的通信兵飞马来报：甑子场还在共军手里！

　　菜气不打一处来，连骂马不是马，是猪猪猪！菜一来气，就下令鱼儿带领包围黄土场的全部人马，不顾一切扑进甑子场。已完全抵挡不住解放军和地方武装冲袭的鱼儿，正不知往哪方奔逃时，接到了菜的指令。于是，鱼儿率领围攻人马，迅速撤离了无法再胶着下去的黄土战场。

　　自以为解了黄土场围的解放军和地方武装，带着从头到脚的惬意，乘胜追击逃匪，一追就追到了二娥山下，还没闹明白是咋回事，头顶上的枪炮就猛猛烈烈隆隆重重伺候起自己来。到这时他们才恍恍惚惚明白，叛匪围打黄土场的真实用意。在解放军团长尚的统一指挥下，他们继续往甑子场方向冲，但总是冲不过去。无奈，他们开始攻打燃灯寺，但冲锋了几次就退下了几次。尚、连长、副县长、盛、富，望着被自己一路追击的逃匪鱼儿，正加紧对甑子场形成包围和攻克态势，不能前进半步，干着急。尚试图绕道过去，但又怕到时黄花菜都凉了。

　　马为保证突袭甑子场百分之百成功，而首先占领制高点的傻冒做法，在这时却起到了意外的作用和出奇制胜的效果。

　　尚准备再一次发起进攻时，看见西边地平线上出现了一片人马，骑在中间那匹大马上的，是俊。

　　当发现燃灯寺被占、叛匪兵临城下后，禾就自己把自己任命成了甑子场上保卫甑子场之战的最高指挥官。禾做的第一件事就是安民。他让更夫在街巷上发着他的声音：镇民们不要惊慌，叛匪不可怕，解放军大部队马上就要到了！

更夫开始是不想成为禾的声音的。禾知道更夫的故事，就把更夫领进广东会馆，领到安面前。安说，喊吧，听共产党的。这样，更夫就成了禾的声音。

打退了马投石问路的第一轮突袭后，安找到禾说，叛匪很快就该发起第二轮进攻了，子弹不长眼，要不，我回家去喊几个人手来，既可保护扣儿的安全，又可在援兵到来之前帮着守镇子。

安的理由很正当，加之禾也不想让外界知道自己软禁了安，以增加当地人对共产党的误会，就同意了安的要求。

禾的两个手下远远跟在安的后面，去了安府。安回到广东会馆后，很识好歹地要把他带来的教官、师爷、保镖、自卫队员等十几个"赋闲"在安府的"食客"，以及他们的随身武器交给禾。安说，他们刚刚被遣返回家，枪还没来得及交完，今天就算交你了。禾吓了一跳。这帮手拿长短武器的家伙要是反戈相向，自己何以对？但禾还是稳着，没有收他们的家伙，怕安的话，只是一种试探。禾把这十几个充满危险的男人，带进安隔壁的一间厢房后，压着心中的海澜，用很随便的口吻说：你们好好休息吧，睡一觉，没事，需要帮忙时我来喊你们，外边有我们解放军守着，叛匪进不了镇子。见领导如此体谅，他们就当真抱枪而眠了。

第二天禾又来说了大致相同的话，说完后，还让那位留在场镇上的工作队员扔了扑克、麻将、食物给他们。这样一来，残酷的甑子场保卫战期间，除了一对夫妇在刺激的枪声和喊杀声中，过着不同凡响的爱情生活外，还有一伙汉子过着喝酒吃肉抽烟打牌搳拳的逍遥日子。

怀里揣了几颗手榴弹，悄悄守在汉子们门外的那位工作队员，后来对禾煞有介事表功说，自狗日的他们进屋后，老子担惊受怕得一直没合过眼，老子做好了准备，只要狗日的他们敢叛乱，老子就冲进屋拉响手榴弹，与狗日的他们同归于尽！

其实，那位工作队员哪里知道，狗日的他们没出状况，是因为隔壁的那对老夫少妻没出状况。

保卫甑子场之战，是禾一生中经历过的最惨烈，同时也是最有成就感的战斗。但禾也清楚，自己能率领不到二十人的队伍打退马的两次突袭、顶住鱼儿铺天盖地的进攻，全仗甑子场堡垒式的坚固与迷宫式的奇妙。他把两挺机枪背对背设置在镇公所旁边的那座碉楼上，一挺朝着上场口，一挺对着下场口，在场镇上空形成了天网般的制空权。同时，在栅子口等入街进巷等关键点位，设一明一暗两个交叉的、既共同拒敌又相互掩护的火力点。自己挎一支卡宾枪，作为神出鬼没的机动部队使用。他要求战士们，要么不开枪，开枪必死人，要让叛匪们听见我们的枪声就吓得打哆嗦，不敢再往前走一步！

但是，随着叛匪死人的增加和活人的推进，禾保卫的地盘变得越来越小。先是外围城垣，再是外栅子门，再再是内栅子门，后来是街巷。副司令鱼儿亲率叛匪杀入街巷后，禾就下死命令，一定要守住粮仓和镇公所这最后两个必守的点位。

原先鱼儿激励叛匪的口号是"给老子冲进甄子场，一人奖励一石米"。现在，鱼儿挥动双枪高喊出了更新过的口号：

弟兄们！乡亲们！抢粮仓啦！解放军垮了！抢得多得得多，抢得少得得少！

鱼儿算是搔着了大家伙儿的痒，摸准了大家伙儿的穴。

望着向粮仓疯狂涌来的匪民混杂的人群，守仓解放军傻眼了，就是把枪里所有子弹倒出去，也没有涌来的人数多呀，况且，自己又怎能对着没拿武器，仅以麻袋箩筐挡着脑袋、拼死冲来的群众开枪？

粮仓失守了。匪与民都在欢天喜地抢粮。禾的只剩下不到十人的队伍，全部撤到了广东会馆内。禾的目标口号已从"保卫甄子场"，变成了"保卫镇公所"。禾决定带领自己的队伍与镇公所共存亡，包括镇公所的牌子，镇公所里的安和安的那些喽啰们。禾悄悄把手榴弹缠在了腰上。禾不想让扣儿共存亡，他决定让她走，安也动员她走。可是，扣儿打死不走。扣儿说，要走，就与安一起走！死也要与安死在一起！

万危时刻，处长从成都带来的公安部队到了，不久，俊的大炮也响了。

俊亲率的解放军两个加强营一到，一个直扑燃灯寺，一个直扑菜的最新指挥部白家大院。叛匪在炮声中分秒之间就鸟兽散了。接下来，各路解放军和公安部队开始追逃。最后，他们把从抓获的叛匪中甄别出的七十多名头头脑脑，关押在了湖广会馆。

随着甄子场保卫战的大获全胜，"罂粟花战争"宣告结束，平定"三三叛乱"的战役也圆满降下帷幕。在川西军区于成都隆重举行的平定"三三叛乱"表彰大会上，禾领到了最高荣誉奖章。安不知道这回事，因为安已经死了。安的死，属于战果之一。

扣儿把鱼儿像水一样不留行迹的行迹密报禾后，就迫切地向禾喊起了安的冤。禾说，如果安真如你说的那样，那我们确实误杀了安，但这些话你说了没用，必须鱼儿说。

扣儿一直认为禾是爱自己的，虽然爱得有点晦涩，有点零乱，有点邪乎，但终究是爱的。所以，禾的话，她基本信，即使在安被抓被杀期间，她也基本信。只是，对禾的组织，她就感到陌生而说不清了。而禾，一方面明白扣儿爱着自己，一方面又为自己对扣儿的感情不够坦诚不够明白而内疚、自愧，所以，扣儿的话，在不影响组织原则的前提下，一定当话，其他情况下，尽量当话。

其实，禾对扣儿的含混态度，来自于多方面的考虑与掣肘。他后来想，自己有关培训的嗜好，也是其中的一个因素。禾认为，女人之所以变成女人，是有很多程序、阶段必须过的。而这些程序、阶段中，除初期的出血外，诸如碰撞、心跳、思念、骚动、失控、破处、床事等，直到后期的怀孕生崽，都需要男人进行参与性的培训。而扣儿，而扣儿却是一个让他一开始就失去了亲自培训可能的半成熟女人——她只差怀孕生崽了。是的，他喜欢亲自培训，希望亲自培训，不能不亲自培训。这是他的嗜好。只有璬玉才能满足这个嗜好，而扣儿已经不是了，不是了。这个时不时就在关键时刻跳出来的嗜好与因素，配合政治的主因，常常打断他的热血、激情、荷尔蒙，以及干扰他对扣儿的深入分析与英明决断。

这天下午，禾走进安府告诉扣儿，在押匪首鱼儿承认了《委任状》是他偷偷放在安府的，但他只承认了菜那一份，胡宗南那两份，他说他不知情。

扣儿说：那又咋样？

禾说：证据依然确凿，你想推翻这个案子，为安平反昭雪的冲动，很幼稚，很危险。

扣儿说：你们哪个见安做过你们判决的那些罪了，你们哪个把安人赃俱获了？安没有行为啊！

禾说：扣儿——

扣儿：你们唯一用的事实就是"可能"、"或许"，也就是当年杀害岳飞的"莫须有"！

禾说：安怎能与岳飞相提并论？扣儿，我希望你必须与叛匪安划清界线，在政治上成熟起来。

扣儿：可安真的是冤枉的！

禾说：枪毙镇压了，也就盖棺论定了。任谁也翻不了案的！扣儿，你就接受这个现实，面向未来，好好过自己的新生活吧。

扣儿对禾让她面向未来，好好过自己的新生活这句话是满意的，好像话中有话，藏了很多他们两个人之间才懂的意思，虽然这个意思，禾直到死也没对她说出。但是，扣儿对禾说的，枪毙镇压了也就盖棺论定了任谁也翻不了案的扣儿你就接受这个现实这句话，是不满意的，并且，不满意的程度，远远大于前面那个满意的程度。按禾这句话的意思是，即或错了也不改了。

扣儿不满意禾，主要是不满意禾对安的冷血、残忍、不宽贷和永远的敌意。扣儿不满意禾，从得知安被软禁那一刻开始，至安被镇压到达顶峰。她没想到，事过几个月后，又一次达到了顶峰。扣儿不满意禾了很多年，后来把不满意变成理解，还是得益于常读三份党报获具的来自组织的谆谆教诲。

再后来，当扣儿变成扣儿婆婆后，她对安到底是冤死还是不冤死，也犯起了糊涂。她想，老男人如果背着自己做了与叛匪有关的事，自己哪会晓得呢？老男人如果没做啥，禾咋会把他往死里整呢，政府和广大人民群众咋会让自己吃这么多年的苦呢？但有一点她是明白的，老男人就算有可能做对不起党、对不起国家的事，也绝对不会做对不起自己的事。

扣儿婆婆又想，禾对自己说的那些话，就一定是禾的真话吗？鱼儿到底对禾说了安的啥，禾又是如何对他的组织说的，自己哪能这么简单就晓得了？

时间让一切都成了谜。安、禾、蛋、鱼儿，他们哪一个不是谜？扣儿婆婆越想谜越多。当时觉得清清澈澈没得啥的，一年五年后一想还是没得啥的，可十年几十年后一想，啥啥都有了。后来，扣儿婆婆觉得自己都是谜了。不光扣儿婆婆觉得，我和陌生人也觉得，扣儿婆婆是谜，是甑子场最大的谜。

因为远去的时光是谜。

七

我是禾的孙女，禾是我爷爷。在甑子场临水的咖啡馆，陌生人对我说。

那些寄给扣儿婆婆的一年一封、一封一个字的奇怪的信，都是我爷爷写的。

当年，爷爷在监室与鱼儿争夺手枪时枪响了，爷爷倒在血泊中，但爷爷却被救活了过来。爷爷走出医院时已是次年春天。

爷爷昏迷了一个多月才被救醒。疗伤期间，躺在医院没事儿，百无聊赖，就想着该用一个方式，表达自己对扣儿婆婆的一份说不清理还乱的情感、一种力所能及的帮助，最后，他想到了信。他想给扣儿婆婆写信，一直写到扣儿婆婆成为百岁寿星。如果一年一封算来，应该写八十封。当时扣儿婆婆二十一岁。爷爷想，如果扣儿婆婆过了百岁大寿都还健在，那他就算超额完成任务了，也实现了自己的初衷。

爷爷为自己的创意激动不已。

第一封信和第一笔钱，是他亲自跑到石碾村，悄悄塞进扣儿婆婆家门缝里的。爷爷是偷偷跑出医院的，那时他还没出院。在屋外，他听见了屋内传出的幼婴的哭声。他看见接生婆把一盆接生的血水，从屋里泼向了院坝。爷爷说，那一年是一九五一年，那一天是二月五日。

爷爷从石碾村回到成都不久，就出了院。之后，组织上把他派往一个叫万源的小县城当公安局副局长。万源县是爷爷的老家，隶属四川达川地区，地处川、陕、渝、鄂四省市交界处的大巴山中，民风剽悍，土匪猖獗——名匪王三春就出在那里。爷爷只用了两三年时间，不仅降服了本县各山头大大小小土匪，还弄得四邻土匪再也不敢跨进万源地界，为家乡治出了一方清静。

爷爷到地方，按说可以当更大的官的，但他向他的组织说，他只到他的家乡，他只做他的老本行。组织无奈，又考虑了他的伤情，就满足了爷爷的要求。

清静下来后，爷爷却没能敌住一些热心老领导、好心老战友土匪般的进攻。一九五六年夏天，爷爷娶了二十二岁的奶奶。两年后，正是大炼钢铁年代，奶奶生下了父亲。又过了几年，奶奶因病离开了人世。这之后，爷爷就一手忙工作、一手带父亲，一直到死，都没找个伴儿。"文革"期间，爷爷被打成右派，上卢家山"五七干校"，住牛棚。平反后，官复原职。退休前，爷爷是专区行署所在地达县的公安局副局长。

我父亲当过两年知青，后来就在爷爷所在的万源县公安局参了工。在"下海热"的年代，去了南方，后来，就成了大老板。现在，父亲的公司总部设在深圳。我前年从江西财经大学毕业后，也去了父亲公司，在营销策划部工作。

爷爷退休后又回到了老家县城，与他的兄弟姐妹和侄儿们待在一起。父亲安定后，几次回家接爷爷去深圳，爷爷就说我们家的祖坟在万源花萼山上，他哪儿也不去。

上个月，我们在深圳接到我一位堂兄从老家打来电话，说爷爷体检时查出了肺癌，且是晚期了。得到消息后，我和父亲飞到成都，转火车去了万源。我们陪伴了爷爷生命中的最后二十二天。把爷爷送上花萼山，守完"头七"后，父亲就回了深圳。父亲叮嘱我，爷爷交代我办的事，要办到花萼山上的爷爷满意为止。我说好的。我到成都，就是来了却爷爷遗愿的。

爷爷在最后的日子，对他唯一的孙女，也就是我，说出了他的秘密，说出了那些信。爷爷告诉我，八十封信只有一个收信地址，只有一个收信人，收信人住在成都平原龙洛镇石碾村，是个女的，叫扣儿，她收第一封的时候，才二十一岁，现在，你该叫她扣儿婆婆了。

爷爷早在六十年前的医院就写好了八十封信，并封存在了八十个信封中。但他生前又一直在拆信封、改写这些信。爷爷把这个活儿看得很重，并乐此不疲。我们家谁也不能动这些信。这是他一个人的秘密。爷爷告诉我说，他原先想，他活着他寄，他死了儿子寄，儿子死了孙子寄，总之要用八十年的时间把他的八十封信，一一寄出去。爷爷说，他已经在过去的六十年里，给扣儿婆婆寄出了六十封信，有时，他还会随信把工资结余的部分，一并寄给扣儿婆婆。为了不让扣儿婆婆找到他，爷爷还不时通过他各地的战友、朋友，帮他转寄信款。

爷爷说，他之所以用这种非常的方法来做这件事，是因为他认为用这种方法，可以让扣儿婆婆时刻感受到一种力量、一种支撑、一种召唤，并藉此度过非常的日子，战胜各种难以想象的困难，坚持着活下来。

我对爷爷说，既然您对扣儿婆婆感情这么深、付出这么多，我这就去成都，去石碾村，把那个扣儿婆婆接来，让你们见上一面。爷爷说，要见他早见了。六十年中，他利用出差、旅游等机会，去看过扣儿婆婆五回，但每一回都是悄悄去，悄悄走。

爷爷说，他怕见扣儿婆婆，他无脸见扣儿婆婆。他说他爱扣儿婆婆，却不敢娶扣儿婆婆，他说他明知扣儿婆婆爱他，却装着糊涂，他说他忠诚于组织，自己却成了爱情的伪君子。还有，镇压安的事，他说他直到今天，也不知安到底是不是叛匪，因为确实还缺少实证——说他是缺少，说他不是也缺少。鱼儿后来坦白过安不是叛匪，但鱼儿的话可信吗？爷爷于是悄悄烧毁了那份笔录，没向组织汇报安有可能被误杀一事。此外，爷爷还说扣儿婆婆是一个为革命立过功的人，可她后来却遭到了那样的境遇！总之，愧疚、自责、怀疑，这一切，使爷爷无论如何不能坦然面对扣儿婆婆。但他又确实爱扣儿婆婆，关心扣儿婆婆，希望成分非常不好的扣儿婆婆，能在非常恶劣的环境中，得以平平安安度过。他说他这样做，看似为别人，实则为自己，他说他是在自赎、自救、自悔。

爷爷说，这些年，他总能感觉到，石碾村有片桃林有个声音，一直在呼唤着自己的名字，一直在牵着自己的魂儿。

爷爷说，他要走了。他唯一的心愿，就是把他剩下的还未发出去的最后二十封信，发出去。爷爷让我还是一年一封地寄发。我就调皮地对爷爷说，现在已不是非常时期了，成分已不再是问题，生活也不再是困难，祖国富强，人民安康，天下一派和谐。因此，扣儿婆婆可以不再特别需要爷爷这些信的支撑了，并且，她现在最想的，就是揭开八十封信的全部谜底。再说，万一扣儿婆婆没等到看完最后一封信那天，就突然驾鹤仙去了，多遗憾啊。所以，您的孙女建议，到时由您的孙女亲自前往石碾村，在石碾村待二十天，把这二十封信，一天一封地递给扣儿婆婆，让扣儿婆婆一点一点体验跟以前一样的甜蜜感觉。好不好，爷爷？

已瘦得像根火柴棍的爷爷听了我的话，就瘪着一张皮的嘴巴笑了，说我还真鬼，真懂他。爷爷让我把父亲喊来，父亲来后，爷爷就对父亲说，他过世后，他孙女我就去成都帮他了却他一生中最大的心愿，见到扣儿婆婆后，了解她还有什么困难没有，只要她有困难，不管大小，都要全力帮助！父亲看着昔日无比威风如今不成人形无比恐怖的爷爷，含着泪，一个劲儿点头。

我一到成都就到租车行租了个车，然后开到甄子场，然后遇上你，见到扣儿婆婆。

扣儿婆婆一家十一口的现状，比我想象的要糟得多。我只能从她的现状中，去想象她六十年来所受到的磨难。但我却无从把六十年前那个让东山地区最优秀的男人趋之若鹜的花一样的女人，与这些磨难勾连在一起。我见到扣儿婆婆的处境，立刻想到的就是在成都城区买套大房子，让他们一家离开山村，住进城去。可一想到农民离开土地后的生存与习惯问题，就犹豫了。后来，从"一村一大"那里得知了城乡一体、拆迁和变地的事，我就打定主意利用这个机会，搭个顺路车，好好帮一下扣儿婆婆。我把我的想法打电话到深圳，告诉了父亲，父亲不仅支持，还说我懂事了成熟了。

就这样，我以扣儿婆婆的名义，买下了安府老房中的那个小院落。这样，扣儿婆婆后人，想住石碾小区新房的住新房，想住老街旧房的住旧房。喏，这就是安府老房的房产证、土地使用证。

说着，曾经的陌生人如今的禾的孙女，就从随身坤包中取出了两个硬壳本本递向我。我一边看一边问：你估计扣儿婆婆会接受你这"两证"吗？禾的孙女望着我诡谲一笑：会，放心，我有办法。我酸叽叽地说：原来坐在我面前的是个标准的"富二代"。还是有钱人好哇，怎么想，就能怎么做。

——几个臭钱算啥，生不带来死不带去。还是脑瓜儿里的东西管用啊。凡是花钱都能办成的东西不叫东西，凡是花钱都不能办成的东西才叫东西。

——说啥呢。

——我在说，我花再多的钱，也不能把扣儿婆婆和我爷爷他们六十年前的事儿写出来，而你，不花钱就可以写出来。

——你寒碜我吧？

——谁寒碜你了？喂，大作家，谦虚就是骄傲啊！

——你运气好哇。

——我怎么运气好了?

——要在一九五零年,你爸、你,你们这些富得流油的人,指不定早拉出去毙了。

——这就是你说的运气?

——嗯。

——废话,现在啥时代,那会儿啥时代?

——看来时间不光是时间,它甚至还是一种圭臬,一种带血的规则和命运。你知道的,你爷爷年轻时是极端仇富的,甚至是职业杀富的,现在,却又颠倒了个个儿!为富不仅不可恶,它还可以仁,可以让很多东西活过来、醒过来。

——你还想说啥?

——我还想说为官。在六十一年前为官,哪怕只是一个乡镇长、保甲长,哪怕啥都没做,哪怕他是清官,大孝子,好情人,都没用,脑袋随时都有掉下的危险,可现在……

——你又说到了时间,时间就是时间,没人能指责时间,没人能超越时间。

——是啊,况且,那是变天的年代。变天的年代就一定有变天的事,更有革命、砍头的事,这在历朝历代,这国那国,概莫能外。这些话题太沉重了,算了,不说了。喂,大美女,你还没告诉我二十封信的事呢!

——我一见到扣儿婆婆,就交给了扣儿婆婆第一封信,扣儿婆婆就把我作为送信人拉到了她的卧室。她知道我不是邮差,就问我咋回事。我就告诉她,我所在公司老板有个朋友,朋友把二十封信交给老板,让老板帮他把这二十封标有时间序号的信,交到您手上,按序号每天交您一封。朋友委托给了老板,老板就派我出差成都给您送信来了。扣儿婆婆问我,老板朋友是谁长得啥样,我说不知道,问老板,老板也不说。扣儿婆婆说,妹子,你就不能这就全交我呀。我说不能,我怕老板怕得要死,因为我不想丢了这份很不错的工作。然后我安慰扣儿婆婆说,不就二十天嘛,二十天一晃就过了,二十天后啥都明白了。

——看不出，你编故事的能力蛮强嘛，比我强。

——此后，我每天就从甑子场客栈驾车去一趟石碾村，交一封信给扣儿婆婆。我已交给她十九封了，明天是最后一封。

——你知道八十封信的内容吗？我是说一字一字连起来后。

——我只知道七十九封信的内容。但由于我知道写信人是谁，所以我就提前知道了八十封信的全部内容。

——你知道的，我很想知道。

——爱你，但不值得你爱。爱是自私的，我是不自私的，但我不是爱的反面。现在看来我错了，我毁了组织荣誉。该镇压的，是我。安或许冤枉，鱼儿后来说过安没参加叛乱。为维护组织荣誉，我隐瞒了真相，我是禾。

禾的孙女一边背信，我一边掐手指计数。我说：正好八十个字。没错，最后一个字一定是禾。还有吗？

禾的孙女说：还有。每封信那一个字的上边都有"扣儿"这两个字，那个字的下边都有日期。八十个日期从一九五一年到二零三零年，每年都是二月五日。

禾的孙女说：你不是一直问我，扣儿婆婆以前打死不搬家，为什么我一来她就同意搬了呢？现在告诉你吧，那是因为扣儿婆婆在等信，她不收完最后二十封信，是不会离开收信人地址石碾村的。所以，当她确知我已把二十封信全部给她带来了，就同意了搬家。

第二天早晨，我从"东山别院"客栈房间走到楼下门厅，老板娘一见到我，就把一个胀鼓鼓的大型牛皮信封递给我，说是我隔壁的那个女房客托她转交我的。我问她人呢？老板娘说，今天一大早她就结账走人了。

我掏出手机急忙给她打电话，却发现竟忘了存她的电话。现在自己在明处，禾的孙女在暗处。

我拆开大信封，见里面有一封扣儿婆婆收的信，还有我昨晚在水边咖啡馆见过的两个硬壳壳本本，此外，就是一张纸。我开始读纸上的字：

亲爱的大作家：

我走了。

我爷爷写给扣儿婆婆的第八十封信，安府老房的"两证"，请代我转交扣儿婆婆。告诉扣儿婆婆，这是我爷爷禾去世前给她做的最后一件事。

我给你讲的我爷爷的故事，你可以讲给她听。

就这些，拜托了哈！

龙洛之行，了结了爷爷遗愿，结识了你，很高兴。如到深圳，又有缘相遇，我也请你喝咖啡。

祝大著写作顺利，愿早日读到你笔下的扣儿婆婆的故事。

禾的孙女

二零一一年三月二十一日

八

把扣儿送出广东会馆，送了很多次，都没送走。安说，扣儿，回吧，我没事儿，请相信我，我很快就回家的。听了这话，扣儿到底是走了。香、琼见女主人回来，高兴，见女主人一个人回来，不高兴。

不久，新来的女公安通知扣儿，接安回家。扣儿乐呵呵去了，又悲戚戚回了。安的另一只脚还没跨出广东会馆门槛，禾就得到了新信息。新信息是张纸条。

安对男女公安耳语。男女公安一溜烟向安府方向跑去。女公安是组织上新配给禾的，她后来，却比先走的那位年岁更大，因此，跑起来虽一溜烟却有老妇人的味道。

随后，禾请安夫妇进会馆喝茶，闲聊。禾兴致很好，但安却从茶味中，品出了只苦不回甜的杀气。茶没喝淡，男女公安回来了。

打发走扣儿，禾急不可待返回广东会馆镇公所那个专门的审讯室，开始了与安之间无数场对话中的最后一场对话，或者说，用最后一场对话，终结了他与安之间在一九五零年的所有对话。

——姓名？

——安。

——年龄？

——入秋就六十了。

——民国期间，你滥杀无辜，草菅人命，血债累累！

——我那是在执政、执法，维护一方安宁。我要是犯法，当局者国民政府早让我伏法了。况且，我又没为难过你们共产党。再说，民国的事儿你们也管？

——住嘴，那是伪政府！你吸大烟，搞赌博，强占民女，劣迹斑斑，无恶不作！

——共产党说不毒不赌，我就不毒不赌了。至于强占民女，纯属无稽之谈，那是你情我愿。

——今年二月三日，乌在江西会馆闹出人命，作为镇长为什么不处理？

——在电话不通的情况下，让原告直接去公安外报案，就是我的处理。

——什么不把乌抓起来？

——我怕因一条人命闹出更多人命，把小事变成大事。你第二天不是亲自来抓过吗，抓住了吗？没抓住，还死了好几个人。

——今年二月五日，你为什么不用自卫队制止"龙洛惨案"发生？

——自卫队的情况你是清楚的。我身边就只有几十条人枪，其他人都分散在七个乡上，都在家中务农。而乌他们有上万人，又事发突然，你让我啷格制止？

——"龙洛惨案"发生后，为什么不报信？

——我派师爷去了，可他被困在曾家粉房了。再说，龙洛的匪情你是晓得的，我还在等你带部队来平叛呢！

——今年三月中旬至四月初，你与匪特鱼儿、菜、马、雪儿，至少有过四次以上的接触，这不是通匪是什么？

——他们找过我，让我反叛，但我没干。

天阴着。这是罂粟花盛开但没有罂粟花的季节。整个审讯过程，安都听见禾在放屁，放经久不息的睾丸屁，响且臭。安也想放，放米酒屁，可酝酿了半天，竟一个也没能放出、打响。

——"三三叛乱"期间，你有没有唆使龙洛辖区的六个乡长反叛？

——没有。

——今年四月十日至十二日，你有没有鼓动种罂户暴乱？

——没有。

——今年四月十四日，你有没有指使叛匪围杀指导员？

——没有。

——今年四月十七日前后，你有没有指挥叛匪先包围黄土场，又突袭甑子场？

——没有。

——今年四月十八日晚上，甑子场被围期间，你有没有利用回家去搬调武装分子之机，给台湾发报说龙洛已被攻陷、区长已被生俘？

——没有。

——……

——去年十二月，你有没有被胡宗南委任为"川陕鄂绥靖公署反共救国挺进军第六纵队"司令，并兼任"川康扫共救国军"东山地区总司令？

——没……哦不，有，但我没接受。

——今年三月中旬，你有没有被台湾方面委任为"大陆人民反共救国军第一纵队"司令？

——有，但我没接受。

——那你之前怎么不说？

——你没问，我说啥？

——你说没接受就没接受吗？

——那我怎么说？

——怎么说都没用！我这里有三份《委任状》！三份！

——这就是你新找到的证据？

——当然。

——如果这也算证据，早知道我就让菜拿三十份《委任状》来填上你的名字，三十份！

——见过狡辩的，没见过你这么狡辩的！

——我哪有狡辩？

——还狡辩？安，我再问你，你认为教官、师爷、账房有罪吗？

——没有。

——怎么没有？他们是你的亲信，你的所有罪他们都有参与！再说，桃花寺与匪特密谋，后来又私藏枪支，仅这两条都是死罪！

——你该不是因为扣儿嫁了我，怀恨在心，公报私仇吧？

——安，我告诉你两点：一、我远没有你想象的那么卑鄙，二、只有卑鄙的人才有卑鄙的想法！

——我想见祥。

——我通过组织转达过你的诉求，可是，祥不想见你。

——禾，我不想跟你说。你让你们处长来跟我说吧！

——安，你也太高看自己了吧？

——那我还是低看自己，就跟你说！

——你还是跟坟墓说去吧！

一辈子都在与人过招并擅长过招的安，以为自己这场过招是赢定了，没想到，却是输招，且输得很惨，命都搭进去了。

两天后。安、教官、师爷、账房等九名罪大恶极的叛匪被押赴至安府南侧塘坎上执行了枪决。枪决前，包括九人在内的七十多名五花大绑的叛匪，押至广东会馆旷坝，跪在因平叛而殉命的"山西口音"、女公安等解放军、公安和地方政府人员七具尸体前，列席参加了在这里隆重举行的追悼会。追悼会由副县长主持，正式参加者是解放军和工作队。在这里，区长盛宣判了九个倒霉鬼的死刑。之后，九人被押赴刑场，整个甀子场万人空巷。

子弹敲响的敬声，落定了尘埃。

扣儿婆婆后来还是终于想起了一些人的名字，她说师爷叫崇，教官叫慎。账房的名字她总也想不起来，她说大家都喊他账房，只喊他账房。她说师爷、账房都是安氏家族中的远房亲戚，前者出自二房、后者出自四房。长房都去了马来西亚。

体现在身体内外、方方面面控制能力很强的鱼儿，控制住了扣儿。

所以，完成送花仪式后的有天晚上，在喝了一点小酒，完全清醒的情况下，侠肝义胆豪情万丈的鱼儿，以一种表功表心迹兼自吹自擂的耿直，向扣儿吐露了一切。这是一方面。另一方面，他又觉得自己可以欺骗天下玩遍天下，但不该对扣儿有任何欺骗和玩耍，同时，他也想把由此淤塞的不爽不快，一口气吐得干干净净，让身与心全都无遮无拦水一样透明起来。水不透明，扣儿见不了鱼儿的美丽。他是这样吐露的：

> 扣儿！扣儿啊！
>
> 为了得到你，我让蓝买通街坊对你说，珍家抛下你去了香港。为了不失去你，酉告诉我蛋没死后，我就让当过猎人的他杀了蛋。为了见到你，老子不去贵州当狗日的上校特派员回到了东山。为创造再一次得到你的条件，我必须除掉安。为除掉安，我陷害了安，那天晚上我出去后又回来把菜给安的《委任状》放在了安府，后来，"三三暴动"失败后，又让人用一纸匿名信，把三份《委任状》的藏放地方告诉了禾。为了不伤到你，我没准他们往龙洛打炮。为让你的生活过得更轻松，我杀掉了疯子珍。为再次得到你，我送了一篮迷情花给你，而我事先吃了解药……

鱼儿想，把自己如何如何爱对方的话，把自己如何如何坦荡的话，以事实呈现的方式告诉对方，对方一定会大受感动，并以反过来更加爱自己的行动，来呈现对方的感动。

扣儿一下发觉，存在即语言，世界即语言，万物到语言为止，所有的一切都是说出的。没有语言，一切都是即时的、瞬间的、稍纵即逝的。只有说不出、说不到，没有做不出、做不到。龙洛变化无常的天气，自己变化无常的命数，都是说出的：共产党说出的、国民党说出的、舅妈说出的、珍说出的、蛋说出的、禾说出的、安说出的、鱼儿说出的……甚至，国家、人民、时间、天空与大地，也是说出的。

我对陌生人说，万事万物的命名需要语言，道出一个行动的意义需要语言，保存人类的活动成果需要语言……禾的孙女对我说，我认识你需要语言，你认识我需要语言，抢救扣儿婆婆既往的生命、浮现扣儿婆婆六十年的故事需要语言。我们相视一笑，又用语言开始了别的话题。

树欲静而风不止！

二十岁年纪却经历了二百岁人生磨难、二百岁命运突变的扣儿，现在已可以不惊不诧沉沉稳稳面对一切大荣大辱与急遽变故了。

——我家那场莫名大火也是你的作品吧？

——不……不是……

——你敢对天发誓？

——扣儿，我不信天。

——那你对我发誓！

——你爸，你爸他棒打鸳鸯……

——就因为我爸挡了你的路，你就烧了我全家？

——扣儿，我不能没有你啊！我的心思，你懂的。

——我懂。我很懂！

——我做的一切，都是为了你啊！

——对，都是为了我。

这是扣儿自己与自己的一场对话。扣儿向鱼儿问了这场大火，鱼儿很惊讶，说她啷格还记得这场火，他不是早在四年前就对她说过，这火与他无关吗？火是明亮的，但扣儿心里的这场火，一直到自己死都没明亮起来。鱼儿在坟墓里也说这火与他无关。扣儿不知坟墓里的人会不会说谎，不知道谎言说一千遍是不是成了真理。

很快。莫名其妙的鱼儿被莫名其妙地带进了市公安处看守所。

禾再一次去甑子场安府找扣儿，扣儿已经不住安府了。

禾最终在珍家一间偏房里找到了扣儿。扣儿的衣着看上去比农民更农。那时是一九五零年夏天，土改大刀阔斧开始了。安府和珍家的几乎全部财产已分给了贫穷、苦难的人民。就是这次，禾知道扣儿怀了孕。禾说，不管你怀的孩子是安的，还是鱼儿的，生下来，就会被人说成狗崽子，扣儿，你还是打了吧！扣儿反唇相讥：狗崽子？这应该就是你的心思吧！

禾"死"之前最后一次去甑子场找扣儿，是一九五零年暮秋。从甑子场回成都没两天，他就被鱼儿打了枪。

禾没有在珍家那间偏房里找到扣儿，就去广东会馆找了镇农协主席，主席就把他带去了石碾村。翻过一个土丘，主席往前边一间茅厕似的农房一指：就住在那里！禾就顺主席手指的方向认真看过去。萧瑟秋风正把房子吹得东倒西歪，把腆着肚子往房子里搬柴禾的扣儿吹得东倒西歪。禾越看脸色越难看。禾说，这是怎么回事？主席说，啥啥怎么回事？禾说，扣儿，这地儿，这房子，这是人住的吗？主席说，我们农协本来就没把她当人！她是地主、地主婆、叛匪婆！禾说，主席同志，你说的不错，可她没有劣迹，更重要的是，她是为革命做过贡献，不，做过重要贡献的一名妇女！

禾把对扣儿的评价从"贡献"变更为"重要贡献"，是想起了扣儿不光为解放军带路平叛，还向自己举报了匪首鱼儿的匿身处，并在鱼儿密杀菜的行动中起了重要作用。禾不知道，安没有举兵反叛，也是扣儿的作用。

主席伸手指房时，禾看见他左手脆上，戴着一只小巧玲珑的瑞士女式金表。主席是灵池极贫人家出身的富。

富说，农协勒令甑子场上所有的坏分子迁出场镇，落户村上，这个扣儿是主动要求落户石碾村的。

不知什么原因，禾这次去找了扣儿而没有见扣儿。禾回到成都的第二天，村农协主席让扣儿从形似茅厕的房子里搬出去，搬到一座更大的农房里。扣儿不干。主席说你自己不干，怪不得老子了。说完就走了。除了房后桃林中的安、蛋，没有人知道扣儿为什么不干。

　　一群乡孩见村干部与扣儿说话，就站在一边看热闹，看完热闹后就一边唱农谣一边跑到天尽头去了——

　　　　一九二九，怀中揣手；

　　　　三九四九，冻死猪狗；

　　　　五九六九，沿河看柳；

　　　　七九六十三，行路把衣宽；

　　　　九九八十一，庄稼汉在田中立。

　　　　九九八十一，庄稼汉在田中立……

〉结 篇

扣儿婆婆

　　我在甑子场街边北巷子口子，匆匆吃了一碗客家烩面，正要去车站赶班车把好消息尽快告诉扣儿婆婆，却被满世界找我和陌生人的"一村一大"那双贼精贼亮的鬼眼睛一下逮住了。

　　听说陌生人已走，"一村一大"变得颓废而怅然若失，又听说陌生人走时已为龙洛镇最后的"钉子户"买了安府老房，就变得兴奋不已，声音都变得不像鹌鹑了。我对她说：老房子需要装修，还要添些东西，因此，我决定把我这本书的稿酬全部捐给扣儿婆婆。但我估计她不会接受，所以，我想交给你，就以你们村委会的名义补贴给她吧。回头你把账号给我，我先把出版社付我的十万元订金打给你。听我这样说，她有喜上加喜的飞扬。她说：大作家，要不，我们先去村支书那里，把好消息告诉支书后，再一同去扣儿婆婆家好不好。我说：不好。又说：支书是你的"一把手"，与我何干。

　　她就一个人去了支书那里。支书一听果然高兴，连称她会办事，很有协调能力和资源整合能力，很有办事效率。她得了表扬，知道该自己退场了。果然，她刚一出支书办公室，支书就给镇上打起了电话。支书一放下电话就想，这会儿，镇上一定在给区上拨电话了。

　　"一村一大"在去扣儿婆婆家的半路上，接到了支书电话。支书说，现在最要紧的是马上与"钉子户"签协！她回答，请支书放心，我正走在签协的路上，支书您就静候佳音吧！伴着她的话音，是粗粝的犟犟之声。

扣儿婆婆一早就坐在院坝里，等着陌生人把最后一封信带给她。

自陌生人闯入她的生活后，每天早上坐在院坝里等信、看桃花，等到信后，拆信、拼信、读信、回忆，已成为她一天中最重要的工作。很多时候，为增加这项工作的难度、延长工作的时间，她会把信纸放一边，信封放一边，然后非常耗工费时地，将每一封信。准确无误地，搬入运载它来的那艘纸飞船中，再然后，将纸飞船按先来后到的时间，进入秩序。最后，打乱秩序，让一切重新开始，如是循环往复。——其实，陌生人到来之前，她就这样做了，每年农闲时节，纸飞船也没有这么多，她做起来得心应手。陌生人出现后，这样的工作已进行了十九天，今天是第二十天上了。

扣儿婆婆知道，结局将在今天看到，真相与秘密将在今天打开，说到底，写信人将在今天从信封中走出，显形，向她走来。

写信人将在今天告诉她，他就是写信人。最后一封信上的那个字，就是给她写了六十年信的那个写信人的名字。

七十九封信七十九个信封撒在院坝上，白的、黄的，好大一片，被透过桃花的微风吹动着，发出一种急切的又愿意又不愿意的声响。

扣儿婆婆坐在这片信海洋中央，满目都是信的飞翔，满脸都是信的迷茫。

仪式般坐在信中的扣儿婆婆，没有等来陌生人。她看见是我，有些失望。我说，扣儿婆婆，她走了，走之前，她让我把一封信交给你。说完，我把第八十封信递在了扣儿婆婆干枯如桃桠的手上。

扣儿婆婆拆开第八十封看了。

扣儿：

    ……禾。

二零三零年二月五日

禾？是禾？禾不是已经死了吗？不是六十一年前就死了吗？怎么可能是禾呢？

喊过之后，扣儿婆婆半天不吭气。之后，她把八十封信按时间顺序拼合成一个大圆圈，之后，她绕着院坝读了起来。她绕着院坝走了三圈，读了三遍。

扣儿：

爱你，但不值得你爱。爱是自私的，我是不自私的，但我不是爱的反面。现在看来我错了，我毁了组织荣誉。该镇压的，是我。安或许冤枉，鱼儿后来说过安没参加叛乱。为维护组织荣誉，我隐瞒了真相，我是禾。

二月五日

看上去，扣儿婆婆明白了信中的意思。为了让她明白信外的意思，我把禾的孙女留给我的那张纸递给了扣儿婆婆。同时，还把"两证"递给了她。扣儿婆婆看了信，又看了"两证"。

啊！她是禾的孙女？她怎么说走就走了呢？你有她的电话吗？快，快给她打电话，我要跟她说话！

我摇着头像犯了错误的学生：电话、地址，我都没有。

后人疑惑地望着我，我就把扣儿婆婆手上的信和"两证"取来，递给了后人。扣儿婆婆进了一趟屋，出来时手上多了一条布袋。她一跨出门槛就对我说：走，我带你去看一个地方！

搀扶着扣儿婆婆走在桃花盛开的山路上，我给她讲了禾的孙女讲给我的禾的故事。我才讲到中途，扣儿婆婆就抹上了眼睛：禾怎么能这样？他在老家拖着一家老小，容易吗？你知道，这石碾村的房子是咋个建的，是哪来的钱，其中的一大半就是攒下了他寄来的钱啊！哎，他临到死，还想着我，我……哎。

扣儿婆婆带我看的地方在她家后山桃林中。我把禾的故事一讲完，就到了。面前有四座坟茔。扣儿婆婆直接把我带到墓碑上錾画了一株禾苗的那座坟茔前。

看，这就是禾的坟！他都死了六十一年了！他多累，死了还在念我，想我、帮我……

我把四块墓碑一一看过，上面刻画的图案，除了一块禾苗，还有一块鹤，一块蛋，一块鱼儿。我暗忖，鹣，是安在扣儿婆婆心中的图案表述。

这时，"一村一大"说话了。她是从村委会赶到扣儿家，听了后人的介绍，看了"两证"后，一路追到这儿来的。她说：扣儿婆婆，现在情况清楚了，这位禾爷爷已在他老家有坟了，要不，明儿我安排人把禾爷爷这座坟平了？

扣儿婆婆愤怒了，一点手杖：平了？不！我和禾已相守了六十年，我离不开他，他也离不开我！我活着与这四个男人在一起，死后也要在一起，缺哪个都不成！

没想到自己随随便便一句话，竟愤怒了"钉子户"，吓得"一村一大"忙不迭道歉：对不起，扣儿婆婆，不平，不平，依您，依您！道歉之后，又暗道，这老婆子也真够骚性的，活着时与四个男人快活过痛苦过还嫌不够，死了都还想再来一遍。不过这也真让人怪妒忌的，本女子要是也有如此绚丽斑斓、奢侈糜烂的爱情，多好！可一想到老婆子快活日子的超短暂、而苦难日子的超漫长，她还没来得及陷入利弊权衡的泥潭，就立马不当扣儿婆婆了。

被扣儿婆婆吓了一跳的她恐再生事端，急忙从提包中拿出拆迁协议、笔、印泥，让"钉子户"签印。她知道，只要面前的"钉子户"在协议上签个名儿、捺个指拇儿印，城乡一体就不是她的愁了，私宅就变成了公地。

扣儿婆婆这时像恍然想起什么，停下手中的笔，急问"一村一大"：你们搞那个啥城乡一体，拆房变地啥的，该不会动我这四座坟吧？

"一村一大"说：按照规划与要求，不平坟，要迁坟。但在《迁坟公告》发出十五个工作日后，墓主代理人还不迁坟，我们就会平坟。

扣儿婆婆问：往哪儿迁呢？

"一村一大"说：集中迁往公墓园区。

扣儿婆婆问：我晓得，禾是革命干部，没问题。可六十年前的地主、畏罪自杀的叛匪、被镇压的反革命分子，可以迁吧？

"一村一大"一愣，声音不像鹣鸰像起了舞蹈：这……这个问题确实是个问题。我，我还要去请示一下领导，咨询一下民政部门。这样，扣儿婆婆，不管可不可以迁入公墓园，这些坟我们一定会为您妥善解决好的！

扣儿婆婆说得斩钉截铁：死人不先住安稳，我这活人哪能住安稳？这样吧，你们把这坟的事儿解决好了，我就挪窝，解决不好，我还住这山上！至于入不入公墓园，不在乎，但必须得有个窝！这是他们四人的根，也是我的根，不能说没得就没得了！

我说，扣儿婆婆，应该没问题的，日本鬼子、国民党，那些大活人大罪人都可以来大陆走动了，死了的人就更没问题了。又说，所有的人，所有的事，对也罢，错也罢，都成历史了。所有的是是非非，都成历史了。谁还去跟久远的历史较劲儿、较真儿？

最后，扣儿婆婆向我和"一村一大"摆了摆手：你们走吧。让我清静清静。我要给禾读信了。

之后，扣儿婆婆倒拎布袋，倒出了袋里的东西，那是八十封信。第八十封信，是她刚刚在老屋里写的。

那是扣儿婆婆一封一封对八十封来信的回信。它们从未发出，又无法发出。它们散落在四座坟前的草甸上，像一地桃花的碎影，使出阴阳相隔的两重光。

扣儿婆婆读信的时候，禾的坟噗起了雾，银色的雾。雾罩着坟，还罩着一个朴素、安静的女鬼。

女鬼的下方是土地。雾的上方是雾，再上方还是雾，在更广大的雾的尽头，天哗一声罩下来，覆盖大地。

2011.10.28初稿，2014.3.29定稿，于成都

〉后 记

中国人民解放军二野第60军178师政治部主任朱向璃，正在成都东北边一个叫石板滩的地方，整编集训国民党投降部队时，接到一纸调令。调令要他立即启程回成都军部接受指示，到北京去外交部报到，之后赴任中华人民共和国驻某国大使馆武官。

朱向璃及护送他回成都军部的一个加强班，途经龙潭寺乡时，被数千叛乱分子武装拦截，遭到惨无人道的开膛剖肚、凌迟杀戮，史称"龙潭寺惨案"。惨案发生在1950年2月5日，距蒋介石从成都凤凰机场（亦有新津机场之说）飞去台岛不到两个月，距成都解放仅39天。

以"龙潭寺惨案"为发端的西南各地土匪暴乱事件，由邓小平、刘伯承、贺龙上报中共中央、中央军委后，毛泽东主席十分震怒，于1950年3月签发了《剿灭叛匪，建立革命新秩序》的剿匪令。自此，"变天"与反"变天"的较量与斗争开始了；自此，一场空前的、长达三年多的全国剿匪战斗正式打响；自此，平叛与剿匪这对硬词，浩大而血腥地嵌进了中国历史书写，登上了中国政治舞台。

成都平原上，紧接"龙潭寺惨案"，更大的"三三叛乱"又在以洛带为腹心，龙泉、龙潭寺、西河、黄土、三岔、石盘、贾家等乡镇为依托的成都东山地区爆发。

刘惠安是民国洛带的末代镇长，也是共和国洛带的首任镇长。《龙泉驿区志》载：刘惠安两度兼任金堂、简阳、华阳三县联防办事处主任，民国政府军队路过洛带甑子场，未经他许可，不准进街。

我生在成都平原西边的灌县（今都江堰），后来随母去了大巴山中的万源，再后来又移居到成都平原东边的龙泉驿。以上史实，就是我移居到龙泉驿后知道的。

洛带镇隶属成都市龙泉驿区，龙潭寺亦与龙泉驿接壤。即或这样，我也是移居到龙泉驿七八年后才知道的。具体说来，我是看了《成都市志》、《龙泉驿区志》、《简阳县志》、《用鲜血建立和捍卫新生的红色政权——简阳平息

"三·三暴乱"追述》（载简阳市西南服务团团史研究会、简阳市二野军大校史研究会《简报》）、《龙泉剿匪记》（傅全章撰写，中共龙泉驿区委党史研究室编印）等资料，以及在写作《花蕊中的古驿》、编选《龙泉驿民间文学故事365》等人文地理图书，编剧30集电视连续剧《滚滚血脉》（改编自刘晓双同名长篇小说）过程中，才逐渐知道的。

我知道，大多数龙泉驿人，更大多数成都平原人，他们至今都不知道——还有更多的川渝人，更更多的国人，以及异邦的同类呢？

他们不知道，不是他们不想知道，而是文字、声像和一季一季涌至的时间落叶，覆盖了最初的非时间落叶。记忆在覆盖中探出头来，朝令夕改，又像万花筒：它是个人的记忆式态，也是集体的记忆肖像。不可靠，是记忆的最大特征。同一件事，只消过去三五年，一百个人就有一百种记忆。

忽略和更改重大史实，是不应该的，也是不正常的。

对此，我感到落寞、悲凉和无语。多年来，我一直深怀着这样的感觉。

仅仅是为这种感觉找到出口，仅仅是为排遣这种感觉，我竟自有了试图从时间落叶中拽出那段历史、还原那宗事件的念头和劲头。

我是一个再普通不过的人，就是不关心一切，也应当去关心碰巧出现在身边的那些、牵动了历史重大事件与重大进程，而又在历史的漫天尘埃中消弭得无影无踪的小人物。况且，抽丝剥茧，拨雾见日，还事物以本来面目，本是一位作家的良心所在与道德使然。

说了这多的"知道"，可是，我真的"知道"吗——60年前的那些往事？我如果"知道"，为什么迟迟动不了笔？显然，对于"拽出"和"还原"，我是一个"不知道的人"。很多时候，"知道"就是"不知道"，其后果，更是对肤浅与轻狂的诘责与惩罚。

小说需要细节与写点，前者是小说的"小"，后者是小说的"说"。这些，我还没有找到，或者说，找到的，不充分、不理想——它们还不能说服我，更不能说服读者。

我不愿意在想象中寻找。我不愿意寻找到的东西，不接"地气"、不带"人味"。

我一直在刨食
岷山，巴山
现在到了龙泉山

刨了一辈子食才知道
世界上居然还存在一处
不刨食的地方

饭，张嘴就来
水，呼气即至
不见一丝丝柴禾却周身尽暖

纸是包不住火的
没关系
包不住就包不住吧

把这地方端进书中
会不会
刨刨书，满纸都是麦浪、稻香？

刨了一辈子食才知道
即或虚构一个小镇、一处气场
也有欢乐的惊慌

这首《甑子场》，是多年闲来无事游移无助日子，对我唯一的馈赠。

终于在残黄的史海中捞出了成都退休警察毛思寇的一段讲述文字：

"朱向璃被害史称'龙潭寺惨案'，领头者就是当日上午围攻公安干部的乌杰。此事缘由还得从头一天说起，龙潭寺一个中年妇女到成都市区公安十三处报案，说她的女儿被当地恶霸徐银生抢走并囚禁在其家中。徐银生又伙同另一个头目巫杰找上门来，将与她女婿黄德兴同住一室的居民高云打死，黄亦被打伤，因装死才幸免于难。2月5日清晨，公安分处派出几名公安人员前往龙潭寺调查此案，并打算解救被囚禁的黄妻。不料，遭到乌杰等煽动的百余名叛匪围攻……"

老实说，我对成都退休警察毛思寇记忆中的"2月5日清晨"，是持保留态度的，但我一点不怀疑他记忆中那个"中年妇女"的女儿。

正是这段讲叙文字中的"一个中年妇女"的女儿"她"，让我找到了小说的"小"和小说的"说"。

"一个中年妇女"的女儿"她"，生发了这个小说又救了这个小说的命！

"她"就是小说的第一主角扣儿。有了扣儿，也就有了"一个女人与三个带枪男人和一个不带枪男人的故事"。我把"龙潭寺"和"洛带"揉在一起，虚构了一个镇名"龙洛"；我把"龙潭寺惨案"故事植入龙洛，把"三三叛乱"故事及洛带场景叠合在甑子场；将洛带镇长刘惠安作为安的原型，龙潭寺叛乱头目乌杰作为乌的原型，军统成都特务头子李才干作为菜的原型，国民党残匪马力作为马的原型……我就做了这些活儿。

对于我做的活儿，诗人作家席永君评价说："美国人以胶卷镜像还原历史，凸凹以小说文本创造历史。这是一种绝妙的互文关照。"

席永君先生提到的美国人，是美国《生活》杂志摄影师卡尔·迈当斯（Carl Mydans，1907—2004）。卡尔·迈当斯1941年夏天沿成渝公路，从重庆到成都途经并逗留龙泉驿期间，拍了百余幅龙泉镇、洛带镇甑子场照片——本书采用的正是这些照片。感谢卡尔·迈当斯为我们拍摄了这些精美、珍稀的照片！

这是一本历史小说还是当代小说？爱情小说还是战争小说？悬疑侦探小说还是诗性寓言小说？跨文本小说还是非虚构作品？新写实派小说还是魔幻现实

派小说？爱恨情仇还是政治幻觉？乡村叙事还是城镇物语？史诗呈现还是底层书写？……

所有的好小说都是无法归类的。但愿此论是对这本小说的量身定做。

这本小说取过很多名字：《平叛1950》《变天》《桃花与罂粟》《一变再变》《一九五〇年的爱情》《桃花1950》《唇上的天气》《第一枪》《叛乱》《枪》《天气》《桃色》《一个女人与三个带枪男人和一个不带枪男人的故事》。如果有人看完后发问，怎么可以这样写"平叛"这类重大事件和严肃题材呢，怎么可以这样叙述一个小镇的传奇故事呢；我的回答是，没有什么不可以的，对于小说/艺术创作/创造而言。

是啊我就这样写了。所幸，还发现了"理想的读者"。

写这个《后记》时，掐指一算，我移居龙泉驿、回归成都平原，已整整二十个年头。

这本书也许什么都不是，但对我来说，它的确是一条活过来的脐带。有了这条脐带，我与龙泉驿、与都江堰、与成都平原，才算真正粘连在一起了。

　　　窗外阳光顺畅
　　　山上桃花丁当
　　　扣儿婆婆洛带晒太阳

　　　马儿跑哇汽车唱
　　　土著爹哇客家娘
　　　扣儿婆婆笑笑真漂亮

　　　　　　　　　　　　　　　2012/3/29，成都龙泉驿

附
我读《甑子场》

　　《甑子场》傍依一个客家小镇启动和开展一场国家层面的宏大叙事，读来我竟不能肯定它是不是时下所谓的"非虚构小说"。说它是纯粹的小说吧，它在建构纯粹的文学性的同时，其事体又有一种真实的模糊镜像。说它是田野实录吧，无论是结构、叙述、语言，还是对在历史与现实之间穿插的故事的处理，又有一种书卷气浓郁的先锋文学的光泽与质地。

　　多文类、多文体的搓揉与黏合，复合逻辑的立体美学呈现，应该是凸凹对中国新世纪长篇小说在一个方面的贡献。

　　　　　　——何开四（著名文艺批评家、茅盾文学奖评委、鲁迅文学奖评委）

　　《甑子场》借一个客家小镇上一位女人与四位男人的故事，把一宗硬邦邦的国家事件，进行了柔软的美学化与小说化处理。正是在这一"化"的过程中，凸凹精致而诗意地呈展了自己的小说理想。《甑子场》对中国小说写作格局可能性的拓动与作为，正是凸凹小说理想的落地与坐实。

　　　　　　　　　　——傅恒（著名小说家、茅盾文学奖评委）

　　《甑子场》是一部诗意现实主义的历史小说。诗意与现实主义是一个悖论，或者说，诗意天生是反现实主义的。但《甑子场》的叙事实践表明，悖论的两极在文学文本的叙事艺术中是可以融为一体的。

　　《甑子场》讲述的历史是真实的历史故事，当然更是现实的历史故事。在讲述中，作者以诗化的语言展开对历史的想象性表达，在意象、隐喻的叙事层面将历史寓言化，奇幻化，使那些史实材料在意象话语中获得了神奇的再现，历史也在诗境中重现，而人物性格及命运也在悲壮的诗境中载沉载浮，有一种雕塑感。

　　与此同时，叙事结构奇诡而循环，像一首回还往复的咏叹调，不断地从现在回到过去，又从过去回到现在。这种以各个人物为叙事视角来展开的叙事结构，是一种复调的叙事艺术，具有一种音乐的节奏感觉，从容舒缓，张弛有度。

　　从历史理念上看，《甑子场》对历史和人物的处理，也同现行的主流历史小说构成了对话乃至挑战的关系，隐喻着一种新的历史理念。

　　——向荣（新锐小说批评家、四川省社科院文学研究所副所长、教授）

　　历史和时代精神，不是通过文学反映出来，而是通过文学确证下来，凸凹的长篇小说《甑子场》，就是一部解构和确证的作品。解构本身即是确证。凸凹本是个优秀的诗人，诗人的天职，便是追求卓越。我知道自己面对的是一个真正意义上的诗人和作家。

　　《甑子场》构思很有想法。"关注人的终极命运"，是看了这个小说后的感想。许多细节新鲜而独到，这是作者作为诗人的优势，想象的优势。作者的写作理想，以及故事本身所具有的价值感，显而易见。

　　——罗伟章（著名小说家、巴金文学院创作员）

　　凸凹君"潜伏"成都龙泉驿算来怕有二十来年了罢，像福克纳回到他"邮票大小"的家乡一样，凸凹君选择成都东郊这一个"桃花盛开的地方"施行他的笔耕，我是他诗文的拥趸，他那些如同"包谷酒嗝打起来"似的乡土诗文，使我们看到了滚滚红尘之外另一种坚持与展射。龙泉驿是明王陵与客家人聚居区，触处无不有惊奇，有吊诡，有诗。现在凸凹君献出了他的一卷新作，也是他第一个长篇小说，《甑子场》既是历史的画卷，也是他自己求新求变的一个猎奇。在这个古镇上，小民走过，老财走过，义士走过，淑女走过。惟不走过的，是这方泥土，这只地球上万万万分之一的一杯风水。

读这卷小说，要买花生米下酒，同时要食洛带镇驰名的"伤心凉粉"，在惊奇动感的瞬间，一拭铅热之泪。泪水花了美人的颜，湿了壮士的须，亦然滋润了文艺的心……

《甑子场》力图刻画一个客家小镇的历史风云，将作者近些年的生活体验感觉集中表现，熔于画面，行文如行云流水，展示了作者写作高手的精湛功力与结构能力。是一部史诗性的作品。

——张放（著名小说家、批评家、四川大学文学院教授）

《甑子场》的题材是重大的，情节是戏剧性的。诗人凸凹以诗的情怀，将其笔下的人物置于这个巨大的历史变革中，凸显出人的命运这个大主题，为今天的读者提供了一个思考的时空纵深。

"她一生中与三个带枪男人和一个不带枪男人有过感情纠葛，但这四个人都死了。"我觉得这句话就是这部小说的"点"，就是整个故事的梗概与卖点。

——何小竹（著名诗人、小说家）

《甑子场》是一部向史诗致敬的小说。一个女人和几个男人的命运，经由作者细腻的文字，在我们眼前徐徐展开。它既关乎爱情，也关乎人伦。变天是时代，是历史，是生存于其中的芸芸众生谁也阻挡或改变不了的既成事实。甚至，他们也无法左右把握自己的命运，他们随波逐流，他们没齿不忘。而这一切，只因作者在抒写两个字：人性。因此，我以为这是一部关于人性的好小说。

——聂作平（著名作家、诗人、《四川文学》杂志编辑）

　　小说写到今天，似乎到了难以跨越的地步，困惑、迷茫一直侵扰着作家们，《甑子场》的问世，预示着另一种写作式样的可能。作为诗人的凸凹以诗性的语言对僵硬的小说叙述模式进行了一次革新，而作为作家的凸凹则以奇特的构思对传统小说文本进行了一次破坏。不能不说，小说《甑子场》为当下的中国文学制造了一次不大不小的事件。

——诗人、作家徐甲子

　　《甑子场》以一个女人与四个男人的情感纠葛和多舛命运为故事脉络徐徐展开，穿越61年的时空隧道，抽丝剥茧般为读者揭开了一层层历史迷雾。如果说三个带枪的男人与一个不带枪的男人的对比几近严酷，三个带枪男人的彼此对比几近惨烈，那么四个男人与一个女人的复杂纠结更是触目惊心！

　　《甑子场》始终锁定龙洛客家古镇这一核心坐标，依凭社会更迭的特殊时段和震惊全国的重大历史事件，进行勾连穿插、辐射显形，但并非沉浸于单一、刻板、表浅的还原和复述，而是钩沉矛盾背景，矫正形态向度，放大情感元素和生活细节，深度挖掘人情的厚与薄、重与轻，人性的善与恶、美与丑，人世的荣与辱、恒与变。精巧缜密的构思，大胆奇妙的想象，张扬不羁的叙陈，诗意恣肆的交织，吊诡迷离的悬念，成就了洋洋洒洒30万言《甑子场》的异质、独特和精良。

——诗人、作家印子君

图书在版编目（CIP）数据

甄子场 / 成都凸凹著. -- 南昌：百花洲文艺出版社，
2014.8

ISBN 978-7-5500-1023-9

Ⅰ.①甄… Ⅱ.①凸… Ⅲ.①长篇小说－中国－当代
Ⅳ.①I247.5

中国版本图书馆CIP数据核字(2014)第178422号

甄子场

成都凸凹　著

出 版 人	姚雪雪
责任编辑	刘 云 朱 强
美术编辑	方 方
制 作	张诗思
出版发行	百花洲文艺出版社
社 址	南昌市红谷滩世贸路898号博能中心A座9楼
邮 编	330038
经 销	全国新华书店
印 刷	江西千叶彩印有限公司
开 本	787mm×1092mm 1/16 印张 24
版 次	2014年12月第1版第1次印刷
字 数	250千字
书 号	ISBN 978-7-5500-1023-9
定 价	37.00元

赣版权登字 05-2014-191

邮购联系　0791-86895108
网　　址　http://www.bhzwy.com
图书若有印装错误，影响阅读，可向承印厂联系调换。